U0921725

我不是废柴

纪静蓉◎著

中华工商联合出版社

图书在版编目(CIP)数据

我不是废柴 / 纪静蓉著. -- 北京 : 中华工商联合出版社，2021.7

ISBN 978-7-5158-3058-2

Ⅰ.①我… Ⅱ.①纪… Ⅲ.①长篇小说 – 中国 – 当代 Ⅳ.①I247.5

中国版本图书馆CIP数据核字（2021）第 138864 号

我不是废柴

作　　者：纪静蓉
出 品 人：李　梁
责任编辑：胡小英　马维佳
装帧设计：李尘工作室
责任审读：李　征
责任印制：迈致红
出版发行：中华工商联合出版社有限责任公司
印　　刷：香河县宏润印刷有限公司
版　　次：2021 年 8 月第 1 版
印　　次：2021 年 8 月第 1 次印刷
开　　本：710mm×1000mm　1/16
字　　数：275 千字
印　　张：18
书　　号：ISBN 978－7－5158－3058－2
定　　价：88.00 元

服务热线：010－58301130－0（前台）
销售热线：010－58302977（网店部）
010－58302166（门店部）
010－58302837（馆配部、新媒体部）
010－58302813（团购部）
地址邮编：北京市西城区西环广场 A 座
19－20 层，100044
http://www. chgslcbs.cn
投稿热线：010－58302907（总编室）
投稿邮箱：1621239583@qq.com

工商联版图书
版权所有　侵权必究

凡本社图书出现印装质量问题，请与印务部联系。
联系电话：010－58302915

目录

第一章

投了一千份简历，二胎妈妈找不到工作

米白的纱帘半遮半掩，晨光暖暖地透过那上面隐隐的、大朵的浮雕玫瑰。沈琳盘腿坐在厚实的赫色牛皮沙发上，披着软滑的淡紫色真丝睡袍，面前的茶几上是一杯刚刚煮好的曼特宁咖啡，在阳光中袅袅飘香。怀里即将满周岁的二宝那子轩正在熟睡。窗台上一溜开得正艳的橙色玫瑰是点睛之笔，客厅采光本就好，加上这些花儿显得更加堂皇富足。这种玫瑰名叫“果汁泡泡”，是近年来的盆栽新宠。

客厅随便哪个角度，都能拍出岁月静好的“人生赢家”感，能发在朋友圈里。沈琳布置家里的环境，“发朋友圈里会不会好看”是第一要义，她永远以第三者的视角审视家里各个角度的景观。现在的人不串门儿了，朋友圈就是赛道，大家都铆足了劲儿各种上下翻飞，试图在幸福大战中脱颖而出。刚当全职主妇的头几年，她发朋友圈尤为起劲。倒不是说发得频繁，而是说发的每一条都要精心策划。比如前同事发了正在加班的照片，她会掌握着火候，半小时后发一张自己刚烤出炉的蛋糕照片，蛋糕配红茶，以显示家庭生活的惬意。那些照片果然收获一片羡慕嫉妒恨，大家纷纷表示也想回归家庭当主妇，还是沈琳嫁得好啊。她脱离职场的心虚由此稍稍被填补了一点。

此刻，沈琳打算拍一张抱娃的照片，继续笑傲朋友圈。北京好多在职场打拼的女人，三十七八岁了还嫁不出，生育期即将结束的倒计时钟嘀嘀响如定时炸弹。而三十九岁的她居然有两个孩子，且产后身材复健得也很好，美颜相机拍出来的脸蛋光滑，想想都该笑出声来不是吗？大女儿那卓越已经十岁了，怀里的儿子那子轩白白嫩嫩，已能看出眉目遗传了她和老公那伟的端正清秀。一儿一女，凑在一起便是个“好”字。她有老公养，有一百平方米的三室一厅房子住，家里她说了算，存款都在她名下，玫瑰淡淡的香，哪里不完美呢？

她应该就是人生赢家，必需的！这就立刻发一条朋友圈。

沈琳拿起手机，调整了若干次角度，拍了一张自己抱娃的照片，修好图，编辑好文字，刚要发朋友圈，欲望却突然消失了，颓然放下手机。喝母乳的儿子越来越胖，四肢跟藕节一样，抱在怀里沉甸甸、热乎乎的。可是那并未带来丰收的充实感，却像个烫手的难题，让她后背惊出一层薄汗。

去年沈琳不慎怀上子轩时，人人都催她抓住青春的尾巴，生下来。生二胎天经地义，人就是财富，未来孩子越多的家庭越富有，云云。其中尤以婆婆怂恿得最积极，说打胎是造孽的行为，打胎伤身体。可孩子生下来之后婆婆却一脸愁苦，说自己有腰病，大孙女就是自己带的，现在沈琳在家歇着，为什么自己不能带？老那说因为沈琳打算出了月子就去找工作上班。婆婆又问为什么她娘家妈不能来带？沈琳当时阴道撕裂的伤口还在一跳一跳地痛，生大女儿时侧切的是左边，这回还没等切右边，子轩就猝不及防地涌出来，如泥石流般，把左边已愈合十年的旧伤撕开，痛到令她生出毁灭一切的欲望。这欲望到出院时仍未消退，所以听到婆婆这话时她勃然大怒，冷笑说我妈可以来带，但儿子就得跟我姓沈。否则凭什么我大出血，我撕裂，我们带，还跟你们姓？姓那的出颗精子就当便宜爸爸了？婆婆大惊失色，没想到沈琳泼辣到击穿底线的地步。一个女人家，居然想争男丁的冠姓权？她的腰病不治而愈，留下来帮沈琳带孩子。

此刻，抱着儿子，沈琳意识到，那毁灭一切的欲望里，包括毁灭自己。晨阳微微，生下儿子的过程如梦一场。梦醒了，沈琳像是突然发现自己赤身裸体行走在人群中那样目瞪口呆：她，一个没有一分钱收入的全职主妇，脱离职场五年，怎么居然敢生二胎？

这些年，沈琳总是有出去工作的想法，为此也在不停地投简历。五年前她在一家五十人左右的公司当人力兼行政总监。公司不大，事儿却多，员工个个是刁民，老板每天的表情不像上班，像上坟。这份税后两万的月薪，让她忙到晨昏颠倒、焦虑失眠、掉头发，渐生去意。正好女儿五岁要幼小衔接，在学前教育机构上学，离家远，早晚接送不方便，刚找的保姆又不稳定，半个月就提离职。当时丈夫老那刚提了副总，涨了工资，工作更忙。沈琳于是辞职回到家，想着休息几个月，等新保姆完全上了道、女儿上了小学之后便去上班。

离职那一年沈琳已经三十四岁了。虽然三十四岁的女人离职意味着什么，她很清楚，但她破釜沉舟，赌气地想，未必全天下三十四岁的女人就不配离职，未必天下人就都吃定了中年女人别无选择，我偏要率性一个给你看看。她之所以有底气，是因为她笃定自己不会歇太久，最多两三个月，最多半年。

然而，这一歇，就是五年。她像是中途下了车的乘客，本只是下来活动活动僵硬的筋骨，呼吸一下新鲜空气，没想到只能眼睁睁地看着时代的车子绝尘而去。

婆婆从沈琳怀里接过孩子，沈琳喝着咖啡。婆婆皱眉说怕奶串味儿，母乳期间还是别喝这种有怪味儿的东西了，喝粥吧。沈琳头也不抬，说从今天起，子轩彻底断奶了，因为她要去找工作。婆婆脸色一滞，想抗议，却又不敢。这儿媳妇有多厉害，她早已领教。沈琳把咖啡一饮而尽，吃了鸡蛋，已没有肚子喝粥，化了妆，匆匆出了门。今天她有一个面试，这是她五年来投的第一千份简历，也是她二胎后的第一次面试。

五年了，沈琳定期求职。为了避免重复投简历，她把所有投过的公司资料都拷下来放在一个文档里，这样下次投简历时，只需要“查找”，就可以查到这公司她是否投过。每次她至少要投三十份简历，岗位既有人力也有行政。约见面试的虽然逐年递减，也不是没有，可这些工作总有这样那样的问题，不是离家远，就是工资低。当然，它们最大的共同问题，就是加班时间太多了，几乎没有一份工作是可以准点下班的。她是个妈妈，不可以再没日没夜地在公司熬着。

因为找工作并不是必须立刻解决的问题，头一年，沈琳慢悠悠地找着。不过随着离开职场的时间越来越久，岁数越来越大，面试渐渐少了。投十份简历，能有一个约面试的就不错了。而这一个，又往往条件非常不理想。老那叫她别着急，再找必须找称心如意的，否则干两天还是要辞掉，没意思。

有时沈琳倒在沙发上惬意地刷着手机时，也会突然心神一凛，一身冷汗。那些社交媒体上关于全职主妇手心朝上管丈夫要钱最终被抛弃的新闻隔三岔五出现，写主妇下岗的电视剧《我的前半生》轰动一时。女人们聚会时都会互相叮嘱，一定要有工作啊，一定不能让丈夫养。没工作这件事，就像截掉双腿的人，坐在轮椅里渐渐习惯，忘记自己残疾这件事。但有一天突然一低头，看见下肢处空荡荡，就会痛不欲生。沈琳跳起来，火速打开电脑继续投简历。

而每每求职失败回家的路上，沈琳又会开导自己：老那是个好老公，工资每个月都主动上交，并不需要她手心朝上管他要；家里还有一百五十万元存款在她的银行卡里；有五十万元股票在老那账上，他有一搭没一搭地炒着；双方老人虽然都在农村，但身体硬朗，不需要他们付出太多；公婆有退休金，虽然只有一点点，也已够用。某种意义上婆婆就是他们的带薪保姆，这话不好听，却是他们夫妻俩占了天大便宜的事实；房是多年前买的，如今一个月只需要还八千。老那的公积金有四千块钱，一个月只需要还四千，而他工资税后有三万五，年底还有丰厚的奖金——她有这么多退路，怕什么呢？并且她也一直在努力地求职呀。但是这些工作不理想，能怪她吗？不能。

所以，事情是这个样子的：她沈琳，是求职未遂、暂时在家休息的职场精英，高跟鞋在地上击打出铿锵节奏走路生风的前人力总监，绝对不是电视剧里那种柔弱无依被丈夫和社会双双抛弃的全职主妇。她一定会去上班，她迟早会去上班，不是今年就是明年。你看，她这不就要去面试了吗？

车老那上班开走了，沈琳去坐地铁。她心里很充实：要去面试了。

太久没有挤过早高峰的地铁，站在蜿蜒曲折、被铁栅栏隔成数排的长长的人龙外面，沈琳倒吸了一口凉气。本想扭头去打车，可是看看几十米外的马路，长长的车流一眼望不到头，几乎纹丝不动。沈琳叹了口气，排到了人龙的末端。

灰色的天空下，人群静默地、一只脚一只脚地往前挪动，每张脸都认命。黑洞洞的地铁口就在不远处，张着大嘴，准备把这一群打工人吞下。“这是最好的祭品，赖了他们，贪婪的世界才运转有序，不至于混乱。”沈琳思潮起伏。自不远处的公交车站又走来一群打工人，迅速排到了队伍后面。沈琳看着前方乌压压的人头哀叹，轮到她走进地铁至少十五分钟。这时一股尖锐的尿意自膀胱隐约升起，生完女儿之后她就落下了这尿频的毛病，生完二胎儿子后更严重了。她不该喝咖啡，咖啡本就利尿。没办法，这十个月哺乳期她几乎没睡过一次完整觉。没有咖啡，她根本没有精力赶这长长的路，打不起精神去应对面试。

沈琳暗暗叫苦，强忍着。然而咖啡的尿意来得如此猛烈，她很快就感觉膀胱迅速充盈，下腹坠涨，尖锐变成了带钝感的沉重潮汐般的冲击。不远处有写字楼，里面应该有厕所，但此刻走不划算。她并紧双腿，拼命忍着。忍着忍着，她浑身燥热，胳肢窝出了汗，手心也潮湿起来。

她仓皇地往前挤：“不好意思，让我先进去可以吗？我想上厕所。”

人群骚动起来，前面的人嚷了起来：“什么素质？排队不知道吗？”

她高声：“我特别想上厕所，真的憋不住了，不好意思，大家通融一下。”

沈琳奋力地往前闯着，可这是初冬，大家已经穿上了羽绒服，她挤着很滞重，不免发着狠，结果胳膊甩到了一个女人的脸，打到她的鼻子。那女人痛得捂住鼻子，尖叫了一声：“你打我干嘛？”

腹部的尿意已经变成沉甸甸的隐痛，沈琳打了个冷战，浑身惊出鸡皮疙瘩，双腿发抖，心跳加快。这该死的失去弹性的膀胱，这日渐老化的器官。她不管不顾地往前挤，带着哭腔：“对不起了，让我先进去吧，我特别难受。”

人群怒吼：“排队，排队！”不知是谁往前一推搡，女人和沈琳跌出队伍，摔倒在地铁口。女人起身，抓住沈琳的长发使劲一拔，沈琳“嗷”地叫了一声。这一拔，像是松开了闸门一样，那泡长长的尿倾泻而出，带着热气，浇湿了沈琳的秋裤、保暖裤，迅速在驼色西裤洇出两长道尿印，滴滴灌进皮鞋里。沈琳有种放弃抵抗的释然，瘫倒在地上。女人见状，气消了一半，站起身拍拍土走开，一边自言自语："真倒霉。"

人们从沈琳身边匆匆经过，连嘲笑都没兴趣。沈琳的头发被揪散了，湿漉漉的裤子裹在腿上，很快变得冰冷。这些年，她每天早上睡到七点醒来。粥是头天晚上定上时的，起来煎个蛋烤个面包片就可以了。老那和女儿吃完早饭，开车把她顺路捎到学校再去上班。沈琳慢悠悠地听着爵士乐，在晨光中给自己磨咖啡豆，煮咖啡。去年生了子轩，虽然起夜哺乳辛苦，但白天婆婆会把孩子接过去，她可以补觉。所以，这种仿佛在战场上贴身肉搏的感觉已经太生疏了。她坐在地上，羞耻硬硬地贴在脸上，久久不能下去。

沈琳的面试迟到了两个小时，她一直等到地铁附近的商场开门，买了新裤子和鞋子换上。她向小胡——现在已经是胡总了——解释说是车坏在了半道，她不得不等着救援车来把它拖走。胡总叫胡海莉，八年前是她手下的人力专员，此时已经是这家文化公司的人力总监了。这份面试是她提供的。

胡海莉表示理解，谁能没有意外呢？沈琳面试的岗位是人力经理，直属上司就是她。胡海莉说，这个岗位税后只有八千块钱的工资，不知沈琳同不同意。沈琳愣住了，她当初来面试时，也向同行打听过现如今部门经理级别的市场价，基本上都在税后一万五以上。五年前她的月薪就有两万，这五年通货膨胀多严重，猪肉都涨价了。她能接受找不到大公司或总监头衔工作的现实，甚至连在往日下属的手底下讨生活她也认了，但钱怎么也不能太少哇。

胡海莉解释说这个岗位虽挂着经理的头衔，但实质就是人力专员，所以写的是"人力经理"而不是"人力部经理"。她们公司人性化管理，在头衔方面一向比较大方。至于为什么招聘启事上写有管理职能，是因为公司会定期进实习生，人力专员当然可以管实习生。至于薪资，启事上写着面议。沈琳五年没上班了，替她向老总争取更高的工资，实在没有由头。其实八千块钱的税后月薪，税前公司要开到一万块钱左右，也不少了。公司交的五险一金都比较高。

胡海莉说："最近大环境不景气，好多公司都倒闭了，还活着的不是裁员就是降薪。我们公司能撑着，而且还在招人，已经非常不容易了。”

沈琳强笑道：“可是我看咱们在这么好的楼里办公，实力应该也挺强的，不差钱啊。”

胡海莉道：“你看这写字楼挺豪华是吧？今年办公室空置率百分之三十，物业主动给我们降了租。”

胡海莉端起咖啡喝了一口，大红指甲稳稳地搭在细陶咖啡杯上。画了眼线涂了眼影的眼睛显得特别大，炯炯地看着沈琳。见她沉默，又加了一句：“而且说实话，沈姐，您的岁数……”她没有往下说，但沈琳听懂她的省略，她想说其实沈琳根本没有任何议价空间。几乎没有一家公司愿意雇用一个脱离职场五年、生了二胎、年近四十的家庭主妇。

沈琳记起八年前那个刚从学校毕业，她亲手招进公司的小胡，眼神羞怯，说话细声细语，连进她办公室敲门都小心翼翼。八年了，自己成了要她庇护才能找到工作的废柴，而她已成长为雷厉风行的职场人。

“那你为什么会筛出我的简历呢？”沈琳漫天投简历时，无意中投到胡海莉公司，结果简历被她一眼认出来。

胡海莉道：“我知道你特别想找工作。咱们俩毕竟共过事，当初处得还是很好的。”沈琳想，自己从未在朋友圈泄露过任何急于找工作的痕迹啊。不过又立刻意识到，掩饰得再好，凭她冲着这样的职位投简历，任谁都能嗅出那份焦灼。

会议室又是一片沉默。八千块钱的机会，算不算机会，抵不抵得过晨昏颠倒和早高峰那恐怖的地铁人流？三十九岁的“专员”，是幸事还是侮辱？也许加上五险一金，不算差……沈琳脑中正快速盘算着，突然手机响了，是婆婆，声音焦急，说子轩突然发烧到三十九度，要她赶紧回家。沈琳想起早上怀里子轩那热乎乎的体息，怅然，赶紧起身说回去考虑一下。胡海莉表示理解。

把沈琳送到电梯间，两人等电梯，看着沈琳心神不宁的模样，胡海莉说道：“二胎妈妈，不容易啊。”电梯来了，沈琳走进电梯间，与胡海莉微笑作别。虽正是午饭高峰期，电梯却没有该有的拥挤。没错，经济不景气。找不到好工作，不能怪她。沈琳心里松了一口气，对自己有了交代。

回到家，儿子的体温已经降下来了。沈琳匆匆扒拉几口剩饭，爬上床，搂着儿子睡了个长长的午觉。半天的奔波曲折已让安逸了多年的她元气大伤，这一觉足足睡到下午四点。她睡得很不好，心里走钢丝一样惊惶，睡不透，醒不来。

四点，沈琳哈欠连天地起床干家务。她走了半天，家里又脏又乱，地一天没擦，衣服没洗，子轩的上衣领口有半圈黄黄的奶渍。婆婆光带孩子已忙不过来，不能苛求她。沈琳拖着地，心中感到安慰：看，家里没个主妇就是不行。不是她不去上班，是家里离不了她。

做完家务，开始准备做晚饭。沈琳做得一手好菜，尤其卤货更是绝活儿：鸡爪、牛腱子、鹌鹑蛋、猪下水、各种豆制品卤得鲜香入味，家人都非常爱吃。她在厨房忙碌着，做饭总是能带给她好心情，可能是觉得自己有价值吧？但往往在炖锅坐上水，手撑在灶台一角等着水开，凝视着跳跃的火苗时，她的好心情便会一扫而空，变成低落和烦躁：难道余生真的走不出这厨房吗？

有首歌唱道："是谁来自山川湖海，却囿于昼夜、厨房与爱。"沈琳也曾畅想过山川湖海，也曾与波澜壮阔一步之遥。当年第二份工作她曾有去上海当分公司总经理的机会，可是就在那个时候她认识了老那。最终，对温馨家庭的向往压倒了对总经理的欲望。他们一起买了房，很快有了孩子。如果当初她去了上海，也许她现在是个叱咤风云的职场精英，富有而孤独，午夜独处时为因为一心奔事业没有结婚生育而黯然神伤。

世人总是说对于女人而言家庭最重要，经营好一个家庭特别有价值。其实呢？把饭菜做得喷香，房间打扫得一尘不染，老公孩子的衣物及时清洗，熨烫得平整挺括，这一切根本没有价值。再能干的全职主妇，在世人眼里也没有一个在公司的电脑前磨洋工、蹭空调、蹭网、假装加班的职场混子有用。不然，为什么社会口头颂扬全职主妇而实际上却歧视她们？为什么我们的国家没有离婚赡养制度？而且，当社会要哄女人当全职主妇时就谄媚地称她们为"全职太太"，其实没保姆没司机没园丁，算什么"太太"？

家里一日三餐有人打理，饭菜可口，屋内整洁，老人孩子有人照顾，这种生活极其珍贵。普通工薪阶层想拥有它，大概率是女性做出牺牲。家，某种程度上来讲，就是囚禁女性的金碧辉煌的牢笼，可悲的是，往往这牢笼由女性心甘情愿参与打造而成。爱情与婚育于女人而言，是成全还是毁灭？得失谁知？

恩格斯说过：女性解放的第一个先决条件就是一切女性重新回到公共的事业中去。这道理沈琳早懂，当初看到恩格斯这句话时，她激动地把它发到了微博，发表了很长一篇感慨，可她最终还是做出了相反的选择。就像她一早知道没有收入不能生二胎，可她还是鬼使神差地生了二胎。道理是道理，人生是人生。恩格斯他老人家是站在全人类解放的高度谈这个问题，她是站在某个具体历史阶段个人命运的立场上做了抉择。人总是要成为历史进程中的“炮灰”的，尤其是女性。

沈琳正在胡思乱想，电话突然响了，是老那。他神神秘秘地让她下楼，说有惊喜。沈琳心想神经病，老夫老妻了，能有什么惊喜？而且有惊喜直接带回家就是了。她下楼，见夕阳下一辆高大威猛的宝马 X3 闪闪发光，老那靠在车身上对着她微笑。

“哟，那伟，换宝马了？”路过的熟人打着招呼。

老那点头致意，手一扬，不经意露出手腕上不容忽视的欧米茄表，对方目光中的敬意又重了几分。过往贵重的行头他也多次披挂在身，但没有宝马加持，谁又知道它的分量？他总不好跟别人特地强调牌子。他身上的阿玛尼风衣和爱马仕皮带是 A 货，是沈琳费心淘到的，墨蓝色的欧米茄表可是货真价实在专柜买的，花了五万多呢！沈琳包装家人和自己的原则是虚虚实实，这样性价比最高。就像她的 LV 包是假的，但手上的大钻戒是真的。举手投足间钻石闪烁着耀眼光芒，谁会怀疑她背的名牌包是假的？

老那看着大家倾慕的眼光，顿时觉得宝马买晚了。他是每一天医美集团的副总，主管市场营销部，就该这样不紧不慢地从宝马车上走下来，阿玛尼风衣飘散古龙香水气息。而不该开着电动车窗按钮坏了三个、雨刷器不喷水、一年一验的古董帕萨特。良将辅明主，宝马配英雄。谁给译的这名字？BMW 译成宝马，真是人才。

老那正在走神，沈琳尖叫一声，挥舞着双手向他扑过来：“你个王八蛋，居然背着我换车！”

老那这几年最大的心愿就是换辆好车，游说沈琳好久了，她坚决不松口。沈琳也虚荣，但是那种要惠而不要费的虚荣。一辆五十万块钱的宝马，几年折旧，钱就折没了。这么昂贵的虚荣，不是他们这种半吊子中产阶层家庭负担得起的。故沈琳一看到这崭新的宝马，脑中嗡的一声，浮现出他们穷困潦倒的种种景象。下午睡觉时她半梦半醒地想，找不到工作不要紧，他们家还有存款，这个钱就是他们的胆，可老那把她的胆吓破了。她不是什么“全职太太”，而老那率先当上了山寨版“先生”过干瘾。

这辆车老那先斩后奏，理亏在先。故他对沈琳的张牙舞爪只是四处躲避，不敢还手。他被她挠是应该的，可是他管不了那么多了。二十多岁的小伙子，暂时的清贫尚可托词奋斗中，他这四十岁的人，除了体面别无选择。体面的人，就该有一辆体面的车。奔驰、宝马，最好是宝马。宝马并没有A货可卖，这不是他的错，他已经在最经济实惠的范围内奢华了。再说了，50万的X3算什么奢华？照公司老板王睿智的760Li差远了嘛。

沈琳追着老那打，要把这一天的不痛快统统发泄出来。两人绕着车跑，沈琳骂老那：“你个打卡狗，装什么大尾巴狼，你也配开50万的宝马？”老那生气，抓住她的手，回了句：“我是副总，不用打卡。”

“副个屁总！王睿智给你个棒槌你当个针。副总副总的，屁大点公司，是个人就是副总，笑死人了。”沈琳冷笑道，奋力挣扎，腾出手来，狠狠挠了一下老那的手臂。他疼得松手，转身就逃。沈琳这两年来越来越神经质，搞不好她真的会挠花他的脸。他瞅了个空当，上了车，关了车门。眼见小区下班回家的人越来越多，沈琳不好再闹，只好愤愤地转身回了家。

一会儿，老那回家。怕母亲看出两人吵架，他把沈琳拉到卧室，好声好气，连哄带求，反复劝：“那50万股票这么多年半死不活，越炒越抽巴，不如卖掉换个好车。人生能有几年好活？要活在当下及时行乐。能花才能挣。这车你不也能开吗？你就不希望享受吗？”

沈琳情绪渐渐由气愤转为低落。夫妻俩都人到中年，家里就那么一点存款，上有老下有小，用钱的地方那么多，她还一直找不到工作，这个家简直是凄风苦海里一艘即将倾覆的小船！她眼圈红了，为自己。钱都是老那挣的，他要换辆车也不过分，自己又有什么理由拦着？

老那搂住她："放心吧，我又不是一般的打工仔。我跟着睿智创业十五年，怎么也算元老了。再说他还让我担任分公司的法人代表，证明他有多信任我。只要公司不倒，我永远不会失业。现在公司发展势头那么好，我那800万期权说不定很快能兑现呢，这点钱算什么？"

沈琳的悲伤渐减。

"我着急换车，也是为了周末回老家这一趟。你想啊，到时开着宝马回去，咱爸咱妈多有面子。谁不得竖大拇指，说老沈家俩孩子都有出息。"老那循循善诱。周六他们要回河北沈琳老家办儿子的周岁宴，同时举行沈家四层小楼正式装修完毕的庆祝宴。房子早就盖完，这些年沈琳姐弟陆续寄钱回去，重新装修，采买家具、家电，直至最近全部工程才宣告结束。

"我准备拉着晓悦那孩子回去一起帮着办酒宴，我们是专业干活动的，保管办得体体面面、漂漂亮亮的。"晓悦是李晓悦，老那的下属，是他的弟弟那隽的女朋友。去年那隽把她推荐到他手底下上班，职位是活动经理。

沈琳父母一生最引以为傲的就是一儿一女都在北京扎根了，尤其是名校研究生毕业的沈磊还考上了某部委的公务员，有了北京户口，简直是给祖宗长脸。沈琳想象着届时风光的一幕，心情渐渐平复。

她跟老那说起那份八千块钱的工作，老那果断说拒了，这点钱不值得我老婆奔波。她说可是这样你太累了，我不忍心经济压力全在你身上。老那拍拍胸脯："老公养老婆，天经地义。放心吧，你老公完全养得起你们。"夫妻俩抱在一起，她心头的空虚焦虑消失了，取而代之的是宁静和甜蜜。

沈琳给胡海莉发微信，说自己不适合这份工作。胡海莉立刻回说那太遗憾了，有机会再说。沈琳回想起今天电梯门关上的那一瞬间胡海莉的眼神，忽然意识到，其实那一刻两人就已明白，她不会接受这份工作，而胡海莉也不会聘用她。

沈琳做饭，老那去学校把女儿接回家。一家人其乐融融地坐在灯下吃饭，桌上有蒸鱼、煎牛排、尖椒小炒肉、大拌菜，还有一盆油亮喷香的各色卤货。沈琳和老那照例喝进口黑啤，子轩坐在婴儿餐椅上，看着那卓越啃鸡爪，着急得咿咿呀呀，也想尝一尝。卓越把鸡爪递到弟弟嘴边，子轩咬了一口，什么也没咬到，口水却丝丝流了下来。大家哄然大笑。微醺的沈琳想，是，她快四十岁了，投了一千份简历却找不到合意的工作，那又怎么样？她有一个温暖富足的家，有儿子，有女儿，有老公坚定厚实的胸膛可依靠，怕什么？

从沈琳蒙蒙的醉眼中看出去，窗外万家灯火，璀璨如星。想到楼下就停着那辆气派的宝马 X3，想象明天家乡的父老乡亲看到他们开着这辆车回家的那一幕，沈琳高兴极了。

第二章 老板突然出家了

早晨，老那开车，带着老婆孩子还有小舅子沈磊及其老婆谢美蓝，向河北方向驶去。这两天沈琳婆婆气鼓鼓的，觉得这个家完全偏向了沈琳的娘家，哪有孙子周岁宴在儿媳妇家办的道理？大儿子真是窝囊废，被老婆控制得死死的。老那说服她，那家在河南，开车八个小时，比河北三个小时远多了，回一趟兴师动众不划算。老太太坚决不一同前往，觉得丢脸。

刚看到宝马时，任是再清心寡欲，沈磊还是注意到了："哟，换车啦！"

老那笑眯眯道："是啊。"

谢美蓝和沈琳坐后排，一人抱着一个娃。沈磊坐副驾驶。本来说婴儿必须坐婴儿椅，老那说不打紧，三个多小时的车程，很快就到了，哪儿那么多讲究。

谢美蓝和沈琳一向客气疏远，这大概就是现代式的妯娌关系吧。虽然谢美蓝和沈磊大一就恋爱了，五年前领的证，头尾算起来，沈琳认识她已有12年，但这个弟媳妇一向淡淡的，很难让人亲近起来。不过女人都是爱孩子的，向来待人淡漠的谢美蓝抱着子轩，一副不知道怎么爱才好的模样，一会儿闻闻他的头发，一会儿亲亲他胖乎乎的小脸。沈琳见状，觉得她亲切了些。

好车真的令人心情愉悦。黑色轮胎高大壮实，轻快驶过地面。富有弹性的赫色座椅饱满而柔软，散发出皮革好闻的味道，稳稳地托着乘客的身板。前方拐弯，方向盘微微向左，车轻盈转身，面前现出坦荡笔直的大道。脚下轻点，发动机已心领神会，车速变快，推背感自肩、腰、臀部传来，令大家不自觉地挺起胸来。没有男人不爱好车的，沈磊和老那聊了一路关于车的事。

谢美蓝道："没想到你对车还挺有研究的，不行你也买一辆呗。"

沈磊道："咱家那块儿堵，再好的车也比不过小电驴。"

谢美蓝笑了一声。

中午，沈琳一行抵达农村老家。车到了自家的四层小楼门口时，邻里及亲友们早已等在这里，都看到了这气派的宝马、恩爱夫妻携一儿一女下来的场面。沈琳捕捉到了目光中的倾慕，好车就是精美的包装盒，谁见了都会认为从盒里拿出来的东西身价不菲。

父母乐得合不拢嘴，抱过外孙女和外孙子使劲亲着。亲戚们纷纷称赞沈琳混得好，她通体舒坦到飘飘然。富贵不还乡，如锦衣夜行。在北京奋斗半生，要的不就是这些吗？宝马太管用了，过往回老家，大家的注意力都在沈磊身上，这次则完全聚焦在她身上。

沈磊两口子照例淡漠，远远地站在一旁，不参与这热情的喧哗，偶尔互视一眼。沈磊历来对姐姐和姐夫的虚荣嗤之以鼻，这时对老婆小声笑道："我姐这架势吓死人，像个豪门的亿万富婆。其实她的名牌好些是假的，俗不可耐。"

外人看沈磊和谢美蓝，以为他们不爱说话。只有两人知道，私底下两人可以滔滔不绝地说上一天，但只对彼此。对这个世界他们是无话可说的，因为早早看透了。在这个世界上沈磊只有谢美蓝，谢美蓝也只有沈磊，要不为什么大一的迎新会上两人一见钟情呢？他们就像两个孤傲的孩子，抱臂站在山上，对着山下的凡夫俗子撇嘴、冷笑。

但此时谢美蓝说："是啊，所有人都俗不可耐，只有你不食人间烟火。"

沈磊怔住了。谢美蓝脸色有点苍白，说自己晕车，先进去坐着，不等他回答就走进去了。这时两辆奔驰车开过来，停到了隔壁的小楼门口，是沈琳大伯的儿子沈志国、沈志成，他们是被沈琳父亲请回来参加宴席的。兄弟俩这些年一直在北京干装修，一开始给人打下手，后来当了小包工头，也没有公司，就是到处接活儿。在北京时他们和沈琳一家时有往来，沈琳知道他们买的是二十多万的国产合资低配车，而且是二手车，到手才十来万。但七大姑八大爷们似懂非懂，惊呼说志成、志国也开上豪车啦。人群的注意力瞬间转移到他们身上，围着他们说个不停。沈琳一向看轻这两个只有初中学历干粗活儿的表哥，这时倒对他们生出一些敬意，心想仅靠体力劳动能开上这样的车，证明人家的日子也是芝麻开花节节高了。

庆祝宴将于晚上在县城的大酒店举行，一行人先在家休息。吃过午饭，沈琳站在自家楼外，再一次打量着这包含了一家人心血的四层楼，自豪感油然而生。阳光下，对开的银灰色大铁门闪着光，瓷砖外墙崭新亮堂，比隔壁大伯家的四层楼显得气派多了。新装修的房就是漂亮！

农村自建房就是大，每个房间都有二十几平方米。装修是沈琳一手主导的，她通过微信视频指点着父母，给出意见。每个卧室都铺了木地板，安了空调、抽水马桶；一楼大客厅已经没有电视墙了，换成巨大的投影仪，WI-FI 的速度非常快。只要关上门，在这楼里生活和在北京城没有任何区别，只会更舒服。父母供一双儿女上大学，已是千辛万苦。这房陆续盖了十来年，又一点一点装修，才成今日气候。想到父母晚年能住上这样的房，沈琳非常安心。

父母给一儿一女都留了一层楼，每层三个房间，还有个小厨房。父亲说万一你们姐弟都想回来定居，一家一层，各自开火，互不干涉。此时沈琳夫妻躺在二层的卧室里，望着窗外连绵起伏的山脉，心头很宁静。沈琳想象了一下父亲说的全家老少住在一个楼里又独立成章的情况，好像也不赖。老那头枕着双臂，舒服得直哼哼：“老婆，真不想回去上班。要不回来和爸妈一起种菜吧，我愿意倒插门儿。”

沈琳哼了一声：“休想！你是安逸了，不为儿女考虑？”

睡醒了，沈琳下楼，提了茶壶走进门口的蔬菜大棚里。父母正在忙活，他们种了五亩菜，以芹菜和黄瓜为主。外面气温只有七八度，大棚里却一片葱郁，春意盎然。父亲只穿了件洗得稀薄的汗衫，母亲挽着裤腿，汗珠从额头上滴落下来。不知名的小虫子嗡嗡飞着，衬出乡村的静谧来。沈琳招呼他们过来休息，三人坐在小板凳上喝茶，父母的目光巡视着绿油油的蔬菜，一脸满足。

父亲摘下两根嫩黄瓜，递给沈琳，两人咔嚓咔嚓吃了起来。父亲道："你和你弟弟之前总劝我说别盖楼别装修，去县城买房。其实这点钱去县城买房，一百平都买不了，知道现在县城的房多贵吗？"

沈琳一问才知现在县城的房居然也要每平方米九千块钱，不由咂舌。父亲说因为通高铁了，又因为现在十里八乡的人只要一结婚，女方都要求必须在县城有房，谁也不爱在村里住。这么着，房价就起来了。父亲说老家的房不能荒，地不能丢。万一将来城里混不下去，这一方基业没准儿是退路，能稳稳接住在外漂泊的游子们。但是没有人懂这个道理。

沈琳道："爸，您就不盼着我们点好？我在北京 21 年，比在老家的时间都长。房也有了，家也有了。我弟弟连户口都迁走了，我们怎么可能回来呢？"

父亲笑了，似欣慰，似遗憾。

母亲问："现在北京城里房价多少钱？"

沈琳道："这可不好说，五六万的也有，十几万的也有，看买哪里了。"

父亲沉默，母亲啧啧有声，面有难色。沈琳知道他们是在替儿子操心这个事。如果十年前不买房，现在还想在北京买，只能是个梦。六个钱包凑首付？沈家老两口只有两个瘪瘪的钱包。谢美蓝那边更惨，父亲早逝，她由母亲带大，去年她母亲得了癌症，花光了沈磊两口子所有的积蓄也没救回来。谢美蓝伤心了大半年，才慢慢缓过劲来。

沈琳安慰道："我弟弟单位将来会盖经济适用房，比市场上便宜多了。你俩就不用操心了。"老两口叹了口气。

晚上，县城最好的大酒店，那子轩周岁生日宴兼沈家新居落成宴盛大举行。宴席摆了十桌，灯火辉煌，舞台中间的大屏上的照片和视频是老那早早安排李晓悦剪辑出来的。县城的宴席便宜，老那便在场地布置上极尽所能，彩虹机、鲜花、拱门、红地毯应有尽有，甚至还从北京请了几个演员来给宴席助兴。其中有个节目是一群美女穿着飘逸的汉服，扮成仙女模样跳舞。这是李晓悦找的节目，她是个汉服爱好者，平时一有空就参加各类汉服活动。

大多数人都生活在村里，很少看到这么新奇的节目，啧啧惊叹。

老那张罗着、指挥着，一会儿爽朗大笑着要老少爷们儿吃好喝好；一会儿俯身谦逊聆听某位长辈教诲，一会儿举杯巡桌，仰脖一口喝干杯中酒，说道："我们当儿女的在外打拼，不能常在两位老人家膝前尽孝，感谢各位亲友对他们多年的关爱和照顾。"一场宴席，成了他的独角戏。所有人都喜欢他，"女婿半个儿哇，这个女婿好，听说是个大公司的副总呢。""果然行事大方豪爽，是登得了大台面做得了大事的人。"

沈磊自顾自吃着，既不挨桌喝酒致谢，也不参与谈话。不过大家习惯了他这样，倒也不以为异。有人问沈磊："现在一个月挣多少钱啊？"

老家的人就是这样直白，这问题要给其他回乡的人听了就会吃一惊，或反感，或敷衍，但沈磊不会。

"八千块钱。"他说。

问的人语塞，半晌含糊道："不错不错。"

另一个人问："你看你姐的车多好，你怎么不也买个宝马呀，研究生？"

"没钱。"沈磊坦然。

"哪能没钱呢？名校毕业的研究生，又当上中央的公务员了，哈哈哈。"大家笑，觉得他必定是在下一盘大棋。这年头，穷人从来不敢承认自己穷，只有有钱人才能把没钱两个字说得那么自然。

沈磊没接茬，夹起一只虾，摘下虾头，"嗞嗞"吸虾油，剥壳吃肉。谢美蓝整晚都很沉默，面色不好、胃口不佳的模样。沈磊给她剥的虾一只没吃，看样子晕车有点厉害。这时司仪请姐弟二人偕其伴侣孩子上台，大家依言上台站定。老那抱着儿子，沈琳牵着女儿，春风满面，沈磊、谢美蓝站她身边。这是宴席的高潮时刻，司仪声情并茂，把姐弟描述得出类拔萃。

如果说对沈琳的描述有点夸张的话，那沈磊则当之无愧。他一向是沈氏家族的骄傲，别的孩子爬树玩泥巴早恋的时候，他稳稳钉在教室座位上，一口气做一本题集。凡是和考试有关的事情，对他来说都轻而易举，考名校、考研、考公务员都非常顺利。这个世界对于会读书的人还是充满敬意的，因此众人艳羡了一阵沈琳后，注意力照例转到沈磊身上。瘦高的沈磊穿了一条浅蓝色牛仔裤配黑毛衣，透着俊逸儒雅的气质，身边的谢美蓝清丽出尘，好一对璧人！沈琳父母看着台上这一双儿女，眼含热泪，心满意足。

沈磊淡淡地笑着，转头看着老婆，发现她眉心紧蹙，像是在忍受着不适，此时更轻轻呻吟了一声。

“你怎么了？”沈磊关切问道。

“头痛，恶心……”谢美蓝这两天一直不太舒服，今天自上了车，就觉得小腹坠痛，周身不适。她强忍了这半天，已到了无法控制的地步了。话音刚落，就觉得一股热流自两股间流了下来。她低头一看，裤底已被鲜血洇湿，接着更多的热流涌下，在裤子上洇出一条暗红的线。沈磊赶紧扶住她，全场也感到了异样。沈磊扶着她刚要走下台，谢美蓝脚一软，摔倒在地，全场惊呼。

宴席中断，谢美蓝被紧急送往县医院。做了B超后，医生说是流产没流干净，宫腔里还有血块。沈磊如晴天霹雳，那表情像是他也头回知道这个消息。

“怎么回事？”沈琳看出异样来。

沈磊刚想说我也不知道，见病床上的谢美蓝微微示意他，便含糊道：“上个月小产了，没休息好。你跟咱爸妈就说月经紊乱，千万别说漏嘴了。”

自儿子在北京落户后，父母不做他想，最大的念头就是赶紧抱孙子。沈琳想仗着大姐的身份说他们两句，但一想到沈磊从不让任何人对谢美蓝有一丝冒犯，便止住了话头。走出病房，沈琳用沈磊的话把父母糊弄过去，说沈磊留下来陪床就好，大家都回去休息。

大家都走了，只剩下沈磊、谢美蓝两人。谢美蓝睁开眼，见沈磊一脸困惑地看着她，她别过脸。“你说出差一周，其实就是去做流产手术吧？”他毕竟绝顶聪明，很快就把事情连起来了。

谢美蓝不答。

“你什么时候怀的孕？”

谢美蓝闭上眼。

沈磊再理智，此时也失去了冷静。

“是我的孩子吗？”

谢美蓝一下睁开眼，见沈磊神色仓皇，不觉也鼻子酸了，她知道他有多爱她。是她对不起他，她绝了自己的后患，也绝了他的希望。可不如此，余生她都会后悔。

“当然是。我们回北京再说好吗？让我好好休息一下。”谢美蓝说。

沈磊不再说话，低着头走了出去。这缄默的体贴此刻看在她眼里分外可恨，但凡他能抓住她的身体使劲晃，咆哮着要她说出真相，她也觉得他是有温度、可理解的。一个人宽容至此，只能用麻木来形容了。

宴席草草结束，亲友们回到沈家，聚在客厅，说着谢美蓝的事。沈琳含糊地说因为工作太累，月经失调了而已，无大碍。众人松了口气，感叹着北京的工作强度之高。

“据说你们在北京公司上班的都996啊，我听着这不比我家志成、志国的活儿轻松呢。”大伯挺时髦，“996”这种词都知道。

“我们再怎么着，也是辛苦活儿，到底不如坐办公室吹空调。”志成、志国真心实意地谦虚着。

李晓悦道：“两位沈大哥，我倒觉得你们的工作挺好的，我还挺想干的呢。”

志成笑道：“贴瓷砖，抹墙灰，一头一身的土，你可干不来。”

李晓悦道：“但是自由啊，不用打卡。打卡上班真是天底下最可怕的生活了。”

老那瞪着她，她并不害怕，笑眯眯的。老那是纸老虎，整个部门的人都不怕他。

睡下时已经十二点多了，沈琳和老那说起谢美蓝流产的事。两人沉思了半天，都觉得事情不妙。可沈磊轻易不和别人说自己的事，而平时看上去两人也一副恩爱模样，到底发生了什么，他们也不知道。叹了半天，两人滑入被窝，听着旁边床上一双儿女平稳的呼吸声，搂着彼此，都觉得心里分外踏实。只有人到中年才知道伴侣的意义。伴侣就是人生同路人，人生路漫漫，一个人走难免心慌，有手可以牵着，有肩膀可以互相依靠，多么幸运。

凌晨两点，老那被集团销售副总姜山的电话吵醒。他的声音急促紧张：“你还在河北吗？”

老那睡眼惺忪口齿不清：“是啊。”

“卧槽，赶紧回来吧，王总昨晚坐火车去山西出家了。玲总哭得不行，给我打了电话。”

两口子一下子清醒了，坐起身来，目瞪口呆。

山西吕梁深山里的一个庙，老那和王总的老婆秦玲玲还有姜山一起，开车追到这里。他们走进庙里的时候已经来不及了，剃度的老和尚手中剃刀嗡嗡，王睿智表情虔诚，跪在他脚下。剃刀移动，青白色的头皮露出，面色死人般瘆人。佛乐悠扬，木鱼声声，不到半分钟，三千烦恼丝掉尽。王睿智死去，和尚觉空诞生。秦玲玲浑身颤抖，被这景象骇住了，不敢上前去闹。管事的和尚要他们去觉空的厢房等着。

三人在狭窄昏暗的厢房里等。觉空走进来见他们时，已经穿上了灰色衲衣，头皮剃得发青，脸上仍有严重缺觉的黑眼圈，可神情却非常平静。

秦玲玲眼泪唰地一下流了下来，老那和姜山眼圈也红了。他们实在是无法相信，前几天还在会议室听取报告、做出种种指示的老板，一夜之间出了家。了解一个人到底有多难？

秦玲玲上前拉住觉空的手，叫道：“老公。”

觉空微笑道：“叫我觉空。”

秦玲玲号啕大哭，扑到丈夫身上，使劲打着他。觉空不还手，也不拥抱她，表情一直很平静。

老那和姜山等一干兄弟跟着王睿智创业十五年，陪着他把一家小小的医疗器械公司做成了医美集团。创业的多年高压让王睿智得了抑郁症，长期失眠，严重的时候有自杀倾向，后来信了佛，状态好转了很多。他在公司和家里都设了佛堂，自称是在家修行的居士。信了佛让王睿智的经营策略更加老练从容，公司业务蒸蒸日上。老那、姜山这些人因此感到欣慰，没想到他居然信到这个程度，人到四十五岁，放下妻儿，看破一切。

老那也流泪了：“哥，你这是何必呢？”

姜山性子更急一点，拉起觉空的手：“这是谁把您忽悠成这样子？我要去报警。走，你跟我们回家。”

觉空微微一挣，摆脱了他：“这些年，我心里没有一刻是快乐的。但凡我稍微松弛一点，公司立刻出状况。我就像被绑上一架战车，永远没有停下来的时候，只能往前冲。你们知道这种战战兢兢的感觉吗？如今心里平安喜乐，于我而言是解脱，是重生。为什么你们不明白呢？”

秦玲玲道：“A轮融资马上就要成了，往前冲就是胜利，你怎么能在这个时候放弃呢？”

觉空的笑容略微带了点凄凉：“A轮成功，是不是还有B轮、C轮？上不了市，怎么对投资人交代？上得了市，是不是要对股民有交代？我为什么要跟那么多人交代？往前冲不是胜利，是悬崖。这到底是谁的人生？我的弦真的快要断了，要不是佛祖救我一命，前年王睿智就从天台上跳下去了，哪里还会有今日的觉空？”

老那退了一步：“就算您真的想出家，那北京也有庙啊。广济寺、潭柘寺、龙泉寺，哪里不能出？为什么要到这么偏远的地方？”

觉空说：“越偏远，越自在。”

大家一时无话。夕阳照进厢房，投射在黑泥地板上。厢房窗外就是高高的杂草和野花，野蜂嗡嗡飞着，使人备感孤寂。

觉空双手合十：“一念心清静，莲花处处开。父母我已做好安排，养老无忧。公司你想继续经营或者卖掉，都可以。带着儿子，天地广阔，放下我执，必能大圆满。”

秦玲玲眼神哀怨，还在试图挽救：“我们谈过生死，谈过什么是幸福，什么是永恒，什么是存在的意义。我不明白，在这种地方，诵经、粗茶淡饭、硬床板，这就是你要的永恒？”

觉空：“我来这里，就是要搞清楚，到底有没有永恒，幸福又是什么。如果世间并无永恒，上天为何生我们下来？难道人活一场都是空？如果有，永恒的尽头又是什么？”

老那和姜山互视无语，王睿智就是太钻牛角尖，钻得走火入魔了。

秦玲玲眼泪不停地往下淌：“如果是因为创业使你感到痛苦，我们可以立刻关掉公司，回归家庭，每日聚在灯下，丰盛的晚餐，父母的笑脸，儿子说着学校的事。早晨起床，一人一杯咖啡，看着露台的花儿绽放。这不也很快乐吗？为什么一定要这么极端呢？”

觉空道：“说来你不信，父母的笑脸，儿子的学业，你说的这些东西，在我心中都是负担。别的不说，为了使露台的花儿四季都能开，你大动干戈建温室，选花品，不胜其累。其实花开的时候，你并没有多少时间欣赏。再说了，走出门去，到处都是花草，为什么一定要拥有它们才能欣赏呢？玲玲，放下吧。”

秦玲玲哑然，再次开口时已变得冰冷愤恨：“你以为别人不想像你一样放下吗？谁没有被生活压得喘不过来气？谁不在苦苦挣扎？只有你做了这种自私的选择。你伤害了我和儿子，更伤害了你父母。你以为你超凡脱俗？其实你是废柴！”

她转身走出厢房。老那、姜山见觉空去意已决，也不好再说，只好闷闷地掉头跟着走。

临上车前，老那非常不安。公司这些年虽然给每个创业元老发了邮件，确定了分配到他们头上的期权份额，但并没有正式的协议。他和姜山几个创业元老含蓄地问过几次，回答是因为分配非常复杂，律师和财务老总与王总开了多次会，正在起草翔实的协议云云。王睿智此番一去，这事恐怕不妙。

老那踌躇了下，回头走向目送他们的觉空，问道：“哥，那，那个期权——”他期期艾艾。

觉空凝视着他，双手合十，叹息般：“阿弥陀佛。”

车驶在羊肠小道上，庙被远远地抛在后面。秦玲玲开始哭，由小声地抽泣变成了大声地号哭。最后一抹斜阳收起余晖，乌鸦扑棱棱大片飞起，鸣叫声回荡在千山万壑之间，伴着秦玲玲的哭声，气氛格外孤寂凄苦。回头望，暮色四合中，觉空已变成了个模糊的小点。想着昨日王睿智还开着宝马760Li住大别墅，今天却甘愿躲进这连路都没有的大山里度过余生，老那恍若梦一场，心空得没有一点力气。

第二天晚上，坐在自家餐桌边，老那一直在愣神。难得不加班，弟弟那隽带着李晓悦一起来家里吃饭，说来看望母亲，顺便来吃嫂子做的菜。三十二岁的那隽在一家上市的互联网企业当工程师，是公司的技术大拿，平常忙得在公司睡行军床，牙膏、毛巾、拖鞋备在抽屉里。老那一直担心弟弟这么干下去，不知道哪天会猝死。他这哪是996？明明是“007”。不过那隽却很接受这份辛苦。是啊，年薪总包一百万加年底分红，外加两千万期权，不把你骨髓油都榨出来，你会以为老板的钱是他自己印的。

那隽这个人，睁着眼睛呼吸的每一分钟，不是在上班，就是在健身。健身的时候他也要打开视频，但从来不看无聊的内容，而是听 TED 之类的知识讲座。总之不是用来充盈钱包，就是用来建设肉体或者头脑。一旦要亲自动手处理生活小事，他会如机器般精准控制每个环节，将效率提到最高：洗衣机放上水洗衣服，灶上坐上锅煮蛋，打开咖啡机煮咖啡。做完这一切后洗衣机已放满水，可以放洗衣液。吃完饭后刚好晾衣服，晾完衣服咖啡温度正好。顺序不能乱，乱了就会浪费三到五分钟。

老那也不知道弟弟到底存了多少钱，只知道他已经看中一套两百平的大平层，那个大平层均价已过八万。而去年父亲说要装修老宅，那隽没找他平摊，默默打给了父亲二十万，像花二十块钱买了杯奶茶。

大家谈起王睿智变觉空，老那心里仍空落落的。

那隽说："公司不会倒闭吧？"

"谁要倒闭？"沈琳在厨房听了一耳朵，她现在对这种词很敏感。

老那赶紧说当然不会倒闭，秦玲玲也是公司老总之一，秦玲玲的哥哥秦锋也是高管，整个管理层都非常稳定。王睿智走了，并不会影响公司正常运转，大不了融资失败。可是公司本来盈利状况就不错，不融资，只不过发展速度变慢而已。

那隽道："你们这种创业型公司的期权都是纸面富贵。别说没有以协议框定，就是真的框定了，还有那么多轮融资。每一轮都满满的陷阱，协议里的每一个条款都有可能跟你耍花招。"

老那承认这有道理。但是他跟着王睿智干，一年年涨薪，职位一年年提高，每年年底的奖金由十年前的三万、五万，慢慢变成现在的十万、二十万，已经非常满足了。他和弟弟比不了，那隽考上了中国人都期望子女能考上的那所学校的软件学院，又读完了研究生，他不过上了老家一个二本。能在北京混到有车有房有二胎，出去别人也副总副总的叫，已经超出他的人生预期了，目前只求保持现状。

"你们这种家族企业，创始人出状况，公司凶多吉少。哥，你得赶紧做好准备了。”那隽仍在聒噪。

弟弟就是这样，仗着自己是学霸，从小到大都透着智商的优越感，好为人师。

“能有什么事儿呢？”老那反感。

“你没有什么核心竞争力，而且体力和创造能力都已经远远比不过年轻人。我要是你我得夜夜失眠。”

老那不爽道：“我和你走的路线不一样，我是管理岗，只需要有管理能力就够了。再说，越是家族企业，越讲究忠诚。公司一共没有几个和睿智一起创业的老兄弟，这是任何核心技术都代替不了的。”

那隽耸耸肩：“冷暖自知，反正我话点到了。”

老那眉头拧起来，气氛紧张起来，幸好沈琳端了一大盆新卤的猪蹄走过来，欢快道：“好吃的来喽。”这危险的话头得以被岔开。大家不再争执，咽了咽口水，纷纷把手伸向盆，埋头奋力吃了起来。卤了五个小时软糯弹香的胶原蛋白把嘴唇都粘住了，黑啤的苦正解这一份油腻。那隽平常都是快餐打发，每隔一段时间就来嫂子家解馋，奔的就是她的卤货。平时他是看不起嫂子的，一个家庭主妇，仅此而已，能怎么样呢？但此时他啃着骨缝里的蹄筋，又觉得，如果一个女人做得一手好菜，持家有方，也算是有极大的价值。他看了一眼李晓悦，见她吃完一块，意犹未尽地添着手上的酱汁儿，透着一股率性，也可以说幼稚，不由又好气又好笑。天真是三十岁的李晓悦最大的优点，也是缺点。唉，哪怕她能像嫂子一样，虽在事业上无建树，但热衷于家庭生活，他也不至于如此犹豫。

“卷卷，别总通宵加班。公司是老板的，身体才是自己的。”沈琳婆婆有点忧愁。卷卷是那隽的小名儿，他天生头发有点自来卷儿。

老那吐出块骨头，不忘报刚才的口舌之仇：“老板叫你十个小时攻克技术难题，你绝不敢拖到十个小时零一分，这就是你的核心竞争力呗？你体力好呗？小子，悠着点，小心猝死。”

沈琳打了一下老那，嗔怪道：“乌鸦嘴。”

那隽好笑地看着他们。唉，家庭主妇，能有什么见识？母亲和嫂子这样的主妇，主妇……最热衷的就是生孩子了，明明没有收入，哥哥那个副总是没有功劳也有苦劳熬来的，工作也并不是铁饭碗，居然也敢生了个二胎。这一家真是废柴之家，他们的日子照他看来危机四伏。

不过这二胎的小侄子睁着黑葡萄样的清亮大眼睛，挥舞着小胖胳膊，看着很可爱，大侄女吃起饭来斯文秀气有家教，哥嫂恩爱，小小的屋子很整洁，每道菜都可口。废柴可能也有自己的快乐吧？

第三章 任性的女人，住不进他的大平层

吃完饭，那隽和李晓悦离开哥哥家，在街上漫步。李晓悦在老那这里干了一年了，这是那隽帮她找的第三份工作，是他认识她以来干得最长的一次。他认识她三年，她已经换了七份工作了。

“你们老板出家，你有什么想法吗？”

“不是一般人的境界，我挺好奇出家是个什么感觉。哎，哪天咱们去庙里感受一下吧。”李晓悦睁大眼睛，一脸神往。

“我没有跟你谈境界，我是说你就没感觉到你的工作有危机了吗？不提前规划一下？”那隽不爽。李晓悦跟了他这么久，真的一点长进也没有。

“怎么有危机？”

“自古以来，改朝换代都是杀老臣的时候。我哥是老板的人，又不必然等于是老板娘的人。没准儿老板娘冲他放火，殃及你这条池鱼。”

“不会吧？”李晓悦站定脚，哀叹一声。想了想她又说：“可是怎么规划？你是说赶紧跳槽吗？你不是最讨厌我跳来跳去，说没有规划？再说了，想开我就开呗，N 加 1 它不香吗？”

那隽恼火："跳槽分两种，一种是无头苍蝇一样地乱跳，一种是有目标递进式地跳。你不该乱跳，也不能在一个地方趴下去就觉得是个安乐窝有养老心态。"也许因为在哥哥手底下，日子太舒服了？就不能让李晓悦这种胸无大志的人太舒服。可是，恰恰因为胸无大志，无论怎么样她都会让自己舒服，舒服得像个白富美。尽管她只是个上无片瓦、下无立锥之地的孤儿。

李晓悦哈哈两声，懒洋洋道："你怎么知道你要跳去的公司，它就不会出问题呢？谁知道王总突然出家，谁知道明天会发生什么？你聪明绝顶，预测到新冠疫情暴发了吗？过好今天不就得了？"

那隽停住脚步："你知道三十岁意味着什么吗？"

李晓悦不耐烦："三十岁开始步入中年。我生日那天你已经提醒过我了，不劳你重复。"

这就是两人的死结。怪不得自己迟迟不想让李晓悦参与买房的事情。直觉告诉他，李晓悦不是有资格入住他那个大平层的女人。

李晓悦大步流星往前走几步，又回头道："顺便说一下，我觉得你刚才在饭桌上对你哥说的那些话很没有礼貌。那隽，没有人想从你身上学到点什么，别总自我感觉良好。你能挣到钱，不代表你掌握了宇宙真理。"

李晓悦看着很温柔，性子也随和，但生起气来杀伤力极强。而他爱的偏偏就是这份温柔与暴虐的混和。

李晓悦是那隽在公园认识的。

三年前初春的一个黄昏，那隽在公园跑步。跑累了，见公园湖边的桃树下有一群女孩子穿着汉服在嘻嘻哈哈地拍照，他就坐到旁边的大理石条凳旁，一边喝水一边欣赏着。汉服美不胜收，姑娘们也漂亮。其中有一个最美，鹅蛋形小脸，下巴尖尖，乌黑的头发一半高高梳起，露着光洁的额头；一半柔柔地垂下，鬓边发簪的珠串如水般流泻在温婉的脸蛋旁，身上一袭洁白的汉服，站在一树怒放的桃花下。她就是李晓悦。这一刻，平生所知的唐诗宋词元曲，在理科生那隽的脑中都活了过来。他目不转睛地看着她们摆出各种姿势拍照，姑娘们早被行注目礼惯了，甚至可以说被注视正是她们穿汉服的主要目的，因而也不以为异。李晓悦感受到了那隽的注视，礼貌性地点点头，对他嫣然一笑。那隽的心怦地少跳了一拍。

拍累了，姑娘们停下来休整。这时一个男人慢跑着从李晓悦面前经过，手迅速地摸了一下她的乳房。李晓悦正低头整理襦裙里的抹胸，猝不及防地被这么一下子，呆住了。男人边跑边回头对她挑挑眉，一脸轻佻猥琐。李晓悦勃然大怒，跑过去，截住他问："你干嘛？"

姑娘们也跟了过去，把他围住。这男的人高马大，看着很强壮，李晓悦站在他身边显得格外娇小。他有恃无恐，笑道："哟，这么多美女，太荣幸了。"

李晓悦道："你刚才摸我胸了，这是性骚扰、流氓罪，跟我上派出所吧。"

男人笑眯眯道："妹妹，派出所多没劲，上我家吧。"

姑娘们七嘴八舌怒斥着他，但他根本不以为意。有个姑娘掏出手机报警，男人嗤之以鼻："现在的田园女权就是这样栽赃陷害男人的？你说我性骚扰，我就性骚扰了？这里又没有摄像头，她们都是你的朋友，当然帮着你。"

李晓悦脸色发白，咬着牙瞪着他，冷冷问："你不承认？"

男人："承认什么？"

李晓悦眉毛竖起来："你以为我是文明人，可以跟我耍流氓？"

男人大感兴趣，上下打量了一下李晓悦："你流氓起来什么样？我很期待。"

李晓悦气得一句话说不出来，男人笑了笑，正打算离开，只听李晓悦喝道："你们都给我让开。"

大家不知道她要干嘛，都散开。那隽担心李晓悦吃亏，站了过来，刚要说"我做证，我看见你性骚扰她了"，只见李晓悦往后退了好几步，突然往前冲，大喝一声，头一低，像头牛一样，直接撞到男人的胃上。两人跌进了湖里，溅起水花一片。

大家傻眼了，那隽惊得下巴差点掉下来。没想到这弱柳扶花的小美女，性子竟如暴烈如蛮牛。李晓悦从水里浮起头，往岸边游。那男人胃部受重击，疼痛加恶心欲呕，还未喘息，偏又掉下水，呛了好几口，拼命挣扎着。李晓悦湿淋淋地上了岸，朋友早就把放在凉亭的外套帮她拿了过来披上。男人缓过神来，爬到岸上，有气无力地瘫倒在地上，咳嗽着说要起诉李晓悦故意伤害。

“起诉呗，我这是反抗你的猥亵，算正当防卫。”李晓悦用纸巾吸着头发上的水。

“谁看见我猥亵你了？”男人怒吼。

“我看见了，报警的话我可以作证。”那隽上前道，男人再也说不出话来了。一会儿警车来了，大家到派出所，那隽作证，男人被行政拘留五天。走出派出所，姑娘们感谢着那隽，那隽说大家加上微信，交个朋友吧，其实他主要是想加李晓悦，这姑娘真不是一般人。两人就这样交往起来。

相处时间长了之后，那隽渐渐了解了李晓悦。她何止不是一般人？她可太不一般了。

李晓悦出生于四川某县城，独生女，受尽宠爱，但高中时父母在一场车祸中丧生。她靠勤工俭学读完大学本科，只身来北京闯荡。她学的是中文，只是个二本，所以找不了太高级的工作。一开始她在一家广告公司上班，后来去了某媒体，后来又去了公关公司。她自己也记不住换了多少家公司，每次辞职的理由如下：

某份工作，她嫌路途太远，往返三个小时。那当初为什么要去呢？那时手里没钱了，得赶紧先挣钱。

某份工作，直属领导有厉害的口臭。两人工作交集极多，醺得她反胃。

某份工作，老板经常下班后开所谓的企业文化会，大谈员工要懂得感恩。一开就是一两个小时，她懒得听他废话。

某份工作，她是公关公司媒介。经理总让她帮着虚假报销，她觉得有风险。

某份工作，直属领导特别爱摸她的手，揉她的肩膀。她忍无可忍，有一次故意把椅子腿挪到他的脚面，狠狠坐下去，疼得他脸都变形了。

如此等等，不一而足。但最常见的理由是，加班太多。是的，几乎她上过班的公司，都要加班，严重程度不一样而已。

李晓悦曾苦恼地问那隽：“我要求很高吗？九点打卡，晚到一分钟就算迟到。好，我没意见。那六点下班，为什么六点走不了，往往拖到七八点甚至九十点钟，周末也经常不分青红皂白地把人叫过去干活？而且没有加班费。”

那隽说：“你要求的确很高。现在上班，没几家单位不加班的。况且你那个叫什么加班？九十点钟下班对我们公司来说，就叫工作量不饱和。”

李晓悦道：“你一个月工资税后七八万，我才挣一万块钱。凭什么剥削我？”

那隽道：“可我觉得即使一个月给你七八万，你也不会忍受加班。”

李晓悦笑了，诚实道：“是的。”

在李晓悦人生中，玩是头等大事，有一次她甚至为了去见识一下青海的民俗活动六月会辞职了。不上班的时候，她经常约着和同事去唱歌、蹦迪、看电影。她喜欢旅游，攒下来的年假、各种大小长假，全部给了旅游。听着好像是费钱的爱好，但在李晓悦这儿并不是。她会提前很长时间做规划，做出最省钱的攻略。能坐火车的她绝不坐飞机，能坐公交的绝不打车，有次甚至为了省钱坐了三十五个小时的硬座去云南参加泼水节；住的地方一水青旅，一晚床位才五六十块钱。她也不怕这种地方不安全，她每去一处旅行，到了目的地都会第一时间去买一把水果刀随身带着。她翻起脸来极快，且敢下死手。有歪念头的男性一靠近，立刻会被她同归于尽的杀气吓退。他们只是想捞一把便宜，可如果这便宜其实很昂贵，他们就会放弃。

她还有另一大爱好是汉服。汉服贵的上千，便宜的不过一百多。可再便宜的汉服，穿在李晓悦身上也好看。她加入了个汉服社，这个汉服社定期有活动，春分赏花，端午祭祀，中秋拜月，还要去全国各地参加各种汉服节，忙得很。万把块钱的月薪在北京本只能苟活而已，她却活得多姿多彩。

那隽很爱李晓悦，因为她漂亮，更因为她不爱慕虚荣。那隽认为虚荣拜金是女性的死罪，他曾暗暗发誓这辈子要找一个漂亮的贤妻良母，不爱钱的那种，最好是处女。他，名校软件学院的研究生，身高一米八，上市公司的技术大拿，金字塔尖上的那一小撮，光得到他这样一个人就够了，要什么钱?

他的社交面很窄，工作中女性比较少，去相亲吧，又往往找不到符合条件的。从二十四岁到二十八岁，那隽底线一降而降，最后咬牙把“处女”选项去掉。他曾经在相亲网上认识了某个女孩，长得很美貌，看上去也不拜金。比如吃饭时她也会买单，也给他买过领带，在他的出租屋里也炖过几回肉，在厨房的身影看着很贤惠，他很高兴。没想到当他们谈到结婚时，女孩居然要求他买的房要加她名，而她一分钱不出，说没钱。那隽心凉了半截。如果她不提加名，他会给她加。但她提了，性质就不对了。原来她一开始的大方，只是以小博大。饭钱领带才多少钱？半套房又多少钱？

除了不是处女，李晓悦所有的品质都符合那隽的要求。两人相遇时岁数都不小了，再加上那隽已经把处女要求去掉了，所以这一点瑕疵也不算什么。李晓悦从来不主动花那隽的钱，不索要礼物。那隽忍不住炫耀自己的百万年薪，她也只是哦了一声，并不很感兴趣的样子。两人交往期间各自租的房，出去约会看电影吃饭什么的你买一次单，我买一次单。她买单的样子并不像钓鱼，因为她从来没有问过那隽关于嫁娶、买房之类的问题，这让那隽非常欣慰。

除了美、不拜金之外，李晓悦最吸引那隽的还有活泼。她能精力充沛、花样翻新地玩儿，北京所有最好玩的偏门的地方，都是李晓悦带着那隽去的。她带他去参观某胡同的老物件博物馆，去听脱口秀俱乐部的线下脱口秀，去延庆高山上露营。他冻得要死，生出怨气，可夜空璀璨的银河让他一下失语，清晨山间翻腾的云海，日出时壮美的万丈光芒，此生将会牢刻在脑海里。

那隽梳理过，他长这么大，心底的那些美好多半是活色生香的李晓悦给的。他几次差点开口求婚，但总有个声音告诉他，不行，还不行。

李晓悦太爱玩、太爱跳槽、太没有规划了，这让他没有安全感。他不是舍不得给李晓悦花钱，而是，她好像对未来没有什么打算。李晓悦会做饭，但他们在一起时，多半叫的外卖；李晓悦只收拾自己住的屋子，去到他的住处时从来不替他收拾。一般的女朋友到了男友家，见一地的狼藉，不是会嘟嘟囔囔地收拾吗？结婚后的事儿多着呢，他想要两个孩子，光孩子这一项，就够李晓悦忙活了，可她看上去并不像有母性的人呢。

会玩儿，谈恋爱时是优点，结婚后可就是缺点了。渐渐地，那隽不再对李晓悦带他玩的那些稀奇古怪的东西感兴趣了。他工作极忙，赶上项目期天天都睡在公司。有次他结束项目后脸色灰败地走出公司，才发现已经一个月没有见李晓悦了，而李晓悦也没有找他。两人连电话都没有打过，只有微信的只言片语。他给李晓悦打电话。

“啊你出关了？”李晓悦声音很欢快。

“抱歉，我这段时间太忙了。你在哪里？”

“我在大兴安岭，下周才回去……喂，听得见吗……山上信号差，回去说吧。”那头电话挂了，那隽不胜怅然。他那么忙，如果他的妻子不能守在家里，为他留着一盏灯，让他随时有口热汤喝，那他干嘛结婚呢？

那隽曾指出李晓悦太爱玩了。李晓悦说你不也没时间陪我吗？他说他加班到地老天荒，身不由己。

“世间根本没有什么身不由已，辞掉不就完了？谁会拦着你？”李晓悦说。

瞧瞧，这就是李晓悦的幼稚之处了。这样的好公司，他 PK 掉了多少竞争对手才得来的，怎么可能辞掉呢？

“男人事业心强，不是应该的吗？”他道。

“你所谓的事业不就是钱？索性说自己爱钱得了呗。”

那隽疲惫而高傲地笑了，承认李晓悦说的有道理。可钱是好东西啊。不挣钱，他为什么要头悬梁锥刺股刷那么多题考名校？不挣钱，他为什么要来北京？那么多人闯北京，不就是因为这里好挣钱？油光水滑的豪车，内环线的别墅大平层，香气微微的五星酒店总统套，一水英美国家白人外教的国际学校……那么多人间的好东西，他拼了命也要去试一下，到底是什么滋味。

李晓悦见他没有反驳，倒认真地劝起他辞职来，说他目前的存款想必非常丰厚，不如跳槽找个工作强度小的，享受一下生活。

“享受生活”这个说法让那隽觉得刺耳，三十二岁的男人，哪配享受生活？而没有钱，怎么享受生活？

她觉得好笑，国家大剧院的早鸟票，世界级交响乐团的演出，不过百十来块钱；黄昏坐在故宫的红墙下，看着夕阳投射在厚重历史中，所费不过六十块钱；圆明园门票才十块钱，坐在荷塘边，看接天莲叶无穷碧，吃一串糖葫芦十五块，你买不起吗？

他说他来北京主要就是为了挣钱，没心思看皇家园林映日荷花别样红。

“挣钱是为什么？你都不停下来认真地看一眼北京，来北京干什么？”

他被绕糊涂了，来北京干什么呢？对，他来北京，是为了过人上人的生活。国家大剧院，踢踏舞踢得他眼花缭乱，交响乐响得他头晕脑涨，哪有大平层看着让人高兴？拿精神享受代替物质享受，这是失败者的狡辩，穷人的精神鸦片。一切廉价的东西，都不值得追求。

两人都很沮丧，都觉得对方不可理喻。

“你知道海淀六小强的学区房多少钱一平方米吗？你知道普通的国际学校，一年学费多少吗？人岂能只顾自己快活，不想后代？知道什么叫阶层滑落吗？”

“你算什么狗屁的阶层？上不了六小强或者国际学校，就没有未来吗？”

那隽冷笑：“这是北京，211 多如狗，985 遍地走。不能走到金字塔尖，只能去给屌丝公司打工，或者开滴滴当月嫂，有什么未来？”

说完他意识到失口了。李晓悦的学校就是个屌丝大学，正在一家只有十五个人的屌丝公司上班。果然李晓悦脸一沉，一言不发，转身就走。

他们俩吵架，每次都要那隽先低头。那隽一边恨自己没出息，一边求和。三年下来，那隽渐渐厌倦了。他三十二岁，是该找个女人结婚生娃了。可他黄金般的余生，要不要携李晓悦同行呢？

这次，那隽决定不主动找李晓悦了。大丈夫，建功立业是第一要义，建完功业后，何愁没有女人？他已经悄悄在相亲网上登记了，等大房子的房产证到手，他只需把它往婚姻市场上这么一摆，就会有优质女人前赴后续地扑过来。没听说吗？北京剩女人数突破 80 万啦，全球第一多。三十岁的二本女李晓悦，到底有什么可傲气的？

那隽咬着牙，往和李晓悦相反的方向走。偶尔回头看看，那个倔强瘦小的身影越来越远。要不要让她知道，他买了个两千万块钱的大平层呢？

第四章
都是小镇做题家，差距咋就那么大？

夜晚，孩子、老人都睡了，老那和沈琳坐在沙发上，一脸的沉重。王总是这个家的定心丸，沈琳有时比关心老公还要关心王总的健康。知道王总有严重抑郁症的时候，沈琳也快得抑郁症了。幸亏后来他信佛，给治好了，沈琳的阴霾一扫而空。可现在，阴霾又回来了，且浓度加重，沉沉地笼罩在心头。

老那二十五岁被王总招到公司，从此就没换过工作。王总信任他，可并不是对顶梁柱的信任，而是“无论如何你都不会离开我”的那种。老那一开始负责行政部，类似办公室主任的角色。王总去哪里都带着他，他兼任王总的司机，酒桌上又替王总挡酒，公司这一摊人事都归他管。搞了几年团建和公司年会后，公司做大了，老那向王总提出不再想管人力行政了，想介入点具有专业含金量的事情。王总认为能做好团建和年会，当然也能干营销推广，专业的事情请专业的人来做就好，部门头儿必须是自己人。于是老那调到营销部，半管半学，和下属学习怎么搞营销。他脑子灵活，见识也不差，营销居然做得也凑合。随着公司做得更大，营销的有些大项目渐渐外包，老那只需要和公关公司对接，提要求、检视成果、结账就可以了。事情越来越多，可他做得倒是越来越顺手了。

沈琳原以为可以这样天长地久下去。丈夫是家里的顶梁柱，多亏他，她才可以有一搭没一搭地找工作，在工作日下午四点烤蛋糕，喝下午茶，在朋友圈装经济适用型贵妇。可王总这一去，未来究竟会如何？丈夫是王总的原汁浓汤，对于秦玲玲来说就是汤的汤，味道淡了许多，那隽的话有道理。

两人正在胡思乱想，突然听到门铃响。这么晚了会是谁呢？开门一看，居然是沈磊。他脸色憔悴，胡子拉碴，眼里全是血丝。夫妻俩一惊，沈磊向来淡然，泰山崩于前而不改色，看样子这阵子内心受尽了煎熬。

沈磊坐定，问姐姐有没有吃的，一天没吃了。他下了班，实在不想回家，在街上无心无绪地转悠了半天，想起姐姐家是个好去处。沈琳给他热了饭和汤，端来剩下的卤猪蹄，开了一罐啤酒。沈磊狼吞虎咽，把一罐啤酒都喝完，紧绷的神经松弛了下来，才长叹一声，靠在沙发上发呆。

“说吧，是不是谢美蓝流产的事？到底怎么回事？”沈琳不想兜圈子。

沈磊抬起头：“她嫌我不上进，挣不到钱。”他眼神里全是困惑，似乎刚知道不上进、挣不到钱是致命的缺陷。

“所以她把孩子打掉？”夫妻俩互视了一眼，这女人太心狠手辣了。

沈磊点头：“她说没办法在出租房里养孩子。”

自老家回来之后，谢美蓝就一直很沉默。她的身体已无大碍，休息了两天就去上班了。回到家她也不跟沈磊说话，家里气氛跌到冰点。沈磊终于憋不住了，问她：“老婆，到底怎么了？咱们俩好好的。”

谢美蓝反问了一句：“好好的吗？”

沈磊左思右想：“是因为你妈生病去世这件事吗？我自问没有哪里做得不好，家里的存款都给她用了，我一句怨言没有。可自从她走了之后，你就对我越来越冷漠。”

沈磊向姐姐姐夫复述谢美蓝的话，她讨厌的就是他这样。你要用钱吗？好的，十万拿去，二十万拿去。可并不帮着她四处奔走求医问药，还会非常不中听地指出所谓的靶向药是骗人的，什么偏方更是无稽之谈。他理智到了冷血的地步，在生她养她的寡母在病床上哀号挣扎的时候，在她万箭穿心走投无路的时候，他站在一旁一脸平静，像是在说“我可是把所有的钱都给你了，我可尽力了”。这是最最不可原谅的。

沈磊委屈地对姐姐说：“晚期肺癌，多少钱能起死回生？她舅舅出了五十万，给她妈打了五针所谓的最新基因技术靶向药，结果还不是一点用也没有，三个月就死了，那东西就是骗钱的。”

他说，当他说完这段话后，谢美蓝彻底爆发了，骂他整三十岁了，还要老婆和他租四十平的小开间，骑电驴，骑共享单车，一个月挣八千块钱，全部存款只有二十万，而且这二十万大半还是她挣的，简直是废柴。所以她敢怀孕吗？叫孩子降生在出租屋里，这不是造孽吗？

沈琳听了弟弟的转述后觉得谢美蓝很过分。两人恋爱加结婚 12 年，谢美蓝第一天知道沈磊是这样的人吗？沈磊不讲究吃穿，不抽烟不喝酒不赌博，淡泊名利，一身书卷气，谢美蓝爱的不就是他这些？若不是这样，沈磊怎么会下了班就回到家做上饭，八点钟骑着电驴到地铁口接谢美蓝回家，家里事情都她说了算？一个能挣大钱的男人，怎么可能围着女人转，让女人当家？

比如老那，在家不会做家务，而沈琳也不会要求他做家务。他挣钱养家，她打理家庭，这叫分工。沈磊固然没有挣到如老那一般多的钱，但他不加班，回到家插上电饭煲就到旁边的公园慢跑，情绪稳定，身材健美。谢美蓝在投资公司上班，月薪是沈磊的两三倍，但长期加班，回到家葛优瘫，基本不做家务。这也叫分工。沈磊有北京户口，据说十年内单位会盖集资房，他可是金光闪闪的潜力股。他负责稳定，她负责挣钱，这本是美满的组合不是吗？

“孩子是你的吗？”老那问。

沈磊抱着头沉默，良久方回答：“应该是。”

如果谢美蓝是怕意外怀孕打乱事业节奏，想流产，沈磊会同意。问题谢美蓝连提都没提他，偷偷打掉。如果不是在寿宴上流血，他永远不会知道，他曾有个亲骨肉来这世界一遭。她狠心到这程度，他觉得凶多吉少。

沈琳见弟弟这么萎靡，心里一酸。

老那道：“我觉得谢美蓝外面有人了。”

沈磊并没有吃惊，这个可能性他也想到了。

老那分析，两人恋爱结婚 12 年，平常无风无浪，沈磊以为是美满的象征，殊不知有可能是感情进入了平台期，这个时期人最容易厌倦。沈磊不是一个物质欲望强烈的人，谢美蓝一早就知道，为什么此时爆发？指不定有下家了。你跳槽会裸跳吗？或者，暂时不想跳槽，但频频有好的工作在向你招手，你也会有底气闹幺蛾子。老那要沈磊留心观察谢美蓝，即使后边的日子要继续过下去，他也得知己知彼，摸清敌情，才能有对策。

沈磊走了，两人感叹，谢美蓝和沈磊如果工作对调，他们将是世间最美满的夫妻。社会还是不能容忍男人挣得比女人少，甚至女人自己也不能接受。老那问沈琳，现在网上不都把农村考到一线城市名校的学霸称为“小镇做题家”吗？都是小镇做题家，为什么他的弟弟和老婆的弟弟差距这么大？那隽的眼神阴沉发狠，工作起来不要命，浑身每个毛孔都透着“我要赢”的味道；沈磊却宛如个出家人，四大皆空。也许，学文的和学理的确实精神世界不一样？

沈琳当然觉得自己的弟弟好，不铜臭，也没有喜欢训诫别人的那股爹味，待在一起让人很舒服。不过老那一句话让她打脸了。

他问：“你希望咱孩子学文学理？”

沈琳毫不犹豫：“当然是学理，好找工作，工资高。”

两人哈哈大笑，笑完又有点发愁。女儿那卓越十岁了，正在上四年级，语文八十五，数字八十三，文理双不修。班里四十人，她排二十名。该报的班都报了，别人有的她一样不落，可成绩一点没提高。要是有什么唱歌跳舞的特长也行，偏偏也没有，就喜欢折纸、做发卡之类的手工活儿。折纸，兴致勃勃折一桌子小船、小星星、纸花；发卡做了半袋，又不做了；改玩彩泥，满地掉泥屑；跳舞就爱跳广场舞，一听楼下小区的广场舞音乐就眼睛发亮，屁股在凳子上扭来扭去，都是小时候奶奶给带坏了。

“不然让她学跳舞吧，我看她还挺喜欢的。”老那说，小区门口就有个舞蹈培训班。

沈琳坚决不答应，唱歌跳舞第一对考试成绩没帮助，第二对找工作没帮助。难道长大了真的从事艺术行业吗？那是多么窄的一条路啊，谁敢赌？两口子上床睡觉，搂着彼此，虽然心头浮着对世事、对明天的重重忧虑，但听着对方的呼吸声，又觉得安慰，很快睡着了。

沈磊到家已经十二点了，谢美蓝还没回来。他环视着这个家：这是一个商住楼盘的小开间，月租六千。号称四十平，其实公摊完只有二十多平。租这里是因为周围生活设施齐全，离地铁步行十五分钟，骑小电驴三五分钟就到了，两人上班都方便。

屋子小，一张双人沙发、一张书桌、一个双人床，就把屋子摆得满满当当。厨房只有一个灶眼儿，灶下是嵌入式洗衣机。洗衣机有点旧了，用的时候咆哮得像飞机要起飞。衣服只能晾在屋里，他们买了个折叠落地晾衣架，谢美蓝抱怨想晒一下被子都没地方。沈磊平常不觉得有问题，可是试着用老婆的眼光打量一下之后，他长叹了一声。是，这的确不能算美满的生活。但北京不就这样吗？想住在寸土寸金的市区，当然要忍受狭窄的空间。周围有的是八九十平的两居，可一个月要近万。他们平时都在上班，没必要花这个冤枉钱。

沈磊并不像所有人理解的那样，对世事木讷，对钱不屑一顾。钱的重要性他知道，可挣大钱的过程有多煎熬，他也知道。多少人东奔西走，苦心钻营，杀红了眼，透支了体力，熬坏了心绪，也挣不到钱。极端爱钱，且能挣到大钱，是两种罕见的天分，万中无一，沈磊承认自己没有。

没有这天分的人就不配活吗？沈磊有的是另一种天分。他从小就是邻里亲友间有口皆碑的好孩子，不闯祸，不淘气，给本书就安安静静地坐下来看半天，考试永远年级前十名。他考上了梦寐以求的大学，学了自己喜欢的图书与档案管理专业，考了研，考了公务员，在单位档案科工作，专业对口，落户北京。这已经非常成功了。

只是没想到公务员的工资低到这种程度。

一个月打到卡里七千，加房补一千五，公积金两千出头，年底再有一万来块钱奖金。房补加公积金，再掏两千五，覆盖了房租，剩四千五过日子，这就是三十岁的名校研究生沈磊的全部收入。

这个收入要放在外地，已经不错了。问题这是北京。

这个收入沈磊微有不满，但能接受，它匹配他的人设。体制内的工作不就是这样？慢慢熬年头，一年涨一点，等到四十岁，就会好一些。当然，和大厂还是比不了。可人不能那么贪心，又要压力小，又要稳定，又要丰厚的收入，世界上没有这样的工作。况且在世人眼里，这可是一份好工作呢。沈磊当初是PK掉五百多个竞争对手才得到的，这五百多人，个个名校学历，伶牙俐齿。公考热年年升温，难道大家都傻？

何况它解决户口！“北京户口”四个字金光闪闪，咣的一下，雷霆万钧，能把所有的不满砸死，埋到土里。小时候沈磊听过《让我们荡起双浆》这首儿歌，它唱的是北京孩子去后海划船的童年，当时沈磊不胜羡慕。看，北京孩子随便就可以去后海划船。而以后，这也将是他的孩子的童年了。他这代人清苦一点，后代将永远扎根京城。

谢美蓝一开始并没有嫌弃沈磊公考，现在突然要求他上进。一个管理档案的人，你要他怎么个“上进”法？

沈磊在屋里发了半天呆，心里激烈地吵着，一会儿和自己吵，一会儿和老婆吵。看看表，十二点半了，谢美蓝还没回来。窗外飘起了雪花，沉沉的夜色里是否隐藏了谢美蓝不可告人的秘密？还是，只有她悲伤失望的心绪？沈磊给她打电话，她说打了车，在回来的路上了。沈磊说去接她，这么晚了，出租车进不了小区，从小区门口走到家里，有一段路比较黑，怕不安全。

谢美蓝下了出租车，雪纷纷扬扬，已经在地面覆了薄薄的一层。抬头一看，丈夫等在小区入口，一手撑着伞，一手拿着她的黑色羽绒服。大雪纷飞中，他的身影显得那样忠贞。谢美蓝心头一暖，同时升起一种沉重。

沈磊快步迎了上来，伞撑在她头上，衣服披到她身上。

“其实这么近，你不必特地出来迎我。”谢美蓝感激道。

“你加班很辛苦。”沈磊道。两人往家里走，沈磊伸出手环抱住她的肩，一股暖暖的体息笼住了谢美蓝。

回到家，沈磊问谢美蓝要不要吃夜宵，他给她下面条吃。谢美蓝说不用，吃过夜宵了。两人洗漱完毕，上床躺着，都知道对方没睡着，然而说什么话都觉得多余。沈磊并不觉得谢美蓝母亲治病一事他有过错，谢美蓝也情知事情的根源并不在于此事，那只是借题发挥而已。其实她对生活的不满由来已久，早先只是一种淡淡的遗憾，后来是不甘。这不甘就像一条裂缝，由内而外，渐渐要让她的生活崩坏。但丈夫全然没有觉察，可恨就在于此。

两人就这样相敬如宾过了一阵子。有一天，谢美蓝突然接到沈琳约她吃中午饭的电话。谢美蓝有点意外，她与这个大姑姐向来不亲近。这也是大城市的好处，妯娌像路人。淡漠疏离还有个同义词，叫尊重。

一顿饭吃得很拘谨，因为没有平时的感情铺垫。不过后来沈琳想，自己三十九岁了，人情练达，有丰富的人生经验，难道没有资格说说这个小九岁的弟媳妇吗？于是她便放开一些，使出老练的态度，问谢美蓝流产之后，身体保养得怎么样，女人要小心呵护自己的子宫啊，那是一辈子的事情。

“姐，是沈磊让你找我的吧？”没想到谢美蓝比她还要老练，单刀直入。

沈琳支吾道：“不是，是我看他最近状态非常不好，有点担心你们。”

谢美蓝其实心里也郁闷，不想绕圈子，于是把苦水一股脑倒给沈琳。大意就是她觉得沈磊不上进，考上公务员五年来，每天心满意足，只知道按点上下班，回家不是玩游戏就是看美剧。业余时间大把，为什么不能学学英语，或者想想有没有什么其他可以兼职、增加收入的办法。而干档案管理员这种清苦的工作实属下策，当初为什么不去大咨询公司、大厂找份工作？他们同学就有在这类公司上班的，年薪上百万呢。

沈琳说：“我弟弟的性格不太适合到外面去闯，体制内的工作挺适合他的，他自己也喜欢现在这个工作。而且当初不就是冲着可以给北京户口才考的吗？你不也挺认可的吗？”

谢美蓝一时语塞，又说，“如果不想在花花世界闯出一条血路，那在体制内走仕途也可以呀。人家平时都紧贴着领导，为什么沈磊永远表现得非常清高？还有一些可以在领导面前表现的机会，比如说主动加班，和领导一起出差这类的，他也从来不屑一顾。”

沈琳说：“我都说了沈磊不是这样的人，你让他去曲意逢迎领导？那还不如去私企大展拳脚。再说了，一个档案管理岗，到底有什么可折腾的？”谢美蓝反驳，“那可不一定，他们处长不就是从档案管理员上来的吗？”

沈琳耐心道：“他才去了五年，总要有几年踏实工作的积累，才能进入领导的视线内吧？不要着急，给他点时间。”谢美蓝道：“我觉得他在那个岗位上要更加用心才行。不然，一天见不到几个人，不去领导面前多晃晃，尽在库房修档案，领导怎么可能看见他？我也跟他说过了，如果不想走仕途，也可以眼观六路耳听八方，看看同单位甚至同系统里有没有肥一点的岗位，想法子调动嘛。这个时代，人人都在削尖脑袋钻营，他凭什么那么傲慢，在精神和肉体上都不肯吃苦？他都快三十一岁了，还是个小科员，一月挣八千，连个房都没有，以后怎么养孩子？

而且，让她觉得没意思的，还有沈磊的行事刻板。和他生活，就像被程序控制了一样。工作日最晚十二点前必须睡觉；看电影必须周六，周日不行，因为第二天是工作日，不宜太劳累；小长假就京郊游吧，出远门太匆忙了；长假嘛，最好不去旅游胜地，因为人挤人没意思。那去哪里？出国当然也行，东南亚拼团游提前半年预订，说走就走的旅行会带来许多意外。倒不是钱的事，是不舒服……其实他活得如此拘谨，说到底不也是由于挣得太少，不敢突破规则吗？就是钱的事。

谢美蓝滔滔不绝地抱怨，沈琳想，男人的心到底是有多大？谢美蓝对沈磊看样子积怨已久，而他居然一点都没察觉。听完后，她不动声色，循循善诱：“美蓝，我弟弟从小就不是一个敢闯敢拼的人，他也不爱钱。小时候我妈给俩零花钱，他能揣兜里一个月。不是他小气，是他想不起来。他对生活没有太高的要求，这不也是优点吗？”

谢美蓝道：“如果他孤家寡人，这当然是优点，对他自己来说是优点，活得不累，自在。问题是他结婚了，以后还要生孩子。”

沈琳道：“说句功利一点的话，他这样没有物欲，你家的钱不就都让你掌控、花在你身上吗？我记得有一次去你家，一斤一百块钱的进口车厘子，一盆，他一颗也没吃，全给咱俩吃了。他说他不爱吃，就是给你买的。妹妹，他能不爱吃吗？他那是舍不得吃啊。我要是得到这样一个男人真心待我，多穷我都愿意跟着他呢。”

谢美蓝想起丈夫平时对自己的点点滴滴，心里一软，承认他的确时刻把她放心上。但她又觉得厌憎，一个大男人，连车厘子都舍不得吃，站在水果摊前反复徘徊、掂量、算计的样子，太难堪了。“舍不得”这三个字与男人不相宜，豪掷百金才是真男人。

“姐，如果我姐夫是沈磊这样的人，你真敢在四十平的出租屋里怀孕生娃吗？”

沈琳心想其实我也不敢，生大女儿时他们俩已经买房了，口中却说：“只要两人感情好，我是能接受的。物质不是最重要的。”

这话让谢美蓝心头火起，她看着沈琳手上大颗的钻戒，虽已到中年却无一丝皱纹的脸，淡蓝色纯羊绒毛衣，觉得这个大姑姐真装，得了便宜还卖乖。她去过沈琳的家，见过她梳妆台上成套的LA MER。这样滋润的日子，不就是她男人在外打拼供出来的？LA MER谢美蓝当然也买得起，可如果是男人买来给她用的，岂不是更爽？大姑姐住自家产权的房子，开着五十万的宝马，养尊处优，却大谈物质不重要，太可恶了。她们这帮人不就是比她早来几年北京，吃了房价上涨的时代红利？否则今天也说不好谁比谁活得更狼狈。

谢美蓝这样想着，口气就不免带着轻蔑：“是吗？怪不得你没工作还敢生二胎。你们家人行事都是这种风格吗？”

这话真冲，直击沈琳的痛点，她脸噌地一下就热了起来：“没工作怎么就不能生二胎呢？”

“你们家全靠姐夫一个人撑着，万一他有点什么闪失，你们怎么办？”

沈琳嘴硬：“我又不是永远不工作，等子轩大一点，我就会出去找工作呀。”

谢美蓝笑了一声：“你要找工作这件事，五年里我听了好多次了。也不知道为什么，一直就没找到。真是奇了怪了。”

沈琳觉得这一趟真是自取其辱了。谢美蓝学历比她高，学校名头比她响，一直在大公司上班，怎么可能听她这个全职主妇训诫？是她托大了。两人低头不说话，尴尬使饭桌上方沉闷的空气僵硬成形。

沈琳买了单，两人走出饭馆，临走时沈琳对谢美蓝说：“美蓝，你现在还年轻，等你到了我这个岁数就会知道，人活在世界上，一时的挣钱多少并不是最重要的，稳定压倒一切。随着年纪的增加，绝大多数人挣钱的能力是下降的。生活不像你想象的那样能永远走上坡路，眼光放长远一点。”

沈琳的声音诚恳，甚至带了点沉痛。她想起年轻的时候，父母也劝她考公务员、考教师资格证、考事业编……总之无论如何，谋一份稳定的工作。而当时的自己，也像谢美蓝一样，浑身充满对未来的憧憬，对稳定的、一眼望得到头的日子不屑一顾。如今人到中年，才知道，父母正是一眼把自己的娃看透，看透他们像自己一样，终将露出废柴本色，才忧心忡忡，希望她们找个安乐窝，一个猛子扎进去生根发芽，避开人生的风雨直到地老天荒。而谢美蓝，别看她现在从事光鲜的金融业，“投资业务经理”大概率也将是她职业生涯的巅峰。职场容不下那么多的部门经理、总监、副总、总裁。绝大部分人，都将沦为战场的炮灰。

看着沈琳，谢美蓝有一瞬间为方才自己的无礼感到内疚，但随即又想，大姑姐无非是在说丈夫有户口，是公务员。不过她早看透，买不起房，集体户口和公务员工作就是鸡肋，而遥遥无期的集资房则是挂在驴面前的 3D 仿真胡萝卜。

谢美蓝道：“无能的人才一味追求稳定。”

两人不欢而散。沈琳回到家，气得晚饭都吃不下。工作没找成，子轩又馋母乳，她也就半推半就继续喂上了。此时子轩吃着奶，一手揪着她的衣角，半吃半玩，眼珠乌溜溜地看着母亲。这娃可爱得令她心都要化了，为什么又本能地觉得，他的出生是个天大的错误？如果没有他，她就可以甩开膀子找工作了，根本不用让弟媳妇这样羞辱。

老那回到家，见她气鼓鼓地，问清楚后也觉得谢美蓝过分：“管天管地还管得着别人生二胎？太逗了。我觉得她那就是嫉妒，嫉妒你儿女双全。你以后少过问别人闲事。”

沈琳咬牙道：“我真是多余，以后再也不管沈磊的事了。”

老那抱着儿子使劲地亲，胡茬刺得他咯咯笑。这一刻，尽管心情沉重，沈琳还是很开心。谢美蓝再骄傲，能有这样温馨的家庭，儿女双全吗？年轻的女人就是幼稚，她们根本不知道什么才是最重要的。

沈琳说：“老公，我想去找工作。这一次是真的，下决心，排除万难。”

老那依恋地继续拿脸蹭着儿子的脸：“找呗。”

晚上下班，谢美蓝走出地铁，见丈夫照例站在电驴旁等她，一边刷着手机。他的脸被屏幕光照亮，因而可以看到鼻子呼出的热气。看见她，他冻得僵硬的脸上露出欢快的笑容。谢美蓝感动，这两天寒流非常厉害，夜里温度零下十八度，难为他了。

谢美蓝说："不是跟你说我打车回去，不用等我吗？"

沈磊说："天太冷，怕你打不着车。"

谢美蓝坐在电驴后面，虽然有沈磊挡着寒风，耳朵却也被刮得生疼。仅仅过了十几秒，她的感动没了，换成了怨气。二十岁时，坐在电驴后面让男朋友载着是浪漫；三十岁还这样干，就是可悲了。她曾提议过要不要买辆车，沈磊说摇车号无异于大海捞针。她说他们同事就跟人租了车牌，三年五万。沈磊说有这个必要吗？一辆十五万的车一年折旧、车牌、保险等各种开支至少五六万，这还没提他们租的小区停车位那么紧张，车停哪里？买辆车，人成了孙子，车倒成了大爷。

她承认他说的话句句在理。他总是有道理，穷人的道理。路边掠过各种各样的车，人家为什么就不用考虑折旧、车牌、保险、停车位？为什么偏偏是她，要被来自西伯利亚的寒流吹得头痛？她比别人差在哪里？又不缺坐在宽敞暖和的豪车里的机会。谢美蓝坐在电驴后，看着沈磊的背影，他的忠贞再一次令她鄙夷，并感到沉重。

忠贞也许并没有传说中的那么重要。没本事的男人才忠贞。

第五章 人到中年，遭遇了一场飞来横祸

早晨，老那开着车到了公司楼下。刚要把车停进他的专属车位里，一个人突然斜地里冲刺出来，差点撞上他的车，是一个中年男人。老那吓了一大跳，紧急踩住刹车，吼道："你找死啊？"

男人打量着他的宝马，嘿嘿冷笑道："那伟，伟总，早啊。"

老那不认识这个人，道："让开，我要停车。"

男人道："我不兜圈子，你也别跟我装傻。正大阳光美容是不是你的公司？欠我的八十万货款该给我了。"

老那不知道他在说什么，刚要把车停好，脑子里突然轰的一声，想起王总两年前曾经要走他的身份证，注册了一个公司。这个公司两年来从不需要他出面，甚至连签字都不用，他也就慢慢淡忘了有这件事。反正一个大集团底下注册许多个分公司，这也是常态。但他记得那家公司叫个什么信达美容商贸，并不叫正大阳光啊。可这个人不会无缘无故找上门来。

老那带着这个男人到楼下的咖啡厅，一聊才明白，正大阳光美容专门经营美妆用品，他叫赵鹏举，是个面膜供货商。前几年和公司合作都很正常，但这两个月公司突然现金流紧张，结不了账了。供货商们知道消息后，纷纷上门来要求结账。于是公司的现金流一下子就断了。上个月他去公司，发现公司大门紧闭，总经理许意超不知所踪，微信不回，电话关机。赵鹏举无计可施，不知怎么调查出来老那是公司的法人代表，就找上门来了。

赵鹏举说着，老那听着，一边上网在“天眼查”上查了查，发现自己担任法人的公司的确曾经有两家，一家叫信达美容商贸，一家就是正大阳光。两家公司是同一时间成立的，正大阳光股东有两个人，一个是他，一个就是那个许意超。信达美容早在一年前就做了法人变更，所以目前他担任法人的只有正大阳光一家。

老那情知不妙，但不能告诉眼前这个男人说他只是出了个身份证让老板用了一下，这公司与他毫无关系。他面上装出镇定的样子：“公司一时周转不开，也是常有的事。我觉得你们给许总一点时间，他肯定会解决的。”一边心里犯嘀咕，这个许意超是谁呢？难道是集团派过去的管理人员？这件事要不要告诉秦玲玲，让她出面解决呢？可万一她埋怨自己沉不住气，见风就是雨，直接把她这个大老板推出来，一点小事儿都不知道帮集团拦着，是不是也不好？

赵鹏举道：“说实话，我不知道你这个正大阳光美容和每一天医美科技到底是个什么关系，你和许总到底在唱什么戏。我查过了，从投资上来看，两家公司没有关系。但从渠道来看，正大阳光和每一天又有很多重合。算了，我也不需要知道你们的关系，欠账还钱，天经地义。”

老那好不容易把赵鹏举敷衍走，临走时赵鹏举恶狠狠地笑：“你跑不掉的，我知道你们这种人，大不了宣布公司破产，账就赖掉了。不过呢，你只要还在每一天上班，我就‘每一天’来找你。”

老那到公司，问财务部听没听说过信达美容和正大阳光美容这两家公司。财务部说信达美容是公司旗下的，但后面那家没听说，也没听过许意超这个名字。老那心突突地跳，手心出了汗。

中午销售副总姜山来了，两人吃中午饭，老那说起这个事，姜山说不行就跟秦总汇报吧，这是集团的事，不该你个人买单呀。老那踌躇，本能觉得不该找秦玲玲。这几个月秦玲玲并没有什么大动作，平常在走廊擦肩而过时两人也仅是点头打招呼，她总是一副忙碌且抑郁的神情。这能理解，丈夫出家，妻子能高兴得起来？而且王总出家的消息很快传开，业界一片哗然。投资人立刻撤资了，A 轮黄了，秦玲玲又如当头一棒。这段时间总裁办公室的门一直关着，除了她的哥哥秦锋外，老那就没见别人进去过。两兄妹关在里面，不知道在谋划什么。现在公司平静下暗流涌动，高管层里一片恐慌。局面就像在玩狼人杀，不知道谁会被杀。他再主动跳出来提这件事，搞不好是自杀。

下午又有一个人给老那打电话，也是被正大阳光美容拖欠货款的。欠款倒不多，二十万，但要债的口气也很凶恶。老那坐立不安，突然想起已经离职了的王会计。她是王总的远亲，当年在公司负责跑工商税务。一年前她离职，说要回老家陪在父母身边。说不定这件事她知情？

老那打王会计电话，可她已经换号了。好不容易七拐八弯地找到她在老家的新手机号，打通了电话，说出许意超这个名字之后，王会计沉吟了许久，道："这件事你得找我表哥解决，千万不能让秦玲玲知道。"

老那道："王总已经出家了，你不知道吗？"

王会计道："我当然知道，恐怕就是因为他整个心思都已经不在生意上了，这个分公司才会出问题的。"

老那不解道："为什么秦总不知道这个公司的存在呢？"

王会计道："我猜许意超是王总的女朋友许意美的哥哥，不然天底下不会有这么巧的事。"

老那额头迅速冒出了汗："什么时候的女朋友？"

王会计不耐烦道："当然是他和我表嫂结婚之后的女朋友。明说吧，她就是我表哥的小三儿。"

老那哭丧着脸："可是我不知道啊，这事跟我没关系。"

王会计道："注册的事情是当年我表哥委托外面的中介公司操办的，我没经手，至于为什么他用你的身份证额外注册了另一家公司，可能就是因为信任你，觉得你是自己人。反正现在我好心提醒你，不要让我表嫂知道，否则你吃不了兜着走。"

王会计说，这个许意美是王总和秦玲玲结婚后介入他们婚姻的，这个人只有秦王两家人知道。两人来往了几个月，就被秦玲玲发现了，果断掐灭两人的奸情。据说为了让他们断得干净，秦玲玲还出了笔钱让许意美去国外留学。没想到这么多年，两人还是藕断丝连。而王总居然给她注册了公司，动用集团资源扶持她做生意。两人也够谨慎的，许意美不出面，让哥哥来虚晃一枪。老那想，王总难道两年前就有了出家的念头，所以才想着要安顿好老情人吗？

接下来几天，赵鹏举没完没了给老那打电话，咄咄逼人，声称知道他们家住哪儿，那卓越在哪个小学。老那心忧如焚，撑到周末，跟老婆说要出差，开着车直奔山西吕梁。

开到山脚下时老那喟叹，没想到这么快就又来到了这里。几个月前他还怀着诀别的悲壮，心中涌动着对王总的万千不舍，如今开着车颠簸在羊肠小道上，心里却只是满满被算计的怨恨，世事无常啊。

开到庙前，已经是下午四点多了。为什么每次来到这里，都是黄昏？黄昏总给人一种大势已去的不祥感。老那下车，见庙门紧闭，从门缝里一看，庙中的露天院子里气氛肃穆，和尚们背着大大的行军包，排成五排，把院子挤得满满当当。正前方，一个须发皆白的老和尚正在讲话。

老和尚道："有求皆苦，无求方得圆满。此番苦修，旨在逆境中磨炼意志，舍下心中贪、嗔、痴等业障，破我相，体会诸行无常、诸法无常、生灭灭已、寂灭为乐，获解脱之法。"

他说完，庭中一片沉寂。稍倾，众僧皆双手合十齐颂道："阿弥陀佛。"

大钟轰然敲响，悠长的钟声中，和尚们陆续走向院子一侧敞开的木门。老那使劲趴着门缝看，那扇门想必是通往后山。老那奋力拍着门，可没有人理睬他。他急了，一边胡乱地吼着"王总，王睿智，哥，觉空"，一边用力撞着门。终于有人来开门了，老那差点摔进去。开门的和尚扶住他，问他为何如此鲁莽。老那顾不得回答，问觉空呢？和尚说师弟行脚去了。

行脚？老那不解。和尚说就是托钵乞食，全程步行。全庙的和尚除了留几个守庙之外，其他人全部要去苦行。这一趟要走半年，行程大概六千里，要一直走到甘肃。老那傻了，拨开他，从后门追了上去。

灰秃秃的大山中，和尚们排着队走着。因背包非常沉重，个个略微驼着背，低着头，身形谦卑。除了脚步声和偶尔掠起的鸟儿的鸣叫，山中一片安静。老那紧赶慢赶追上他们，一边大叫着“王睿智，觉空”，但没有人回应。他在清一色的灰色衲衣、光头、草绿背包中寻找着，一时分辨不出谁是谁。一会儿，队伍前面有个人出列看着他，正是觉空。他胖了，脸色好看了许多。

老那一时不知道该怎么叫他：“哥，不是，觉空师傅。”

觉空诧异：“你怎么来这里了？”

老那小声：“那个，正大阳光美容，许意超跑路了。”

觉空微一怔，随即恢复平静：“此事与你无关，不用管它。”

老那压低嗓音，着急：“怎么无关？我是法人，讨货款的都来找我了。”

觉空道：“让他们走司法程序。你可以咨询一下律师，多股东有限责任公司经营出问题时，法人代表并不担责。”

老那道：“我问过了，我也知道不担责。问题是他们骚扰我，没完没了。我担心他们不会善罢甘休。”

觉空道：“那你可以报警。”

老那差点吼出声来。谁不知道报警？但他们又没有实际犯罪行为，光是口头阴恻恻地威胁，他怎么取证，又如何不害怕？人到四十，上有老下有小，胆子比兔子还要小。

队伍已经远远地把觉空落下了，领头的和尚遥遥喊道：“觉空师弟。”

觉空双手合十，叹了声：“众生皆苦，阿弥陀佛。”听着非常慈悲，非常置身事外。他快跑几步，汇入队伍中，老那愣愣地看着他们渐渐远去。

他又能如何？把觉空揪出来打一顿？和尚有资产吗？有银行卡吗？他那些庞大的家产，全部都交给秦玲玲了吗？情人要安顿，父母要安顿，老婆和儿子继承了巨额财富和公司，只有他这个陪着创业的老哥们儿被耍了。众生皆苦？错了，他们没有人苦，只有自己最苦……老那转身走下山，腿沉得踉踉跄跄。

周日回到家，老那脸色铁青，像大病一场。沈琳以为他出的这趟急差太辛苦，紧着给他做好吃的。平日里无论多苦多累，老婆的手艺都是最好的安慰剂。此时老那却失去了味觉和嗅觉，吃不出任何味道，草草吃了两口就上床睡觉。躺在床上他又没有睡意，听着门外女儿在逗儿子玩，两个孩子发出咯咯的笑声。老婆压低声音训他们，小点声，爸爸那么辛苦，别吵他睡觉。接着是母亲的声音，小声地说着，“走喽，我们上那个屋去玩，不吵爸爸睡觉。”

她们都把他放在第一位，因为他是家中的顶梁柱。她们信任他，崇拜他，依赖他。老那绝望地闭上了眼睛。

周一，老那开着车，一路胆战心惊，第一次对买了宝马感到这么后悔。要不是这辆车如此招摇，那帮人又怎么会紧追不舍？如果自己开的还是那辆电动车窗按钮坏了三个、雨刷器不喷水、一年一验的古董帕萨特，哭起穷来也会显得逼真。不对，他不用哭穷，他本来就穷。宝马就是打肿脸充胖子而已，老婆骂得对。

到了公司停车场，一切正常。上了一上午的班，也没有异样。越这么平静，老那越紧张，不知债主们在憋什么大招，又怕秦玲玲知道这件事。中午吃饭，精神快要崩溃的他叫着姜山和李晓悦一起吃饭，好像人多一点可以壮胆一样。饭桌上，他一股脑地把事情吐露出来。两人听傻了。

他问两人如果是他们摊上这种事，会怎么办，两人皆沉默。李晓悦纵是浑不吝的性格，也觉得这局面左右为难。不替正大阳光还债，债主们绝不可能罢休；走法律程序，也许法律会保护他这个空有名头的法人代表，但秦玲玲很快会知道此事。毕竟打官司不是一朝一夕能完事，而这帮人也不会放弃来公司闹事；还债，他又凭什么无缘无故地摊上百万巨债？

李晓悦分析一种可能：秦玲玲会看在老那是被王总骗了的份上，原谅老那。不如干脆跟秦玲玲坦白，然后去打官司好了。姜山摇头，正室们一辈子最恨的就是小三儿。秦玲玲不惜花钱送许意美出国，证明她有多么忌惮和痛恨这个女人。替老板注册公司偷偷养着许意美？光听就足以让秦玲玲熊熊怒火燃起。而老那是跟了王总十几年的哥们儿，说不知情？谁信？

姜山劝老那花钱消灾，人到中年，保住一份高薪工作不易。老那觉得有道理，可一想到要真金白银掏出来消这飞来横祸，又心如刀绞。姜山劝他，就当报王总的恩了。他这么多年来，也算没在待遇上亏待过老伙伴们。

李晓悦看着两个中年高管长吁短叹，心里想，没有一个行业的钱是好拿的。就像姜山和老那，平时位高权重，在公司大家姜总那总的叫着，是可以随意推开老板办公室说话的人，不知有多少人偷偷羡慕。其实刨开来看，内里一样不堪一击。大家都是打工仔嘛，打工，就是把灵魂卖给老板。无论挣多少钱，职位多高，都一样。

三人吃完饭，走到公司楼下时，突然有人大声叫了老那："伟总。"

三人一看，赵鹏举靠在老那的宝马边上抽烟，另一只手里拿了个不知什么东西，向老那晃着，笑容满面。老那走近，发现那是个手喷油漆罐，神经又绷紧了。赵鹏举笑道："红色的，和你这黑车挺般配的。你说，我在你车身上喷'杀人偿命欠债还钱'好，还是'每一天副总那伟欠血汗钱不还天理难容'好？"

姜山道："哥们儿，你要是真喷了，就是损坏他人财物，要负法律责任的。"

赵鹏举喷出一口烟："新鲜啊，他欠我八十万货款不还，不用负法律责任。我讨公道，倒触犯法律了？"

老那绝望道："那家公司其实跟我一点关系也没有，我就是被人拿了个身份证去注册而已，你怎么就不信呢？"

赵鹏举突然举起油漆罐，嗞的一声，快速在老那身上喷了一下。老那猝不及防，大叫一声跳开。但黑色外套上已经被喷了一些红漆，黑红相衬，异常醒目。老那怒了，揪住他的衣领，举拳正想打他，突然身后秦玲玲说话："你们在这儿干嘛呢？"

老那吓了一大跳，一回头，对着秦玲玲强笑道："没事没事，我们闹着玩呢。"他放开赵鹏举，还特地帮他抚一抚被揪歪了的领子。秦玲玲也是出来吃饭，刚要回公司，见状虽然觉得怪异，却也不想多管，自顾自走了。赵鹏举看着她的背影，也悟到了，道："她就是每一天的老板娘吧？"

老那没说话。

赵鹏举道："看来你是在外面干私活儿，自己偷偷开公司，不想让单位知道，对吧？那就更好了。赶紧还钱，不然我就杀上楼去。"他晃了晃油漆瓶，狞笑了一下，走了。

晚上睡觉时，沈琳告诉老那，现在的保本理财也就两个多点的收益，是不是太低了？她的同学买了款高收益理财，七个多点呢。也许她的投资策略太保守了？但她立刻反驳了自己，穷人经不起冒进的投资。家里一共一百五十万存款，万一打水漂了，全家都得跳楼，还是算了。

老那踌躇，要不要告诉她被追债的事呢？直到听到沈琳说“算了，还是继续买保本理财吧”，他立刻清醒过来，让她不要买了，至少拿出一百万放在活期里，他近期要用。沈琳觉得奇怪，问他做什么用。老那支吾着，沈琳不依不饶地追问。老那焦头烂额，一会儿想继续隐瞒下去，一会儿又想干脆死个痛快，一百万给出去，也省得提心吊胆。

沈琳越看老公越觉得可疑，心中快速地把一些事情连起来，勾勒出种种可怕的可能。她唠叨起来：“你最近非常奇怪啊，先是买了那个宝马，接下来又说要花一百万。这是要干嘛呀？你是外面有女人了，想拿钱摆平，还是赌博了，欠了高利贷？我告诉你，趁早给我坦白。”

老那突然暴跳如雷：“这么多年，你吃我的喝我的，一分钱没挣过。钱都是我挣的，我想怎么花，你管得着吗？”

沈琳惊呆了。

老那一发作便不可收拾：“你一盒擦脸油四五千，一双靴子三四千，我说过什么了吗？我天天当牛做马，连花自己钱的权利都没有了？”

沈琳气得结结巴巴：“我，我上不了班，还不是因为这个家？”

老那粗鲁地打断：“快他妈得了吧你！你上不了班，就是因为你懒。有人养着多爽啊，孩子不过是你吃软饭的借口，少拿他们说事。”

沈琳道：“谁让我生二胎的？我生完二胎都多大了，谁要我？”

一旁小床上正在睡觉的子轩被吵醒了，一个激灵，挥舞着小手哭了起来，两人不约而同看着这个“罪魁祸首”。沈琳下了床，把他抱在怀里哄着，他很快又睡着了。

沈琳把儿子轻轻放回小床，小声道：“网银密码是我手机后六位，钱都在常用的那张卡里，你愿意怎么花就怎么花吧。”她从衣柜里拿出一床被子，转身离开。老那后悔莫及，瘫倒在床上。

沈琳躺在沙发上，浑身僵硬，淌着眼泪，瞪着微光中的天花板。多可笑啊，就在前几天，她还以胜利者的姿态教训弟媳妇要珍惜婚姻，没想到经典的情节马上就发生在她身上。被老公训诫吃软饭的场面，是所有全职主妇的噩梦。但人就是这样，出车祸、得绝症、老公出轨变心、破产这种事，都只会发生在别人身上。自己是主角，当然有主角光环罩着，风调雨顺。那些女人要独立、不要手心向上朝男人要钱的教诲，每日在看，甚至有时还会在新闻下面点评两句，但就像隔了一堵墙一样，道理从未真正走进自己心里。

她真的是在仗着孩子吃软饭吗？是的，不然为何这么多年，一次次求职未遂，居然又生了二胎？人人劝她要二胎，并不是她一定要生二胎的理由。她也不是个盲从的人，之所以生二胎，是因为那样就可以做忙碌状，逃避上班了。老板的脸色当然比老公的脸色难看。早晚高峰挤地铁，在办公室和同事钩心斗角，耐下性子给客户赔笑脸一点点磨来业绩，哪有在家待着喝咖啡爽？至于家务嘛，公司上班有 KPI 考核，实打实一点不能少，可家务育儿却没有。地板擦得滑光可鉴或看不出有明面的脏，菜做得可口或勉强可下咽，被褥枕套一周一换或者半个月一换……这些并没有硬性标准，全看主妇心情。

沈琳一夜未眠，打定主意，天一亮马上去找工作，否则这个家她真的一刻也没有脸待下去了。然而早晨六点，儿子照例醒了。他睡饱了之后醒来从不哭，只是在自己的小床上一骨碌爬起来，欢快地“咿呀”叫着，像是在说“我醒啦，有没有人理我呢？”这时沈琳听到他在卧室里发出叫声，刚想起来抱他，门开了，老那把他抱出来，眼神求饶地看着她。他也没睡好，眼睛里全是血丝。沈琳不理他，接过儿子，低头开始给他喂奶。孩子从前是她的资本，此刻是她的负债。现在连给儿子喂奶她都觉得装模作样，像是员工在老板面前故意表现，非常不自在。

老那把被子抱回卧室。幸好风波发生在母亲起床之前，他但愿这场心力交瘁不要把母亲卷进来。昨晚他说的话是过头了，妻子气未消也是应当。等今晚回来，该下跪自扇耳光他都认，但现在他得去上班，把穷凶极恶的生活安抚住。

第六章
“奋斗狂”和“三和大神”的爱恨情仇

老那脑子晕晕沉沉地上班，开到停车场时他都有心理阴影了，肾上腺素加快分泌。有一瞬间他想，如果赵鹏举冲出来，他索性假装刹不住车，撞死他得了。

但停车场风平浪静，老那长舒了一口气，停了车。走向楼里时他突然豁然开朗，如果跟弟弟借钱呢？是不是就不用和妻子说破这件事了？弟弟那么有钱，借给他这个哥哥一百万，也不算什么，以后慢慢地私底下还他就是了。再不行，老家的宅基地父亲说过要平分给他们兄弟俩，他不要了，全给弟弟，抵一部分欠款，不也是一条路吗？

中午老那找弟弟吃饭。两家公司离得不远，开车半小时就到了。那隽听完，犹豫都没犹豫，说：“我不能借给你。十万八万的还行，一百万，你以为钱是我用软件做出来的吗？”

老那碰了个钉子，悻悻道：“你都能买得起两千万的大平层，借你哥百八十万的算什么呀？”

那隽道：“正因为我买了房，所以手里没有钱。没跟你借钱买房，都算我自力更生了。我记得你当年买房时还跟咱爸要了十万呢。”

老那提起老家的宅基地，那隽说他永远不可能回去，要那玩意儿干嘛呢？他在北京城里能有两百平的大平层，跑到农村去盖房，养猪吗？

老那只好闭嘴了，那隽开始教训起他来，说自己早预料到把身份证借给老板注册分公司有风险，但当时老那不听他的，反而为自己能与老板贴心贴肺而沾沾自喜。老那暗暗叫苦，没想到钱没借来，反倒白白让弟弟训了一顿。那隽白喷了半天，没给出任何有用的建议。因为这件事像只刺猬，任谁也无从下手。

老那沉默，那隽改向他打听起李晓悦的事来，听上去他们已经好几个月没有联系了。老那对两人的关系感到好奇，那隽说，这一年来他们之间始终不冷不热，这段时间来更是渐行渐远，关系处在往前一步蜜里调油，退后一步一拍两散的状态。

那隽问：“你跟我说实话，她身边是不是有别的男人？不然为什么对我无可无不可？”

老那想着李晓悦，这女孩平时上班倒不偷懒，但也不积极。浑身上下都透着对得起这份工资可也绝不多干一分的气息。她的同事缘儿很好，男男女女的交了一堆朋友。下了班就约着去狼人杀、剧本杀、密室逃脱、拼饭，欢乐得很。也是怪了，公司一大堆近三十、三十几岁的大龄男女，都是单身，好像谁跟谁都有可能发展一下。但这么多年过去了，铁打的公司流水的员工，谁和谁都没有擦出火花，仿佛只是同路并肩走了一段，说笑一阵，到了分岔口就毫不留恋地挥手作别。这就是北京，人太多了，真爱批量生产，反而挑花了眼。这个不行，马上还有下一个。本来身边这个挺好，没想明天来了个更好的。李晓悦和那隽对彼此可能也是这态度吧。

老那说：“你这小子，你自己不也在婚恋网上相亲吗？十万块钱的 VIP，相不来你中意的女人？”

那隽怅然：“哥，我还是最爱李晓悦。”

有人说爱，你觉得他在说“天气不错”。而那隽说爱，像在说“我得癌症了”。太严重了，这让老那感到不适。

老那道：“那你还等什么？反正房也买了，就跟她求婚呗。”

那隽道："可是我觉得她不够爱我，也不适合当老婆。"

那隽形容了半天，老那听明白了，那隽的意思是说，他是一个年薪百万的金领，忙得很。他有资格有条件要一个贤良淑德的成熟女性李晓悦热烈主动地爱他，而不是他追着玩心正炽不把爱情和男人放在心上的小女孩李晓悦跑。李晓悦这个人，说难听点就是个精致版"三和大神"，人生没有目标，当一天和尚撞一天钟，混吃等死，乐在其中。这让他感到不安全。

那隽这三年，先是居高临下地指点，又是若即若离地吊胃口。可是统统不灵，李晓悦并没有任何改变，倒是自己越陷越深了。老那好奇，他和李晓悦分明是两个世界的人，为什么三年里始终断不掉？原以为两人没戏了，过段时间他们又高高兴兴牵着手上他家来吃饭。几年下来，李晓悦混成了半个那家人，可与那隽的感情始终在原地踏步。

那隽说出一个最最关键的原因："我们俩的性生活太和谐了。"说完他厚颜无耻地笑了。那隽和数任女友都上过床，其他几个女人要么一脸贞洁忍耐，要么演戏一样地呻吟，只有李晓悦让他觉得自己是个性爱高手，因为她迷离的双眼和身体的反应都非常诚实。肉体就是这么庸俗，它根本不管精神契不契合，现实条件允不允许，率先给出本能的答案。有时他心里也堵得慌，李晓悦这么享受性爱，是不是她经验特别丰富呢？但他想明白了，当下每一刻的销魂最实惠。

老那骂了声："淫荡。"

两人作别，那隽回到公司。今晚相亲网站安排了个相亲对象，那隽约她在公司楼下的餐厅吃晚饭，要赶紧把手头的事做完。难道真的就这样放开李晓悦吗？那隽非常难过，同时想起床上的李晓悦，浑身一阵燥热，某个地方不合时宜地苏醒过来。

李晓悦和同事吃完饭，在电梯厅突然看到赵鹏举也在等电梯。她不由一惊，他肯定是混在人群里蹭了个进门卡进来的。电梯来了，众人走进电梯，这时正巧秦玲玲也走进来。赵鹏举刚要叫，李晓悦俯耳悄声道："那总交代过了，如果您来了，我接待您。万事好商量。"

秦玲玲也认出赵鹏举就是那天与那伟打闹的人，李晓悦赶紧说："我们营销部的合作伙伴，过来谈业务的。"

“哦。”秦玲玲淡淡点了点头。

李晓悦继续悄声在赵鹏举耳边说：“把事情闹开，您就更拿不到钱了。”

出了电梯，李晓悦把赵鹏举带到步行梯说话。赵鹏举说，无论如何今天必须等到老那回来，拿到钱，否则就杀进秦玲玲的办公室，把那伟在外开公司干私活儿的事情抖搂出来。

“八十万不是小数字，任谁也不会把它当零花钱放着，一般都会存起来，买买理财。那总正是筹钱去了，您放心，他比您着急。”

好说歹说，赵鹏举走了。老那回来，李晓悦跟他一说，老那浑身冒冷汗。这件事天天秦玲玲眼前晃悠，又能瞒几天？他抱着头，无计可施。

晚上，李晓悦和同部门的女孩去吃火锅。餐厅离那隽的公司不远，同事问你天天和我们混在一起，你男朋友怎么办？李晓悦想，她有男朋友吗？那隽天天加班，工作日他们是见不上面的。周末他也要加班，偶尔不加班的时候，一个电话突袭过来，问她在干嘛，意思是要她过去陪他。可她不是他的专属品，随叫随到。开始谈恋爱的时候李晓悦也等过，几次之后她恼了，觉得那隽太不尊重人了，于是便随着自己的心意安排各类游玩。这么着，两人的时间越来越碰不上了。

李晓悦说：“分手了。”

同事一吃惊道：“啊，你男朋友人长得挺帅，上市公司的技术总监，挣得钱肯定也多。绩优股，你舍得分手？”

李晓悦道：“我不喜欢他那么忙。”

另一个同事叹道：“其实我倒不在意男人忙一点，我巴不得将来找个能干的老公。”

李晓悦耸耸肩，问题是她也忙，忙着玩。怎么大家觉得为挣钱而忙就是高尚，为玩而忙就可耻呢？

吃完饭，大家各自散去，李晓悦回到自己租住的单间。这单间一个月两千五百块钱，才十平方米。不过李晓悦并不在乎，想交通方便又便宜，就得牺牲空间。合租的是一对小情侣，女孩还没回，男孩关在房里不知干嘛。

李晓悦刷着手机，看到那隽的朋友圈是仅一个月可见，而他一条也没发。可见他真的太忙了，当然他也不是一个愿意在社交媒体上分享自己的人。精英不该在外人面前聒噪，他深谙此道。李晓悦怅然叹了口气，她不是不需要他，只是极力在克制自己。那隽其实对她很好，她最贵的包和手机，都是他不声不响买来送给她的，由不得她拒绝。她生活中遇到任何困难，那隽知道了，都会第一时间来给她解决。

某些事情上，他们也很聊得来。可他真的太忙，也太“爹”味。这也很辩证：正因为他有能力，所以带着不容置疑的人生导师的意味。想要他，就得全盘接受。李晓悦对于她与那隽的关系有种悲观的预感，她预感到两人没有结果。既然没有结果，索性不爱那么多，只爱一点点。

一会儿，同租男孩敲李晓悦房门，李晓悦拉开门，男孩说刚才看了下电表，觉得电下去得太快，会不会有人偷电？要是这样的话，大家就吃亏了。李晓悦和他去阳台查看电表，男孩站在她身后指点着，下身有意无意地压着她，一股烟味拢了过来。

李晓悦警惕起来，道：“你压着我了，往后一点。”

男孩没动。

李晓悦转身，使劲一推男孩。男孩被推开，并不恼，嬉皮笑脸地看着她。

李晓悦走回房间，男孩癞皮狗一样跟了过去，嘴里说着：“你别怕，我没别的意思，就是觉得你这个人挺好的。”

李晓悦突然拐进厨房，抄起菜刀冲着男孩跑过去。男孩吓了一跳，连连退后。李晓悦一刀猛地砍在他身边的木茶几上，咣的一声，菜刀在面板上砍出道白印。男孩张口结舌，结结巴巴：“你别这么冲动，我又没干嘛。”

李晓悦并没有激动，甚至声音都一如既往地平稳：“下回这刀就不一定砍在哪里了。”她把菜刀在手里掂了掂，眼睛死死咬住男孩。男孩转身逃回自己房间，“砰”的一声把门关上。

李晓悦把刀用力地甩回厨房，“咣当”一声，不知砸在哪里，估计那男孩在房间里听到了又要打个哆嗦。都说单身女孩在社会上闯荡不安全，在她看来，挺安全的呀。菜刀一出，谁之与敌？

李晓悦回房，撕了块创可贴。刚才由于动作太猛，不小心被菜刀划伤了手指头。她把创可贴小心裹在手指上，胸中仍气血翻滚。其实她并不像表现出来的那样平静，不过那翻滚的情绪里，愤恨超过害怕，恨得她想让菜刀狠狠地砍在那个王八蛋身上，看着殷红的血流出来。她想起有一份工作，上司总是有意无意地摸她的手，揉她的肩。在他第三次那么干的时候，她把椅子腿挪到他脚面，一屁股坐到椅子上。看着他疼得张大嘴的样子，真解气啊。

洗着澡，听得门开了，那个女孩回来了。李晓悦想，要不要把这件事告诉男孩的女朋友呢？算了，她说不定会想成李晓悦勾引男友未遂，挑拨离间呢。

洗完澡，吹完头，手机响了。十二点了，居然是那隽的电话，李晓悦一阵惊喜。那隽声音低低：“晓悦，给我开门，我在你家门口。”李晓悦开门，酒味袭来。那隽满脸通红，脚步微有不稳，看样子他喝了不少酒。李晓悦把他扶进自己屋，倒了一杯水给他。他喝了，倒在床上，清醒了不少。

李晓悦道：“跟谁鬼混呢？喝这么多酒？”

那隽枕着李晓悦的枕头，闻着久违的气息，心头很受用：“项目收尾了，和大家聚餐，就喝多了。”

李晓悦道：“醒醒酒就回去吧，我明天还有事儿呢。”

那隽侧过身，托着头：“明天是周末，你干嘛去？”

李晓悦道：“我和朋友去看一个美术展。”

那隽一把将坐在身边的李晓悦拉到自己怀里，吻着她：“你可不可以，把你的心，多多少少，分一点给我。”

李晓悦被他的吻弄得痒痒，咯咯笑着，眼睛热热的，想哭。多好啊，高大壮实的那隽在身边，不用动不动抡刀子。她可以保护自己，但偶尔也想放松一下：“你去洗个澡。”

那隽今晚的相亲非常失败，失败到他想见李晓悦的冲动强烈到无法克制。

既然决定相亲，那隽在硬件指标上不会含糊。今晚的相亲对象也的确符合他的要求，二十八岁的研究生，也在互联网公司上班。长得很漂亮，并且带着温婉的气息。一打照面，那隽很满意。开头的闲聊也正常，事情变坏是从点菜开始的。这是个西餐厅，就在公司附近。约这里是想节约时间，他的每一分钟都很值钱。这餐厅的菜虽然均价贵，但也有便宜的。那隽心说点个普通牛排要个蔬菜沙拉加个甜点再喝个汤，也算可以了。没想到女孩专挑贵的点，点了标价七百块钱二百克的神户雪花牛排、一百五十块钱的鹅肝、一球两百的黑松露冰激凌，居然还开了瓶一千块钱的红酒。那隽心沉了下去。

菜一道道上，女孩吃得优雅而果断。那隽失去了兴致，他一行一行敲代码，不是要给人家一口一口把煎得流油的雪花牛排、丰腴的鹅肝坚定地送进嘴里的。女孩的温婉看在他眼里，就变成了老练的贪馋。饭桌上气氛一点点变沉闷。女孩吃得差不多了，擦了擦嘴，说要上洗手间。那隽见她背起包，心里一咯噔。女人借着相亲的名义骗吃骗喝，这样的新闻也不是没有。女孩捕捉到他心中微不可闻的声音，笑了笑，道："这顿饭 AA 吧。"

女孩没有再回来。一会儿服务员走过来，果然说女孩结了一半的账。那隽释然，却又生气。这叫什么事儿啊？他是那样小气的人吗？问题是第一次相亲就这么大吃大嚼的，太没分寸了。他给相亲网站客服专员打电话，客服专员委婉道：那女孩也给他打电话了，说那隽整晚坐立不安，证明两人消费观上不合适。她工资很高，原生家庭经济条件也很好，完全负担得起想要的生活，不可能在花钱方面看男人的眼色。

那隽独坐，把一瓶红酒都喝光了。他出身贫寒，挣得再多，平时也不会喝一千块钱一瓶的红酒。不是舍不得，是想不起来。除了房和车，他对生活没有兴趣。衣食玩乐这种东西，要女人去安排的嘛。这酒果然入口醇厚，回味悠长。他突然悟到了，他不适合找同一阶层的女人。因为这种女人的消费观都很可怕，收入到这个程度，她们不会亏待自己；又因为收入高，她们也不会听命于男人，收入低的李晓悦都不驯服呢。世道在变坏！

那隽悲伤，他条件这么好，为什么就找不到年轻漂亮、学历高、温顺又聪明、事业前景可观同时愿意为婚姻付出的女人？他劝自己，妥协吧，你总要在某一个方面妥协。下一个念头浮上来，既然要妥协，为什么不向最爱的女人妥协？

此时，凌晨两点。李晓悦在那隽怀里睡着了，他却毫无睡意。方才的酣畅淋漓让他庆幸，幸好自己拉下了脸，回来找李晓悦。看着她娇美的睡容，他做了个重大的决定。

第二天，那隽拉着李晓悦来到了自己买的大平层。李晓悦见小区的环境不一般，路面保养得很好，路边停的都是豪车，一排排塔松苍翠挺拔，人工湖已结冰，不远处是连绵的山。她再对房价不关心，也知道这是有钱人才住得起的小区。

房在三楼，是个二手房。前任房东装修很豪华，可惜俗气。其实这个房那隽买了好几个月了，但他撒谎，说自己两个月没联系李晓悦，就是在忙着买房，想给她一个惊喜。

“给我个惊喜？”李晓悦心怦怦跳了起来，假装不明白什么意思。

“你来决定装修怎么弄，预算报给我，你来盯。装修完我们就结婚。”

结婚？李晓悦愣愣地看着他。那隽把门钥匙放到她手里，像递上了求婚戒指。他给了她两千万的托付，她为什么没有高兴的表情？那隽心里的弦绷了起来，他记起曾经有个前女友说起他买的房要加她名的事。是啊，现在大家心里都很清楚，“我给你买个房”这种话不过是哄傻子，在房产证上加名、约定份额，才叫真正地拥有。他等待着，李晓悦如果不提，他愿意给她加名。

但她不能开口要。

她一直沉默是什么意思？那隽提心吊胆。他实在不想一次次去相亲，一次次大海捞针一样地在人海里捞自己喜欢的女人了。

李晓悦道：“我在上班，怎么盯装修呢？”

那隽松了一口气：“我嫂子的表哥就在干装修，我让他们来弄。你只要时不常地过来看一眼进度，提意见就行了，没那么多活儿。”

李晓悦笑了，有点不好意思地挠挠脖子：“我还以为挺复杂呢。”

“复杂你也上点心呗，毕竟是你的家。”看着她略带蠢萌的样子，他心里漾起柔情，指点着窗外：左边森林公园，右边地铁，对面幼儿园，再走五百米是重点学校，十二年一贯制，两公里外是三甲医院。这就是这个楼盘贵的原因，生老病死一揽子解决。

他拉着李晓悦在屋里转着，继续指点着：这是客厅，这是卧室；这边打个榻榻米，阳光下喝喝茶；这是衣帽间，可以专门给你的汉服设个柜子；这个屋是保姆间，以后生两个孩子，肯定要请保姆。虽然我妈在北京，但我知道婆媳同住有问题，咱们不用她……李晓悦想起自己十平方米的出租屋，一时有点恍惚，直到听到“生两个孩子”，回过神来。

她道：“两个孩子？”

那隽道：“你不喜欢孩子？”

李晓悦犹豫道：“那倒不是，我挺喜欢孩子的。但我觉得我好像当不好一个妈妈。”

那隽从背后抱住她，轻轻晃着，把头靠在她的脖子上：“晓悦，你三十岁了。总不能这样一直漂下去。嫁给我，收收心，我们会有非常幸福的生活。”之前她的飘忽不定是因为他没有给出确切的承诺，如果她嫁给了他，有了稳定的家庭生活，有了孩子，她肯定会试着长大，母爱是伟大的嘛。虽然他的力量不足以锚定她，非要加个孩子才行，这一点让他沮丧。但他不想再计较了。他的那份工作让他疲惫到骨髓里，真的需要有个温暖的家，在他累得摇摇晃晃的时候接住他。为此他愿意放弃找到现成的百分百完美妻子的打算，宠溺心爱的女人，陪她一起成长。

那隽带着李晓悦回到自己租的房，打开电脑，他已经做了一个PPT，名字叫“装修规划”，上面把装修详细分成三类：在原有基础上简单装修，中等预算装修，豪华装修。每类装修需要的时间和预算都很清楚，连晾味儿的时间都算进去了。李晓悦看着翔实的PPT，又佩服，又觉得有压迫感。

那隽道：“做事就得不打无准备之仗。当然，不是要你严丝合缝地按这个方案来，稍微有点出入也可以。你想想到底要怎么装修，和我嫂子的表哥商量下。”他点了一下手机，李晓悦手机震动了，她一看，他在微信上给她转了两万块钱。

“这是你帮我盯装修的辛苦费。”李晓悦连声说不用不用，但他拿起她的手机，帮她点了接收。李晓悦笑了，道：“好，那我就收下了。”

那隽抱住她。这么多女人里，只有给她花钱，他很开心，因为她从来不主动要，这就是关键。他一行一行敲代码，就是为了找到这样不爱钱的好女人。

第七章
成为打工人是一种福气

那隽给沈琳打电话，想让她跟搞装修的表哥联系一下。但打了好几个，沈琳都没接。那隽给哥哥打，哥哥声音非常低落，说沈琳离家出走两天了，谁的电话也不接，他已经报警了。

那隽和李晓悦赶到哥哥家，侄女那卓越坐在沙发上抽抽噎噎，母亲阴沉着脸正在给侄子那子轩冲奶。那子轩已经会走了，正扶着茶几摇摇晃晃，嘴里一边发着“妈妈妈妈”的声音，一边哭着。不知道是想念妈妈，还是饿哭了。老那靠着沙发，强压着焦躁耐心地安抚着女儿，说妈妈很快就会回来。

两人问究竟发生什么事了，老那把那天冲沈琳吼的话说了一遍。再含糊，也让李晓悦觉得刺耳。她不满：“哥，你这话哪个女人听了都受不了，太过分了。”

卓越突然伸出手，使劲打了一下老那，大声骂：“你是个坏爸爸，坏老公，我妈绝对不会原谅你的。”她冲下沙发，哭着跑到自己屋，“砰”的一声把门关上。

老那想死的心都有了。他去报警时，警察用怀疑的眼神看着他。这阵子对杀妻案曾有报道，据说丈夫杀了人之后还若无其事去报警。老那气坏了，对着警察赌咒发誓。警察不耐烦，说我们一句话也没说，你心虚什么？正巧这时讨债的又来了，老那暴怒之余，对着手机大吼“信不信我他妈的杀了你”，所有警察都转过头来瞪着他。他狼狈而逃。

屋里一时没人说话，子轩抱着奶瓶大口喝奶，发出“咕咚咕咚”的声音，眼泪还挂在小脸上。李晓悦怜爱地把他抱到怀里，抽出纸巾帮他擦掉。那隽看着她这副模样，心里很高兴。女人都是爱孩子的，只要生了娃，不怕李晓悦不收心。

突然窗外传来大喇叭的声音：“那伟，车牌号京 Q7P90X 的宝马车主那伟，马上下来。”

老那冲到窗口一看，居然是赵鹏举和另一个债主。他们守在他的车旁，举着一个大喇叭。老那吓一跳，缩回脖子，没想到他们居然追到这儿来了。

赵鹏举继续喊：“杀人偿命，欠债还钱。那伟，你开着宝马车，却欠我们血汗钱，走到天涯海角你也没有道理。赶紧下楼。”

母亲的脸唰地一下白了。那隽道：“哥，躲不是办法，走，我和你下去。”

哥俩儿下楼前，那隽走进厨房，顺手抄起擀面杖。母亲要把它抢下来，那隽道：“你放心，我只防身，绝不先动手。”

母亲仍不干，那隽不耐烦：“你要眼睁睁看着我哥被打吗？”

李晓悦十分赞赏男友的气概，操起一只海天老抽酱油瓶，跃跃欲试：“我和你们去。”

那隽喝道：“你别捣乱，关好门，看好孩子。”

兄弟下楼，赵鹏举看到那隽举着擀面杖，吓了一跳，但绝不松口，声称要和老那一起上楼回家，“结识一下”他的家人。

“我就是他的家人，说吧，结识我想干什么？”那隽掂着擀面杖。赵鹏举并不害怕，强硬地要求老那还钱。老那做着最后的垂死挣扎，一口咬死他只是出了个身份证帮别人注册公司，绝不可能当替死鬼。赵鹏举举起喇叭接着喊，那隽挥起擀面杖，砰地一下把喇叭打掉。赵鹏举扑过去打那隽，那隽一直在健身，加上身材高大，轻易就把赵鹏举牢牢制住，摁倒在车盖上。另一个债主捡起擀面杖，高高举起，正要砸向宝马，老那一抬头，看到自家窗帘旁边，老母亲正在惊惶地看着他。他万念俱灰，大喊一声："别打了，我给钱。"

老那开上车，跟着他们去银行，把钱一次性转给他们，并要他们写了收据。两人满意而去。老那想，妻子肯定也收到银行的扣款短信了，这下子更不知道她哪天会回来了。

回到家，那隽给沈琳发语音："嫂子，你家的确出大事了。你不接电话不是个办法。你在哪里告诉我，我去找你，把真相告诉你。两个孩子哭得快生病了。"

那天丈夫冲自己吼过之后，沈琳心里一直过不去，越想越灰心，于是收拾了个小包，无声无息地走了。反正婆婆在家，儿子不会有事。

沈琳在街头茫然游荡着，想了又想，她在北京一个能随时叨扰的朋友也没有。上班的人此刻正在职场奋战，不上班的人正在忙着家里的事。每个人都有自己的节奏，没有一个人愿意被贸然打断。从前的朋友或要好的同事即使要去家里，不也要提前几天打招呼吗？弟弟？他自己的事都没搞清楚呢，还顾得上她？

沈琳在商场里的星巴克买了杯咖啡。此时下午三点，若是从前，就可以在朋友圈秀一秀全职主妇悠闲地逛街购物喝咖啡的生活。一杯咖啡喝光，她仍不知道去何处。周围的人，有的正在对着笔记本电脑写着东西；有的在谈业务，不时蹦出几个英文单词；还有一桌一看就是闺蜜聚会，是三个打扮得很优雅的中年女性，谈笑着，气氛很轻松。沈琳想，回归家庭五年，她没有事业；因为忙于家庭生活，过往的闺密也渐行渐远；如今连唯一可以自豪的婚姻，也要不保了。未来她将何去何从？太可怕了，就在两天前，她还是个衣食无忧的主妇，如今却沦落为无家可归的流浪者。看着从前发的充满炫耀之意的朋友圈，她觉得刺眼，一条一条亲手删掉。

在眼泪流下来之前，沈琳匆匆离开星巴克，找了家快捷酒店，在床上呆坐到天黑，又从天黑坐到深夜。靠在墙上的背又冷又僵又酸痛，但躺下睡不着，起来屋里又无处坐，出门不知道去何方。各种念头在脑海里打架，打得她筋疲力尽，又想起自己一天没吃饭了。看看手机，已经十一点了，出门找了家711，买了点面包，还有几罐啤酒，把自己喝得烂醉如泥，这回终于可以睡着了。

扑倒在床上时沈琳想起两个孩子，不知他们会不会找她？女儿每晚睡觉前都要和她亲吻道晚安，儿子一惯是她哄着入睡的，这一天下来不知道怎么样了。她不是贤妻，连“良母”也不是了……

第二天，看着手机里无数老那打来的电话和微信里卑微的道歉，沈琳有一瞬间的动摇，却又想起那天他说的那些可怕的话。他对自己一向温和包容，言听计从，所以那突然露出的青面獠牙才更狰狞。恋爱加结婚14年，难道自己从来没有真正看清过丈夫？

等到手机收到两条共计一百万的扣款短信后，沈琳再受沉重一棒。拿着手机，她哑然失笑，笑自己那一瞬间的动摇。收到那隽的微信之后，她想，也好，把事情的真相了解清楚，无论丈夫是吸毒赌博欠了高利贷，还是出轨被仙人跳花钱消灾，总要去面对。

沈琳把酒店地址和房间号告诉了那隽。半小时之后，那隽和李晓悦走进来，后面跟着老那。他坐到沈琳身边，她往旁边让了让，不想挨着他。但他抓住她的手，她一抬头，见他眼睛里含着泪，虽然心中仍有怒气，却也不自觉地鼻头一酸。老那把事情的经过一说，沈琳大感意外。虽然被老板骗了，这件事也够傻够让人恼火，但和那些事情比起来，还是让人放心多了。也因此，虽然损失了一百万，沈琳心头竟然一阵轻松。

那隽道：“嫂子，花钱消灾。我哥这一百万把事儿平了，保住工作，在我看来是值得的。”

老那把沈琳的手贴在自己脸上，请她狠狠地抽自己几耳光。他不该说那样的混账话，是因为走投无路了才口不择言的。沈琳想起那些话，心里又难过起来。夫妻俩抱头痛哭，眼泪吧嗒吧嗒掉下来。李晓悦不禁也被感染得眼泪汪汪，人到中年，真是太不容易了。那隽示意她该离开，让他们两人待着，好好消融这几天的隔阂。两人走出房，悄悄把门带上。

走在街头，李晓悦的心情仍不平静。那隽道：“我哥做事一向欠考虑。别的不说，他家存款只有两百万，还有房贷，居然敢花五十万买宝马。汽车是消耗品，又不是固定资产，买个代步的就行了，花那么多钱不明智。即使要买，也不该超过存款的百分之十。我收入是我哥的好几倍，但我的车才是个十五万的速腾。他这个人就是虚荣，从小就这样。”

李晓悦想起老那的确有这个特点，比如大家同事聚餐，一起哄说“那总买单”，他也就爽快地付账了。可这也许就是他安身立命之本吧？有的人精打细算从而生活富足，有的人仗义豪爽，从而结下好人缘，得到许多机会，同样富足。每个人都有自己的处世之道。

那隽还在批评哥嫂，说两人只一份收入，居然敢生二胎。这次好险哥哥把工作保住了，万一保不住怎么办？一家老少就得大口大口喝西北风。做人岂能顾头不顾腚？

李晓悦道：“每个人都有自己的活法，你又在贩卖焦虑了。那隽，你这样天天忧心忡忡，像个强迫症一样恨不得把一辈子的事情全部列在表格里，然后严格按照它来执行，到底有什么意思呢？照你这么说，多少钱的家庭有资格生二胎呢？”

那隽自负道：“至少像我这样，年入百万以上，有二百平房子，能给孩子提供优质学位，能保证两个孩子成年后一人一套房。”

李晓悦冷笑一声：“但是在全球富豪排行榜上的富翁眼里，你可能连繁殖的资格都没有。你居然不能给孩子在纽约市中心买个豪宅，在欧洲买个度假城堡，死后给留个亿万信托基金，怎么有脸生孩子？资格评定权到底掌握在谁手里？”

那隽想起他刚刚下的决心，要把李晓悦哄进婚姻里生娃，于是克制住批评欲，笑着搂住李晓悦：“算了，不说他们了，我们去吃火锅。”

老那夫妻回到家，儿女一人搂住沈琳的一条腿，哭哭啼啼。婆婆含泪道：“以后可不敢离家出走了，俩孩子哭坏了。”沈琳蹲下身，搂着两个孩子。这是她的资产，也是负债，无论如何这辈子甩不开了。

这件事有惊无险，沈琳心境却起了很大的变化。从前找工作，无论怎么个未遂法，她回到家，都会觉得庆幸，有种“幸好我还有退路”的幸福感。而这次经过一天一夜的流浪，她像是隔了一层透明的东西一样在审视这个家：两个孩子姓那，丈夫是唯一的经济来源，原来这个王国的最高统帅是他。不错，房是多年前他们一起买的，但丈夫的收入水涨船高，而自己的收入却没怎么增加，而且后来还零收入。别看丈夫的钱月月上交，存款自己在管，其实不过是当家丫鬟拿钥匙罢了。丈夫一个不高兴，就可以说出“你吃我的喝我的”这样可怕的话。所谓的退路，退一步就是万丈悬崖。

晚上，老那搂着沈琳。这阵子由于被追债，他身心俱疲，已经很久没有和沈琳过性生活了。现在事情解决，老婆回家，他有种如释重负的感觉，兴致便来了。都说夫妻床头打架床尾和，也许过一次性生活，可以彻底消除老婆心中的芥蒂。他摸着沈琳，但她却浑身僵硬，毫无回应。他耐心地摸索着，吻着她的脖子，接着是肩，忽然听得沈琳说：“我想去找工作。”

“唔，找吧。”老那继续往下探索。

沈琳推开他，坐起身：“没有找到工作之前，你别碰我。”

老那傻眼了：“为什么啊？”

沈琳想，因为这样会让自己感觉像是在以性换取生存。

“没心情。”她说。

第二天，沈琳开始在网上找工作。她筛选过的符合她要求的职位至少一百个，但看着看着，她的勇气流失，心绪渐渐低落。不错，求职网上几乎所有适合的职位，都没有写年龄要求，也许是相关政策要求。但收简历时，人力部门看到年龄不符合公司心意，再一看工作经历中断了五年，就会一键删除。那些诱人的五险一金、补充公积金、员工旅游、绩效奖金、年终奖金、周末双休，统统没有她的份。从前可以做找工作的忙碌状糊弄自己，现在这样干又何必？

丈夫上班去了，女儿上学去了，婆婆带着儿子到楼下散步去了。阳光晴好，窗台上的“果汁泡泡”玫瑰正在怒放。然而看在沈琳眼里，却是愁云惨淡。她掏出手机，拨通几个月前曾面试过她的胡海莉的电话。

胡海莉很快接了，声音微有诧异：“沈琳姐？”

沈琳紧张得嗓子发干：“胡总——海莉，我可以找您一趟吗？”

胡海莉公司的会议室，沈琳面对着她，沉默着。胡海莉也没说话，静静地等着她开口。良久，沈琳道：“海莉，我特别需要一份工作。”

话刚说完，她的眼泪就流下来了。胡海莉从桌上的纸巾盒里抽出一张纸巾给她，沈琳捂住嘴，无声地哭着。这不妙啊！她提醒自己，想重返职场，眼泪只会惹人反感，要赶紧克制住激烈的情绪。她咬紧牙，抵制住想继续哭的欲望，把巨大的悲伤、羞耻、无助咽了下去。

“我不瞒你，我这个岁数找工作的确困难。我也奇怪，我精力充沛，人力资源这个岗位上的基本职能和经验我都有，也愿意敞开心怀学习，但是社会不给我这个机会。我特别需要一份工作，重返社会，证明自己的价值。你能帮帮我吗？”沈琳眼睛红红的，口气和表情都非常卑微。

胡海莉想着沈琳曾经强势果断的模样，不由动容，道：“沈琳姐，上次无意中收到你的简历，我就猜你很想出来工作。但是后来你又说自己不适合这份工作，朋友圈看着，天天也挺幸福的，我就没再找你。”

沈琳叹道：“海莉，朋友圈都是这样的，报喜不报忧，谁也不愿意把自己狼狈的一面露出来。家庭主妇的幸福是海市蜃楼，一阵风一场雨就没了。我这么多年的确是咎由自取，不过现在想从头来过，也不怕职位低钱少。如果得到这个岗位，我一定会好好干。”

胡海莉道：“那你就来吧。明天就入职。”

沈琳愣了，一阵惊喜，随即小心地问：“可是你们老板能同意吗？”

胡海莉微笑：“我给自己招个人力专员，还是能说了算的。不过事先说好了，三个月试用期。”

沈琳激动地笑了：“没问题。”

沈琳一天就找到工作了，老那非常惊讶。可知道她月薪才开税后八千，又生气，说这就是欺负人，别去了。沈琳算给他听，加公积金两千，这就一万。还有这些年她自己交社保，一个月交将近两千，现在公司给交，这就是一万二。一个脱离职场五年的快四十岁的女人，一个月可以为家庭创造一万二的价值，难道不划算吗？

老那想了想，笑道：“也是。”

婆婆对于儿媳妇出去工作喜忧参半。儿媳妇五年来一直在家待着，她也担心。一方面心疼养家的压力全在儿子身上，一方面也怕万一儿子有点闪失，这个家零收入。可是儿媳妇去上班，带孙子的责任就全落在她身上了，她又觉得郁闷。沈琳说找个保姆吧。哪怕保姆的钱和她上班挣的钱一样多，她都认了。婆婆又心疼钱，说算了，先试一段时间看看，带不了再找保姆吧。

早晨，沈琳吃完早饭，和老公女儿一起上了车。老那把女儿送到学校，再把她送到地铁口。沈琳下车时老那喊了她一声，沈琳回头，老那做了个加油的动作：“老婆，好好干。”沈琳回了个 OK 的手势。

幸好上次面试，领教过早高峰的人流，沈琳已经有了心理准备了。站在蜿蜒曲折长长的人龙后面，她一点也不觉得痛苦。再痛苦，能有被老公指着鼻子骂“你吃我喝我的”痛苦？再煎熬，能有那一天一夜无处可去醉宿快捷酒店煎熬？

人龙一只脚一只脚地往前挪动，挪向不远处黑洞洞的地铁口。沈琳心里很踏实，真好啊，她终于重回正常轨道。

第八章 你有什么资格淡泊名利

周日，沈琳做了一桌菜，说要庆祝自己找到工作。这种工作日之后的周末感觉很不一样，这时再进厨房，就成了一种乐趣，是拼搏之后短暂的休息。那种巨大的空虚荡然无存，取而代之的是“上得厅堂下得厨房”的自豪感。

那隽来不了，说加班。那隽加班正常，休息才不正常。李晓悦和沈琳两个表哥沈志成、沈志国来了。他们俩正在李晓悦的带领下给那隽装修房子，沈琳说正好很久没见了，过来一起吃饭，反正那些活儿先让小工们干着就行了。

今天的家宴沈琳不上卤货了，改上糟货。她网购了两大罐上海糟卤，周六买了虾、青豆、花生、猪蹄猪舌、鸡爪鸡胗等，煮熟了，用糟卤泡一晚上。周日午饭时间满满一盆端上桌的时候，大家先闻到一阵诱人的酒香，食欲大增，纷纷伸出筷子，一尝都觉得甘鲜爽口，酒香正好解了荤菜的油，与平时吃惯的“沈琳牌”卤货又有不同。兄弟俩举起杯，感谢老那这个姐夫的弟弟给了个肥活儿，又举起杯敬李晓悦这个“老板娘”，要她多包涵。李晓悦说不是老板娘，这房跟她没关系，她只是帮我男朋友盯着罢了。

老那说："晓悦，我弟弟肯定是认定你了。这臭小子和自己较了好几年的劲，终于认输，你就等着住大平层吧。"李晓悦非常开心，淡泊名利，是因为追求名利太累了。如果名利自动送上门来，她干嘛不要？又不是傻子。老那母亲也喜欢李晓悦，使劲给她夹菜。她觉得这个女孩一副温柔贤惠模样，儿子娶了她一准儿不吃亏。

大家说着，聊到沈磊。两个表哥问沈琳怎么没把弟弟弟媳叫来。沈琳道："人家想自己过周末呗。"

其实沈琳没叫沈磊，一是叫了沈磊，万一他把谢美蓝带来，太尴尬。沈琳一想到谢美蓝那天夹枪带棒的话还在生气；二是不想大家把沈磊与那隽做对比。她的弟弟和丈夫的弟弟比，的确差得有点远。她可怜天之骄子的弟弟这些年不知道为什么，活着活着，渐渐在世俗的眼中灰头土脸了。他这个人向来——怎么说呢？平静，骄傲，木讷，宽容，都可以用来形容他。如果他住豪宅开豪车，这份平静便是静水深流，不动声色，叫人敬畏；但他还在住出租屋骑电驴，这份平静便是有自知之明的缄默内敛，小心翼翼地企图以无存在感躲避追问，令人恍然大悟，原来此人闷声不是为了发大财，是为了怕别人发现他穷。不过这些都是这帮俗人在心里暗暗给沈磊加戏罢了，沈琳知道沈磊本人根本没有兴趣去揣测人心。他不是看不起人，是看不见人，无论是骄傲还是木讷。沈琳又自嘲地想，他自己不难受，她替他难受，这也是她自己给自己加戏罢。

沈志国嚷嚷着叫来叫来，难得人都到齐了。说着掏出手机就给沈磊打电话，沈磊说自己有事，不方便过来。沈志国挂了电话，大家继续吃着喝着。沈琳却从声音里听出弟弟心情低落，也许是血缘的关系，姐弟连心。他会有什么事呢？

沈琳没猜错，沈志国打电话时，沈磊正守在一个五星级大酒店的门口盯老婆的梢。这个梢盯了好几个小时，他的心情由愤怒转为低沉。

老那说过，谢美蓝之所以跟沈磊闹，肯定是外面有人了。沈磊也想到了这一点。他想找妻子正式谈一谈，却不知道怎么开口。在见过谢美蓝之后，沈琳曾找他深谈过一次，把谢美蓝对他的不满全部复述了一遍。是的，虽然沈琳下决心不管别人的事。说是这么说，但这是她的亲弟弟，岂能不管？

沈琳道：“一句话，她嫌你太穷了。”虽然一早意料到，但这种话由他人口中说出，还是让沈磊惶然失笑。

沈琳可能意识到这句话太重，又加了一句：“其实我觉得你不穷，问题是谢美蓝急功近利。一个北京户口就值多少钱？一份稳定的、预期收益呈上升态势的工作，又值多少钱？”

沈琳要他接受现实，谢美蓝想离就离，人心如流水，不知道什么时候就变了。离婚这个词让沈磊大吃一惊。他和谢美蓝没有过大的冲突，怎么过着过着，就走到了离婚的边缘？事情到底坏到什么程度了？所以在谢美蓝越来越频繁地说自己要加班，下班不用他到地铁接时，他开始盯梢。每晚下了班，沈磊就骑着电驴到她楼下的拐角处等着。有两次谢美蓝都叫了滴滴，有两次，她上了一个男人开的车。但谢美蓝回到家时并无异样，他晚到家，解释说单位也正好加班。体制内单位，也会有一些工作比较集中的时候，她也不疑心，又或者说她根本不关心他在干嘛。

第五次、第六次，他看到谢美蓝和一个气宇轩昂的中年男人一起走出办公楼。男人从旁边的停车位开过来一辆路虎，谢美蓝上了车。沈磊判断谢美蓝和这个男人关系不正常。如果是同事搭车，为何只有谢美蓝频繁搭车？

他到谢美蓝公司的官网上查蛛丝马迹。在公司的成员介绍上，他查到了和这个中年男人长相非常接近的一个人，那上面写着他的职位是公司副总，名字叫路杰，北京人。

这天是周日，谢美蓝又说加班。见他脸色沉郁，谢美蓝解释说有个项目进入关键阶段，公司所有人都全力以赴。

“嗯，去吧。别太辛苦了。”沈磊说。

谢美蓝走了，沈磊随后跟了上去。他看见谢美蓝打了辆车，却没有去公司，而是去了一家五星酒店。沈磊骑着电驴尾随到酒店对面，见老婆下了车，进了旋转门。他心灰意冷，正要掉头走，又想起谢美蓝对自己的评价，呆立在原处，心底的火一拱一拱地，脸渐渐热了起来。欺人太甚！都以为他沈磊是个老好人、没脾气的书呆子是吗？今天他决定突破一下“人设”，和她撕破脸。

沈磊把电驴骑到酒店的车场门口，正要开进去，保安出来拦住他，说非机动车不让进酒店停车场。沈磊抬头一看，路杰的路虎正停在停车场，灵机一动，把车骑到停车场出口，紧挨着马路旁边的冬青丛处。这样可以随时看到路杰的车的情况。

沈磊一直等到晚上九点，饥肠辘辘。他无数次想走，却挪不动麻木的脚。见到他们之后他想怎么样，他也没想好。这辈子他没有和人面红耳赤过，生活待他不薄，他要的，只要伸手就有了。他要的一直也不多，不需要那么多，所以现在他太惶恐了。

就在沈磊又困又饿，想放弃，去吃碗热面条的时候，突然他看到谢美蓝和路杰从旋转门里走出来，说笑着，走向停车场。他精神一振，浑身肌肉都绷紧了。

谢美蓝坐在副驾上，她刚刚在酒店餐厅和路杰吃完了日式铁板烧。晚餐美味，清酒甘酸回甜，微微上头，周身暖洋洋，加之淤积在心头的那件事与路杰说开了，此刻微醺的她精神极其放松，轻飘飘的。车上的气氛恰到好处，既安全，又暧昧，她止不住想微笑。路杰用掌心熟练地转着方向盘，动作在她眼里充满了成熟男性的掌控感与力量感。他把车开出停车位，开向出口。

谢美蓝含笑看着路杰："说了今晚我请的，结果又让你买单了。真是不好意思。"

路杰还没来得及说话，突然沈磊的电驴斜地里杀出，唰地一下截在车前。路杰吓了一大跳，本能地一踩刹车，两人都在车里前后猛错了一下，谢美蓝尖叫一声。

沈磊脸色阴沉，停好车，敲敲副驾的玻璃窗："下来。"

路杰下了车，绕到沈磊身边怒道："你这个人是不是有病啊？"

谢美蓝下了车，沈磊用力地扯着她的手臂。谢美蓝疼得叫了一声。路杰抓住沈磊的手："你到底是谁？我马上报警。"

沈磊竖起眉毛："我是她的爱人。"

路杰愣了一下，见谢美蓝神色仓皇，知道沈磊没撒谎。但见他怒目圆睁神情可怕，怕他伤害谢美蓝，往前走了一步，把她护在身后："任你是谁也不能大庭广众下拉扯女性，结婚证又不是伤害许可证。放开她。”

沈磊见谢美蓝泪水涟涟、楚楚可怜，路杰一副护花使者的模样，心头怒火燃烧得更旺了。这对奸夫淫妇，在酒店开房一整天，完了还理直气壮地教训他，而那番话听起来居然字字在理，这个世界是不是疯了？

沈磊吼道：“她是我老婆，我们俩之间的事关你什么事？滚开。”

路杰斜了一眼沈磊的电驴，道：“美蓝，上车，去哪里我送你，别怕。”

沈磊飞起一脚，想狠狠踢一脚路虎车的车门泄愤。路杰指着他轻蔑道：“我这辆车两百万，碰掉一点漆都不是你这个屌丝赔得起的。想好了再踢。”

沈磊放下脚，使尽生平最大的力气，挥出生平第一拳。原来打架不用学。

没想到他这一拳竟然把路杰打倒在地上起不来，谢美蓝吓得大叫了起来。酒店保安看到这里的吵闹，迅速赶过来干涉。路杰被送往医院，保安报了警，警察把沈磊带走了。

路杰拍了片，诊断无大碍。只是左脸瘀青破皮，看着有点严重。谢美蓝全程一声不吭，为他挂号拍片排队交钱拿药。路杰拿了药，肿着脸走出医院。临走时谢美蓝道：“路总，我没脸求你，但我还是得开这个口，能不能原谅我丈夫？他还在派出所。”

她低下头，瘦瘦的肩膀佝偻成负罪的模样，眼泪一滴一滴掉下来。路杰想起她的境况，怜惜她遇人不淑，叹了口气道：“算了，我饶了他。”

路杰和谢美蓝来到派出所，路杰对警察说打人者的妻子已经带他看病，并出了钱，医生说目前他暂时没事，这件事他愿意私了。警察便把沈磊放了。

三人走出派出所时，已是凌晨三点多。路杰对沈磊说：“这件事不可能就这样了结了，拍片虽然没有问题，但医生也叮嘱了，这几天有任何不适，我都要及时就医。我现在头痛，恶心，想吐，说不定明天真的会严重起来。你这两天给我夹紧尾巴做人，不许为难谢美蓝，不然吃不了兜着走。”

谢美蓝知道他是怕沈磊回家之后对自己不利，故意把事情说得严重，感激地一笑，道：“谢谢路总宽宏大量。”沈磊神情非常平静，目视前方，好像他这话不是跟自己说的一样。

回到家，天已蒙蒙亮。两人坐在沙发上，谢美蓝先开口：“事情不是你想的那样，我和他去酒店是谈工作。”

她从包里掏出一份厚厚的项目资料，沈磊看都不看一眼。

谢美蓝道：“客户约我们在那里开会。开完之后，我的确没事了，但我特地请路总吃了个饭。”沈磊继续沉默。

谢美蓝道：“我妈打靶向药的五十万，不是我舅舅给的。我舅舅根本没钱，是路总借给我的。”

沈磊震动，抬头看着她。

“其实连医院的床位也是他帮着找的，我没有办法。沈磊，我最难最无助的时候，是谁帮了我，我心里感激他一辈子。但也仅止于感激，我不会因此出卖自己。”

沈磊缓缓开口：“在你最难最无助的时候，难道我没有全程陪着你？”

谢美蓝环视了屋子一眼，最后眼神落在他的脸上，无限依恋，口气却止不住的尖刻：“沈磊，你是个好人，但没有用。我需要钱，钱能带来安全感。你让我没有安全感，我不可能和你生儿育女，一辈子这样过下去，然后在我们的孩子遇到危难的时候你掏不出钱来，只会站在一旁看我哭，哭，哭。你连安慰我都不会，你只会想哭吧，哭出来，发泄完就好。或者你在想，反正安慰也没用，她还是会哭。沈磊，你没有心，你是行尸走肉，极端自私，而且非常顽固，谁都不可能改变你，我、我们未来的孩子、你的父母，都不能，我甚至觉得你有轻微的自闭症。”

沈磊的嘴唇抿成薄薄的一条线，是太过酸楚而极力想克制。他们有过那么多热烈的时候：一起爬山，欢笑；看电影，为剧情交头接耳；下了课去吃串串香，一边辣得直吸气，一边喝着冰可乐；去游乐场拍傻不拉几的大头贴情侣照；知道考上公务员后两人抱在一起又跳又笑；找到这个小房子后她赞它简直是为他们量身打造的房子，再完美不过的二人天地……而今，这一切成了他行尸走肉、自闭症的证据。

沈磊嗓子哑了：“你知道我是什么样子的人，我从头到尾都没有改变过。”

谢美蓝道：“恨的就是你的这份不改变，所有人都变了，你凭什么不变？

你有什么资格淡泊名利？”

她起身收拾着行李。多么清苦的生活，连行李都没什么可收拾的。也许这两年，她早已存了撤退的心，所以购置的兴趣大减，这样才可轻松离开。她在投资公司上班，每个人的工资其实并没有传说中的那么高，但人人一身名牌，一双富贵眼。所以她活得很艰难，很不甘心。

沈磊说：“我把我所有的收入都给了你，这还不够吗？”

谢美蓝想，太少了。

沈磊挣扎着：“我们单位可能五年之后就会盖集资房，很便宜……”

太慢了！她周围都是一夜暴富的故事，她的耐心阈值越来越低了。

谢美蓝拉着行李箱出门前最后一句话是“我们离婚吧”。

第九章 他的精神熔断了

单位的人觉得最近沈磊很沉默。固然，他平时就话不多，但往日的沉默，你可以看出他很平静，心里有不被别人叨扰的自得其乐。而现在，他的沉默透着压抑，那种自得其乐没了。如果有人仔细观察他的双眼，就会发现那里有蓄势待发的怨愤，宛如通过一条缝隙窥见火山翻滚的岩浆。不过沈磊与同事并不亲近，所以并没有人去体察他细微的变化。

沈磊负责管理档案，就是把接收进来的档案存入档案库房，再分门别类地入柜上架，并进行日常管理和保护。有些档案储存不当，会受潮腐烂，有些收进来的档案破损不堪，但都不能把它们扔掉，也不能一放了之，要精心地修复。一些受损不严重的档案，沈磊自己一点一点地也就修复了，严重的则要到外面请专业人士来。

沈磊喜欢这份工作，凌乱的档案他一张张地整理叠放、装订；破损的纸张，他用胶带粘合起来；打卷折痕严重的，他用重物压平。有一次外面送来一箱由于长期受潮，文件们粘连在一起形成的“档案砖”。沈磊连续三天，先用水把它们泡开，再一份份小心翼翼地抖松、分离，最后用纸巾吸干水，再拿吹风机一份份吹干，拿重物压平，成功抢救出这份重要的档案。他忙活了好几天，腰酸背痛，也没有任何领导留意到这件事并赞扬他，但看着这些整整齐齐的档案，他打心眼儿里觉得高兴。这一排排档案柜里存放的每一份发黄陈旧的档案，都是一块历史的切片，一个人鲜活的一生。天地浩渺无边，历史转瞬即逝，个人微不足道，但谁都有权利留下点什么。那些留在发黄发脆纸张上的蓝黑墨水或是铅笔字、红色手印章、长着霉斑甚至模糊不清的一英寸免冠照片，都生动形象地代表着一个人、一件事、一段时空的存在感。整理着这些资料，沈磊心头很宁静。身边的时代呼啸而过，而他偏要慢吞吞地与历史为伍，不慌不忙。

有一天沈磊看了口碑很好的纪录片《我在故宫修文物》，感觉像看到了自己。他跟谢美蓝这么说，谢美蓝说："修复文物好歹算罕见的手艺，你给破掉的纸张粘胶带，算怎么回事呢？"说得他哈哈大笑，承认那的确算不得什么本事。如今再回味起来，谢美蓝那话里便充满了轻视的色彩，当时还以老婆在打趣自己呢。

今天开周会，会上沈磊被科长点名批评了，用的话是"沈磊你们几个"。说最近入库的资料一直没有整理上柜，这不像档案管理科该干的活儿。虽然负责这些活儿的有好几个同事，沈磊却觉得科长的眼睛一直盯着自己。

"别以为这是公务员编制，就可以混日子。绩效考核制度不是吃素的，大家要珍惜这份工作。去打听一下，外面的私企，996甚至007的有多少，找不到工作的又有多少？公务员合同五年一签也不是随便说说的。"

科长的眼神严厉地盯着沈磊，沈磊心头火起。平日里他干活儿那么踏实，科长从来看不见，一等到他精力稍微有点溜号时这家伙就来抓小辫子了。他板着脸，眼睛并不回看科长，也不像其他同事一样，赔笑着露出讪讪的表情。

散了会，科长把沈磊留下，问他到底怎么回事？最近工作心不在焉，分到他手里的工作都没做。沈磊本想忍一忍，服个软算了，偏偏这个时候谢美蓝来了微信，问他为什么不肯和她离婚。两人没有什么共同财产，约个日子去民政局把离婚证领了，好聚好散不行吗？沈磊一肚子火全撒到科长身上了。

"我哪个工作没有做？请你明确指出来。"沈磊生硬道。

"让你交的统计表一直没交，库房里的资料堆了一地。周一大检查，你这是故意要让科里难堪吗？"科长道。

"入库资料那么多，一周怎么可能干得完？大检查早不查晚不查，偏偏在这种时刻？你给领导说一下，他们难道不能体谅下吗？不至于我们要为了你的面子好看累死累活吧？还有，统计表今天下班前我会交，这才上午十一点，你催什么催？"

科长从来没有被下属这样顶撞过，尤其是向来温和的沈磊。他惊呆了，涨红脸："你怎么跟领导说话的？"

"领导领导，领个屁啊。"沈磊仿佛面前站的是路杰，吼道。其实当个粗野的人挺不赖的，打架，说脏话，这些从前不可触犯的禁忌，原来也没那么神圣。他一抬头，发现同事们都在愕然地看着他。什么人都要来踩他一下，就是因为他当惯了好孩子。这是他的错，从今往后可改了罢。

科长被他吓住了，或者说对他彻底失望了，摇摇头，转身离开。

沈磊没有回谢美蓝微信，她要他出去吃个晚饭，把此事商议一下，他也没去。晚上八点，谢美蓝来了，轻敲着门。敲门声像锤子一样重重击打在沈磊的心上，她已经没有钥匙了，临走前她把钥匙放到桌上。这比她已经离开他，要更让他难过。

两人坐定，谢美蓝问他为什么不离，是不是对离婚协议上的条文不满意？离婚协议她早就发到他微信上，非常简单，两人无子女，无财产。谢美蓝向路杰借的五十万她承诺与沈磊无关，由她自行偿还。所以沈磊到底在纠结什么？

沈磊说："我们没有重大矛盾，你突然要跟我离婚，我接受不了。"

谢美蓝平静道："感情破裂，算不算矛盾？"

沈磊道："我认为感情没有破裂，我们感情向来很好。现在不过你是被路杰迷惑了，一时鬼迷心窍。我希望双方能够努力修补裂痕，把日子继续过下去。"

谢美蓝烦躁而伤感："我不爱你了，或者说，我依然爱着你，但我爱的是从前那个你。现在咱们俩连词汇量都不一样，还怎么交流？"

沈磊嗓子哽住了："真的一点余地也没有了吗？"

谢美蓝带着哭腔："沈磊，你没错。那天你说你没变，一直没变，确实是这样的。是我变了，生活变了，时代变了。我们不可能总是这样待在自己的小天地里自得其乐，被时代抛弃。要是我们不想要孩子也就算了，要了孩子，你让我怎么舍得他生活在这么小的出租房里，读烂学校，这也舍不得买，那也舍不得买，连个车也没有？"

沈磊握住她的手："会有，别人有的我们都会有，慢慢来不行吗？"

谢美蓝悲愤地甩开他："我一路读到研究生，读到眼睛近视六百度，不是要来过这种日子的。我不要慢慢来，我妈死之前我都没有来得及让她过上好日子，你叫我怎么甘心？再说我三十岁了，三十五岁后我就找不到工作了。你不在私企，你根本不知道外面的世界有多残酷。如果我的老公不能提供给我足够的安全感，只靠我自己怎么办？我娘家已经没人了，谁来帮我？我不想骗你，不想变成一个背着老公偷情的女人。路杰的确一直在追我，但没有离婚前，我不可能接受他。我已经明确告诉他了，这是我对自己的承诺。"

沈磊松开她的手，嘿嘿笑着："那你们俩就把这场游戏的战线拉得长一点，我不会同意离婚的。离婚冷静期么，大家都冷静冷静。"

周末科里的同事相约加班，把资料整理上柜，沈磊没去。他本不善喝酒，这两天却喝了很多白酒，把自己喝得烂醉如泥，睡醒了又喝，喝了再睡。

周一上午，沈磊憔悴着去上班。一出门，发现路杰的路虎停在小区门口的路边。那不是能停车的地方，到处都是摄像头，被拍到了要扣分罚款，不过像路杰这样的人不会在乎这种小事。路杰看到他走出来，立刻下了车，迎了上去，堵住他，扬起手里当天那份诊断报告，居然还有一份警察出警记录的复印件。"公务员打架斗殴，会丢工作，这你应该知道。"

沈磊捏紧拳头："你勾引我老婆，居然还敢这么嚣张？是不是还想再挨一拳？"

路杰道："我和谢美蓝周末加班，在酒店会议室，全公司都知道，要找证人我有一大堆。相反，你对你身为职业女性的老婆控制欲那么强，鬼鬼祟祟搞盯梢，还有暴力行为。这种事宣扬出去，到底是谁吃亏？好家伙，还拿离婚冷静期来威胁谢美蓝，你是个男人吗？”

沈磊悲愤莫名。他斯文讲礼了半生，最后却落了个这样的评价。可怕的是，听上去那些事他全干了。

路杰道：“还有，我那天警告过你了。你那一拳打在我头上，说不好会有什么后遗症，比如长期失眠、视力模糊甚至导致抑郁症，这我都可以开出诊断报告。想找你打官司，分分钟。不过怕你这种废柴丢了公务员饭碗活不下去，所以想放你一马，识相的趁早放过谢美蓝。”

路杰开车走了。沈磊到了单位，迟到了半小时，正好赶上大检查。科长处长一路陪着领导四处巡查，到了沈磊工位旁边，科长趁领导不注意，狠狠地剜了他一眼。中午送走领导，科长把沈磊叫到办公室，问他周末大家都来加班，为什么就他没来。沈磊一声不吭，谢美蓝上午发过微信，解释说路杰不是她让去的。她已经警告过路杰，不要插手两人离婚的事。但这个人非常强势，能不能听进去，她也不敢保证。为了避免影响到他的工作，还是赶紧把离婚协议签了吧。婚姻没有了，不能再把工作也搞丢，那就真的一无所有了。

沈磊当时听着这条语音，心底一片冰凉。路杰唱红脸，谢美蓝来唱白脸？在一起十二年，怎么没有看出谢美蓝这个女人心机如此深不可测呢？他真想拿把刀冲进谢美蓝公司，把这对奸夫淫妇当场杀了。

科长喋喋不休半天，发现沈磊的眼神飘忽，完全没有听进去他恩威并施、高屋建瓴的一套大道理，气得一拍桌子：“你还想不想干了？”

这一声让神游的沈磊如梦初醒，他吼道：“我不想干了。”

话一出口，沈磊有种破罐子破摔的快感。没错，他就是不想干了。没错，他就是要搞砸一切，倒要看看谁能拿捏住他，倒要看看天到底会不会塌下来！他一转身，见处长站在门口，静静地看着他。

沈磊叫谢美蓝带上离婚协议，在民政局门口等着。下午他逃了班，去了民政局。现在协议离婚真方便啊，网上提前预约一下，人少的话当天就排上了。验完证件和资料，落笔无悔。

走出民政局，沈磊心底毫无波澜。也许这段时间的煎熬已经把全部的痛耗掉了，现在他没有力气再痛。谢美蓝如释重负，却又有点哀怨，踌躇着，看着沈磊，挤出一句话："我们去吃个饭吧？以后还是朋友。你永远是我在这个城市最好的朋友。"她的声音颤抖起来。沈磊看着她，像看个陌生人一样。他没回答，也没有任何难过的表情，转身走了。

回到家里，躺在床上，那股痛开始随着血液蹿向沈磊全身。屋里早已没有谢美蓝的痕迹，她的照片、衣物，全部带走了，只有窗台上那盆绿萝，还长长地绿着。谢美蓝爱养花，从前在别的出租屋里她养了不少的花，吃完的黄桃罐头瓶洗干净，灌上水插上吊兰，很快就葱绿的一盆，后来她渐渐失去了这种兴致。对了，自从跳槽到这个投资公司后，收入大增的她对蝇营狗苟的小日子不再热衷，穿的用的也开始讲究起名牌来。也许那时她就已经心生变化，只是自己不知道而已。

沈磊无法忍受屋里死一般的寂静，再待下去恐怕又要喝酒。这样喝下去，会死在屋里无人知晓的。还好还好，理智尚余一息。沈磊披了件外套，推门出去。已是暮春，空气开始湿润，夜风带着一点暖意。他漫无目的地在街头闲逛，街市太平，岁月静好，人们来来往往，他只有一个人。今天把话给科长撂下了，明天该怎么办？真的不干了吗？要不要去给科长和处长低三下四地道个歉服个软？虽然说这是体制内工作，真不去道歉，他们也不能把他怎么样，但是往后的相处想必会磕磕绊绊，渐渐尴尬以至于难熬起来，毕竟他们是领导。真奇怪，前半辈子他在哪方面的分寸都掌握得很好，怎么这段时间又暴躁又卑微？这两种极端他都看不上。智商低的人，才需要在与世界打交道的时候用力过猛，没想到自己居然沦为这样的角色。他苦笑了。

逛到深夜十点，沈磊仍不知去哪儿。要不要再去叨扰姐姐呢？算了，离婚这件事他暂时不想让家人知道。他也跟谢美蓝打过招呼了，这件事要由他亲口和家人说，目前他没想好怎么说。这是他对她唯一的请求，她答应了。前阵子，谢美蓝和他一起回沈家过年，表现得毫无异样，父母有过的担心烟消云散。谢美蓝的理由是沈家父母一直待她很好，她也不希望老人伤心。他为此非常感激，甚至生出一点幻想。如今看来，还不如那个时候就给父母打预防针，也省得现在难以启齿。

到头来，还是要求助于酒。沈磊进了一家小小的烤串店，点了几个烤串儿，自斟自饮。小店要打烊了，只为做他这一点小生意，又苦苦撑到十一点多。老板终于忍不住了，劝他离开。沈磊抱着剩下的半瓶啤酒，跌跌撞撞地离开。走着走着，他觉得累了，便靠在街边一根柱子上，一屁股出溜下去，坐到地上。这一坐，他有豁然开朗之感，好舒服啊。

是啊，做人为什么要死守规则呢？好比每天都要洗澡、刮胡子、换衣服，睡觉一定要躺在床上，学生一定要考好成绩，上课一定不能说话，到了年纪一定要结婚生子，结了婚一定不要对婚外的人动心……这都是人自己给自己下套呢。不守规则的人才快活，就像谢美蓝和路杰这种人，视规则如空气，灵魂才会自由。

就好比现在的他，在本该躺在床上睡觉的时候，却烂醉如泥地公然坐在肮脏的街头上，像个标准的流浪汉一样。流浪汉，这个词真的太有魔力了。抬头看看天，并没有塌下来呢。天稳稳地黑着一张脸，无动于衷。谢美蓝不是嫌弃他活得一板一眼吗？沈磊滑稽地对着虚空行了个礼，说："谢美蓝，谢谢你，你是我的老师。"他笑了，笑容醉得不成形。

沈磊被一阵喇叭声吵醒的时候，已经是早上八点半了。他居然在街边睡了一夜。他摇晃着站起来，头痛欲裂。谢天谢地，幸好天气已暖，醉酒的他没有被冻死。不过，这样满身酒气，胡子拉碴地去单位恐怕不妥，也早已过了上班打卡的点儿。算了，不是想好了不干的吗？

沈磊打了个车，直奔家的方向，昨晚他竟然徒步走了十几公里。回到家，他瘫倒在沙发上。阳光照进来，屋里死一般寂静，他心灰意冷。此时手机响了，是科长的电话。

"沈磊，你是真不想干了吗？真不想干，也要过来把流程走一下，哪有说不来就不来的道理？"科长道。

"你想怎么处理就怎么处理吧，直接开除也行，我不在乎。"沈磊疲惫道。

那头沉默了一会，道："沈磊，你们农村孩子，考到体制内留京不容易。劝你别冲动，现在马上过来，处长要找你谈话。"

沈磊有一瞬间的感动，为那样无礼地对待过科长而他仍为自己着急的这份心，但又马上想起处长那张阴沉的脸。没有人不怕处长，同事们私底下都管他叫阎王爷。想着自己还要去听那么多废话，去赔笑脸，他就觉得烦。他又没有犯什么弥天大错，为什么要动用到“处长谈话”这样的重量级惩罚？再说了，谈完了，把他留下了，他还能像没有发生过任何事情一样，每日上下班，回到家过一个人的生活吗？不能了。谢美蓝已经不在了，生活秩序被打破了，这房就只是出租屋，不再是家了。这都不是家了，他还怎么过下去？

沈磊挂了电话，接着关机，扑倒在床上。

黄昏，睡得浑身都麻了的沈磊醒过来。醒来的那一刻，谢美蓝已经和他离婚的事实立刻涌上心头，一阵痛苦令他窒息。今夕何夕，要是此刻能死去该多好？人为什么要有灵魂呢，为什么能如此真切地感受到“存在”这件事？看着窗外的夕阳，一个念头不知不觉浮现：谢美蓝不是跟姐姐吐槽他太死板，想去旅游也要提前半年规划吗？不如来个说走就走的旅行吧。对，就是现在，天要黑了、本不该出门的时刻。

他起床收拾了简单的行李，背起双肩包，出门，打了个车直奔高铁站。一时不知道去哪里，随便买了张票去上海。到了上海已经是晚上十一点多了，在街头闲逛了一下，发现上海街头与北京没有任何区别。一样高楼林立，一样灯红酒绿，这不是他要的旅行。旅行就是——逃得远远的，越远越好。

在逃离之前，沈磊打了个车来到迪士尼。从前谢美蓝一直想来，可是他们只有节假日能来。节假日排队要排到死，想错峰游么，年假两人又不一定对得上。这回沈磊终于可以在人最少的工作日来玩了。

沈磊住在迪士尼酒店，一晚四千。来迪士尼住豪华酒店，带城堡塔尖、能在露台看到漫天烟花的那种，这也是谢美蓝之前向往的。然而从前即使来迪士尼，沈磊也断不会同意住这么贵的酒店，这种生活不在他的视线里。谢美蓝要是提议，他就会微笑着说我看网上有不少四星酒店，离迪士尼挺近，一晚八百，我觉得已经很好了，谢美蓝便也不再坚持。如今想来，她不坚持，大概是绝望了罢。

夜晚，焰火在黑色天幕上炸开，一朵一朵五彩斑斓像童话，瀑布般流泻下万千金珠银线。谢美蓝就是要童话啊，给她不就完了吗？这么美的童话，任谁不爱呢？又不是出不起四千块钱。如果他不那么死板，也许她会原谅他的穷……沈磊靠在房间的露台上，听着人群的阵阵欢呼，默默地说："美蓝，我替你来迪士尼酒店了。"

天亮，沈磊早早入园，把所有最热门的项目都玩了一遍。每玩一个，他都在心里说：美蓝，这是你最喜欢的《加勒比海盗》。美蓝，这是飞越地平线，太壮丽了。美蓝，这是我最喜欢的死亡过山车，谢谢你陪我坐……

阳光灿烂，晴空高远，过山车的呼啸声伴随着欢笑和尖叫。蓝天下沈磊笑着，看向身边，那里空空如也。

第十章
好人无用

沈琳刚上班的头几天，把贵重行头披挂上阵，原是给自己增加点资本，不叫年轻人看轻的意思。不过吃饭的时候，胡海莉看着她硕大的钻戒，表情有点讪讪的，道：“哟，还是沈姐有钱。这钻戒得好几万吧？”旁边同事笑道，沈姐背 LV 包，这钻戒克拉数当然小不了。沈琳立即醒悟，笑道：“我这辈子买过最贵的两样饰品就是它们了，嗨，人老了就是俗气。”

回家后她就摘下这个戒指，包也换成了个没牌子的。这些东西要在有钱人眼里根本不算什么，可这不过是个五十来人的小公司，大家平均工资不过一万多，据沈琳所知，胡海莉也才两万出头，她不能盖过上司的风头。奇怪了，那些年薪百万的工作都在哪里呢？为什么周围工资最高的也不过两三万左右，一万多的是常态，老那公司也是如此。可一上社交媒体，帖子都是“年薪百万养不起娃”，仿佛中国职场遍地高薪，其实不过是幸存者偏差罢了。网上不是说了嘛，中国的中小企业近 2600 万家，占全国企业总数的 97%。

三十一岁的胡海莉正处在不上不下的人生关头，如果她专心奔事业也就罢了，问题是她非常渴婚。解决了所有人生大事的沈琳在她眼里，就成了学习的模范，她经常拉着沈琳说自己的私事。沈琳也替胡海莉发愁。婚育是有繁殖欲的女人最重要的一道坎，迈过去了，下半生顺畅；迈不过去，比如一直找不到合意的，蹉跎青春，或是婚姻不幸再加上个孩子，那就更凄风苦雨了。所以胡海莉积极相亲，沈琳也很赞成。女人要平衡事业与婚恋的确难，难也要做啊。

沈琳上了半个月班，意识到了公司的一些问题。胡海莉号称总监，其实底下只有两个下属，她本该只是个经理才是。沈琳这个人力经理身兼数职，大活儿小活儿都要干，既要制订招聘计划和各种制度，又要干许多具体的杂活儿，比如办理入职手续、管理人事档案、签订用工合同等。有些工作与行政部重叠，而胡海莉和行政部总监老贾不对付。多干活儿，属于抢功还是背锅，胡海莉有点犹豫。有时她喜滋滋地让沈琳多干点儿，说把行政部的职能抢过来；有时她怒气冲冲地在人力部办公室骂老贾，说他装死推诿。为什么这么小的公司还要把人力与行政部分开呢？胡海莉说因为老贾是老板的弟弟，没工作，老板索性成立行政部，养着老贾。

老贾是个四十岁的离异单身汉，不学无术，却又仗着老板的关系拿腔作调。胡海莉不屑地说，要不是老板是亲哥，老贾这种年纪，吃屎都轮不到他。她没意识到这话也捎带着骂了沈琳，沈琳没趣地想，是啊，要不是胡海莉要她，她再投一万份简历也是白搭。

公司的人都不喜欢老贾，胡海莉看到他更像看到一坨屎一样，因为他不但在工作中非常不配合，还居然想追求她，简直是一种侮辱。老贾也知道胡海莉讨厌他，因此那追求里就带了三分不甘，三分试探。有时故意刁难，想用不配合来换取胡海莉接受他的追求；有时夸张地伏低做小，假装自己的追求不过是开玩笑。

这天下午三点，胡海莉早早地走了，告诉沈琳她要去相亲，如果公司问就说她去社保局了。为什么是下午相亲而不是晚上吃饭呢？“现在人精着呢，喝杯二十五块钱的拿铁号称下午茶，就把相亲给解决了。要是晚饭，至少得二百五，谁买单谁二百五。”胡海莉挤挤眼睛。

沈琳笑，问：“你买过单吗？”

胡海莉耸耸肩："我又不是二百五。"

胡海莉刚走，老贾来了，探头探脑，说找胡海莉商量员工培训的事。沈琳依言告诉他胡海莉出去办事了。

"哟，海莉这一去就不回来了吧？说办事，谁知道她干私事还是公事？她再是部门领导，也得遵守考勤制度，我可得跟老板说一下。"老贾说着，悻悻地走了。

八点，沈琳还在加班，写部门月度总结。这本是胡海莉的活儿，但她不得不帮着干了。干着干着，她心里阵阵窝火。来了半个月，没有一天能准点下班的。看看部门里的另一个人力经理小北，人家为什么就可以只干自己分内的事儿？胡海莉分明是吃定她不敢辞职。

婆婆电话催她下班，那头传来子轩哭泣泣的声音。他断奶已经有一阵子了，但还是不适应，一到天黑就找妈妈。她上班，婆婆又做饭又带孩子，实在忙不过来，找了个小时工来做饭。但全家人都嫌那小时工做的饭不干净又难吃，两天就把她辞掉了。这几天家里的晚饭都是买来的白面条拌打卤酱，酱是沈琳周末炸的，一大盆在冰箱，又卤了一大盆卤货。一周就靠吃这两样过活儿，再好吃也经不起重复啊。老那有一天发牢骚，说一份八千块钱的工资，把全家的生活规律都给颠覆了。沈琳横了他一眼，他闭上了嘴。

写总结写得眼睛疼，沈琳恼火地把鼠标一摔，喃喃道："烦死了。"刚说完，胡海莉居然走进人力部办公室，她吓得赶紧站起来，讷讷道："你怎么回来了？"

胡海莉道："你跟谁生气呢？"

沈琳强笑道："不是，鼠标不好使。"

胡海莉把包往桌上一放，往椅背重重一靠，长长出了口气。沈琳问怎么回事，她说相亲又不顺利。这次对方条件很好，但对她一个劲儿地挑剔，说她学历一般，岁数也有点大了，不知能拿出多少钱一起凑首付买房。

胡海莉生气道："你听听这三句有一点关联吗？我学历一般，岁数大，就活该多掏钱买房是吗？他都三十三了，凭什么说我三十一岁数大呀？"她越说越气，眼泪都在眼眶里打转。

沈琳安慰着她，胡海莉道："姐，我是真的很想结婚，有个家。刚才我自己一个人去吃了个回转小火锅，吃完在商场逛了逛，就是不想回去。回到自己那个出租房，冰冰凉凉的，连心都凉透了，还不如来公司有人气儿。"

沈琳感慨："家是回不去的桃花源，想一想也就算了。海莉，婚姻如果真的那么可依靠，我为什么要出来这么辛苦地上班呢？"

胡海莉道："可是人还是要有一个家呀，有房有车有娃，上班心里就会踏实多了，而我什么都没有。"她长叹了一声。

这时老贾在门口探了一下，走了进来，严肃道："胡海莉，你最近上班时间总是外出，不好吧？"

胡海莉翻了翻白眼："瞎了你的钛合金狗眼，这不是在这儿加班呢吗？我跑社保局还错啦？"

老贾被噎了一下，立刻嬉皮笑脸："我是说你老不在，我看不见你，怪想念的。"

胡海莉没好气："有事说事儿。"

老贾倚在她的工位旁，眼神慕恋又哀怨："没事就不能找你聊聊了？你都这岁数了，还跟个小辣椒似的，怪不得男人都吓跑了。"

胡海莉尖刻道："男人都吓跑了，你为什么还在这里啊？可能你们老男人根本就不算男人。"

这话沈琳都听不下去，老贾却不以为意，笑嘻嘻，手有一搭没一搭地拿着胡海莉桌上的笔筒看了看，又抽出根笔，咔嗒咔嗒地按着上面的伸缩头，贱嗖嗖的模样的确讨人厌："别总老男人老男人的，你不试一下怎么知道老不老？"

胡海莉抢过他手中的笔："我们部门的鼠标和电脑快用不了了，跟你申请好几回了，就不给换。什么意思呀？"

老贾道："那不是小事一桩？哎，我请你吃晚饭吧，咱俩慢慢聊。"他的手假装不经意地放在胡海莉的左手背上，摩挲着。胡海莉要抽走手，他却迅速地抓住她的手，居然并不避讳沈琳在场。沈琳非常尴尬，看看胡海莉，她的脸色由愕然到羞耻再到愤怒，迅速地变幻着。沈琳情知不妙，刚想上去打圆场，巧妙把她解救出来，胡海莉扬起右手，狠狠扇了老贾一耳光。

老贾惊呆了，沈琳也傻了。他过往也总动手动脚，胡海莉不是躲就是忍，今天他正好撞在她相亲不顺的气头上。老贾捂着自己的脸，瞪着胡海莉。胡海莉并不怕他，眼神直直地与其较劲。沈琳怕两人打起来，赶紧往前一步，挡在两人中间，赔笑道："好了好了，大家都消消气儿——"

话音未落，老贾推了一把，骂道："有你什么事儿啊？"

沈琳被推得踉踉跄跄退后好几步，终是没站稳，摔了个屁股蹲儿。老贾狠狠扫视了她们一眼，转身走了。胡海莉赶紧把沈琳扶起来，急促又内疚道："你没事儿吧？"

沈琳摇摇头，站起身。屁股摔疼了倒是小事，问题是有种极度的羞辱感，以及后怕。这老贾如此明目张胆，明天她们该怎么办呢？两人握着手，心头升起强烈的同病相怜，同仇敌忾。

下班，沈琳坐在地铁里，心力交瘁。都九点半了，地铁里的人还这么多，一张张脸疲惫麻木。她记得她三十五岁前上班的那个年代，加班之风没有这么盛。时光流转，到底怎么回事，加班成了常态，正点下班倒成了变态？想起明天还要去公司，沈琳非常畏惧。人人都知道老贾的德行不好，老板会不会看在这一点上原谅自己？说到底，胡海莉和她都是仰仗老板讨饭吃的小角色。难道昨晚自己站错队了，不该帮胡海莉，应该察言观色，看到情形不对及时离开？唉，脱离职场太久，连为人处世都变得幼稚了。

正胡思乱想，手机震动了，沈琳悚然，此刻她不愿意接到任何人的电话。她拖着，可手机不屈不挠，她只好接了，居然是谢美蓝。

"喂？"沈琳的声音带着戒备，她现在实在没有力气再来一场战争。

"姐，你现在没事吧？能来一趟沈磊家吗？"谢美蓝的声音非常着急。

沈磊家？好奇怪的说法。沈琳的弦绷紧了。

"怎么回事？说清楚点。"

谢美蓝带着哭腔："沈磊失踪一周了，他们科长在他的入职资料里找到我的手机号，给我打电话，说他一直没去上班。我打了一天电话，但我的手机号被他拉黑了。没办法，只好来找你。"

半小时后，沈琳夫妻和谢美蓝站在沈磊的出租屋前发呆。沈琳接到她的电话后给老那打了电话，他第一时间赶了过来。

谢美蓝把离婚的事告诉了沈琳，沈琳顾不得震惊，要谢美蓝和房东交涉进屋。房东同意找开锁公司，开锁公司的人来了，开了门进去。谢天谢地，屋里没有尸体，也没有任何搏斗过毁尸灭迹的现象。谢美蓝说沈磊的双肩包不见了，也许他是出去散心了？沈琳瞪着谢美蓝，夫妻有一方失踪，首先该怀疑配偶。

“报警吧。”谢美蓝说。

到派出所报了警，沈琳要求看沈磊出租屋一带这几天的监控录像。警察说工作量太大了，他们天一亮会跟相关部门交涉，包括沈磊是否买过火车票离京、火车站进出的录像都可以调到，但不是现在，哪怕沈琳急得两眼通红。

第二天夫妻俩请了一天的假泡在派出所。幸好现在网络发达，并且一切基于互联网的消费都与身份证信息紧密挂钩。警察终于查到沈磊的活动轨迹：一周前，他买了张火车票到了上海，登记入住迪士尼酒店。第二天他买了迪士尼门票，晚上买了张硬卧票去了山东泰安市，第三天买了泰山门票。活动轨迹到此为止。

沈琳如万箭穿心，弟弟不会因为离婚想不开，要在泰山顶跳崖自杀吧？警察继续查其他的信息，发现今天上午沈磊给自己的手机充了一百块钱话费。沈琳如释重负，赶紧打电话。果然沈磊不再关机，但始终没有接电话。沈琳继续给他发微信语音，晓之以理动之以情，要他给她回个电话，不要做傻事，不要让亲人如此担心。发了无数条，沈磊都没有回。

上了车，老那非常生气，道：“沈磊为人处世真的非常幼稚，先不说这个公务员工作好不容易考上的，就这么扔了，单说让家人这么担心，就一万个不对。他像个男人吗？不就是离婚吗？太没有种了。”

沈琳暴怒：“你能不能闭嘴？”

车开到家楼下时，沈磊终于回了一句话：“我很好，不用担心。”

沈琳的眼泪一下流了下来。

周五上班，胡海莉去开公司的部门经理会。会后她叫着沈琳和另一个人力经理小北，说一块儿吃午饭。在饭桌上胡海莉道：“和你们俩说一下，我不干了，下午就离职。人力部并入行政部，以后你们的领导是老贾。”

两人惊住了，胡海莉苦笑。沈琳非常不安，又不舍，看着胡海莉。胡海莉道："姐，你很能干，老贾再蠢，手底下也需要能干的人。别怕。"

小北问道："那你准备去哪儿？"

胡海莉道："我要回老家了。其实前年我妈就让我回去，说我在北京怎么也买不上房，又没有户口。家里房那么大，何必在这里死磕？她说对了，我在北京大学四年加上班，漂了十三年，到今天三十一岁了，一无所有，原来不是所有的破釜沉舟都能换来辉煌的事业。可能我从一开始就错了，应该回老家发展。"

沈琳想起自己正在流浪的弟弟，他进入了人人羡慕的体制，又如何呢？胡海莉握握沈琳的手，抱歉道："我不是说你们，姐，我真的非常羡慕你。其实我们绝大多数人都注定只能过普通的生活，不过有了温暖的家，有了孩子，上班就不是苟活，是锦上添花。"三个女人举杯，气氛一时有点悲壮，皆眼泪汪汪。

沈琳想着沈磊的时候，他正在一个小镇流浪。

他已经连续三天没有住店了，白天他只是漫无目的地走着，走着，大走特走。晚上他就睡在街头，或者找个桥洞。他并不怕有坏人来抢劫，身上最值钱的家当就是那部谢美蓝淘汰给他用的苹果七，其实这也不值钱。仅有的三万存款绑定了微信，手机解锁和微信支付都要密码，有什么可抢的呢？另外他是青壮男性，只有别人怕他的份儿，也不存在被性侵暴力的可能。真有人来碰他，正好饱吃一顿他的老拳，现在的他正一肚子戾气无处发泄呢。

这样的日子过了一阵，沈磊渐渐习惯，甚至爱上了这种感觉。真好啊，天地广阔，所有的约束对他来说都不存在了。什么工作，什么家庭婚姻，什么业绩考核，统统滚蛋。天大地大，他沈磊最大。困了就找个能平躺的地方，树底下、马路边的绿化带、地下通道，任何建筑物的角落……哪怕身边就是如流的车辆，喇叭器叫，他也能闭上眼睡着。前三十年他大概是憋坏了，现在要一泻千里地任性。

饿了就买最便宜的食物吃，农村集市上一份刚出炉的大饼才五块钱。那么大一张，他能吃一天。一瓶矿泉水才两块钱。水果？乡下老太的摊上，样子难看的西红柿五块钱一小堆，不太新鲜的苹果五块钱一大袋。生活所需被他压缩到了最低点，何况他本来就对生活没有什么要求。

唯一麻烦的就是手机没电。他带了两块电池，一找到能充电的地方，比如到麦当劳或者苍蝇小馆吃饭时，他就迅速找到插座，给手机和电池充电。好在他平时根本不开手机，电用得倒也省。没有必要开机，除了必要的消费，他不想和这个可憎的世界有任何关联。

有一天沈磊在一个镇上买馒头，见摊主看他的眼神有点畏惧。他在邮政储蓄所的玻璃门上照了照，隐约照见一个胡子拉碴、头发乱糟糟的流浪汉。他走进超市，买了剃须刀、鸭舌帽和一面镜子，在卫生间把胡子剃了，头发剃秃，再把脸洗净，换了件外套。戴上帽子后他再照镜子，便看见一个斯文的青年书生。他不在乎外表，但不想因自己太像个流浪汉而惹来不必要的盘查。现在他万一被查，就可以解释说是出来体验徒步生活的驴友。

沈磊继续走，走，走。穿过田野，走过乡村，路过城市。有一天，他来到了一个奇怪的废墟，那地方在一个繁华的城市边缘。旁边盖好的楼盘蓄势待卖，中介发着楼盘广告小传单，上面写着均价三万。沈磊查了下这个城市的人均收入，还不到三万。这废墟就离这均价三万不远，仅隔了一道围墙。

沈磊不知怎么的，就由车水马龙的闹市突然来到一片荒野上。眼前是一米多高的野草丛，头顶上乌鸦呱呱飞过，穿过草丛，由几十幢烂尾的别墅组成的建筑群赫然出现。它们依山傍水，如果被建成，将会是这座城市最贵的房子。可惜不知道是什么原因，投资者的美梦破灭，风水宝地变成了鬼城。这么多人还买不起房，这里却公然奢侈地失败。房、房、房，该死的房！

沈磊走进一幢别墅，它的墙面和楼梯还裸露着钢条，水泥地面坑坑洼洼，到处散落着砖块，还有建筑工人用的手套、水泥桶和零散不值钱的小工具。沈磊想象着它被精心装修、承载某个富裕家庭绮丽梦想的景象，再与眼前实景对照，深觉它像是一具“人体白骨”，揭示着人间繁花似锦烈焰烹油的表面下惨淡的底色。荒谬，空虚。

夜晚，沈磊睡在别墅的一楼。他捡了些柴火，燃起了火堆。小虫阵阵鸣叫。沈磊在水泥地上躺下，并不感到害怕，反而怡然自得。他发现他与这类废墟很相宜，也喜欢这种地方。废柴当然与废墟最相宜。

沈磊继续走，走，走。大多数时候，他心情是平静的，或者说茫然，反正两者也没有什么区别。但总有例外，尤其是黄昏降临的时候。那时他突然就会悲从中来，痛苦像沸腾的水一样在心底翻滚至喉头，令他无法呼吸。谢美蓝的微信已经被他删除了，手机号被拉黑，可她的影子无处不在。年少时清澈透明的甜蜜，大学毕业后一起考研、找工作、找房的相濡以沫，后来她说过的那些无情的话，尤其她与路杰坐在豪车里的那一晚，每一个细节都像尖锐的玻璃碴雨一样落在他的心里，倾盆的玻璃碴雨，下个不停。他盯着燃烧似的彩霞，“你是个好人，但没有用”这句话一遍又一遍地在脑海里回响。

沈磊不傻，一个女人的评价，不该颠覆他的整个人生，这种道理他也懂。可旧认知就这样被她打破了，他也没有办法。现在谁来帮他建构新的认知呢？他把心掏出来，捧在手心，虔诚地送给最爱的女人。可她一把打掉，无情地踩碎，踩个稀巴烂。现在他要怎么样才能凭自己的力量再长出一颗新的心，把胸腔填满？如果考好成绩，不说脏话不打人，对爱人忠诚，不迟到早退，按质保量地完成工作，遵纪守法……这些都不能令他得到世界尤其是爱人的尊重，那要怎么样才可以？如果一切都没有意义，那人为什么还要活着？

沈磊瞪着天边，看着太阳一点点落下，冥思苦想，直到黑夜从大地上沉沉升起，也没有答案。如果正好是在集市，他就会进小馆子，买瓶白酒，把自己喝醉，直到店主轰他走。如果是在无人的山路，他就一边放声大哭，一边继续大走特走，和集市比起来，他更喜欢无人处。

有一天，沈磊走到一座高高的山上，这山的景致特别像他梦里曾到过的一个地方，到处都是郁郁葱葱的参天古木，空气湿润，淡淡的云雾缭绕。耳畔传来潺潺流水声，抬头一看，不远处有一条河，河面飘着雾气，偶尔几声鸟啼，更显空谷幽静。再往远处眺望，山脉起伏险峻，隐约可见一帘飞瀑倾流。

他跌跌撞撞走到了山下，到了一个风景秀丽的小村。这里和十几年前的农村老家很像，小院小门，房前的院子里趴着猫狗，屋后一片菜园，小葱绿油油，瓜架上垂吊着瓜，太阳透过瓜叶在地上投下斑驳光影。树上的鸟儿蹦跳着，啾啾叫着。他一路曾有回到河北老家的念头，但只有几秒钟，就被自己给否定了。这里真好，有老家的宁静，而无刀子一样的眼睛。

到了小超市，沈磊买了点面包，坐在门口歇脚，随口问：“这是什么地方？”

小超市嗑瓜子的中年男人答：“终南山。”

“这里有没有便宜一点的房子租，可以长住的？”他已疲惫不堪，脚下的鞋已穿底，手机和两块电池一点电也没有了。

“有，那头有两间民宿。旺季一晚三百，淡季一百。”

那么贵？沈磊失望，淡季一百他也付不起。

男人见状，说他在山上荒弃的苹果园旁边有个房，原是看园子用的。如果他不嫌简陋，可以长租给他。一年四千，无电有水，水是正宗山泉水。

沈磊随着他手指的方向望去，那里白云滚滚，扑朔迷离。

第十一章
所有杀不死他的，只会让他更奇怪

那隽的大平层装修有一段时间了，李晓悦是按他PPT上“中等预算”那一档来装修的。地板和墙都铲掉，灶台、马桶等全部拆了重装，但买的品牌并不奢华，主要图样式简洁大方。房太大，装修进展并不快。李晓悦也不着急，那隽统统不管，都交给她来做。他又进了一个项目，开始疯狂加班。

那隽说同居可以增进彼此的了解，李晓悦也同意。她把自己租的房退了，搬来和他同住。不过搬来之后，那隽却很少回来。他的工作性质就是这样，一加班就睡公司的行军床。有时白天他回家洗个澡睡一觉，等到天黑李晓悦下班，他又走了。这么着，两人碰面的时候居然很少。

那隽道：“再过几年，我也熬不动了，但现在不是放弃的时候。”他熬得脸颊凹了下去。

李晓悦打心眼儿里佩服他，却又觉得不是滋味。有时她下了班，过来盯装修，看着那一块块实木地板拼接到地面时就想：这一块块都是那隽的血汗钱啊。人为了这些虚无的东西去透支体力，把自己累得半死不活的，到底值不值得？

有天那隽好不容易项目告一小段落，李晓悦想着这回两人可以好好吃个饭说说话了，一打电话，却听那头气喘吁吁的，他居然在公司的健身房跑步。李晓悦大吃一惊，累成这样还要健身，为什么呢？那隽说越忙越要健身，不然身体会垮掉。

健身房，那隽咬牙切齿地拖着沉重的腿，在跑步机上跑着。太久没来，又兼连日加班，他其实早已体力不支。但体力不支这种事，不是克服一下就过去了？但凡成就非凡业绩之人，必定过着非人之生活。据说某电商大佬，创业之初自己做售后客服，持续三年每晚隔两个小时起来一次，回应用户的新消息。他不过是连续加班大半个月、每天工作十六个小时而已，这点困难算什么？公司为了配合他们做此次项目攻关，食堂 24 小时不间断备着吃喝，红牛、咖啡、广式烧腊、海鲜刺身、牛排、精致糕点、汤粥，样样齐全。这么好的"投喂"，他哪有脸不振作？

跑了五公里，那隽又去"撸铁"。君不见美国硅谷大佬都是健身狂人？苹果 CEO 库克每天早上 5 点起床跑步，甲骨文创始人埃里森网球打得非常好，谷歌联合创始人布林跳伞、轮滑、曲棍球、吊环样样拿手，Airbnb 创始人布莱恩·切斯基参加过美国健美先生比赛。和他们的成就比，他算什么？新时代的 IT 精英，必须一身腱子肉，让那帮认为程序员都秃头瘦弱穿格子衬衫的人见鬼去吧。那隽脸涨得通红，额头暴汗，一下又一下推着 50 公斤的杠铃。人这种生物是累不死的，不逼一下自己，怎么知道极限在哪里？狼性文化是什么意思？就是要像饿狼一样全身绷紧，两眼冒绿光，朝着更高、更快、更强疯狂地扑过去。

晚上，那隽脚踩棉花一样回到家。李晓悦心疼他，特地为他下厨做了饭菜。那隽看着李晓悦在厨房忙碌的身影，想自己这一招棋终归还是走对了。只要李晓悦进入婚姻，她是可以被改造成好妻子和母亲的。

家常菜很美味，那隽吃得很高兴，出窍的灵魂渐渐回到了体内。晚上他们又痛快淋漓做了爱，满足地睡去。半夜那隽被李晓悦摇醒了，他睁开眼，见李晓悦拿着他的手机跟他说话，嘴一张一合，但他听不见。手机上是公司同事来电，他接了电话，那头却没声音。

"喂，喂。"那隽连声追问，那头一直没声音，一种奇怪的感觉升上那隽心头。他茫然地看着李晓悦，她一脸焦急地冲着他喊。他能听到微弱的声响，但就像对着瓶子说话时听到的那种嗡嗡的发闷的声音，一个字也听不清。

那隽突然意识到，自己聋了。

他冲下床，跑到浴室，打开花洒，企图用强刺激唤醒身体。冰凉的水当头浇下，他冻得浑身哆嗦，但不管用。李晓悦给他拿来干衣服，他擦干换上，坐在床上发呆三秒钟，想到一个办法。

他大声对李晓悦道："不要着急，接下来一切听我的安排。"

然后他给同事发微信文字，说自己手机突然听筒坏了，接不了电话。刚才他重启了，还是不行。

同事回微信文字："赶紧来公司吧，程序突然有两个模块不兼容，我们实在调不动了。"

那隽回："马上出发。"

接着他让李晓悦一起下楼。李晓悦不知道他要干嘛，但见他神情严肃，便照做。两人穿好外套下楼，那隽站在自己那辆速腾旁边，张望了下，沉思片刻，上了车。李晓悦一只脚刚迈进副驾驶座下，那隽使劲挥手，让她下去。李晓悦觉得奇怪，关上车门。只见那隽启动车，朝前方快速驶去，开到小区拐角处时突然加速，车冲上马路牙子，重重地撞到墙，发出砰的一声巨响。

李晓悦尖叫了一声，赶紧跑过去。只见左车头已撞烂，水箱撞坏了，水滴答流下。那隽下了车，人一点没事，李晓悦不知道他到底葫芦里卖的什么药。

那隽比画着："把你手机给我。"

李晓悦掏出手机，那隽啪啪啪，拍了几张车祸的现场图。然后对她说："带我上医院。"

李晓悦用滴滴叫了辆车。和那隽坐上车时，她忽然醒悟到那隽的用意，一时间惊到了。他的世界刚刚四分五裂，但他立刻以强大的控制力把它粘合起来了。她看着那隽，他的笑容很自得，同时她意识到，他也明白了她的醒悟。

在医院，李晓悦带着那隽挂急诊，拍片。那隽对医院说自己车撞了，头也撞了一下，头痛，恶心，听力下降。虽然CT片看不出任何异样，但医院根据他的自诉还是给他下了诊断：轻微脑震荡。

李晓悦依那隽之言，给他的同事打电话，说他由于太着急工作的事，又由于夜太黑，开车一时不慎，出了车祸。没有大事，但轻微脑震荡，医院建议休息两周。看着那隽微信上发过来的车撞坏的惨烈模样，以及医院的诊断书，同事们肃然起敬，为他高度的工作责任心。到了天亮，李晓悦给保险公司打了电话，保险公司的人来把车拖走。

那隽接着看了五官科，果不其然，医生诊断他的突发性耳聋就是由于太劳累引起的，必须住院治疗。

公司技术部本来要派同事代表前来看望，李晓悦怕他们来了之后看出端倪，婉拒了，说医生建议多休息，避免被打扰。同事见照片上脑震荡的那隽闭着眼，一脸痛苦，也就同意了。

病房里，李晓悦为男友的机智而惊叹，却又觉得他心机太深，何必活得这么辛苦？那隽对她的幼稚嗤之以鼻，用聋人特有的大嗓门说着："如果他们知道我的身体顶不住了，你猜我会不会被踢出公司？现在这样，我不但不会被辞掉，还会得到公司的表扬。有什么问题？"他把研发中心老总慰问他的微信给她看，李晓悦只好承认，自己不懂大厂的生存游戏。

那隽凭空得了两周的病假。本不可能这么久，不过最近业内接连出了几桩员工猝死的新闻，轰动全国，老板怕他带病上班，给公司惹麻烦，索性批了假。他在医院住了一周，听力渐渐恢复，体力也恢复得差不多了。但戏要演全套，接下来一周他要在家里休息。闲着没事，他索性跑到自己的房子里盯装修。

大平层里，地板已铺得差不多了，墙刷完了，吊顶弄好了，开始装厨房的灶台。沈琳的两个表哥沈志成、沈志国从没见过房屋的正主儿出现，一时有点拘谨，那隽让他们放心装修。

李晓悦上班，一般中午抽空过来看看。中午她来了，那隽搂着她，这屋看看，那屋看看，像国王带着王后检视城堡，豪情万丈。为了他的王国，007都可以，996算什么？

李晓悦看着这宽敞得不像话的屋子，叹："太大了。"

那隽不以为然："这算什么大？你没见过人家四五百平方米的别墅，那才叫大。地下还有 K 歌房呢。"

李晓悦道："其实我觉得吧，八九十平方米就够了。这么大收拾起来好困难。"

那隽笑道："贫穷限制了你的想象力，到时请保姆呗。"

中间，沈志成等停下施工，喝水休息，大家闲聊。沈志成说你们知道吗？沈磊居然不辞而别，去流浪了。李晓悦和那隽非常惊讶，他们俩在沈琳家见过几次沈磊，彼此都认识。

原来沈磊父母一般一周和儿子女儿通一次电话，这阵子却打不通儿子的电话了，不免着急。头两次沈琳推说弟弟在外地培训，不方便接电话。第三周怎么也搪塞不过去了，只好实话实说。父母火速从河北赶到北京，非要沈琳马上出发去找弟弟。沈琳无奈，沈磊既已安全，警方便不再查找他的下落。她现在也不知道他到底在哪里。再说了，她难道不用上班吗？

她打了无数个电话，父母在微信里对沈磊以死相逼，沈磊终于接电话了。父亲举着电话说："儿子，跟爸回家，咱不在北京待了。"

话一出口，父亲泣不成声，沈琳和母亲在一旁泪流满面，那头电话沉默。

父亲道："你不用怕别人说三道四，咱家屋那么大，关上门，想干啥干啥。我这些年弄这个房，就防着哪天有点什么事儿了，我能接住你们俩。你放心，真有人说闲话，爸替你拼命去。"

母亲含泪在旁边喊："乖儿子，跟爸爸妈妈回家。咱们种菜也能过。"

沈磊终于开口了："爸，妈，我现在在陕西一个山上，风景特别好，我在这里生活得很平静。你们不用担心，我只是想一个人待一段时间。生活方面不用替我发愁，山上没什么开销，我还有些存款。"

沈磊挂了电话，沈琳父母稍放下了心，却又忧心如焚。想着曾经那么优秀的儿子受到离婚打击，在外流浪，不由心如刀割，老泪纵横。沈琳跟着流泪，一会儿觉得弟弟可怜，一会儿怨他不争气。

沈志成把自己知道的这些情况大致说完后，评论道："这可是读书读太多，人都读傻了。天底下离婚的人那么多，也没听说几个跑去流浪的。”想到曾经是他们仰望对象的表弟混成这样，他们不由嘘唏，又同情又带了点优越感。

李晓悦却是另一番感受：沈磊肯定是爱惨了妻子，才会做出这样的举动。这年头难得有如此重情的男子了。她叹口气，心里说不出什么滋味。

回到家，那隽对李晓悦说：“读书只会使人更聪明，不会使人变傻，是这个人本来就傻，不过需要一点触发他傻气的契机而已。但凡杀不死你的，都会使你更强大，那是对于聪明人而言的。对于沈磊这类废柴而言，杀不死他的，往往会使他变得奇怪。”

说完他哈哈大笑，为自己难得的幽默。李晓悦心里很不舒服，她和沈磊聊过几次天，对温和内敛的他印象很好。她想起男友耳聋那一晚令人发指的机敏，心中起了反感。那隽并不知李晓悦心中所想，向她谈起了自己的事业规划。

那隽本来打算干技术干到三十五岁，约莫公司已从他身上榨不出技术金矿后，转型做管理。但这次突发性的耳聋提醒他，他的身体可能熬不到那个时候，所以转型要提早。其间他要一边学习从技术层面做战略规划的格局，还有人事管理协调能力，一边兼顾技术工作。相当于原来他背了一座大山，现在再背上一座大山，所以他要更努力才行。

那隽深情地看着李晓悦，握住她的手，像是要把人生的分量整个传递给她，让她明白，他现在可是背负着两个人的未来在努力，要支持他才是。

李晓悦笑容带了点嘲讽，那隽还好意思用“杀不死他的，使他变得更奇怪”来形容沈磊？其实他自己更甚。她说，你现在都累成这样了，再加个要学习管理，不是更累？那隽搂住她，说现在累，三十五岁以后才会轻松。IT业，三十五岁是“死线”，不，几乎所有行业，三十五岁都是“死线”。看看他嫂子，三十九岁了，到处投简历没人要。亏了前下属帮忙，才找了个月薪八千的工作。那种生活不是生不如死？

李晓悦道：“也还好吧？如果三十九岁了还能找到八千的工作，我会挺满意的。”

那隽的眉头攒了起来，嘴角刚弯成轻蔑的弧度，立刻想起李晓悦的脾气。她似脾气倔，只能顺着，慢慢哄。于是把嘴角的弧度调整成宠溺的笑，道：“我好好努力，你才不用在三十九岁的时候为了八千块钱出去奔忙嘛。”

李晓悦毫不犹豫：“我不会在家当全职主妇的。”

那敢情好！那隽想，他的妻子，要么术业有专攻，要么贤良淑德，总之不能是“三和大神”。不过慢慢来。他不再继续这个话题，只是把李晓悦抱在怀里，开始他们俩最喜爱的游戏。

李晓悦这段时间活得非常累，简直比所有她上过的班都累。不止因为盯着装修累，心更累。上班嘛，她不高兴就可以辞职。但是谈恋爱，尤其是与那隽重归于好，他摆出一副要把终身托付给她的架势，她就不好随时撂挑子了。那隽这样条件的男人能看上她，她也感到高兴。她的确爱他，他高大帅气，对她大方，尤其他的聪明让她心折。可同时又因为聪明，导致他有着不容置疑的傲慢和控制欲，这让她始终在内心深处对这段感情带了点抗拒。

两人若想长久经营一段婚姻，必要有人妥协，一般是女人妥协。她马上三十一岁了，这样完美的男人要娶她，把二百平的房子依她的意思装修得漂漂亮亮，还交给她做主。这种人生给一般女人，都会迫不及待地一头扎进去，但她不是一般的女人。

李晓悦通常不去想未来，未来太遥远。父母的离世让她意识到，人生无常，所有想把人生牢牢掌握在手心的人都是徒劳，人就应该活在当下。可那隽不允许她逃，他捕捉到她内心的那一点点无助彷徨，给了她一把二百平方米的房子的钥匙，要她落地生根，再也不漂泊，试着去行走在他规划好的人生轨道上。

李晓悦非常犹豫。房装修完，依那隽的意思，就该去领证了。结了婚，住进那个房，她还能是李晓悦吗？

那隽回去上班，他们又开始了“同屋的陌生人”的生活。公司这段时间风平浪静，秦玲玲没有什么动作，讨债风波平息，老那生活回到了从前。直属领导的日子好过了，李晓悦的日子便也好过了。每天准点上下班，最多稍微加个班到七点，活儿也就干完了，所以她那颗渴望远行的心又蠢蠢欲动了。

汉服社的姐妹们邀她周末去西安，那里即将举行一场服装博览会，国内最顶尖的汉服品牌会联合起来举行的一次大秀。李晓悦心痒痒，不过周末两天不够玩的，她打算请上两天年假，顺便把西安逛一逛。最好能穿着汉服在西安的古城墙上待一下午，再和兵马俑合个影，体会下古今融合的穿越感，那才棒呢！

对老那她不撒谎，如实相告。老那骂她任性，李晓悦道："哥，如果我说请两天年假是因为家人生病，我得回去看他们，你一准儿批了。我父母双亡，年假不拿来玩，干什么呢？"

老那骂着她，还是批了，这就是李晓悦喜欢老那的原因。

回到家，那隽意外地早早下班，躺在床上发呆。李晓悦坐过去，想跟他说自己要离京四天。还没开口，那隽搂住她，把头埋在她的脖子旁。

李晓悦感受到他呼吸的沉重："怎么了？"

那隽声音发闷："老板不同意我转岗。"

前几天，那隽递交了想转岗当技术经理的申请。几个月前，老板在年会上鼓励每个员工都应该有对自己长远的事业规划，所以那隽想，他的转型申请一定会得到老板准许。没想到三天后，老板叫他谈话，不但没有同意，还批评他年纪轻轻就这么浮躁，失去了工匠精神，这给了那隽当头一棒。他想象中的自己，是技术拔尖且有远见因而备受老板青睐的年轻才俊，而现实的他却是公司事业大楼一块小小的砖，非常重要是没错，但嵌在哪里，老板说了算。

那隽愤愤："我都三十二岁了，再不开始攒管理经验，到了三十五岁，熬不动夜了，公司又没有管理岗给我，我就会像被榨干汁的甘蔗渣一样被倒进垃圾桶。那时再跳槽，又有哪个大公司会要我？我可坚决不会去小公司。"

李晓悦安慰他道："到时候也不见得就会辞掉你，你是老员工，又能干，顶多当不了领导，还是会有你一席之地的。"

那隽道："怎么可能留着我？你知道今年应届毕业生多少吗？超过 800 万！你觉得这意味着什么？"

李晓悦思索："意味着工作非常难找。"

那隽神经质道："错，意味着有铺天盖地聪明绝顶身强力壮的 985 和 211 的小崽子随时可以干掉我这样的老家伙。"

那隽说，最近他参与了公司的校招，发现现在大公司招人居然需要考“行政职业能力测验”，就是国家公务员考试必考的那一套东西。那些题，那隽大部分都答不上来。据他所知，其他大厂校招也如此。拿到这些卷子时，他虎躯一震，和几个老员工面面相觑。事后他们算了一下，以投简历和最后签约的人数算，公司的录取率比公务员和央企都要低。放到今天，他们这些人都不一定能被公司录用。看着被录取的小崽子们个个摩拳擦掌意气风发，大家都觉得沉重的压迫感扑面而来。

李晓悦感到不可思议：“你们公司招的大部分是技术开发和市场吧？为什么要考公务员的那一套？哪儿跟哪儿啊？”

那隽冷笑道：“你还不明白吗？它的目的不是考察求职者的专业能力，而是用一套奇怪的标准筛人。说白了，人太多了，只能抬高生存门槛。”

李晓悦劝他不要焦虑，他才三十二岁，离三十五岁还有好几年。届时公司不一定会辞掉他，即使辞掉，他也很快能找到下家。哪怕工资待遇不那么高，也低不到哪里去。他和他嫂子不一样，首先有技术；其次他在职场从来没有断过档，找工作不用发愁的；最后，他还有丰厚的存款和可兑现的期权；最后的最后，找到次一点的工作，就不能活了吗？大街上那么多人，几人985，几人211，几人研究生？几人年薪百万、期权千万？不都一样开开心心地活着？

那隽被她苦口婆心一顿劝，心情起伏不定，忽而感到欣慰，忽而想反驳她。最后他还是决定不管认同还是不认同，少开口，以免引发争论。屋里一时安静下来。那隽道：“明天我们去看电影吧，好久没有一起出去了。”

李晓悦沉吟了又沉吟，终于说：“我明天要去西安，去四天。”

那隽：“出差啊？”

李晓悦说：“不是，和汉服社的朋友们一起去玩。”

那隽说：“哦。”

“玩”这个词那么刺耳，他一阵反感。李晓悦这是怎么了，旧病复发了？这阵子看她安安分分地盯着装修，上班，回家，还以为她收心了呢。“玩”和成年人多么不相宜。他刚才说的关于生存和发展的重大议题完全没在她心里激起一丝涟漪，一说到“玩”字，整个人透露出来的兴高采烈的劲儿，就像五岁的小孩子听到门外有同伴在叫她去玩的一样手舞足蹈，迫不及待。

她那么蔑视所有人都在意的这套系统，这太僭越了。

她快三十一岁了！

李晓悦听出这个“哦”字里蕴含的大段抨击，她本能地抗拒，刚竖起眉毛，又想起他病刚好，而且今天受了打击，便放缓了口气，说：“要不，你和我一起去玩吧。”

话一说出口，她高兴起来了。那隽既然能跟她去露营听脱口秀，为什么不能和她一起玩汉服呢？汉服社里也有几个男孩，穿起汉服来眉目都显得温润，那隽穿汉服一定比他们好看。

那隽冷冷道：“我没有‘玩’的权利，我要上班。”

李晓悦道：“你有年假呀，为什么不用？”

那隽道：“我有年假也不会用来浪费在这种毫无意义的事情上。”又不是拍戏，正常人穿着戏服一样的东西扭捏作态，不合时宜，不切实际，莫名其妙！再说了，年假也不可能说请就请。上个月他的部门有一个同事请了事假，再加上他出车祸请了假，直接拖累整个部门加班时间全公司倒数。部门总被领导约谈，挨了顿臭骂。

李晓悦如当头被浇一瓢冷水，她的兴致没了，空气顿时紧张起来。

李晓悦道：“什么事情有意义呢？上次我叫你和我去青海参加六月会，你也说没意义。你到底想从‘玩’这件事里得到什么？”

那隽道：“千里迢迢去参加什么少数民族的民俗大会，对正常人来说太奢侈了。李晓悦，没有人活得像你这样散漫。”

李晓悦针锋相对：“那隽，没有人活得像你这样焦虑。”

那隽火了，指着窗外：“所有人都像我这样焦虑。”

李晓悦冷笑：“所有人都焦虑，所有人都不正常。”

“焦虑才正常，你这种活一天算一天的三和大神，才不正常。”

“一天天的狼性文化，活着干死了算，不苦不光荣，苦难是财富，被资本家榨干最后一滴血汗进棺材那一天，你才会明白这辈子白活了。”

那隽吼道：“去吧，你想玩就去吧，就这样一辈子玩下去不结婚不生子，我看谁敢要你。”

李晓悦倒吸了一口凉气，摔摔打打地收拾着行李，一边愤愤道："我就不该相信你这个王八蛋，哄我把房退了，害我没处去。"

那隽后悔了。见她一件件把东西扔进行李箱，明显是要散伙的样子，他走上前去，把衣服一件件拿出来扔到床上。李晓悦不干，两人抢着，那隽声音放软："晓悦，别这样。我错了，收回刚才的话，别走。"

李晓悦是个吃软不吃硬的性格，见那隽这样，她委屈得鼻子都酸了，眼圈红了，抽噎着道："我就是去玩，又没有伤害谁，为什么你们都觉得我好像杀人放火一样？"

那隽苦笑道："大人怎么能为了玩放下工作？怎么能跟小孩子一样呢？"

他擦着她脸上的泪，一边也纳闷，为何一看她掉泪就心软？上一刻还在鄙夷她像孩子般的天真，这一刻又为她的可怜而心疼。

李晓悦道："我请的是年假呀，你哥都准我假了，到底为什么我不能玩？"

因为一个成年人为了"玩"兴致勃勃，全心全意的"玩"，真的让人觉得被冒犯。但这件事"只能意会，不可言传"，那隽只能久久、久久地沉默。

第十二章 福无双至，祸不单行

归到老贾部门一周了，沈琳发现老贾也没有想象中的那么难对付。虽然他把她推倒在地上这件事，让她一想起来就脸上火辣辣的。但人在职场，能怎么办？不高兴就一拍桌子翻脸？她已经没有这个勇气了。所以和老贾接触的时候，她总是满面笑容，好像自己早把那件事忘掉了。老贾对她不冷不热，这让她很放心。太冷就是她要失业的表现；太热？这种油腻的单身老男人热情地对待一个女人，能有什么好念头？

胡海莉走了，人力部只剩沈琳和小北。两人患难与共，在工作中有商有量，相处起来挺融洽。新一轮招聘开始了，她们开始了在会议室密集招聘的一周。这天沈琳翻着递来的简历，看到上面毕业的学校都不错，甚至有武大、南大、同济这样的名校，不由感到吃惊。她们所在的公司不过是个小文化公司，本轮招聘招的也不过是媒介、策划、广告之类的基础职位，月薪不过万。怎么现在就业形势这么差，大家不得不降低标准吗？

其中有个来应聘媒介的女孩，三十岁了，叫郑雯娜，毕业于某双一流大学中文系，面试的感觉很好，最主要的是她向沈琳说的一番话，表现出对这份工作的强烈渴望："我真的非常需要这份工作，我已经找了好几个月工作了，一直不顺利。老公说不行就回家生娃，当全职主妇，可我知道那样不行。"也许是这种处境引起沈琳的共情，她打算把郑雯娜力荐给媒介部总监。小北要她慎重，沈琳看她踌躇的模样，知道她没说出口的那些话：这女孩已婚未育，犯了人力的大忌。

沈琳翻了翻今天两人都觉得合适的那些简历，苦笑。三十岁以上的人选，她们基本不考虑。三十岁以下，未婚对于男女来说都是常态，但男女又有区别：二十九岁左右的未婚女，心里充满婚育未遂的焦灼，怕她不安心工作；已婚已育的，怕她因孩子影响工作；已婚未育的，怕她入职就怀孕，把公司当下崽的安乐窝。而男性则完全没有这些隐患。

她想起从前自己投简历被各种卡的情形，心中不是滋味："小北，如果对女性有这么多的忌讳，干脆以后注明只招男性好了。"

小北忙说："招聘资料里不敢那么写，怕被投诉。不过说实话，姐，我不想招了女员工，后面惹出麻烦来，各部门老大来怪我们。你要知道，他们真的不喜欢招女的，女人太麻烦了。"

沈琳也知道她的担心有道理，她任职的上一家公司有个总监怀孕了，对待工作开始敷衍。老板暗示沈琳开掉，她费了多大劲才完成老板的任务，至今仍记忆深刻。但怎么能预设所有女性一怀孕就开始不认真工作呢？这样的人毕竟是少数。

沈琳温和却坚持："可是这一批我看了，确实最优秀的还是郑雯娜，没理由不要她。"

小北只好同意了。沈琳把郑雯娜资料给了媒介部总监，他本来很犹豫，为着郑雯娜三十岁已婚未育，但沈琳再三推荐，他也就面试了郑雯娜，谈完了感觉很不错，郑雯娜顺利入职。上班之后，她表现非常好，媒介部总监很满意。有时沈琳经过媒介部，看到郑雯娜认真工作的样子，心底总有淡淡的喜悦。

沈琳这头暂时稳定了，老那这两天却又表现得心事重重。她问是不是公司又出了什么事，老那说没有，是在为部门的发展犯愁。王总出家之后，秦玲玲开始公司各部门调整，老那部门的职能目前说不好会比原来多还是少。

这种风雨飘摇的时刻，当然是宁可忙死，也不要闲死。沈琳又好笑又感慨，打工就是这样，人人都是老板手中的一颗棋子。人生啊，每一个艰难时刻都只能自己一秒秒去捱，谁也帮不上谁，亲夫妻也如此。不过人到中年，有这种职场的艰难时刻，何其幸运？这证明自己尚在社会体系里，没被甩出局。

这天沈琳忽然想起，昨天是老那的发薪日，他没有照常把工资上交至她的卡里。她不安起来，开始胡思乱想，难道老那又被追债了，又或者有别的事？她想问他，但他那句“你吃我的喝我的”还在耳畔，她忍住了。心里一边不安一边庆幸，如今她也是有收入的人了，不必把丈夫的钱看得太重。

回到家，沈琳看着丈夫，觉得他分外的陌生。这到底是怎么样的一个人？他到底隐藏了多少秘密？令她意外的是，老那反而跟她要一万，说姜山最近出了点事，管他借四万。他把工资借给他，还不够。原来这就是他没有上交工资的原因，沈琳心里一松，又生气。姜山是个单身汉，挣得又比老那多，凭什么跟他借钱？老那说挣得多的人花得更多。“少管人家那么多，赶紧给钱吧。”沈琳叹，她现在把除了必要开销外的每一分钱都存了起来。老那平白无故还了一百万的债务，他们的存款“元气大伤”。

“我手里只有两万，都给他了，这个月家里花什么？”沈琳说。

老那道：“那给一万吧。铁哥们儿，不帮不行。”

沈琳转给他五千，说马上孩子的补习班要续费，不能借给姜山太多。老那没吭声。

一天上班中午，表哥沈志国突然来找沈琳吃中午饭，说在这附近办事，顺便来看看沈琳。沈琳问你不是和志成在给那隽装修吗？沈志国欲言又止，最后说装修一直是李晓悦盯着的，但这两天她突然不来了，有什么事给她打电话，她都让给那隽打。可那隽非常忙，就说让他们看着装。

“这怎么看着装？人家浴具送来了，问安哪儿，花洒高度怎么样，我擅自做主了，回头他们要是不满意怎么办？”

沈志国说：他估摸着小两口吵架了。沈琳一听有点烦，这是要请她出面说和的意思？她自己弟弟的事还没整明白呢，哪有工夫关心小叔子的事？不过她不想拒绝，含糊地说会给那隽打电话问问情况。沈志国一边吃着，一边抬头偶尔看着沈琳，表情很奇怪，像是有话要说。沈琳忍不住了，让他有什么事都说出来。

“琳琳，有件事我必须告诉你，前天白天，我去买膨胀螺丝，看见那伟开着车，停在一家洗浴中心门口。我去完建材城，买完东西特地绕回来看了看，两个小时了，那伟的车还停在那里。”

沈琳不动声色“哦”了一声，心却沉了下去。

沈志国接着说：“大家都知道嘛，有的洗浴中心挂羊头卖狗肉，但有的倒也是正经做生意的，说不好哈哈哈。”他怕误会老那，远远地盯着他的车。一会儿老那出来了，一个人出来的。他开上车，去了另一条街，来到一家KTV门口后停了车走了进去。工作日大白天去唱歌，这也奇怪。刚做了大保健，转身又去KTV，更可疑。不管怎么样，他觉得有义务告诉沈琳这些事。

沈琳笑道：“谢谢表哥，我老公在营销部之前，是王总的办公室主任，在公司一直搞接待，都是些迎来送往的事，所以他去这些地方是为了公务。你多想了。”沈家出了个沈磊，已经够丢脸的了，不能再输一城。无论再怎么心乱如麻，此刻都要撑住。

沈志国半信半疑，又做出释然模样，道：“那就好。那最好。我是怕你吃亏。”

沈琳加班，回到家九点。老那已经在家，神情无异样。但她知道，她的婚姻又出问题了。不，也许问题早就存在，在她当全职主妇的漫长的五年里，问题一点点发酵，直至壮大成吃掉她婚姻的怪物。那一百万债务就是证明，搞不好借给姜山的五万根本就是假的。

他已经调到营销部很久了，王总也出家很久了，早就不用他接待客户了。所以他白天纵情声色，到底是为什么？难道他真的出轨了，或者染上了什么不可言说的恶习？也许那一百万债务也是假的，是他与对方联合起来骗她的，搞不好真的就是毒资，或者赌债。

一早上，沈琳心不在焉。一会儿手机短信响了，是她办的中石化加油卡的短信，上面写着“您本次消费三百块钱，余额一千七”。是老那充了加油卡，又加了油。

他到底要开车去哪里？跟谁见面？相貌英俊的中年男子，疲乏的婚姻，集团副总，开着辆崭新的宝马，不出轨很多人都奇怪呢。

沈琳想请半天假，跑到老那公司，假装办事路过，看看他在不在。或者回家瞅个空当查一下他的手机。但下一刻她心灰意冷，老那想离就离吧。不，等她在公司再站稳一点脚跟，多攒点钱，她会跟他离婚。他到底干了什么，已经不重要了。

她点开网页，在搜索框里键入“离婚官司怎么打”，出来了一溜广告。她继续键入“离婚怎样不吃亏”，出来一堆攻略。点开看，无非是怎样趁伴侣无知觉时转移财产，收集对对方不利的证据，其中最麻烦的就是争夺孩子的抚养权。她看得心惊肉跳，心烦意乱，一时又觉得自己可笑。老那到底做了什么呢？只因表哥前来学舌，她就开始把事情想到如此糟糕的境地？

她取笑自己，却又立刻想，如果真的离婚了，是把房子和孩子都要到手，要老那滚蛋，还是卖房，孩子一人一个呢？光想到这里，她的鼻子就开始发酸，心痛。正发怔间，突然媒介部一个员工走过来，敲敲她的工位：“沈琳，我们总监让你到他办公室一趟。”

沈琳到了媒介部总监的办公室里，发现郑雯娜也在。媒介部总监把门关上，瞪着郑雯娜，郑雯娜低着头不语。气氛非常凝重。

沈琳正不知发生什么事，媒介部总监问：“沈琳，你组织她们这一批新员工入职体检时，没查出郑雯娜怀孕吗？”

沈琳吓了一大跳：“没有呀，体检报告不是和个人简历一起送给您过目了吗？”

媒介部总监冷笑道：“所以那么巧？入职一个月之后她怀孕了，查出来时发现已经五十天了。”

郑雯娜抬起头，脸色苍白：“我面试那会儿，的确不知道自己怀孕了。”

沈琳讷讷道：“一般来说，刚怀上十几二十天的，的确查不出来。”

媒介部总监哼了一声：“自己避没避孕，是不是想要孩子，也不知道吗？怀孕难道是一次就中吗？你老公好枪法！”

郑雯娜辩解道：“总监、沈姐，的确是意外怀上的。我敢发誓不是故意的，不会影响接下来的工作，你们就放心吧。”

媒介部总监道：“不是放不放心，你去看看我们部门，七个人，五个女的，现在已经有三个怀孕的，你叫我接下来的工作怎么安排？”

郑雯娜表情谦卑却坚持："您安排我加班，我绝没意见。"

媒介部总监不耐烦地挥挥手，让郑雯娜走。她走了之后，他告诉沈琳，郑雯娜这两天在洗手间呕吐，同事发现了，告诉他，他才知有异，把她叫来问，这才知道她已经怀孕了。

沈琳虽觉得郑雯娜一入职就怀孕不地道，让她非常恼火，却也觉得媒介部总监有点小题大做。世界上要是没有女人怀孕，人类不就绝种了？社会铺天盖地对女人催婚催育，可到了现实生活中，女性生育的困境又无人来解决，是要叫孕妇去死吗？如果职场全部不招女性，招聘广告上就要敢标明。问题又不敢，问题只招男性也招不够自己想要用的人才。

媒介部总监道："我要跟老板谈一谈了，从今天起，公司再也不要招女员工了。"

沈琳不以为然道："不至于这么严重吧？"

媒介部总监严厉道："郑雯娜从现在起就是公司的大爷了，你知道吧？但凡她有任何不测，磕着碰着，公司都吃不了兜着走。前年有个女员工在单位流产了，你知道公司花了多大劲儿才把这个事儿摆平的吗？"

他愤愤踱着步："媒介这个岗位是要经常外出拜访媒体和搞活动的，现在你叫我怎么安排她？你真多余，当初那么多男的，为什么偏偏留下她？"

沈琳道："真不行，辞退她就是了，就说试用期发现不符合岗位要求。这也有法可依。"

他道："没错，所以到时候你就去打官司吧。一天天缠死你！"

沈琳低着头离开他的办公室。路过茶水间时，见郑雯娜捧了杯水坐在沙发上发呆，心里不知什么滋味。她走过，在郑雯娜身边坐下。那一瞬间，她感觉到郑雯娜散发出一种戒备的气息。她微微惊讶，旋即又理解，她可是人力。

沈琳还没开口，郑雯娜口气强硬，先下手为强地说："沈琳姐，公司不能无故辞退怀孕员工，劳动法里可都写着呢。"

她这套强硬为何刚才不敢对媒介部总监？莫非欺负自己无职位？或者因为自己是个女性？"郑雯娜，当初你面试的时候，表现得非常想要这份工作，为什么要这么快怀孕呢？"

郑雯娜似笑非笑："我想要这份工作，和我怀孕有什么关系呢？我要工作权，就必须被剥夺生育权吗？"

沈琳原本同情郑雯娜，此时怒了："工作和生育之间的矛盾，你自己心里非常清楚，不用狡辩。职场女性就是因为你们这种人，才备受歧视。"

郑雯娜冷笑道："如果我真的想蹭公司的福利，就会等到试用期过了之后再怀，不是吗？"

沈琳一下子被问住了。

"我再问一句，如果不是在试用期怀孕，而是入职半年、一年甚至两年以后，我就不受歧视了吗？子宫是原罪，你不知道吗？"郑雯娜咄咄逼问。

沈琳哑口无语，郑雯娜又委屈又愤怒："你们这些前浪，自己生完孩子了，在公司站稳脚跟了，一转手就把闸门关了，我们这帮后浪只能拍死在防浪堤上。我不会求你对同类慈悲一点，我也一定不会主动离开。你们想开除我，我会把官司打到底。"

沈琳一天心情低落。下班前，她突然被老贾叫到办公室。他的表情非常难看："沈琳，鉴于你在公司这几个月的表现，我认为你不符合人力经理这个岗位的要求，一会儿去办一下离职手续。今天周五，周一不用来了。"

晴天霹雳！沈琳一时没反应过来，屋里一片安静。老贾那双陷在油脸上的小眼睛闪烁不定，一脸戒备，准备和她开撕。她意识到了，他早就想抓她的小辫子，他一直在等待着这个时机，而她，自投罗网。

她想问为什么，想愤怒争辩，想谦卑哀求，然而被老贾推倒的那屈辱瞬间涌上心头。她说："你们没有提前通知。"

老贾道："补一个月工资，连同本月工资一起打你卡里。不服你可以起诉，但是我明确告诉你，你不会赢。"

一个月工资，她要的就是这个。起诉未见得不会赢，但是算了，劳神费力。

沈琳平静道："我接受。"

沈琳办完离职手续，回到办公室收拾东西，尽量抵抗着心底阵阵发冷的空虚。小北愕然地看着她，沈琳告诉她自己被辞掉了。小北掩上办公室的门，小声道："我听说老贾和行政部一个新来的女孩好上了，估计他想让她来管人力这一块。”

沈琳笑了笑，她没有心情去探究老贾辞掉她背后复杂的成因。小北叹了口气：“这么小的公司，搞得乌烟瘴气的。我也不想待了。”

小北帮着她收拾东西。其实没有什么东西可收拾的，一个中号塑料袋就装下全部东西了。沈琳才来了几个月，还没来得及与公司生出血肉的瓜葛藤蔓。一个人在一家公司待久了，工位就像家一样，才会在工位上养绿植，摆加湿器，一点点置办小玩意儿比如可爱的鼠标垫、水杯垫等。难道一开始就预感到不会在这里待很久，所以这么喜爱建设周遭环境的自己，才让工位这样素净吗？这也有好处，这样走的时候不会难舍，只当它是短暂的路过。

手机响了，居然是老那。沈琳大感意外。

“老婆，我路过你们公司，想着你快下班了，就来接你。”

听着老那的声音，沈琳特别想哭，眼睛热热的。她假装轻松，笑道：“哟，为什么今天对我这么好？”

“今天是我们的结婚纪念日啊，你忘了吗？一会儿咱们在外面吃个饭。”

沈琳的轻松变成了兴高采烈，是发自内心的：“好。”

沈琳走出写字楼时，正是下班的高峰。同事们陆续走出楼，老那坐在宝马车里，叭叭按着喇叭。沈琳快步向车走去。这一刻，她看到路过的老贾、小北以及郑雯娜等人羡慕嫉妒的眼神。是的，夜幕降临，她被开除了。她是四十岁的失业女人，而且余生她可能再也找不到白领的工作了，但她是有老公养、有五十万宝马坐的家境富足的女人。

沈琳昂首坐上副座，问老那：“吃什么？”

老那道：“牛排家。”

啊，正是如此！她在这座城市有根基，来上班，不过是打发无聊时间而已。所以她刚刚失业，但敢去昂贵的牛排家。

她含笑看着丈夫：“好，牛排家。”

三里屯牛排家，富丽堂皇，一串串装饰性的小灯点缀得整个餐馆流光溢彩，一派繁华。这个时间除非提前预订，不然要排号，老那真是有心了。坐在餐桌边，沈琳点着菜，悲喜交加。老那还记得他们的结婚纪念日，这证明他把她放心上，她自己都忘了呢。退一万步说，老那出轨了，要摊牌，也不会那么残忍地选结婚纪念日。所以这一餐，安全欢愉。

不过看着菜单，每一道菜都那么贵，沈琳又难过起来。在这里想吃好了，两人怎么也要上千。这个价格，不是她一个失业的人可以承受得起的。老那问她怎么不点，她一再踌躇，说太贵了。老那把菜单拿过去，叫来服务员，一二三点完菜，居然还要了瓶红酒，说待会儿找代驾，今天是重要的日子，必须有酒。沈琳想阻止，但一种卑微感令她作罢。他才是挣钱养家的人，他都不在意，她就听他的吧。

牛排肉汁丰盈，红酒醇厚酸甘。店里满座，杯觥交错之声不绝于耳。大家都好有钱啊。说经济不好，哪里来的钱，可以这样一道道进口的菜吃下去，一杯杯进口的酒喝下去？沈琳环视周围，这一张张笑脸，哪一张是强颜欢笑，哪一张是真的惬意？别人看她，不也觉得她过得富足吗？也许打破这表面的繁荣，那内里都是经不起追问的。何必追问？今朝有酒今朝醉。

夫妻好几年没有单独出来吃饭了。老那喝得有点多，神情没有了这段时间的心事重重，换成了松弛。王总出家后，他神经一直紧绷，难为他了。沈琳不求他能高升，甚至那诱人的期权也可以不要，只求他能安安稳稳地在公司干下去。

她托着腮看着他，他快四十一岁了，眼角已有细细的鱼尾纹，两鬓有零星白发。曾经分明的五官线条变得柔和，带着中年人的臃肿，却也显出沧桑的稳重。她看着他宽宽的肩膀、厚厚的胸膛，心中涌起一阵感激和爱慕。怎么能乱怀疑呢？他们携手走过十二年婚姻，生了两个孩子，彼此之间早已血肉相融，你中有我，我中有你。他是多好的老公啊，给了她一个温暖的家，对她言听计从，挣了钱全给她，任由她支配，对她娘家人像对待自己亲人一样，这已足够抵消那句“你吃我的喝我的”的恶狠狠。他是她的依靠，她的全部，她一切的一切。

沈琳举杯：“来，老公，我敬你一杯。”

老那道：“理由是什么？”

沈琳道：“这么多年，你辛苦了。”

沈琳感觉老那的眼睛湿润了，因为那里发着光。他笑了笑，举杯和她碰了一下。她一瞬间很想哭，很想把失业的消息告诉他，又一想，这么开心的时刻，不该给他添堵。

两人一饮而尽，老那又给彼此倒了一杯，举杯道："老婆，我也敬你一杯。"

沈琳笑道："敬酒的理由是什么？"

老那道："今天是我们结婚十二周年的纪念日，也是我失业一个月的纪念日。接下来这个家就要靠你了。"

沈琳傻眼了。

老那把一杯酒全倒进嘴里，喝到最后一口，那酒在嘴里一点一点往下咽，一点一点，像是在咽下生活难以言说的苦楚，又像是拖延着即将到来的天崩地裂。喝完了，他不敢直视沈琳，头微偏，看着桌角的红酒瓶，喉结一动一动的，却没有组织出能说的话。

第十三章 失业就是社会性死亡

老那那段时间，过得非常艰难。

那一天，没有任何征兆，秦玲玲就把他叫到总裁办公室，跟他说营销部并入广告部，公司没有地方安置他，请他离开，公司会按年限给他补偿。

老那呆住了，那部门的人怎么办？秦玲玲说全部走人。老那看着她平静的脸，反应过来，情急地大声问："为什么呀？我们犯什么错了？"

秦玲玲道："这是公司的战略需要，组织需要优化，和个人无关。"

老那脑中混乱，一会儿想是不是王总女朋友的事曝光了，所以秦玲玲迁怒于他；一会儿又觉得如果迁怒，为何等了这么长时间，必有其他原因。秦玲玲不容他再想，道："老那，我知道你为公司服务了很多年，对公司有感情。可是公司发展由不得个人私情，A 轮融资失败以后，公司经营遇到了困难。这一次裁员也不光裁你一个部门，所有部门都至少裁百分之二十。"

老那急道："那别人至少还能留下百分之八十，为什么我的部门连锅端？"

秦玲玲解释道："其实董事会开过几次会了，我也问过其他部门主管，愿不愿意接收你们。但是老那你想想，让你屈居广告部总监之下，接受他的领导，你愿意吗？”

老那果断：“不愿意。”广告部总监是个九零年的小朋友，接受他的领导？笑话。

秦玲玲说，和营销职能最接近的，就是广告部。广告部要是不愿意去，她也没有办法。再说她看了下营销部门两年来的业绩，除了向公关公司购买服务外，几乎没有自己主导的项目。这样的职能，广告部也完全可以完成。

广告部当然不可能执行营销部的职能，秦玲玲分明是对自己反感到了极点，自己的人一个都不用，宁可全开了另起炉灶。她到底为什么这么讨厌自己？

老那还在争辩，秦玲玲笑了笑，问：“老那，在营销部五年，你写过稿吗？”

老那支吾着，秦玲玲不容他思考，接着问：“你做过创意吗？亲自执行过任何一场地堆吗？有哪一次的事件营销是经由你创意并全程操盘主导的？”

老那的后背唰地惊出一层薄薄的冷汗。他稿件水准平平，创意是大路货，的确连现场也没有亲自执行过。他是个领导，是王总忠心耿耿的守门人。在王总时代，他什么都不用亲自做，只需要对下属交过来的成果发表意见即可。他知道什么是好东西，但他做不出好东西，所以只好当个领导。哪个公司没有这样的人？为什么别人可以，他不可以？为什么从前可以，现在不可以？

秦玲玲严厉道：“第一，营销部的领导，应该是部门最核心的创意人才，可以在营销理念上引领下属，而不是只会检视他人劳动成果；第二，我成立营销部，是要你们干活儿的，结果你们只会购买服务。如果这样，我自己不会买吗？”

秦玲玲这个女人，一点情面不讲，的确和王总太不一样了，王总从来不会这样疾言厉色。怪不得王总出家，和这种女人生活，谁能不抑郁？牝鸡司晨，公司要完。老那气急败坏，说要去打劳务官司。

秦玲玲冷冷道：“李晓悦是你弟弟的女朋友，你推荐到公司来上班，带她干私活，对吗？”

老那愣住了，立刻记起回沈家办宴席一事：“那是周末，她出于私情帮我回岳父家操办宴席，不可以吗？”

秦玲玲道：“但我完全有理由怀疑你带她干私活儿，不止这一次。而且你当天用的红毯、气球拱门、彩虹机之类的物料，是跟公司常用的那家物料供应商租的，后来账记在公司的账上，对吗？”

老那大声：“冤枉，绝对冤枉！钱我自己结了，只不过用了公司的名头而已。咱们公司跟那家供应商合作了很多年，给的折扣力度很大，为什么我不能用？”

秦玲玲耸耸肩道：“瓜田李下，那笔账是没查出你有什么问题，但焉知从前的没有？还有，去年和今年，你报销的招待费用有相当一部分不合理。你跟了老王很多年，老王的作风就是酒桌文化，兄弟会，讲人情，拼交际。旧人旧规矩，我也不想细究了，怕大家难看。但你要真想打官司，我也不怕你。”

老那说不出话来了。每家公司的市场部门都是这样，部门领导名下都会有一些经费，用于宴请媒体或者合作伙伴。老那的确有过带着家人吃喝但把发票开成公务支出的行为，但他非常有分寸，次数不多且金额都不大。王总在的时候默许，这也可以看成他给兄弟们的福利。可秦玲玲真要较劲儿，这事怎么也说不清楚。

门开了，秦玲玲的哥哥秦锋带着手下几个小伙子进来，看着这架势，竟像是分分钟要把他扫地出门，老那只好走出总裁室。

进到自己的营销副总办公室，老那发现电脑已经被锁了，人力总监居然已经等在这里，手里拿着两份解聘合同。看样子，秦玲玲谋划已久。老那瞪着人力总监，她不敢和他对视，小声道：“那总，签了吧，好多人都签了。这次裁员公司事先跟主管的劳动行政部门打过招呼，合规合法，打官司没用。”

老那愤恨地抽过合同，看了看，上面只给了一年的工资补偿，五十万。他想起那影影绰绰的八百万期权，心中升起痛苦，对人力总监说：“补偿金我不满意，我不签。”人力总监无助地看着门口，老那转头一看，秦锋抱臂站在门口。

秦锋道："那伟，你要是不签，可能一分钱补偿都没有。"

老那说："那就打劳务官司吧。你们觉得可以抓到我的小辫子，焉知我手里没有你们的小辫子？"

他虚张声势地狞笑一下，连工位上的东西都没有收拾，背着包走了。走到开放式办公区一看，李晓悦等人已经在收拾东西了。秦玲玲长达几个月的不动声色，原来是为了安抚住他们，暗地里把每个人查了个底儿，好来个突然袭击，一锅端。

晚上，老那请全部门吃了一顿散伙饭。大家心情都极为低落，老那向大家道歉，说自己也完全不知情。他对于秦玲玲来说不是个好员工，对于下属而言却是个好领导，平素他们都很信服他。大家纷纷说不怪你，甚至有人还安慰他，说拿着补偿金再找工作就是了。公司还算仗义，没在年底开人。夏天找工作好受一点，不像年底，从脚冷到心里。听着这话，老那心如刀绞。早知道如此，还不如不替王总女朋友的公司还一百万呢。他真是彻头彻尾的冤大头。

李晓悦刚从西安玩回来上班，就被搞了个措手不及。一开始她也非常错愕，但很快就想开了。失业这种事她早已习惯，不是她开别人，就是别人开她。被别人开还划算一点，因为能拿到补偿金，所以她看上去并不难过，甚至有点高兴，终于又有一段可以放空的时间了。她蹭老那的车回家，老那开着车，数落她没心没肺，要她暂时不要向那隽和沈氏两兄弟透露任何风声，他还不想让家人知道自己失业，何况他还没有放弃向公司争取留下来的念头。

李晓悦道："哥，别想了。反正我要是你，绝不会再去浪费时间的。再找一份工作就是了。"

老那骂道："说得轻巧，你还年轻，找工作当然容易。我们老家伙，上哪儿找工作？"

李晓悦道："你上班这么多年，就没有结交下什么人脉、机会，或者攒点自己做生意的资源吗？"

是啊，这话老那也一直在问自己。是上班上傻了吗？怎么这么多年，从来没有动过留一手的想法？想来想去，他只好继续怨恨王总，像失婚的贤妻怨恨变心的丈夫。这能怪他吗？职场一直讲什么？讲忠诚。他对王总从无二心，把自己的前途命运和王总、集团紧密捆绑在一起，错了吗？忠诚在职场不是被人口口赞颂的吗？怎么那些胼手胝足、掏心掏肺竟落得个被扫地出门的下场？

或者，王总对秦玲玲即将做什么心知肚明。他享受了老兄弟们的忠诚后，秦玲玲再来用现代管理原则收拾他们。他讲与公司同甘苦共命运，她讲生意就是生意。夫妻俩一个吃头，一个吃尾，把他们吃干抹净，一滴不剩。他们以为和王总那些心照不宣的情感链接，到头来不过自作多情。

把车开进自家小区停车位，在车里待坐了许久，老那长叹一声，无可奈何地拔下车钥匙，拖着沉重的脚步上楼。一家人早都吃过饭，收拾停当了。见他回家，沈琳笑着迎了上去，母亲问吃过没，又给他端水果，怜惜他加班太辛苦。儿子已经满屋跑了，中午睡足了，此刻还不想睡，跑过来爬到老那的膝盖上“爸爸、爸爸”地叫。女儿过来，要他看自己做的手工在学校获奖的奖状。老的小的围着老那，目光都带着亲切和温暖。他机械地笑着，心里却很想哭，他马上就要支付不起这份温馨了。他这根家庭顶梁柱已然空心，即将倒塌。

第二天，老那按上班点儿出门，开着车漫无目的地在街上转悠。他约了姜山中午吃饭。现在还有四个小时，他不知道去哪里。其实从前九点到了单位，也不是每天都很忙，他会先让助理去茶水间做一杯鲜咖啡，看看新闻。但单位就像个容器一样，把你的魂魄盛住。你在容器里很踏实，哪怕手头没事情做，心态也从容。不像没组织可依的人，被宣告社会性死亡，魂魄四下飞散，惶然无主。老那开着车，越开心越慌，看街边个有星巴克，于是停了车进去。他现在必须待在狭窄的空间里，不是车里就得是什么建筑。一个本该上班的人在工作时间逛街，会让他觉得自己像游荡的亡灵一样。

一推门，老那差点踩到拖把。一看，一个店员正在墩地，另外两个店员在擦桌子、归置收银台桌面。他很尴尬，刚要走，店员说我们已经营业了，您想喝点什么？他胡乱点了杯当日咖啡，挨着窗坐下。

喝着咖啡，阔大无边的时间潮水一样涌过来，快让老那窒息了，感觉已经待了很久了，可一看手机，才九点四十，看来一杯当日不够他磨蹭的。他假装接到了什么重要微信，把手机贴到耳边听着，果断起身，匆忙离开。

走出星巴克，一抬头，前面就是商场，这可救了老那。他刚要推开玻璃门，却发现门没开，商场十点才开门，此刻还差十分钟。他站在门口，一边刷着手机，一边觉得自己荒唐，环视了一下周围，还好，没有任何人注意到他这个九点五十五就要来逛商场的无所事事的失业中年男人。

十点到，工作人员来开门，老那走了进去。除了他之外，里面没有一个顾客。这些年来实体店被电商杀得奄奄一息，何况这是工作日的上午十点。冷气很足，这样的地段，这样的运营成本，要怎么样才能不亏损？老那在一层转了转，看到自己同款的欧米茄手表，一阵心酸。前阵子来看表，他还在想，手上这块表戴了好多年了，要不要等年终奖发后，跟老婆申请买块新的。人家姜山好几款十万块的名表呢。现在这一切都成了泡影，也许不知哪天，自己就得把手上戴着的这块当出去……他转身离开，无意识地踏上了去二楼的滚梯。

滚梯到了二层顶头时，突然有什么东西狠狠拽住脚似的，老那站立不稳，摔倒了。他本能地用手一撑，掌心蹭破了皮，一低头，见不知什么时候左脚皮鞋的带子已经松了，两头的带子都被卷进滚梯里卡住了。他坐在地上，赶紧脱下鞋，使劲拽那带子，但始终拽不出。他站起身，穿着干净白袜的脚不敢着地，踉跄着，四望无人，只好放声叫："有没有人哪，保安，服务员。"

等了许久，一个人也没有。难道鞋不要了？老那满头大汗，气急败坏，方才摔了一跤的左臂隐隐作痛。他可以一脚深一脚浅地走过过道，去营业区随便一个柜台让服务员找商场的工作人员，让他们帮着把鞋取出来。但是，去他妈的，这都什么事儿啊？

老那从另一侧滚梯下一楼，赌气在鞋区买了双一千块钱的新鞋。这些东西平常都是沈琳买给他，虽然不便宜，毕竟不是自己兜里花出去的，没什么概念。此刻他付钱的时候就有点心疼，但又有什么办法？那些打折的鞋，三百五百的，的确有，都很丑。一分价钱一分货，从前的标准都在那里，一时半会儿降不下来了。

老那下到地下车库，坐在车里，惊魂未定。年纪大的人禁不起摔，摔了一跤，吓了一大跳，再加上整个上午都过得莫名其妙，他感觉像长跑到尽头，元气大伤，倦意袭来。他把座椅放平，刚闭上眼睛想睡一觉，忽然前方的角落里传来刺耳的电钻声。他下了车一看，原来那里正在施工。他问这打算干嘛，施工者答这里想修个卖宠物粮的店。车库修小店？这么小的角落，也要充分利用起来，一寸空间都不浪费。

到处都物尽其用，只有他是废的。

老那上车，把车开出地库，开到和姜山约好的饭店外，放平座驾，闭上眼，睡着了。这一觉睡得不安生，以至于坐到饭桌旁和姜山吃饭时，他一点胃口也没有，头疼，疲乏。

姜山被留下了，但是从此销售提点降了一半，而且秦锋已经开始介入销售部的工作了。形势很明显，等资源与积累一步步转移到秦锋手里，他就会被公司踢走。秦玲玲的态度是爱干不干吧。姜山恶狠狠地道："她这是一步一步逼我走呢。"

"那你干嘛去？"老那问。姜山和他一样，对王总忠心耿耿，此前并没有在外面开公司，揽私活儿，这他都清楚。

"创业。"姜山把满满一杯啤酒一饮而尽，牙缝里挤出两个字。

老那心里一动，一股豪情隐约被勾了起来。

姜山说月底拿完季度提成后，他就会开始谋划创业的事。但他不会主动辞职，先把公司开起来，等运营一段时间有利润后他再辞，或者等秦玲玲辞他，一大笔补偿金不要白不要嘛。他鼓动老那和他一起，王睿智是怎么做起来的，他能行，为什么他们不行？一个好汉三个帮，姜山和老那多少年的交情了。他负责销售，老那负责公司管理和营销，真是天作之合。

老那被说得热血沸腾，上午走投无路的空虚荡然无存，脑海里浮现出一个小一点的"每一天医美集团"。失去的办公室再次回到他身边，而且变成了总裁办公室。他是创始人，当然是总裁，而且这回是名副其实的"总"。

"股份制公司，启动资金咱们俩一人掏一半儿。"股份制公司和启动资金这两个词让老那从遐想中醒来。

"大概投入得多少呢？"老那小心翼翼。他名下曾经有过个公司，他为了这个八竿子打不着的公司掏了一百万。这回可是真格儿的要开公司，还不定得花多少钱呢。姜山说前期投入不用太多，但租办公室、进货、养人、拓展业务，怎么着账上也得趴着个两百万才像样。

老那的兴致没了。什么都没干，先搭进去一百万，他买不起这么昂贵的总裁理想。姜山见状，说前期一人先投三五十万也行，先把框架搭起来。实在不行，他全投了，老那算技术入股，占百分之十。

老那说回去想一下。他现在对于把身份证拿出来注册公司这种事心有余悸，那个许意超人都找不着，他现在名义上还是正大阳光的法人呢。再注册一家公司，那不是双倍的危险？

而且，不当法人就没有危险了吗？也未必。到时公司出问题，债主还是会跑到他这个"股东"家来纠缠。不想打工，就得担创业的风险。不想担风险，就只能打工，道理他明白。但这不是刚失业嘛，到底选哪条路，他还有时间再想想，横竖现在有的是时间。姜山说也好，他先在公司干到月底。老那慢慢琢磨下，实在不行先跑跑写字楼，看哪儿租金便宜，又不失体面。

两人说着，姜山一抬表，说得回去上班了，最近抓考勤抓得严。他一边发着牢骚说真想立刻辞职，一边步履匆匆地离开。老那羡慕地看着他的背影，还有班上的人，背影都透着挺拔。

老那下午在公司附近转悠，看着写字楼，心中不胜凄凉，像亡灵看着自己的肉身一样。他本想上去找一趟秦玲玲，再好好谈谈。可进门卡被收回，他进不去。何况到底找她谈有没有用，他也实在心里没底。第三天，老那想明白了，与其纠缠，不如拿着五十万补偿金，创业也好，做其他事情也好，那也是一笔不小的钱呢。他给秦玲玲打电话，说同意签解聘合同。

秦玲玲道："不用来了，你被开除了。补偿金没有。"

老那惊呆了："为什么？"

秦玲玲："正大阳光你是法人？"

老那被定在车座上，一句话说不出，一点也动弹不得。

秦玲玲的声音像刀尖刮在铁板上那样刺耳："你这种德不配位的职场混混，老王在时我不能把你怎么样也就算了，居然还敢偷偷在外开公司，利用集团的渠道中饱私囊，已严重违背了同业竞争条例。趁我还不想费劲对付你，赶紧给我滚得远远的。"

老那无力地挣扎：“玲总，我真的不认识许意美……”

秦玲玲打断他，语气中的愤怒已抑制不住，老那觉得她简直想顺着电波把手伸过来掐住他的喉咙：“你再敢提一下这个名字，我送你坐牢。”

老那吓了一大跳，挂了电话，手心全是汗，心跳得非常快，双腿发软，快要虚脱了。

接下来的日子里，老那照常每天出门。他去图书馆，然而一本书也看不下去。他在手机上注册了求职网上账号，浏览了一些职位，然而一份简历也没有寄出去过。妻子过去五年间找工作有多困难，他看在眼里。她那时才三十五六岁，都举步维艰。他四十一岁了，谁会要他？再说了，月薪万八千的工作，就是要他，他真去吗？

有时他去拜访朋友。他人缘非常好，朋友一大堆。不过这帮中年的朋友们，要么在公司混着，渐显颓势，他一眼看出他们失业是迟早的；要么自己创业，生意不死不活，成功者寥寥无几。有个开文化公司的哥们儿陆总，才四十岁，已两鬓斑白，一脸操劳过度的皱纹。他还没开口讨教创业之道，陆总却滔滔不绝地诉苦，要他千万别蹚创业的浑水，这个世界容不下那么多成功。

他们全都知道他失业了，或同情地唏嘘，或同仇敌忾地大骂王总两口子过河拆桥，或怂恿他起诉每一天集团。每个人都请他吃饭，但这些都不是老那想要的。没人说“老那，不然我给你介绍个工作”或者“你来我这儿上班吧”，而他也实在张不开口主动要。就在几天前，他还是个开宝马的公司副总，岂能沦落到像乞丐一样地乞讨？何况他早已捕捉到那些同情或同仇敌忾背后统一的戒备。一个失业的人，只会给别人带来麻烦。无论是借钱还是借资源，都麻烦。也许年轻十岁，他会成为别人的资源，从而博得一些机会，可惜时光无法倒流。现在人们知道，在他身上投资，纯属浪费。

老那也给某个认识的猎头打过电话，三十五岁之前他偶尔会接到猎头电话。但业内的人后来都知道，他是王睿智的人，挖是挖不走的。再加上他也不算是什么非常核心的职位，所以他很快与猎头市场绝缘了。

这个猎头组织了长长的一套话，措辞非常客气。老那听出来了，他在说他年纪太大了，而且之前没有什么成功的案例。再找同等职位的工作没有任何机会。“那找等而次之的呢，比如市场总监？”“抱歉，基本要求三十五岁以下。”

老那颓然挂了手机。

他每日开着车在城市乱逛，后来找到了个好去处，洗浴中心。白天的价格很便宜，四十五块钱就可以待一天。温热的水拥上来，包裹住赤裸的身体，让他觉得安全。有时他加八十块钱叫女技师捏头推背，除了这，他真的什么也没干。他不是那样的人，而且也没有心情。他只是不间断地头疼，颈椎疼，心情不好，想找个遮天蔽日的地方躲起来，在氤氲的水汽中思考一下人生的前路该怎么走。大多数时候他昏昏沉沉，毫无头绪。

泡澡泡到手指肚起皱，老那就去 KTV 待着。白天的价格在团购网上买便宜到不像话，柠檬水管够，五十块钱可以待一下午。他一首首唱着年轻时的老歌，刘德华的、周华健的、李宗盛的，借着伤感的乐声流下眼泪，心中充满了迷茫、愤怒和悔恨。唱腻了他又翻着最新流行歌曲，那些歌他一首也没有听过，一首也不会唱。什么时候他被时代远远地抛在后面却浑然未觉呢？他发狠又点了首老歌，成龙的《男儿当自强》，唱到站起来，声嘶力竭，青筋暴起，右手握拳，热血沸腾，要和不知身在何处的敌人决一死战。音乐一停，他宛如灵魂被抽走，万分空虚地瘫倒在卡座里。

二十天过去了，老那没有找到任何出路。在这期间他和姜山又见了几次面，姜山要他先跑跑工商注册的事，他们也认真地讨论了下公司的主营业务，当然还是做医美产品的销售：医美面膜、肉毒毒素、透明质酸一类的东西。未来业务做大了，可以拓展到微整容领域。老那想参与，就得决定，他是技术入股还是投资占股。他思来想去，想明白一个道理：技术入股，前期他就等于是免费劳动力，帮着姜山把公司的框架搭起来。后期姜山也变相是他的老板，他还是个打工的。若投资入股，他现在就要把钱掏出来，与姜山在“公司”的话语权上等重，风险共担。可公司是否能做起来，他心里完全没底。

到底怎么办？医美是非常热的领域，传说中挣钱简直手拿把攥。但是到了老那这里，他只能眼巴巴地看着。到最后老那看清了，其实做什么生意不是重点，问题在他自己。他就不是一个能开疆拓土的人，他是永恒的守门人，他最大的卖点就是忠诚。但时代翻篇了，忠诚卖不出价了。

时间那么漫长，却又不够老那犹豫的，他很快没钱了。从前每月发完工资后，他留几千块钱零用，其他的都打给沈琳存起来。本月发薪日，他没钱给沈琳，卡里的钱连加油都不够了。他想索性跟沈琳坦白，反正职场已经向他关上大门，未来他只有一条路可走，那就是自谋生路。无论是和姜山合伙创业，还是去投资干点什么，他都需要启动资金。可看着老婆的眼睛，他失去了勇气，反而一转念编了谎话从她那里拿来钱，好有钱能自暴自弃地吃喝、唱歌、给车加油、四处游荡。

老那去过雍和宫烧香。从前他根本不信这个玩意儿，那天经过，他停下来，烧了一炷香。恰逢诵经时间，声音在殿堂中久久回荡着。老那凝视着众佛慈和悲悯的面容，想起王睿智，非常困惑。多少人来烧香拜佛，求的就是名利，名也是为了利。世间最难求的是财，有钱到王睿智那种程度，怎么还能走投无路遁入空门呢？该逃避的恰恰是自己啊。生活对中年男子如此充满恶意，把所有生路都堵上了，不如自己也找个庙出家好了。

佛像前酥油灯摇曳，诵经声连绵不绝，忽而低沉忽而洪亮，起伏跌宕，有一种摄人心魄的神秘力量。几百米外就是北京三环的滚滚红尘，这里却肃穆庄重。老那被这奇异的反差控制住了，一时心神恍惚。但一阵细细的哭声穿透宏大的诵经声直抵他的耳膜，越来越响。那是秦玲玲在吕梁山中的哭声，悲伤无比。每一个逃避生活的男人背后，都有一个这样无助的女人。那个女人也会是沈琳，他最亲爱的老婆。

“呛啷！”一声巨大的钹声炸在耳畔，老那震了一下，如梦初醒，掉头走出了雍和宫。他决定，向沈琳坦白一切。

第十四章
中年下岗夫妻生产自救

深夜，夫妻俩吃完人生中最艰难的这顿牛排大餐回到家。老人孩子都睡了，婆婆身子侧着，护着躺在里面的孙子。女儿在自己的小房间里睡得正香，空调有点凉，她却把被子踹开了。沈琳走过去，轻轻把夏凉被盖在她肚子上，把空调调到二十八度。上班的人回到家，总给人感觉像打猎的猎手回到山洞，会带着累累的战利品。只不过，他们这两个猎手，从今往后就要空手而归，叫老人孩子失望了。两人在客厅呆立，心情沉重。

洗漱完，两人躺在床上，沈琳忽然笑了一下，道："想想我们俩，真可笑。我四十岁，你四十一岁，北京人口平均寿命八十二岁，这意味着咱们至少还有四十年好活。目前正是身强力壮的时候，为什么要这么焦虑呢？"

老那没有她这么多年在失业与待业中煎熬的经验，一次失业已将他彻底打垮，无精打采道："是啊，至少还有四十年好活，离退休还有二十年，为什么职场就不要咱们了呢？"

沈琳道："老公，我想了又想，不怨别人，都怨自己。在职场没有核心技术，没有不可替代的职能，又没有远见，日子舒服的时候过一天是一天，温水煮青蛙，落到今天的下场全是活该。”

老那惨然道：“说实话，十四亿中国人，有几人有核心技术，有不可替代的功能？至于说到前瞻性，睿智在的时候，对我们许下多少承诺，平常待遇也不差。难道我当时为了所谓的前瞻性，脚踩多条船，狡兔三窟？那样的话，怎么可能不露破绽？焉知睿智不会对我失望甚至开除我？如果他还在，你又怎么知道我那八百万期权不能兑现？人哪，谁也没长前后眼，活着全靠命。”

沈琳叹了口气，他说得也有道理。他们都是芸芸众生，平淡无奇，指望人生有大的转机，全靠命。无数蝴蝶效应堆积在一起，人们就管它叫命。两人紧紧搂在一起，要驱散心中的惶恐。暗夜无边，他们这一方仍亮着灯的小小卧室，就像是在宇宙中漂流的小船。前路渺渺，幸好两人有个伴儿。他们决定，在没有找到出路之前，每天都要装作上班的样子，这样老人不会担心。

第二天吃完早饭，两人背上包出门，婆婆盯着他们的背影说了句“早出晚归，真是辛苦啊”。两人一转头，看到她的眼神里全是看着家庭顶梁柱时既信赖又心疼的殷切。两人彼此对视了一下，一个笑得自嘲，一个笑得苦涩。

老那把车开出小区，在街上游荡。此番游荡，他没有做贼一样的心虚，但心情更沉重了。两个人都失业，这让他连加油交停车费喝咖啡都不堪忍受。那晚牛排家是最后的饕餮盛宴，是知道此后将与富足和写意无缘的破罐子破摔。所以彼时每吃一口肉，他喉咙都是堵的，每一口酒都苦涩难咽。

他想把车停下，两人说事，刚把车停到了一个相对偏僻的马路边要熄火，沈琳说这里是电子停车位。抬头一看，果然前方竖着个土黄色的电子收费牌。他换了个地方，沈琳又说这里有拍违章停车的摄像头，抬头一看，果然不远处摄像头炯炯瞪着他们。明明不妨碍交通。这就是北京，每一口呼吸都要收费。算了，继续上路吧。

老那开着车，沈琳靠在窗边，看着沿途一家家掠过的商铺：美容院、茶楼、服装店、烟酒专卖、奶茶店、水果店、麻辣烫店……做这些生意的都是些什么人？到底挣不挣钱？也许盘个店来卖卖奶茶，值得一试？

下一秒她叹气。从来没有做过生意，开店哪有那么简单？昨晚她还鼓励老公不要悲观，现在她却又焦灼起来了。家里只剩五十万存款，不去挣钱，很快坐吃山空。可拿出去投资，未见得是钱生钱，大概率会竹篮打水一场空。

中午老那约了李晓悦出来吃饭。三人在吉野家见面，沈琳点单时，见饭又涨价了，一份双拼饭就要三十五块钱。再加点蔬菜沙拉什么的，三个人仅是吃饱而已，就要花一百二十块钱。这么下去，未来连吃个快餐都要斟酌再三了。

李晓悦还在盯装修，房快装好了，家具也进得差不多了。老那问是不是快结婚了，李晓悦耸耸肩，说不知道。老那惊奇。李晓悦说那隽倒是说装修完晾晾味儿就去领证，不过他那么忙，领证要回户籍地，往返至少两天，要请工作日的假。沈琳说一两天而已，也不至于请不出来。李晓悦笑，请假对那隽来说就是犯罪，度假就是服刑，不要为难他，反正她也不着急领证。

李晓悦知道沈琳也失业了，安慰说："你们有房，有存款，不着急，慢慢谋划出路呗。像我，活到现在，全身存款才十来万块钱，房无一间地无一垄，我都不着急呢。"

沈琳道："我小叔子二百平方米的房可着你住，你买什么房？"

李晓悦把冰可乐吸得吱吱响："我不就是个不要钱的房客吗？那隽什么时候心情不好，我不也得分分钟走人？"

老那道："不至于，我弟弟不是那样的人。"

李晓悦笑而不语。其实他是什么样的人，她都不会在乎的。两人合得来，就在一起，合不来，谁离开谁还说不好呢。

三人吃完，在街上溜达。李晓悦看着一家蛋糕店玻璃门上贴着的招聘启事，站定了看了看，对沈琳道："你没发现，其实到处都是工作吗？"

沈琳看那上面有招烘焙师，也有招收银员店员等。工资高的不过八千，低的三千。她道："怎么可能去干这种工作呢？"

李晓悦认真道："为什么不可能呢？"

她凑近玻璃门，看着里面透明柜子里摆着的一块块诱人的蛋糕、面包："你不知道，我早就对西点店非常好奇了。说不定哪天我真的改行来打工呢。”

老那冷笑道：“开玩笑呢，当服务员，你大学白上了？当西点师你又没有手艺。”

李晓悦不以为然：“其实当服务员也没什么不好，不费脑子，不过不好玩。当个西点师不错，我可以先去西点学校学一学怎么烘焙。很难吗？”

夫妻俩面面相觑，苦笑。李晓悦这个女孩，永远不着调。

老那道：“你文笔好，公关业干那么多年，真改行啊？”

李晓悦解释道：“我不是说现在就要改行，能坐办公室我当然也愿意。我只是想劝你们，不要那么焦虑，车到山前必有路。”

这就是差距。三十一岁的李晓悦，还有青春可以挥霍，有以后可以试错，她不知道四十岁的滋味。那是后面有千军万马追着你，但前路雾茫茫，你不知道走出去是空落落的万丈悬崖，还是侥幸踏上了独木桥。

三人继续往前走，其实他们也不知道去哪里。都失业，口袋空空，时间却是大大的富裕。走着走着，沈琳站住，两人随着她的目光看去，见那是一家月嫂培训中心。

老那道：“你要当月嫂啊？”

沈琳觉得李晓悦不着调，可那话莫名进了她的心里。是啊，工作到处都是，只不过要转变思路。

李晓悦道：“我觉得没什么不可以的，你没看新闻吗？研究生甚至是海归当高级月嫂的，并不少见。月嫂工资不错，我觉得可以考虑。”

老那喝道：“别闹。”说完拉着沈琳往前走，走得很急，像是在逃避某种可能性：他的家庭居然沦落到要让老婆去当保姆来维生的地步了。

三人找了家肯德基，一人一杯红茶。感谢肯德基这类快餐店，给了他们十块钱无限加热水坐一下午的机会。李晓悦指着店里的海报念着：“招兼职服务员，时薪 14.5 元，晚班 10 点后 17.5 元。”老那发现沈琳居然认真地看着那海报，他觉得太可怕了。人要下滑，速度是惊人的。找不到白领的工作也就罢了，怎么能将目光全部聚焦在这种低等的蓝领工作上呢？

他焦虑道：“你再去投投简历，说不定还是能找到办公室的工作。哪怕路远一点，工资低一点，不至于要沦落到干粗活啊。”

沈琳摇摇头，她试过这么多年，有必要再试吗？她没有告诉过丈夫，失业后她参加过一次人才招聘会。站在大门口往里望，黑压压望不到边的人头，每一张脸都年轻甚至是稚嫩。焦虑随着浑浊的空气和嗡嗡的声响一浪接一浪地朝门口袭来，令她喘不过气来。她转身走了，因为没必要再进去让那一个个摊位上挂着的“三十岁以下”字样来让自己一再得到确认：是的，你被淘汰了，被淘汰了，淘汰了！

但她不想在李晓悦面前争执，道：“别说我的事，说说你吧。让晓悦给帮着出出主意，她年轻，也许可以提供我们想不到的角度。”

摆在老那面前的有两条路：第一，投资做点生意，比如奶茶、甜品、炸鸡之类的加盟店；第二，与姜山共同创业。

李晓悦道：“我选第三，自己创业。哥，你为什么不自己开个公关工作室呢？”

夫妻俩一愣。

李晓悦道：“你人缘儿好，会交际。你去找客源，我和你打配合。稿子我写，活动我也会干，再不行就购买服务，挣差价呗。”

两人眼前一亮。李晓悦之前就是老那部门的骨干，文笔创意都拿手。她脑子活，干活麻利，从前老那曾想过要栽培她当部门主管，她拒绝了，说不想多拿五千、八千，操心到晚上睡觉还要睁着眼。沈琳道：“我觉得可以。”

李晓悦道：“上次回姐老家做那个宴席，和给人家做年会有什么区别呢？全套服务下来，如果是公司行为，至少报价五万。可成本您很清楚，不过两万，这还是加上节目费用的。我以前接过类似的私活儿，给汉服社做过活动，一次挣个千儿八百的，很轻松。如果是公司行为，就可以挣得更多了。”

夫妻沉吟着，此时都觉得前一刻不着调的李晓悦，这一刻很着调。

沈琳道：“也是，你和姜山干，且不说他现在还在上着班，也没个准话儿，就想让你前期先免费跑腿，就算真到了后期发展起来，你在这种公司根本不算核心岗位，人家掌握了货源和渠道，他才是真正的老板。你给他干市场营销，为什么不自己干呢？”

老那沉默。他从来没有单挑过，他最适合的就是给某个能干的人当辅助，他曾幻想过的高光时刻也就是升任集团的二把手。真让他来给一条船掌舵，心里完全没底。但是，有种跃跃欲试的喜悦让他激动起来。公关不像贸易，它卖的是服务，不需要压货，不需要大量资金，这恰恰是没有资本实力的他最需要的。

他坦率道："我从来没想过这条路，不过我可以想想。"顿了顿，他又犹豫道："可是晓悦，如果合作，一开始，我没钱给你。"

李晓悦道："哥，我根本不在乎。这样，你去找业务，我也找。找到了我们一起干，利润分成到时候商量。我们先试它半年，反正这半年我住那隽那里，不需要花钱，吃饭的话自己做也便宜。"

她笑了笑："只不过话说在前头，有时候我会和朋友出去玩，但我会先打招呼，而且每次玩的时间也不会太长。"

三人互视，都觉得这样没准儿真的可行，都非常兴奋。但又彼此互劝道再想想，再想想。

接下来几天，两口子调研了各类资料，把汇总来的信息写在电脑上，对比着。投资各类加盟店，首先对于店面选址极为讲究，甚至可以说选址是生意成败的关键；此外实体店面租金昂贵，而且加盟费不菲；最后相关设备和品牌商要求的统一装修、培训也是一大笔费用。他们仅有的五十万够不够折腾进去，说不好。

如果注册个公关工作室，代理注册费几千块钱就搞定了，最大开销就是租办公室。但办公室必须租，公司小，人少，再连个小开间的办公室都没有，那就真成皮包公司了。何况现在注册公司必须有真实地址，一个地址一年一两万块钱，莫不如连办公室一并租下来，还能跟房东砍砍价。最近写字楼租金普降，一个四十平小开间的办公室，带地址五千块钱就下来了。租个半年，无非三万块钱。

这样算来算去，竟是开个线上宣传带线下活动执行的公关工作室，试错成本要低得多。何况这是老本行，真做个炸鸡店之类的实体，投入的资金多不说，光是想想要在店里从早忙到晚一身油味儿就难过。

主意一定，老那就开始跑注册加找办公室的事儿。李晓悦说她可以去跑这个事，老那拒绝了。姜山想把他当免费劳力用，这让他反感。己所不欲，勿施于人，他不能这样对待李晓悦。

这天两人吃了早饭，一齐出门忙活。中介给找了几个办公室，老那要去看一看。沈琳要去见个朋友，老那把她带到地铁口，沈琳下车，与他挥手作别。两人相视一笑，各奔前程，前些日子刚失业的空虚渐渐消失。如果说失业就是社会性死亡，那么积极再就业就是凭自己力量转世投胎，努力重生的奔忙暂时让他们振作了起来。

沈琳坐了几站地铁，出站，走向一幢写字楼的一家底商，那上面写着“佳家母婴家政服务公司”。其实她今天根本不是什么见朋友，而是来月嫂公司一探究竟。这家家政公司既向市场提供月嫂，也有月嫂培训业务。如果老那够留心，方才就会注意到沈琳今天打扮得很朴素。这是盛夏，她本有那么多条高级的连衣裙，长的短的，真丝的雪纺的，但她没穿，只穿了个普通的牛仔裤加 T 恤。钻戒也没戴，LV 包换成了个不起眼的黑皮包。那些真真假假的咄咄行头，她从前是拿来震慑住世界的，现在不行了，她必须拿出谦卑的姿态，好让家政公司的人觉得她是服务业的好苗子。

沈琳自嘲地想，其实自己本来就是个假贵妇。前阵子有个女权博主用“基层女性”来指代出身农村的女性，她沈琳就是如假包换的“基层女性”。大学加北京城总共二十二年的生涯，不过在她这个农村孩子身上漆了一层薄薄的虚荣的涂层。只要一转换处境，就会立刻现出勤劳质朴和察言观色的底子，十足的服务业好苗子。再说了，生了两个孩子的妈妈，天然该是上好的月嫂人选。

沈琳已经细细盘算过了，被职场淘汰之后，人生留给她的出路非常少。以她的年龄，过往的经历，尤其是二胎妈妈的身份，最合适且最易上手的就是家政服务业。老那刚刚埋下“创业”的种子，收成不知道是什么时候，前期还要施肥浇水。夫妻俩必须要有一个人能快速地挣到现钱，否则家这条小船就要触礁了。

是的，一想到要去从事服务业，沈琳心里也非常难过。月嫂是什么，她心里很清楚，再怎么叫“月嫂”，怎么“高端”，说白了，不就是照顾婴儿和产妇的高级保姆吗？保姆当然要看雇主的脸色行事。她自己请过小时工做家务，哪里没干好，她都要挑剔埋怨呢。世间可有一分钱是好挣的？好挣的钱，背后必有陷阱等着。

所以沈琳没有跟老那说想来月嫂中心看看，她也拿不定自己到底能不能干这个行当。她的心情在得与失、悲与喜、骄傲与自卑间徘徊很久了，来之前她打了不少咨询电话，查阅了大量的网上资料，看了无数的新闻报道。靠《家政服务平台举办高端阿姨海选，引来中国传媒大学等高学历学生》《研究生毕业当月嫂年入 20 万》《一海归硕士当月嫂，百万年薪如何拿到》这类新闻，她才鼓起勇气，说服自己来培训中心看看的。

可是来到家政公司的门口，沈琳迟疑了又迟疑，始终不想踏进那扇门。烈日无边，她站在伞下，抬头环视，看到旁边气派的写字楼。那是她曾经奋战过的那种白领世界啊，恒温中央空调，茶水间备着咖啡红茶小零食。她穿着时髦精致的职业装，踩着一双上千元的高跟鞋，化着得体的淡妆，穿梭在各个格子间，那才是寒窗苦读 16 年该待的地方。而踏入月嫂培训中心的大门，就宣告她由白领堕入蓝领的世界，16 年书白读了。

河北是高考大省，作为一个农村女孩，沈琳能从县普高考上个二本，已经使出浑身解数了，当年也是令父母着实骄傲了一阵子的。如果今天父母知道她要去当个保姆，会不会如晴天霹雳？

可是，与夫妻双双失业，要还房贷、养两娃却零收入比，哪个更可怕？沈琳不再犹豫，刚要走进那扇门，一个女人从里面走出来，和她打了个照面，惊奇地叫："沈琳？"

沈琳定睛一看，发现是前同事白寒宁。她一阵紧张，脑中还在快速盘算着，脸上已本能绽放戒备的笑："白寒宁，你好啊。"

她看见白寒宁挺着大肚子，约莫五六个月的模样，道："你这是？"

白寒宁手抚着肚子，手指上的大钻戒在阳光下熠熠生辉："三胎。"神情带了点炫耀。是啊，这年头，孩子是奢侈品，能在北京生养三个娃的家庭，非富即贵。

沈琳哦了一声，白寒宁当年在公司任媒介部总监，怀了第一胎后经常迟到早退。老板看出她无心工作，暗示人力总监沈琳抓她小辫子，逼她自己走人。理论上来讲，公司没有错，因为白寒宁的确在工作上渐渐敷衍。但白寒宁也没有大问题，因为公司规定，总监级别可以不打卡。沈琳绞尽脑汁，终于用一张密密麻麻的考勤表，外加特地挑出来的五张可疑报销单，在小会议室把白寒宁说得脸由红转白，再转青。和沈琳大吵了一架之后，白寒宁索性辞职回家当家庭主妇。据说她嫁了个开公司的，家里不差钱，怪不得四十二岁高龄还拼三胎。

白寒宁上下打量着沈琳，笑道："怎么你也要请月嫂吗？我听说你二胎儿子好大了呢。"

沈琳松了一口气，来月嫂公司当然可以理解为要请月嫂。她笑道："一周岁而已，不算太大。这不，我想着能脱手出来做点事，所以就来看看有没有好点的保姆。"

白寒宁道："哟，那你来这儿找可不划算。他们家主要提供金牌月嫂和高级家政，比其他公司都贵。你家孩子那么大了，找个便宜的就行了。"

沈琳含糊道："家里事情多，找个贵点的一揽子解决，踏实。"

白寒宁点点头。这时一辆奔驰大G过来，驾驶座上一个干瘦的中年男子按了下喇叭，看样子是来接白寒宁的。白寒宁向沈琳挥手作别，见她额头上的汗已滴落下来，体贴道："快进去吧，太热了。"

沈琳眼巴巴地看着白寒宁上了车，车向前开去，渐行渐远。她看着家政公司的大门，心中再度徘徊了起来：到底要不要进去？

第十五章
采菊终南山，悠然看美剧

沈磊在终南山租的土房在海拔1600米处，人迹罕至。这正是沈磊需要的。

房有里外两间，墙角放着闲置的种果园的工具：铁锹、锄头、木棍、麻绳等。屋子残破不堪，遍布蛛网，屋顶漏雨，墙体有几处裂缝。屋前不远的斜坡处有一汪水，那是自高山顶的峪口流下来，潺潺汇聚至此地的低洼处自然形成的小水池。屋里没电，但这屋坐落在高高的平台上，风景绝佳，功过相抵。屋前的土地平整，房东老柯用水泥拾掇过。右边长着一排歪脖子松树，挡住了峭壁，左边是老柯当初垒的一排大石块，还有几棵苹果树。左右相峙，平台在中间，由是形成天然的小小院子。

沈磊请村里的泥瓦匠把屋子破损处拾掇了一下，房内原本就放有老柯淘汰下来的旧家具和炊具，七七八八擦洗干净，摆到该摆放的位置上，屋子便有了家的味道。后山有条更近的小道，通往山下村子，像一条脐带一样，输送着各种他所需要的东西。他网购了衣服被褥、蜡烛手电筒等，让老柯的小超市代收，他定期来拿。粮油盐醋顺便就在小超市买，一共花了不到五千块钱，生活居然运转起来了。

后来他又网购了各种菜籽，把屋后的一片荒地开垦出来当菜园。也许他这个菜农的后代遗传了种菜的天分，撒下去的菜籽陆续发芽且长势喜人，大白菜、甘蓝、花椰菜、茼蒿、生菜、香菜等绿油油；豌豆秧爬满一根根竹条，南瓜藤趴在地上肆意蔓延。粉红粉白的豌豆花与橘黄色的南瓜花高低成趣，菜园边没有开垦的草丛里探出一朵朵紫色喇叭花，一丛丛蒲公英举着鹅黄色的小伞，紫花地丁的小紫花星星点点，蜜蜂蝴蝶翩翩起舞。什么样的花园有如此天然景致？

沈磊最喜欢这里的清晨和夜晚。

每天早上六点，他在清脆的鸟叫声中醒来。山间气温低，他披件厚外套，一推开门，眼前是一片轻雾。走到屋前的小平台向远处眺望，只见烟雾笼罩在连绵起伏的山峰之巅，峰顶若隐若现。一轮晨阳在烟雾中只是模糊的一团橘光，正待它升起，射出万丈光芒，驱散雾霭。忽而一阵轻微的湿意自手臂传来，远方的烟雾加重，晨阳及群山隐在渺渺白纱中。低头一看，自己也被笼在轻雾中，飘飘然如登仙境。

没有雾的早晨，景致清明。太阳光投射到群山中，光影斑驳。半明半灭间，丝丝缕缕的万千金线更加分明。鸟鸣声声，回荡在山谷中。身边的苹果树悄然飘落一片树叶，落地时微不可闻的震颤，悉数被他感知。

夜晚是所有隐者的乐土。终极隐居，就该是这样在无人的高山上，彻底的一片黑暗中。此时光是一种亵渎，连土灶里炭火的一点暗红也早已熄冷。沈磊躺在木摇椅上，对着敞开的门而坐。面前的大山只是寂灭中一点模糊的起伏，他堕入创世之初那样混沌的黑。脸上有什么东西拂过，绒毛一阵轻痒，如时间之水在流动。这正是思考的好时候，他瞪着这黑，绞尽脑汁地想，想把一些道理想明白。

当初流浪的新鲜劲儿渐渐消退后，沈磊意识到自己的确铸成大错。这回的错真是开天辟地，气壮山河，而又完全无法回头。大错而特错。连用遭爱人厌弃也不能解释了。

有时他惊悚得后背发紧，像出了车祸的人躺在车轮底下断气前那一刻的不可置信：这错太离谱！但有时他又自豪，有股悲壮之气。都市人天天讲断舍离，试问有谁敢像他断得如此干脆，舍得如此彻底，离得如此决绝？他在这两种情绪中徘徊，认知里，自己的人设有时是“穷困潦倒的流浪汉”，有时是“大彻大悟的隐士”。

借此次壮举沈磊刷新了自我认知，原来叛逆的因子一直深藏在体内，只待一个机会，就可以生发壮大，破体而出。或许，前三十年，他真的对于做个好孩子太厌倦了。那样端坐着，一板一眼的，按着父母和社会的要求去做的人生，已让他腻味了，谢美蓝的背叛只是一个借口。他想着父母的眼泪，竟有微微快意，这证实了他对自己的判断：他其实是在报复父母。他用最惨烈的方式，把自己这座金色的神像砸得粉身碎骨，露出泥土的黯淡本色，让父母在父老乡亲们面前丢尽脸。沈家村几十年也没听说哪家儿子去流浪的。

进一步，他想到自己对科长的怒吼，更加痛快了。去你的农村孩子留京不容易！做出一副悲悯的口吻侮辱谁呢？往上数三代，谁家不是农民？去你的集体户口！拿着个户口想吓唬死谁呢？层层叠叠设下屏障，让人在户口这道不可逾越的天堑前绝望跪倒或因拿到它而感激涕零，这本是病态的扭曲的，怎么还有脸拿出自得的架势？

随着时间的流逝，沈磊的心理斗争渐渐平息，接受了真的脱离正常生活轨道的事实。如果他被宣告失败，不如在这里一直待着，反正他和世界相看两厌。而且他和世界，谁失败，还不一定呢，走着瞧。

长日漫漫，无心睡眠。盛夏，山下温度近四十度，山间却只有二十六七度，凉爽宜人，正是爬山的好时节。拜越来越发达的移动通信基站建设所赐，沈磊的手机能上网。虽然不是经常有 4G 信号，要四处举着手机寻找，但总能找到一个方向有较强的信号，可以上网查一查资料看一看新闻。偶尔用一下流量，也不太费钱。他满山转悠，按着查到的景点，一个个游玩过去。上善池、仰天池、楼观台……虽有名，风景也就那么回事，还不如漫山的野趣来得可爱。他现在不爱看任何带着现代意味的景观，也排斥人群密集的痕迹。

往山下走，沈磊偶尔会来到一些被荒弃的村子。这里有不少房子，虽零落，东一间西一间，里面却都住了人。一问才知道，过去终南山有不少村子，后来政府鼓励村民搬迁到山脚下交通便利、生活设施更齐全的地方生活，这些房子就被遗弃了。但这两年来终南山隐居的人大增，这些房子居然全都租出去了。有两次沈磊在这样的荒村里遇到穿道袍扎发髻的人，他不由哑然失笑。

有些人隐居得更天然一点，山洞或者两块岩石形成的旮旯，也可以是他们的修行之所。有一次沈磊经过一个峡谷，看到溪边有个草棚子，一个穿着土黄道袍的人盘腿坐在棚子里，面对着潺潺流水打坐。他放轻脚步匆匆离开，生怕惊醒他，不敢去搭话。沈磊一边走一边想，终南山是道家文化的发祥地，网上说目前有超过5000个人在此隐居，也不知道这5000人里包不包括自己。他隐居的行头不够酷炫，也许不算。他真是失败，到哪里都不合时宜。

沈磊很快对景点和人失去了兴趣，转而向深山探索。清晨他就出发，走进雾气弥漫的森林。初秋已至，山里有不少野果：核桃、榛子，落了一地。野苹果、野梨、红通通的柿子、紫色的八月炸，在枝头累累，白白的美味。每次进山沈磊都拾了满满一蛇皮袋。下过雨之后，树林散发着腐叶湿重浑浊的腥气，遍地蘑菇，腐倒的树干上长满了木耳。蘑菇他不敢采，怕有毒，木耳却是无妨。他摘了一大袋，拿回家晒干。有一次他还在草丛里发现一窝野鸡蛋，个头小小的，天青色的壳厚实如石。他把它们全都捡走了，拿回家做了个喷香的木耳炒蛋。

还有野菜。他自小在农村长大，一些野菜还是认得的。车前草、蒲公英到处都是，灰灰菜和刺蓟菜有点老了，只取最顶尖的嫩心。采回家，水一焯，拌点芝麻油和生抽，较菜园的菜又是别种风味。

屋里没电，做饭烧水用土灶，山上柴火管够。沈磊在树林里捡柴的时候想，谢美蓝嫌他废柴，如果她来到终南山，就会知道，世间没有一根柴是废的。树干笔直粗大的楠木，可以是栋梁之材；等而次之的榆木、杉木，可以做家具；不知名的杂木，可以当柴火；就是劈下来的枝丫，也可以插在菜园里，做成供爬藤瓜豆用的架子；最后，那些零落的枝条碎屑，腐烂之后，还会滋养着真菌，长出鲜美的蘑菇和木耳。

即使一无用处，就像院子边的那几棵歪脖子松树，七扭八歪，磊落又无用。因其青翠欲滴，也不会引人将之砍倒充当柴火。它们就那样迎风站立，迎朝阳，陪落日，披雾，餐霜，饮露。无用之用，并不想下一盘大棋，最后“方为大用”，而是彻底无用，只因存在而存在，自由自在，不可以吗？谢美蓝，你太庸俗了。谢谢你离开我，你配不上我。

沈磊尽情在大山里游荡，倦了，想见见人了，就抄后山的小道，花一个小时来到山下的村子，在小超市待一会儿，和老柯聊一聊。这往往也是他的网购品到了的时候，他来取东西，顺便给手机充电，用小超市的 WIFI 下载点儿爱看的影视剧。回山上的路上他喝着可乐，初秋各色菊花漫山开放。他顺手采一捧蓝色雏菊，到得山居时可乐已喝完，装点山泉水，把菊花插进去，摆在躺椅边的木桌，开始看美剧。

种豆终南山，地偏心又远。梭罗曾说过，人活着，需要的东西其实很少，有食物、住所、衣服和燃料就够了。如果还有一些称手的工具，再来点书，那日子堪称舒适。沈磊想，自己的生活何止舒适？简直可以用奢侈形容。因为陶渊明和梭罗都没有手机，而他却可以采菊终南山，悠然看美剧。他左顾右盼，心满意足。

老柯问过沈磊为什么来这里隐居。他一开始怕老柯怀疑他是不是什么被追查的逃犯之类的，简单说自己在北京上班，因为长期失眠，出来当驴友，疗愈自己。老柯便也不再追问，也许早已听多了来此地隐居的人的各种故事。无论什么故事，总之这些人不快乐，快乐的人谁会离乡背井离群索居？

这天沈磊下山取快递。在简陋的小超市里，刚午睡起来的老柯请他喝茶。两人喝着陕青茶，午后的阳光照在陈旧的白瓷砖地上，茶的热气袅袅，气氛宁静。老柯有一儿一女，妻子前几年离世了。儿子在西安上班，女儿还在上高二。他一辈子没有出过这个村子，靠着小超市的收入供女儿读书，日子平淡安逸。

老柯聊着儿子想在西安买房。西安的房价又涨了，好学区的房一平要两万块钱呢。虽然和你们北京不能比，但儿子一月才挣五千，买不起啊。买不起也要买，不然找不到对象。沈磊没想到都逃到终南山了，耳朵还要受到房价和学区房这些词的荼毒，不由苦笑。再一想，终南山离西安不到一百公里，谁又能逃得过红尘的纷扰？

两人一时沉默，一会儿老柯的女儿小雪从内屋走出来，手里拿着张代数卷子。今天是周末，在县里寄宿的她回家了。小雪对沈磊说话，戴着六百度厚厚眼镜的脸上表情腼腆：“那个，沈大哥，你上过大学对吧？”

沈磊点点头。

小雪指着卷子上的题问他会不会做。沈磊拿过来一看，上面好多道题小雪都空着，看样子她不会的题很多。沈磊叫小雪坐下，认真地给她讲题。小雪听着，不时点头。沈磊给她讲完题，一抬头发现，居然已经过了一个多小时了。

小雪道：“沈大哥，你讲得比我们老师好多了。我全听懂了。”

老柯也很高兴，问沈磊哪个学校毕业的。沈磊说出学校的名字，父女俩一脸的敬仰，知道他还读了研，更崇拜了。老柯灵机一动，问沈磊愿不愿意给小雪补课。周末补半天，语文数学英语，给三百块钱。“我知道这和城里的价格不能比，但你这样，不也能有份收入吗？”老柯说。

沈磊本想拒绝，心里一转念，说回去想一下。他买了两罐啤酒，回到山上，借着天光做了饭，吃了饭，喝到微醺，躺在躺椅上，打开手机，刷着朋友圈。他已经很久没有刷过朋友圈了，看着人家在正常的生活轨道上运转自如，他不知道该是什么心情。有时是羡慕，有时是鄙夷，终归于茫然。

他盯着谢美蓝的号，有点后悔把她删了，否则也可以看看她的近况。她是否如愿嫁给了开着进口路虎的北京人路杰，过上了不用算计的生活？他接着刷，刷到姐姐的微信。姐姐很久没发朋友圈了，设置是仅三天可见，前天发了张夕阳图，难辨悲喜。从前那些炫耀渐淡，这说不上是好事还是坏事。姐夫最新朋友圈是一张坐在车里拍前方堵车情景的照片，配文充满励志鸡汤味儿：“有理想，才可一往无前，无惧障碍。”照片不经意带着方向盘上的宝马车标，还是一如既往的豪迈和虚荣。

沈磊曾经加过李晓悦，虽没有交集，也经常互相点赞。今天李晓悦发了张在西安古城墙上的汉服照，原来她来西安旅游了。照片上的她巧笑倩兮，兰花指抵着尖尖的下巴，十足古典。他欣赏了一会儿，照例给点了个赞。

沈磊觉得自己有点像鲁宾逊，漂流在这高山上，与群山草木为伴。看着朋友圈，就像鲁宾逊探出头，冲偶尔路过的船只拼命挥手。不过鲁宾逊是求助而不得，他呢？

如果待的时日再久些，对这大山的物产、气候再熟悉些，他每月的开支还可以压低，就像鲁宾逊渐渐自给自足一样。他在淘宝1688批发网上买的衣服被褥鞋袜，便宜到令人无法相信，质量也不错，一千块钱够他用好几年。米面油盐又能花多少钱？菜园产出极盛，吃都吃不完，每次下山他都送老柯一大袋新鲜蔬菜。他买了几只小鸡来养，给它们吃剩饭和新鲜蔬菜、野果。鸡们一天天长大，很快就要有鸡蛋吃了。院旁的几棵苹果树是老化的品种，结的果子又小又青，有一种奇特的酸甘，与超市卖的“身强力壮”的体面大苹果各有千秋，却被淘汰了，这上哪儿说理去？

有一瞬间沈磊觉得自己已经想通了，可继续追问：既然如此，那可以一辈子都待在这里吗？他又无法作答。鲁宾逊漂流是不得已而为之，无时无刻不想逃离，他来到终南山可是自愿的。不得逃离的鲁宾逊在荒岛上生活了二十八年，梭罗也仅仅在瓦尔登湖隐居了两年，他打算在终南山待多久呢？

由此沈磊理解了自己下午没有回绝房东的那一点点犹豫。他想长久在终南山待下去，就必须有收入。每日的花销无论怎么省，存款还是一天天减少。何况每周下来一趟，重返人间，与正常人沟通交流，非常重要。因为有一次他路过一条小溪时无意中照见溪面上的自己蓬头垢面，一副野人模样。算了下，他已经二十天没有和人说过话了。他怔了许久，再这样离群索居下去，社会功能会退化的。他又诧异，怎么自己居然在为待在终南山而做长久的打算吗？比如他已经在盘算，天眼看就要凉了，丰收的蔬菜有一部分可以晒干，一部分腌制。也许可以再多种点土豆，还该进山多摘点木耳，耐储存。1600米的高山，冬天会是对生活严峻的考验……唉，在一个地方住久了，生活的枝蔓就会四处攀爬，离开时且得撕扯一阵子呢！

沈磊给老柯打电话，同意给小雪补课。父女俩都很高兴。下一周周六，沈磊如约下山，到小超市。补课很顺利，他渐渐与小雪熟了起来。

17岁的小雪资质不够但非常勤奋，因为敏锐地知道自己不够聪明，勤奋里就带了焦灼，仅而更加笨拙。每次沈磊讲完数学题，小雪都点头说她明白了，但下一次遇到类似的题，她还是不会。这证明她没有真明白，那些对他来说非常简单的数学题，为何她总是不能举一反三？还有语文的阅读理解，她总是用非常奇怪的角度去答题，明明有更简单的方式。他随即领悟，她太紧张了，所以失去了判断。她不相信知识是她平心静气就可以掌握的，因为不相信自己的智商。英语，她的基础不好，听力、口语都差。这也怪不得她，县里的中学条件就那样。

沈磊捕捉到这份焦灼，他反感起来。他逃到终南山，就是为了逃开这份焦灼。都终南山了，为什么还有焦灼？

老柯客观地点评，我这女子不够聪明，她哥考了个一本，也不知道她二本能不能考上。沈磊开导小雪，你喜欢什么？小雪抬起脸，我喜欢城里，我想考出农村，像我哥一样在城里生活。沈磊生气，又想起十四年前的自己，心一软，我说的是你应该知道自己最喜欢什么，比如你偏文还是偏理？你的爱好是什么？小雪沉默，她文理都不好，她对什么都没有特别的兴趣，只知道刷题能把分数提上去。

沈磊继续引导，比如说，我偏文科，喜欢看书，我——他蓦然止住话头，他喜欢安静地在图书馆一本本看书，还喜欢把档案一份份整理好，归类收纳。恰是这份太固执的喜欢，不肯改变，使他掉进了生活的缝隙里，进退维谷。他有什么资格当小雪的人生导师？他叹了口气，继续讲题。小雪感受到他的低落，不安地看着他。

这天补课结束，教的和学的都疲惫不堪。沈磊起身，看着桌上那厚厚一摞试卷，忽然生出不可遏制的怒气。这样一张张地刷题，就能保证人生幸福吗？小雪的成绩他估计也就上个大专，可父女俩的心愿不是上什么职业学院之类的大专，那叫什么大学？必须二本，哪怕学个烂大街的文秘或者工商管理专业。

他早看出小雪不是个读书的料，再说了，上了二本又如何？甚至像他，名校研究生又如何？名校并不是通往幸福彼岸的船票，幸福也不只在彼岸。

沈磊道："小雪，我觉得你应该换个思路，不是人人都会学习，学习只是诸多才能中的一种。"

小雪只听懂了他说她不适合学习，沮丧。

沈磊尽量把话说得软和："有些大专院校的技术专业，特别适合就业，甚至也不一定要上大学。"

老柯在门外理货，听了一耳朵，走进来道："我们就想考大学，自古华山一条道，考大学准没错。大专哪能叫大学？”

沈磊心想你在终南山，不在华山。终南山的要义就是放松，削减欲望。想想这话不合适，于是笑着嗯了一声，不再争辩。

老柯自言自语，也是跟女儿说：“近视五百度，连种田都种不了。再说现在也没有田了，果园也废了，不考大学干啥？”

第二天，沈磊正在菜园拔草，一抬头小雪居然往这边走来。她说做题做得心烦，就爬上来散散心。沈磊洗了手，请她在院子里坐下，他去烧开水，小雪给他带了一包茶。

两人坐在小凳上，喝着茶，看着眼前的秋景。秋已深，万木争艳，红橙黄绿相间，无比绚丽。那条从山顶流下来的小溪在草丛掩盖的沟壑中隐隐发着汩汩的流水声，与秋虫的呢喃交织在一起，更显出大山的寂寞。

小雪大着胆子，侧脸看着沈磊。他此刻的模样与他在山下补课的样子很不同，高高卷起的裤腿带出农村生活的印记。再怎么清俊斯文，他毕竟也是农村出来的。他身上的北京、名校、研究生标签曾给小雪带来很大想象力，同时令她敬畏，此刻她觉得他亲切多了。木桌上已经枯萎的蓝色雏菊又让她心里一阵感动，这是一个多么温柔的男子呀。

“沈大哥，你真的是为了治失眠才出来当驴友？”小雪问。

沈磊笑了笑，以缄默作答。

“我觉得你是受了情伤。”她道。

沈磊吃了一惊，她眼睛没有回避，大胆地看着他。

沈磊道：“小孩子，别打听这种事。”

她固执：“什么样的女人才会让你这么伤心，竟然离开北京，跑到这种地方来住呢？”她用下巴指着土屋，不无嫌弃。

“上初中之后我就没再上来过，种苹果不挣钱，我爸苦哈哈地守了好多年，最后还是开了那个小超市，日子才勉强过得下去。农村，就是这么回事。”她一副老练的口吻。

沈磊道：“其实你的家乡很美，你可以试着换一种眼光看一看。”

她笑道：“我们这儿的风光的确很美，所以来隐居的人非常多。但长期住下来的，太少了。这儿对于你们来说，就是个歇脚的地方。缓过劲儿来，你们就会离开。”

她低低：“沈大哥，你迟早会离开，回到北京，对吗？”

沈磊不说话。他迟早会离开，迟或早……多迟？多早？他也没有答案。他看着小雪，她一开始还能承受他的眼神，但很快就垂下眼皮，脸红了。他警觉起来。她才十七岁，他承受不了她的遐想。他也没有心情承受任何遐想。

她道：“我也想去北京。”

沈磊起身：“小雪，我菜园的活儿还没干完，要不——”他做出送客的姿态。

小雪慌乱起身，明白她的脸红坏了事。她学习不灵光，可少女的心对于这些事无一例外地敏感纤细。她生自己的气，说好上来只是走走，给沈老师捎包茶，顺便让干涩得睁不开的眼睛放放假，为什么还是不争气？他给她补课的这几周，真是她最快乐的日子。多亏了有周末的这点盼头，周一到周五寄宿的日子她才能撑过去。

沈磊在菜园继续拔草，一抬头，见小雪的身影在小道上渐行渐远。他叹了口气，下周末不能再下去了。看来他与人间无缘，只得老老实实地待在这白云间，做个地地道道的隐士罢。

第十六章 计时的厕所

大平层装修好了，李晓悦过来收房，给沈氏兄弟结账。他们走后，李晓悦检视着这四室两厅的新房。主卧、次卧、书房、保姆房、儿童房、衣帽间、客厅、餐厅、厨房……一个家庭居然需要这么多房。李晓悦感觉自己有点消化不了这样的奢侈，这喜悦好沉重。

那隽的爱，从来不是白给的。他不要你付账，要的是更重要的东西——自由。就比如说这几个月，他不闻不问，只指使她来事无巨细地盯着装修。她失业之后，他更是完全甩手。她只是不上班，但正在和老那一起跑营销工作室的事，也不是天天闲着的。可那隽的理由很充分：你是我的未婚妻，这个家交给你，你上心不是应该的吗？未婚妻这个名头很妙，未婚而妻。他不用结婚的实，而要她担妻的责。他倒是说过，随时可以去领证。但他不张罗，李晓悦也不主动要求，事实上她还有点担心他张罗呢。

坐在柔软的牛皮沙发上，李晓悦浏览着手机上的账单。结完账，那隽给的钱还剩五万。他在上班，说让她随便支配，买点居家用的零碎物件，一点点把家布置起来。等晾味期过后，他们就可以搬进来，像模像样地过日子了。

在网上下单买了几件家居用品后，李晓悦点开朋友圈，挨个浏览着。看到消失已久的沈磊在她那条去西安古城墙穿汉服的朋友圈下点了个赞，她一阵惊喜。沈磊去流浪一事，令她震惊的同时，又觉得亲切。因为她也想象过流浪的情景，没想到看起来循规蹈矩的沈磊居然率先践行了离经叛道。

据说沈磊几乎不与亲友联系，她试探着给他发了条微信："听说你去云游四方了？"

还好，沈磊没有沉默，而是很快回了个咧嘴笑的表情。

"此刻身在何处？"

沈磊答："离你很近。"

李晓悦疑惑，回了个问号。

沈磊："你不是在西安？我离你不到一百公里。"

李晓悦恍然，她发的那张图是存货，他还以为她此刻在西安。她决定不说，先套出他在哪里，据说沈家无一人知道沈磊实际身在何处。

"我去找你玩？"

沈磊没回，也许他不想让别人找到他。李晓悦又试探道："不欢迎？"

沈磊回了张照片，是一张云雾缭绕的山景。

沈磊回："怕你找不到。"

李晓悦问："到底在哪里？"

沈磊道："巍巍终南山，云深不知处。"

哇，好浪漫啊，他居然在终南山隐居？李晓悦非常兴奋，只恨自己此刻不是真的在终南山。她刚要继续聊，那隽打来电话，声音非常虚弱，她吓了一大跳。

"你在哪儿？"

她答在新房验收呢，那隽要她赶紧开车到公司写字楼的地下停车场，立刻，马上！他的声音如此急促又有气无力，她不敢多问，匆匆挂了电话，依言开着车赶去。自从她在盯装修之后，那隽就把车让给她开，说这样买东西方便。

李晓悦开着车到了地下停车场，那隽从一个角落里跌跌撞撞地走出来，走到车边，拉开车门，把副座放平，倒在上面。他脸涨得通红，大口大口喘着气，一边无助地把手伸向李晓悦。她一握，发现他手心湿答答，赶紧从纸巾盒抽出纸，给他吸着汗，同时按着他的脉搏，发现跳得非常厉害。摸摸他额头，温度有点高。

李晓悦焦急："这是怎么了？上医院吧。"

那隽断断续续说："不上医院……还在上班……没事，我心里有数……躺一会儿就好了。"

十五分钟之后，那隽脸上的潮红渐渐退了，呼吸也平稳了。他长出了一口气，李晓悦把车里放着的矿泉水递给他。他喝着，说着，李晓悦大致了解了事情的经过。

半个月前，公司的厕所坑位突然安上了电子倒计时屏，那隽这种症状正是从那个时候开始的。

作为技术部门的大神，那隽的工作压力极大。加班是常态，尤其项目攻关倒计时犹如定时炸弹，叫人从头发丝紧绷到脚趾头。一个技术缺陷解决不了，所有环节都停下来等着的那种压迫感，没有几个人能承受。但那隽能！

无论项目难度如何大，领导如何声色俱厉要速度要精度，别人眉头紧锁表情仓皇唉声叹气牢骚满腹，只有那隽神色自如胜似闲庭信步。在这种公司上班，弦短暂断掉，是不被允许的。有人在茶水间痛哭过，有人倒在地上大喊大叫过，有人愤怒咆哮摔东西过。但要迅速整理情绪复位，几次不能复位的，就危险了。那隽是公司的佼佼者，从未失控过。同事们暗暗说那大神的精神世界是用钛合金铸造的，永远坚不可摧。

其实人就是人，人不可能是神。那隽成神的机关在厕所里，不过无人知晓罢了。

每天早晨，无论是刚来公司，还是在公司加班通宵，或者在工位边上的行军床上刚睡醒，那隽必去厕所，把门一关，坐在马桶上，整理一下心情。这是新一天的开始，必须打起十二分精神，将昨天的成功或失败格式化掉。推开门，出来的又是一个新的那隽，无悲无喜，宝相庄严，仪态万方。

十点半左右，他又要去一趟。上午小小的急行军令他微有疲惫，坐在马桶上小憩片刻，相当于充电。工位上也能休息，但不宜露出疲惫或者沮丧的模样。尤其那隽的工位正对着部门总监的办公室，你不知道这家伙什么时候会推门出来，把他瞬间的疲态收进眼底，开始琢磨他的保修期。在公司这种急速运转的巨无霸中，大神也只是小小的零件，随时可替换。KPI 考核机制下，末位淘汰率已达 10%。据说校招来的这批新人上手之后，末位淘汰率将达到 20%。

下午至晚上，那隽还要去三四趟。怕去得太频繁引人注目，有时他拿着茶杯，假装洗杯子，有时拿个苹果，假装洗苹果。关上隔断的灰色小门，压力立刻被拒之门外。他可以放空，可以愤怒，可以悲哀，可以头深深垂下如被烈日灼伤的植物，无声叹息。哪怕隔壁正传来不可描述的气味，这一方狭窄的空间也是乐土。

不过自从校招来的小崽子多了之后，厕所突然一坑难求。有人跟行政部反映，他们很快意识到，不能增加坑位，但可以缩短每个人的如厕时间呀。

行政部的人真是天才，迅速行动起来，在每个坑位的上方悬挂电子显示屏，每个人一进去就开始自动计时，而且里外都能看到。厕所最醒目处贴着海报，上面写着大大的红色提示语："事事快人一步！效率就是人品！！"进来的人一看这句话，心里先咯噔一声，脸部抽搐了一下。推门入坑后，上方的红色秒表开始嘀嘀嗒嗒响，这时连括约肌都开始抽搐起来了。公司的态度不言而喻：给你发薪水，是让你来干活的。物尽其用，谁带薪拉屎，谁的人品就有问题。

那隽有一天照例在疲惫的时候端着杯走进厕所，一进门猝不及防看到这个海报，瞠目结舌，几个惊叹号如大铁锤，重重捶打在他胸口。放下杯子，他刚要推门入坑，一抬头看到电子显示屏，益发喘不过气来。坐到马桶上，秒钟嘀嗒响，那隽耳朵里嗡嗡的，喉咙发紧，浑身紧绷，视线模糊，胸一阵抽痛，心脏剧烈跳动，呼吸困难，快要窒息。跟着身上一阵冷一阵热，迅速掠出一层汗。曾经这逼仄令他感到安全，如今却引发他的幽闭恐惧，再待下去恐怕要死在这个隔断里。他哆哆嗦嗦地起身，拉裤子，系扣子，迫不及待地去拉门的插拴，却偏是越着急越拉不开，越拉不开他越惊恐，差点大叫起来。好不容易拉开门之后，他扑到水池，拼命捧着凉水往脸上浇。好一会儿，那阵恐慌才渐渐消退。

坐回工位时那隽意识到，他刚才真的是去拉屎的，但便意已去。

他从此落下了便秘的毛病。

大厂福利真的好：很多个茶水间，每个里面都放着满满的食物，有宽大柔软的沙发；加班的话食堂随时有值班厨师做饭；有健身房，有淋浴间，有行军床。“以公司为家”不再是一句空话，唯一区别是：在家里上厕所不会被倒计时，但这里会。

那隽在公司再也拉不出屎来，一进厕所隔断他就开始紧张，越紧张越拉不出来，索性放弃，一直憋着，下班回家拉。可是加班的时间太长，有时回不了家，想拉屎只能去楼下借用别的公司的厕所。但妖风渐渐刮开，其他公司的行政部纷纷来取经，他们的厕所也陆续安上了倒计时电子屏。人吃五谷杂粮，浊气残渣总要有地方释放。下头出不去，上头又憋着，轻易不敢表露情绪，这么天长日久，那隽就憋坏了。

有天他在工位上正奋力敲代码，听旁边同事议论，据说厕所的电子显示屏并没有明显改善坑位的紧张情况。因为某些人脸皮厚，即使有倒计时，他们视若无睹，照样坐在马桶上刷手机玩游戏磨洋工。所以行政部将给电子屏增加一个功能，十五分钟后如厕者如果不出来，电子屏会铃声大作，像闹钟一样，一直到该人拉开门出来后铃声才会停止。大家愤愤不平地小声抱怨，这比旧社会的周扒皮还要残酷。沉默片刻，有人小声说，其实拉个屎十分钟就够了；又有人说，应该把厕所的 Wi-Fi 断了，甚至 5G 信号也屏蔽掉；另一个人说，听说没有？现在有那种智能坐垫，员工离开工位多久它都能记录下来……

那隽听着，突然感到气短，上次在厕所出现的那种症状又来了：心跳加速，呼吸困难，手脚颤抖，眼前的视线模糊起来，阵阵恐惧袭来。他意识到不妙。

绝对不能落了一丝痕迹在公司众人的眼里！

他假装伸了个懒腰，拿起水杯，强装镇定走出工位，走向厕所。一进厕所发现，所有隔断上方的电子屏都亮着。他凭着最后一丝力气走出厕所，走向步行梯入口，推开入口的铁门。此时他已经站不住了，心跳得快要蹦出来，眼前都有重影了。他靠在角落的墙上，身子止不住地往下出溜，喘着气，像因缺水而濒临死亡的鱼一样，嘴一张一合，十五分钟后才缓过劲儿来。

那隽知道自己不对劲儿了，找了个时间去了趟医院，诊断是由于长期高压的工作环境导致精神紧张，又严重休息不足，他得了惊恐症加轻度抑郁症，最好换份工作。那隽拿了医生开的药，盯着“帕罗西汀”小白瓶，五秒钟后决定，去他的“换份工作”。如果需要换工作，那干嘛还要吃药？吃药正是为了不换工作。

那隽吃了药，果然感觉好多了。但惊恐症没有离开他，他慢慢摸索出经验来了，只要自己感觉不妙，立刻离开工位，找到无人的角落——从前是厕所，现在是步行梯角落，有时是健身房的淋浴间，静待惊恐的潮汐猛烈袭来，再渐渐退去。每次大概十到十五分钟，走出无人处后，那隽又是一副淡定自若的模样。旁边同事看他端着杯子，还以为他去茶水间续咖啡。

其实没差，就当是去了趟厕所或者真的去了茶水间，那隽平静地坐回工位。强者，就是能控制自己，从肉体到精神。在他完成自己的人生计划之前，谁也别想把他从公司踢走。

有次他从淋浴间走出来之后，恰巧遇到了来检查公司环境卫生的行政部总监。总监随口问为什么最近总是上班时间在这里看到他？那隽面上镇定，内心紧张不已，正在思考怎么回答，总监开口，不无感慨：“那隽，是不是又通宵了？该休息就休息。”原来他以为那隽是加班熬通宵后来这儿洗澡的。那隽释然，微笑了下，是那种技术精英特有的寡言、懂事孩子受到表扬后的谦逊克制，心里却后怕。

最近他不敢再去淋浴间，步行梯正在重新粉刷，也不能去。这可把他急坏了，万一惊恐症再发作，怎么办？因此他预感到不妙时，赶紧给李晓悦打电话，提前下到地下停车场等着。

李晓悦叹气，那隽在家的时间很少，两人往往碰不上，所以他也没时间跟她细谈这个病，可能也是因为不想让她着急。可她既然知道了，就不能不干涉。

“你打算怎么办？”李晓悦问。

“车还是留给我用吧。我算过了，从楼上到地下停车场，电梯顺利的话只要五分钟。我可以赶在发作之前到车里待着，只要待过十五分钟，就没事。”那隽已经恢复了正常，口吻又变得一如既往的坚毅。

李晓悦道：“你就不能辞职吗？”

那隽干脆道：“不能。公司特别鸡贼，期权合同相当复杂。如果我中途主动辞职，期权损失极大。”

李晓悦道：“身体最重要，多少钱能买来健康？”

那隽道：“你知道我买房花多少钱吗？首付五百万，月供六万，还三十年。我身上已经没多少积蓄了，没有这份工作，拿什么还房贷？”

李晓悦惊讶，没想到这个房这么贵。她叹了口气：“把房卖了吧，我们不需要这么大的房子。有五百万，买个六七十平的两居足够了。你的身体更重要。”

开玩笑！同事都买了大房子，叫他住六十平？那隽一阵轻蔑，李晓悦总是这么幼稚：“不进则退，你不要两百平，就保不住六十平。”

李晓悦不以为然：“我听不懂这个逻辑，谁会去抢你的六十平？”

那隽心想这是一种比喻，不过再聊下去恐怕又要吵起来，他沉默。李晓悦道：“车留给你。房子装修好了，就让它晾着味儿吧。最近我要开始和你哥忙起来了。”

那隽知道，哥哥失业之后成立了个公关工作室。他为自己一开始对哥哥的预言而沾沾自喜，替他的未来发愁，又为他的所谓“创业”嗤之以鼻。一毕业就在大厂上班的技术精英那隽根本不相信哥哥能靠三五万块钱的投资把生意做起来，他认为创业不过是像哥哥这样被职场淘汰的中年人体面的退路罢了。他们租办公室，印名片，真真假假，虚虚实实，把曾上过班的公司的光荣业绩全部算到自己头上，做成漂亮的PPT，压制成PDF，发微信都发不过去，发邮箱要发超大附件的那种。又到打印社请人设计，用最好的铜版纸打印出豪华的公司介绍。看着名片上的“总经理”头衔，他们升出虚妄的喜悦和希望，把名片、PDF和公司介绍到处发，企图用万儿八千撬动十几二十几甚至上百万的生意，可惜绝大多数时候都会失败。

把仅有的一点积蓄烧光，这类人就有了完美的借口：创业失败，但虽败犹荣。从此他们心安理得地闲下来，让妻子或者父母养活自己，同时满脸悲愤，借这悲愤吓住所有想问他“你怎么不去劳动”的人：是命运待他不公，不是他不努力。

如果老那在真正现代化的大公司——不是每一天医美集团那种家族企业——待过，就会知道，大资本制度化、专业化的力量，根本不是小虾米能比的，那种三两个人的皮包公司在这种时代已经混不下去了。中国每年约有100万家公司倒闭，平均每分钟就有2家公司倒闭。8000多万中小企业平均生命周期只有2.9年，存活5年以上的不到7%，10年以上的不到2%。这些小公司的作用就是让注册公司的中介赚得盆满钵满，让小开间办公室的房东们喜笑颜开。

最重要的是，哥哥也不是一个在专业方面极有天分的人，靠什么突围呢？创业这件事注定是极少数人的特权，这些人有学历，有资本，有光环加持，一出生就芳华正茂，而不是像哥哥这种身无长技，慌乱地想抓住“创业”这根救命稻草的路人甲。李晓悦跟着他混，能有什么未来？

那隽试探道：“你就没有想过去找个正规的公关公司上班吗？”

李晓悦道：“我又不是没有待过，无休止的加班，随叫随到，用KPI考核把你逼得睡觉都要做噩梦。你是说这样的‘正规’吗？”

那隽摇摇头，李晓悦可真是烂泥扶不上墙。他这两天已经决定，把手中的项目完成之后，就开始下一个阶段的人生十年经济发展计划。这个计划非常翔实，何时入住新家，何时领证，何时要孩子，何时转岗或者跳槽，他早就写出方案来了。人生就要这样，步步为营，哪一环都不能拉下，否则就会分分钟由头等座掉进二等座。看看哥哥，不思进取，温水煮青蛙，最后连二等座也保不住，被赶下车。如今正满头大汗追赶着列车，试图挤上车。可能否上车，希望渺茫。

那隽的十年计划里有个非常重要的环节，就是关于李晓悦的个人规划。她进入婚姻，就不再是个人了，而是命运紧紧与他捆绑在一起、休戚与共的伴侣。她做不好规划，会影响到他的。他琢磨着领证前要和李晓悦好好谈一下，不过今天他不想说，马上就要上去工作了。

他换了个家常的话题，说周末终于有半天不用加班，两人可以到哥哥家吃饭。好久没有吃嫂子做的卤货，想死了。李晓悦告诉他，沈琳正在月嫂中心培训，准备考月嫂资格证，恐怕没时间给做饭了。那隽张口结舌，问嫂子不想去上班了吗？李晓悦摇摇头，她找不到工作了。

那隽震撼到说不出话来。哥哥创业，他虽然不看好，那毕竟还在可理解可接受的范围，而嫂子居然由白领沦落为蓝领，这太让他无法接受了。这回他没有为自己超前的预知能力自得了，而是像是听到邻居突然横死街头的消息，生出兔死狐悲的悚然。想一想，就在半年前，哥嫂家还是标准的中产阶层，如今看看他们混成什么德性吧。

那隽坐货梯回到公司，路过厕所的时候他习惯性地走进去。仰望着那黑红相间的电子倒计时屏，他对它曾有的厌憎此刻已荡然无存，换成肃然起敬。人，一个孤零零的人，想活在这个世界上，靠双手双脚去从虚空中抓取到糊口的资源，太难了。幸亏有“公司”这样伟大的体制，可以让大家依靠。是的，人，一个普通的人，芸芸众生中的人，除了收敛自己的脾气，修剪人性的劣根性，去除不良习气，挖掘身上唯一可取的金矿——勤奋，去博取在这世界上小小的一个位置外，别无办法。认命是一种天分，996 和 007 是一种福气，不要放走这份福气。看看哥哥嫂子，不就是求一份这样的福气而不得？

此刻那隽更坚定了自己的信念，他死也不能主动离开公司，他要干到干不动为止。

第十七章 再就业的中年夫妻

一年多前生二胎的时候，老那要请月嫂，沈琳和婆婆都拒绝了。婆婆心疼一个月一万块钱的费用，而沈琳是不想让陌生人在自己最脆弱的时候触碰自己的身体，进入自己私密的世界。婆婆生了两个儿子，沈琳生了一儿一女，而且本人厨艺非常好，平时就特别讲究吃，怎么就不能自己坐月子呢？婆媳在那个时候达成一致意见：给孩子洗澡换尿布，做做所谓的月子餐，就要收一万块钱？月嫂就是个伪概念！

不过失业之后，沈琳早就对这个职业改观了。她查阅了大量新闻，实地考察了好几家月嫂培训机构，并辗转向身边的人打听月嫂行情，发现月嫂的市场需求真的很大。无论是不是伪概念，这个职业是能挣钱的。所以沈琳决心进入这个行业，并且选择了培训时间最长、学费最高的佳家母婴家政服务公司。其他机构培训时间普遍在十天至半个月之间，有的甚至声称七天就可以发月嫂证，费用低到一两千就可以打发。而佳家的培训时间一个月，学费要六千块钱。沈琳抱着隔行如隔山的念头，想着花钱多、培训时间长，考出来的证应该含金量高，选择了佳家母婴。这次不一样，她是真的要好好干了，不再是为了糊弄自己或者家人而做努力状，这回不用演了，那些挣扎也完全没必要了，因为生活没有留任何退路。

沈琳去报名，负责人简单问了两句，沈琳说自己原来在单位是人力总监，负责人连“哦”一下之类的惊讶也没有，神色很淡然。沈琳有点失落，又警惕自己，改行当月嫂，首要过的一关就是心理关，要放下曾经的白领光环，其实很多年以来白领就没有什么光环了，不过是格子间女工罢了。如果不能放低身姿，正式进入岗位后将很难适应。

然而沈琳发现，此后失落与惆怅的心情一直困扰着自己。第一天去学习的早晨，大家都提前到了，聚集在会议室。沈琳和大家攀谈，一边暗暗观察，想从衣着打扮谈吐中揣测出她们的过往。总体而言，来培训的女人打扮得都很正常，既没有精致和富贵的痕迹，也绝不肯流露出半点蓝领的拮据和粗陋。前者会让雇主觉得你姿态太高没有服务意识，从而敬而远之，后者则让他们担心你的素质。

沈琳的心情很复杂，如果对方一直在服务业，她觉得自己有优越感的同时又觉得哀伤：怎么居然沦落到与之为伍呢？如果对方也是白领转行，她就生出惺惺相惜，同时警惕：人家看起来比自己年轻，比自己积极，心态调整得很好。她这种已过四十岁的女人，在月嫂市场上会有优势吗？

一会儿工作人员来了，把大家报过尺寸的培训衣分发下来。那是一套粉色的类似护士服的衣服，还有一个船形的帽子。各自换上之后，女人们互视，都笑了，有点羞赧。这一套衣服，抹去了各自的过往，一种新的认知自此刻诞生：无论你之前是在农村生活还是在城市，无论你家境如何，曾有过怎样的辉煌或惨淡，现在大家都被格式化成统一的身份：准月嫂。

沈琳抚着身上新衣服的褶皱，觉得刚才对别人的揣测很无聊。网上数据说，北京月嫂的平均工资在九千块钱以上，高级月嫂一个月两三万的也不少见。就在半个月以前，她还在为失去八千块钱月薪的工作而难过，现在又有什么可不甘心的呢？

她们要学习的内容很多：新生儿护理、产妇月子期护理、科学早教训练、月子餐点制作和产后的营养学知识等。沈琳二胎妈妈的经历派上了大用场，怎么给新生儿喂奶、洗澡换尿布，怎么护理产妇的身体，尤其是乳腺疏通、产褥期常见问题的护理及处理，怎么做月子餐，这些细节她刚刚经历，经验还十分鲜活。她生那子轩出院第三天，双乳淤奶，硬邦邦如两块石头嵌在胸前，胀痛得连头都嗡嗡的。她上网查了通奶的偏方，那就是不间断地按摩。婆婆发狠，和沈琳两人轮流上阵，不停地按摩七八个小时，又让儿子频繁地吸，终于把淤奶给疏通了，避免了急性乳腺炎。所以她在课堂上表现得十分积极，给仿真婴儿上手护理时非常娴熟，讲起产妇身体护理来也头头是道。老师非常满意，说沈琳这样的最适合当月嫂了，因为本身生了两个孩子，经验非常丰富，对产妇也有同理心。学员们很羡慕沈琳，她又意外又高兴，对干好这个行当多了点信心。

大家越来越熟了，沈琳于是知道了班上十个学员各自的来历。有个四十五岁的女人之前一直在当住家保姆，也是奇怪，都是家政业，保姆一个月六七千，月嫂却过万。不就是培训嘛，豁出去一个月时间，六千块钱，值得。有的是像沈琳这样在公司上班，岁数渐长，又没有核心技能，知道月嫂市场热，就想着来培训个证，到时好就业。有个三十岁的女孩最让沈琳惊讶，她居然是地方院校学播音主持的，在老家县电视台工作了六年，一颗心始终不安分，终于抓住青春的余勇辞掉工作来北漂。可是两年了，一直没有找到合适的单位，辗转在各小文化公司间，工资低又不稳定，索性来考个月嫂证。女孩已过了焦灼期，心态调整得很好。她分析着自己的情况：二本学历并不过硬，传媒公司朝不保夕，且新闻业已凋零得不成样。再打工下去，到三十五岁左右，下场仍然是失业。想斜地里冲进北京的娱乐圈，这个年纪已不现实。不如转战家政业，降维打击，争取成为金牌月嫂，专攻有钱家庭，先探探路，熟悉一下服务行业，未来也许可以进军管家行业。

沈琳看着女孩姣好的侧颜，对她升起敬佩之情。人家曾经在小地方也算是街知巷闻的人物了，居然能舍下那滚烫的荣耀，什么都不要了，来闯北京。在遇到困境之后，还能痛定思痛，毅然掉头。这份决绝的勇气，真比自己强多了。

回到家沈琳和老那说起了培训班的见闻，两人啧啧感叹。自失业后，两人每天的见闻都在刷新着心理底线。不过这也有好处，那就是承受力更强了。

老那租了家附近的一个写字楼四十平方米的开间，月租五千。付了钱之后，李晓悦要他别花大钱，从闲鱼上淘了点办公桌椅，做了公司的金属铭牌“向上生长营销工作室”，这个有着六个工位的工作室就像模像样地开张了。沈琳去过一趟，三人在办公室喝了个茶，挺高兴，都隐约觉得有点什么希望。老那自从创业后，灵感被激发出来了，想法日趋大胆，对沈琳说你先好好培训，等你掌握了技术，说不定我们也可以搞个月嫂中介呢，李晓悦说没准儿能行。沈琳被鼓舞了，心里滋生出了点“我当月嫂是在创业，不是在打低三下四的工”的感觉，好受多了。

喝着茶，李晓悦顺口说起最近刚和沈磊沟通过，她终于知道他在哪儿了，终南山。沈琳惊喜得眼圈都红了，追问着他们的对话内容。李晓悦说没聊多少，一是当时有事被打断，二是她觉得好不容易沈磊愿意和亲友交流了，慢慢来，别逼得太急让他反感，又缩了回去。沈琳连声说是，赶紧给父母打电话报喜，叫他们安心。电话打完，她又拜托李晓悦有空继续和弟弟交流，以便于他们能够随时知道他的情况。

“其实我们不会逼他，总归要他自己想通了才会回来。只不过担心他的安全，不知道他吃住如何，安不安全，缺不缺钱。”沈琳说着，哽咽起来。

李晓悦抱抱她的肩，安慰道：“你们都觉得他失败，但我挺能理解他的，甚至有点羡慕。想想看，有几个人敢抛下一切去流浪？而且能住在终南山这种风景秀丽的地方，那是神仙一样的日子啊。放心吧，他肯定过得好。”

老那喝着茶，一直没说话，这时重重放下茶杯，似笑非笑：“终南山？他这把玩心大发了。”

两个女人瞪了他一眼。

老那早就对沈磊非常不满意了，道：“我就纳闷了，他沈磊遭遇了什么人间不公？不就是离个婚吗？每个人都要面对生活，你看看咱们。”

他把胸膛拍得砰砰响：“四十一岁的老兵，一切归零，从头开始！不然呢？去死吗？逃避不是解决问题的办法，勇敢去面对，那才是强者。依我看，沈磊就因为是个男孩儿，又是家中老幺，在农村太过金贵，被你们给惯坏了，像只鸡蛋，一碰就碎。实话讲，我看不起他！”他端起茶，狠狠喝了一大口。

沈琳心想父母倒从小没有重男轻女，两个孩子都是一样培养上大学。父母也多次表态家中的房百年之后姐弟俩平分，可她大弟弟九岁，从小到大全家难免有长姐如母的暗示。也许沈磊的确是被照顾惯了，心理承受力差。

李晓悦做了工作室介绍方案，老那开始跑业务。他带着李晓悦，开着宝马车，一一拜访过去的老朋友和合作伙伴。原先抱了点同情与幸灾乐祸心理的人，此刻都微有惊讶，没想到他这么快就创业了。他们接待两人，一边应承着，一边在两人离开后点开“向上生长营销工作室”介绍，心里琢磨着老那是否还能东山再起。老那在他们心中的形象复杂起来了，他是深藏不露的实力派，还是虚张声势的假大空？不管如何，一个在北京混了几十年的男人，多少有点东西吧！

姜山知道老那甩开他单独创业后，非常不高兴。老那带着李晓悦，叫他出来吃饭。他悻悻前来，脸色很难看。老那解释给他听：自己没钱，也没有其他能耐，只有干市场营销这一点老底。正好李晓悦也想创业，姜山上班那么忙，前期不想打扰他，所以就先行启动了。

姜山道：“你和我一起创业，晓悦也可以加进来呀，为什么不先和我商量一下？”

老那道：“我今天来正是想和你商量，你的公司成立后，先不用建立市场营销部门。有活儿甩给我干，你不用养人，不是正好吗？”

姜山仍唠唠叨叨。李晓悦吃着，冷不防问了句：“山哥，你的公司注册了吗？”

姜山顿了顿：“还没，那不是分分钟的事儿吗？”

李晓悦道：“最近公司注册核查比较严格，主要卡在人行对基本户开立的审查上。所以我劝你要开公司赶紧开，至少打出一个月的富裕。你可以先去找办公室，找了吗？”

姜山诉苦：“嗨，我哪有时间呀？秦家兄妹俩不是东西，连我们这种搞销售的也要打卡，我都不想干了。”

老那李晓悦互视，不说话了。姜山这种人可以在上班期间以一天一百次的频率说“不想干了”，然而身体却很诚实，牢牢钉在工位上。

姜山为自己的拖延症挽尊，说老那带了个坏头，公司最近严查在职员工偷偷在外开公司的行为，居然查出有三个人在外面有公司。他们全部被开除了，一分钱补偿都没有。他得想好了，想创业，就得和公司断干净了，不然会被秦家兄妹抓住把柄。老那今天来，本来还存了点念头，希望姜山开了公司后能有业务给自己做，此刻这个念头消失殆尽。

账是老那结的，姜山明明知道他没收入，存款也很少，却没有主动抢着付账。老那原本也无所谓，不过心里又凉了一分。走出餐厅，老那心情有点低落，李晓悦安慰他说万事起头难，这才一个月，再跑一跑。她已经在汉服社和驴友群里告诉大家自己和同事创立营销工作室的消息，说不定哪天生意就来了呢。老那非常感激她，在最艰难的时候，上天派了李晓悦与他同行，也算幸事。

晚上，沈琳疲惫地回到家。她今天站了一下午，学习婴儿推拿，小腿都肿了。真是年纪大了，腿脚腰都受不了累。其他的学员也如此，下了课叫苦不迭，捶胳膊捶腿，发着牢骚。老师见状，再上课时便郑重道，月嫂的高工资不是白得的，你们是帮产妇打赢“坐月子”这场战役的主力，这份工作除了心理承受力外，对体力也有极强的要求。基本上除了孩子不是你们自己生的，其他所有产妇要做的事情你们都得做，并且要面带笑容高质量地完成：产妇没有母乳的，月嫂要每两到三个小时给宝宝喂一次奶，一次 20 分钟左右；产妇有母乳但通乳不畅的，你也要帮着按摩，并且辅助做相关清洁工作；白天给宝宝洗澡、游泳、按摩；给产妇做一天六顿营养餐，并帮她做相关的复健。但这都不是最辛苦的，晚上才是魔鬼考验环节，婴儿一啼哭，你就得把他抱起来哄。生过孩子的都知道，一晚上至少起来三四趟，而且要边走边轻摇着哄入睡。

那个前县电视台主持人的女孩张着嘴，一脸苦色：“那还睡不睡了？”

老师笑了笑：“基本熬通宵。你以为母乳喂养的孩子，夜里月嫂就可以呼呼大睡吗？”

女孩道：“可是你不是说，白天还要带孩子，为产妇做饭？”

老师道：“所以你们一定要对这个职业的辛苦有所准备，来培训前没有做过了解吗？”

老师说：“这还不包括新生儿会有一些常见病，比如尿布疹、湿疹、黄疸、鹅口疮等。遇到这些小病小灾，婴儿难受，啼哭不止，雇主的脸色也会难看，觉得月嫂没有照顾好孩子。所以当月嫂，那真是必须打点起十二万分的精神，从身到心都要无坚不摧。"

众人沉默。来之前，大家打听的都是薪资，就业前景，查到的都是"金牌月嫂轻松过万、就业市场广阔"这样的新闻，"婴儿拉大便了臭不可闻，夜啼声尖利刺耳，雇主脸色难看话难听"这样令人不快的事实，被她们选择性忽略了。培训是与残酷现实短兵相接前小小的休息，可这休息快要结束，马上就要真刀实枪开干，再也骗不了自己了。

吃过饭，沈琳倒在沙发上，捶着小腿，对自己这具饱受摧残的身体不胜怜爱。她右手由于抱儿子喂奶和哄睡而落下的肩周炎还没好，失眠落下的偏头痛偶尔还会发作，到底能不能扛得动这份工作呢？也许去月嫂培训是个天大的错误，她只想到愿意低下身姿，却忘了这老胳膊老腿有可能蹲不下去。非不为也，实不能也……

休息过后，沈琳检查着女儿的功课，一边心里内疚。自从去胡海莉公司上了班，宣告重回战场之后，她已经很久没有关心过女儿了。那卓越拿出月考卷子让她看，数学八十分，语文七十五分，又退步了。沈琳心中的怒火抑制不住地往上蹿，刚刚的内疚一扫而空，声色俱厉地训斥女儿，吓得摇摇晃晃走过来抓住她裤腿的儿子哭了起来，女儿见状，也号了起来。沈琳看着一双儿女无助的哭脸，手臂痛得发抖，头疼得厉害，腿肿得站不住，只好走出女儿的房间，坐到沙发上，只觉得天地昏暗，人生一无是处，难过得想哭出来。

儿子哭哭啼啼地跟了出来，担心地叫着："妈妈。"沈琳把他打横抱在臂弯里，右手架在沙发扶手上，以减轻他的分量，嘴里哄着他，想象着届时去当月嫂，抱着别人家孩子的情况，心里酸楚。儿子安静下来，靠着她的乳房，勾起了回忆，揪着衣服，嘴里叫着"奶奶奶奶"。婆婆在厨房给他泡奶，以为是叫她呢，赶紧走出来，见状又好气又好笑，把奶瓶递给他。他抱着奶瓶大口大口喝了起来。

沈琳叫着："卓越。"

女儿红着眼睛嘟着嘴走出来，坐到沈琳身边。

沈琳看着瘦小的女儿，又是一阵心酸。其实这个年纪的小女孩普遍清瘦，正在抽条儿呢，但看在此刻的沈琳眼中便成了她这个母亲无能的表现。天地之大，她该到哪里去找到碗饭，以便能好好地养育儿女长大呢？她柔声对女儿说："妈妈错了，不该对你那么大声。"

女儿早已止泪，这时又委屈起来，把额头抵在沈琳的手臂上，无声抽泣着。婆婆把孙女儿抱到自己怀里，亲着，哄着，好像她还是个小宝宝一样："我们可乖了，长得可好看了，干嘛凶我们。不哭了。奶奶喜欢越越，等周末咱们俩跳广场舞去。"

婆婆的头发比去年又白了些，皱纹又多了些。操持家务，照顾两个孩子，她太辛苦了，连一直喜欢跳的广场舞也没有时间去了。儿子断了母乳，瘦了下去。两个孩子的胳膊和腿儿都细细小小的。老的小的，都需要她。她没有权利无能，没有权利软弱，累，气馁。沈琳紧咬着牙，抵御着心中阵阵翻腾的无助的痛苦，咽了咽，把它们统统咽到肚子里。

她问女儿："你是不是喜欢跳舞？"

女儿点点头。

算了，遂了女儿的心愿吧："那你想不想报个舞蹈班？"

女儿想了下，迟疑地点点头。

"妈妈明天就在小区门口的舞蹈培训班给你报个班好吗？"

女儿温顺地："好。"

沈琳亲亲女儿的脸，母女重归于好，情绪渐渐平复。这时老那进门，他出去跑了一天业务，却一无所得。车开到楼下时他很难过，不过他给自己打气，哪有那么快见效，就当播下种子，耐心等待希望破土而出好了。于是推门前他调整了脸色，换上了轻快的表情。婆婆赶紧迎了上去，接过儿子手上的包，给他热饭。老那坐到沙发上，此时已恢复平静的妻子和一双儿女，看在他眼中便成了最美的一幅图画。他亲亲这个，亲亲那个，像欣赏自己的财富一样，细细端详着三个人。有这样的时刻，生活再难也值得。

深夜，沈琳躺在床上，老那按摩着她的小腿，她舒服得直哼哼。

老那看着她浮肿的脚面，犹豫道："不然别干了，月嫂绝对是日夜颠倒的重体力活儿，我怕你顶不下来。"

沈琳不说话，半晌突然起身，道："算一下账。"

她下床拿了根笔，开始划拉：房贷八千，没了公积金，就是实打实要从兜里掏出去八千；车一个月连油钱带保险带其他费用，就算开得少，最少也要合一个月三千；美赞臣奶粉三段，九百克罐装一百九十八元，儿子已经加辅食了，一个月两到三罐就够了，再加上纸尿裤等其他费用，合一千块钱；女儿补习费两万多，合一个月两千；一家五口人吃喝拉撒水电煤气手机费物业费等等乱七八糟，就算八千块钱好了，这只能满足基本温饱。再预留点看病或者娱乐或者其他不可预测的费用，总共算下来，维持这个家庭勉强运转，一个月要两万块钱以上。

他们现有存款只有五十万，沈琳交了培训费，老那开了工作室，再加上本月无进账干花钱，已经花掉了五万块钱。也就是说，只剩下四十五万，要维持到不知哪天他们俩挣到钱。

算完账，两人沉默。这还是在天气晴好风平浪静的情况下，家庭这艘小船方可顺利行驶，万一来阵小风，下点小雨，甚至卷个小浪头，这艘船绝对要倾覆。

沈琳说："不然把车卖了吧。"

老那为难："车虽然买了不到一年，卖出去至少折旧25%，五十万缩水成四十万，甚至可能卖不到四十万；再有，我现在单干，本来就没资本没资源，再没有好车撑门面，更没希望了。"

沈琳叹气，他说的都是事实。所以她有退路吗？"这家月嫂公司生意很好，客源多。我培训完可以立刻上岗，刚开始一个月八九千总是有的。不管怎么样，先解燃眉之急，不比坐吃山空强？"

老那脸上一阵发热，打心眼儿里佩服老婆的勇气和实干。让他去干蓝领的活儿，低三下四侍候人，他无论如何想象不出来。他给自己开脱，不是他虚荣，是这个社会不接受男人低三下四。男人嘛，就高不就低。女人好一点，精神包袱小一点。何况，他的营销工作室迟早能开张。他做的都是大一点的买卖，干一单顶老婆干好几个月，要给他时间。

沈琳拿出床底下的双肩包。这些日子以来，她每天背着这个双肩包，里面塞着培训资料，还有那身月嫂服。月嫂服自打穿上就没洗过，已经有难闻的味儿了，但一直没找到机会洗。在家里洗她怕婆婆起疑心，夫妻都失业的事情老人还不知道。不能让她知道，这是天塌下来的事。不过此刻已深夜十二点，老人孩子都睡着了。正好趁现在洗，洗完了甩干，拿回卧室用吹风机吹一吹，晾在卧室里，第二天一早就干了，神不知鬼不觉。

沈琳进了洗澡间，关上门。她不想用洗衣机洗，动静太大，随便搓搓就行了。她拿出大浴盆，倒上洗衣液，吭哧吭哧地揉搓着衣服。好久没有用手洗过大件衣服了，手臂好疼啊。不过要先适应一下，据说婴儿的小衣服都是要月嫂用手洗的。届时，不管你多累，手是否疼得已经抬不起来，都要这样蹲下去，耐心地，认命地，一点一点地搓着……

门突然被推开，是婆婆，沈琳吓了一大跳。婆婆走到她跟前，蹲下身来，从盆里捞出衣服，看着沈琳。

婆婆："这是什么？"

粉色的护士服湿淋淋地往下流着水，这样特殊的衣服本不该出现她家。婆婆的口气不是好奇，是沉痛，是预料到大祸临头但被瞒住的那种质问。

沈琳结结巴巴："妈——"

客厅，两口子面对着婆婆，低着头，像被审问的犯人。婆婆一声不吭，但犯人逃不过，还是一五一十地招了。婆婆眼泪流了下来，夫妻俩心痛如绞。他们造孽了，造了大孽，才会在午夜十二点，让白发苍苍的亲人伤心成这样。

婆婆很快止住眼泪，擦着泪道："要不是我听到你们说话，打算瞒我到几时呢？"

两人面面相觑，原来如此。

婆婆道："你们忙你们的，我只是想告诉你们，我退休金三千，你爸三千，他在老家花不了那么多。实在不行，让他寄一千过来。一个月咱家有四千块钱打底，你们不要怕。"

夫妻俩互相看了一眼，眼泪唰地流了下来。他们这样无用的一对中年夫妻，白白落了一身中年的膘，到头来还是要吸食老父母的血肉才能活下去。

婆婆握住他们的手，这双干瘦的手，此刻竟然那样有力气："人活在世上，总是起起落落，总要经些风雨。不要怕。"

他们三双手握在一起。是啊，不要怕。

第十八章 终南山是个大IP

一觉醒来，沈磊觉得世界微有异样。细细密密的声音微不可闻窸窸窣窣地传入耳朵，延绵不绝，像有人在低语，出了幻觉般。他推门一看，下大雪了。

今年雪来得晚，十二月底了，才有这样像样的雪。雪花飘飘洒洒落了下来，天地一片白茫茫，万壑千山都被雪覆盖了。沈磊莫名雀跃起来，穿上厚厚的羽绒服和皮棉靴，提了桶到水池一看，谢天谢地，虽然下大雪，温度却在零上，水没有上冻，在纷纷扬扬的雪花中冒着热气。沈磊舀了一大桶水提回屋，转念却笑话自己，下雪天还怕没水吗？终南山的雪，必是最天然的饮用水。

吃完简单的早饭，带上两块昨晚蒸的土豆，还有一小袋自己炒制的糖炒核桃仁当干粮，沈磊出门去巡山。

大雪柔化了一切嶙峋的线条，视线所及之处，万物万事变得温柔敦厚。听着脚下咯吱咯吱踩雪的声音，他打趣自己，大王叫我来巡山？不，我就是山大王。

雪越下越大，他越走越远。一条独木桥横过小溪，通向对面的山。桥上覆满白雪，桥下的小河流水潺潺，蒸腾着雾气。站在桥上四望，寒风萧萧，飞雪飘零，电视剧《雪山飞狐》的主题曲不自觉响在耳畔。他没赶上这部剧热播的年代，不过这首曲子是姐姐的最爱，小时候常听她放，倒也熟悉。沈磊胸中油然荡起一阵豪情，捡起一根树枝，当胸竖立，突然又往前刺去，口中叱咤有声，踢腾起一片雪雾，假装自己是胡一刀。天地间唯余他一人，尽可让他任性滑稽似幼童。在纷飞的大雪中肆意挥舞过足了戏瘾后，他将树枝一扔，又对着大山呼啸了起来。声音没传出去多远，很快就淹没在纷飞大雪中。

沈磊继续前行。他爬到一处较高的山顶，极目远眺，俯视着苍茫群山，欣赏一阵后，坐下来，掏出冰凉的土豆和那一小袋核桃，脸躲在羽绒服又宽又深的帽子里，一口一口把它们全吃了。一边吃他一边想，房价平均 6 万的北京，有这样的景致吗？年薪百万的人，有心情欣赏这样的风景吗？太傻了，太傻了。他们这些人，埋头赶路，根本不知道世间有这么多美妙的事物，完全免费。天地这样广阔，个人那点微不足道的得失，算什么？

玩得尽兴了，沈磊转身向家的方向走去。走着走着，他发现不对劲，周围景致似是而非。他换了条路线，走了一会儿，又觉得不对。可是大雪覆盖了一切，从前那些鲜明的标志，现在都消失了。他渐渐恐慌起来，一边懊恼不已。他只是想走一走，没想到走太远了。抬头看天空，灰蒙蒙的一片，没有太阳，不能辨认方向。他打开手机，四处转着，寻找 4G 信号，却一直连不上。正着急间，忽然想起手机上有指南针功能，赶紧调出指南针，试着按它指导的方向走。但是从来没有用过这项功能，他也不太懂得怎么用，走着走着，又迷茫起来。到底这方向对不对？可别被它带到沟里去。

看一下手机，此时已是下午四点，雪仍在沙沙下，一脚踩下去，雪没脚脖。那一点干粮不够消耗的能量，肚子饿了起来。沈磊腿发软，看着自己身处的这个山谷，四周一片白茫茫，哪个方向才通往正确的道路？天堂地狱就在一瞬间，难道自己真的走不出这雪山？他捶着头，痛骂自己太大意。白读了那么多年书了，大雪天进深山要提防各种意外，这是常识，更何况他在 1600 米的高海拔处，怎么一时高兴，忘乎所以了呢？

不能坐以待毙，天黑之前必须找到突围的路。沈磊打起精神，改了主意，由回家改成往山下走。往低处走遇到人的可能性大多了，生机最大。他在雪地里艰难前行，渴了就捧一捧雪吃一吃。记不清走了多远，天色更加暗淡，五点了，夜幕即将降临。他的脚板已经冻得僵硬，脸也冻得发麻。倦意袭来，他好想靠在树上休息一下，但知道绝对不能停下来，否则就是死路一条。可是举目四望，那么多条岔路，飞雪迷乱了眼，到底哪一条才是通往山下的？

沈磊打开手机，再度尝试着搜索信号，仍一无所获。他的心往下沉，眼睛发热，鼻子发酸，想在手机备忘录上写点遗言，可是写给谁，写什么呢？对于这个世界，他来山上这七个月，已经对它释怀。谢美蓝他也早就原谅，终南山地势太高，一个居高临下的人，可以把一切看透，有能力原谅。他只是舍不得父母和姐姐，他们这七个月，徒劳无功地一次次打电话，发短信，发微信，哭泣，好言相劝。前几个月，这些东西如春天的飞絮一样从他面前飘过，除了让他厌烦，无半点作用。现在他一条条翻看着那些微信和短信，眼泪止不住地往下掉。

他用僵硬的手指头打着字，只在备忘录上，并不发出去。如果他真的要死在这雪山里，那就等冰雪融化他的尸体被发现后再让他们知道，而没有必要从现在起就开始心急如焚猜测，兴师动众搜山。他这辈子对父母和姐姐一点回报也没有，这是仅有的能为他们做的。

他写着：亲爱的爸爸妈妈，姐，原谅我不辞而别，来到终南山隐居。我在这里的日子很快乐，只是对你们有深深的亏欠。别为我难过，我爱你们。

眼泪干了，天完全黑了。他把手机关机，靠在一棵树上，闭上眼睛。好滑稽，他莫名其妙跑到这里，莫名其妙死在这里。后人要说起他，该怎么描述呢？哦，就是那个经受不了离婚的打击，跑到高山上去住，最后在大雪天迷路而死的笨蛋啊。生得默默无闻，死得无足轻重……谢美蓝会更加坐实对他的判断：一个无用的好人。

昏昏欲睡间，沈磊隐约听到汽车发动机的声音，睁眼一看，远处有辆汽车，可能是车轮陷在雪里的某个坑，死火了，两个男人正在推着它。他大喜，站起身，跌跌撞撞跑过去，挥舞着双手，声嘶力竭大喊：“喂，喂，这里有人，这里有人！”

跑到跟前，他发现是一辆越野车，两个小伙子正在推车，司机是个女孩。那坑被雪盖住，左车轮深陷里面。两人见来了个援手，非常高兴。大家四处找木头和大石块，垫到轮子下面，三个人使出吃奶的劲儿推，引擎咆哮着，车终于开出坑了。

车安全开到山下的村子，来到一户人家。沈磊这时知道了，这三个人，一个是大学生村官，25岁的董智勇，另外两个是县电视台的主持人和摄像，来拍终南山下雪的新闻。两人吃过饭，开着车离开董家，沈磊则留下来借宿。本来他想去民宿住，董智勇说别想了，你没有身份证，他们不会接待你的。原来沈磊跟他们说自己是外地游客，上山自助游，结果遇到大雪迷了路，背包丢了，身份证也没了。县电视台那两人本来想采访沈磊，把他当成极端天气自助游的反面典型。沈磊半恳求半拒绝，两人这才作罢。

董家是个新建的三层楼，楼前一个石砖围起来的小院子。屋里每个房都很大，不过装修带着农村的粗陋。留着小平头的董智勇一脸精干，谈吐间也显得颇有见识。他的父母务农，他在西安读完大学后，回乡报考了村官，担任村党组织书记助理。交谈得知沈磊是北京名校研究生，在北京工作，董智勇非常羡慕，叹道：“我要是能有这样的学历，就敢在北京上海闯一闯，可惜我只上了个普通的一本。”

他顿了顿，怅然道：“其实我真的特别向往北京上海这样的大城市，可结果是连西安我留下来都费劲，房价太高了。唉，你说我这样的年纪，就回到农村来，是不是太失败了？”

沈磊不知道为什么，突然特别有倾诉的欲望。也许是今天的死里逃生让他对董智勇非常感激；也许是隐居了太久，他实在太寂寞了；也许是这段时间在心底酝酿成熟的思考太需要与人分享。他告诉董智勇，自己其实不是外地游客，是北京的公务员，因为和深爱的妻子离婚了，精神崩溃了，就辞掉工作跑来这里隐居。隐居这七八个月以来，他觉得整个人心态已经调整好了。重要的是生活，而不是在哪里生活。这个小村庄，空气清新，风光秀丽，物产丰富，看着偏僻，其实开车半小时就到县城，两个半小时就到西安，也不算远。而且现在物流那么发达，网购最慢三天也到了，实在和大城市没有什么太大的区别。什么叫幸福，什么叫成功？安住在当下，享受每一天，就是成功的人生。

董智勇听着，惊叹不已，道："我知道终南山有很多人来隐居，各有各的原因。不过你这，把北京的公务员工作辞掉，也实在太可惜了。"

沈磊道："我的确有点冲动，但那个阶段，心理上的坎实在过不去。如果还在上班，每天要在领导和同事面前假装若无其事，下了班还要一个人回到那个冷清的小屋里，我估计会得抑郁症的。得失又怎么说？"

董智勇点头称是，环视着自家屋，若有所思："其实想一想，我的未来也不会太差。这个房刚盖完，目前家里没钱了。等有钱，我好好装修一下，搞个民宿，慢慢给它经营起来，将来一定会非常红火的。"

他像是看到未来辉煌的前景，兴奋起来，滔滔不绝。他在西安的广告公司上了两年班，回乡发现，这两年工作经验一点也没有浪费。他上周刚给镇里提交了一份详细的品牌策划方案。里面提到，终南山是个大 IP，周边所有的县，底下的乡镇、村，都在蹭这个 IP 的光，卖民宿，卖特产。本村离终南山这么近，对这个 IP 却没有利用好。他分析了各种蹭终南山 IP 的村子的情况之后，得出一个结论，大家都乱打一气，品牌定位不聚焦，没有系统地包装，这不行。他为本村提炼的营销卖点就是隐居文化，要大力宣传隐居文化，孵化主播。

董智勇说到这里，戛然而止，像是意识到自己太过聒噪卖弄，改口道："总之，你刚才的话给我很大的安慰。"

沈磊笑了笑，心里却觉得不舒服。那是一种听焦虑不已的人语速越来越快、神情越来越亢奋地表达时引发的轻微窒息感，总怕对方一口气上不来憋死。隐居隐居，隐字当头。悄无声息，隐没于无人处，才叫隐居。大力宣传隐居文化，听上去像是在说"白色的煤球""精力充沛的死人"。

但沈磊不想再去和董智勇分享这些东西，他甚至觉得刚才的分享很多余。生活往往如此，人们以为在交谈，其实只是自说自话。那些话貌似有来有往，细想没有一句对得上。它们在交汇时不知为什么总是微有偏差，各自滑向想要的去处。多说无益，他以后只会把人生的真谛都放在肚子里，不动声色地过完这些日子，缄默地带着它们死去。

夜里，雪停了。沈磊在董智勇家住了两天，等到雪消融了一些，才重返山居。临行前董智勇及家人一再叮嘱如果下大雪，最好不要出门，要备足粮食柴火，并送给他一些馒头和白煮羊肉。沈磊谢过他们，又来到老柯的小超市采购了些东西。此前他跟老柯说自己从高中毕业太久，且当年教材和现在也不一样，怕耽误了小雪的学习，不想再补习了。老柯觉得遗憾，倒也没坚持。他没再见过小雪，她也没再上来过。他微有不忍，为她的知趣。为什么大家的心都这么柔软呢？

沈磊大包小包，一路脚底打滑地回到了山居。这一趟生死之旅后，再回小屋，恍若隔世。怕天冷或忽然下雪，这之后沈磊不敢再出远门，只好长久地待在山居，最多到附近转悠。每天起床，吃过饭，如果有太阳，他就把木躺椅搬到院子里，对着大山而坐，看着日光投下的苹果树的影子缓缓移动，时间的流逝由此变得具象。下雪或者下雨了，他就把木躺椅搬回屋，对着门口，盯着雪花一片一片飘落，雨水千丝万缕细密交织。有时盯着盯着，沈磊觉得整个人空荡荡的，可以飘浮起来，和大山融为一体一样。

夜晚，沈磊把炕烧热。炉火跳跃，火苗毕剥，窗外雪纷纷扬扬。他屏息倾听，什么也没有发生。他睡不着，索性在床上做俯卧撑，仰卧起坐。多亏身体素质好，来山上隐居这么久，一次病也没有生过。天气好的时候，他会沿着山道上下跑个几十趟，合起来也有七八公里。他记得姐夫的老板在吕梁深山出家了，当时大家说起这件事，好像在说谁中了一个亿的彩票，或者谁做了变性手术的那类奇闻一样，啧啧感叹。其实他现在的状态，和出家有什么区别呢？在这山居，他除了没有盘腿坐，没有念佛经，生活完全就是出家人的禅修：把需求降到只能维持生存的程度，一点点减少烦恼的困扰。把过往几十年心灵曾有的灰尘倒净，至无我的境界。

然而沈磊毕竟没有到超凡脱俗的地步，他同时又觉得寂寞。真寂寞啊，太寂寞。这样与虚空交谈，会不会哪天精神出毛病呢？拒绝下山，是否本身就是心理出了问题？难道他真的有自闭症？沈磊揽镜自照，镜中人并无双眼无神、神态颓废、蓬头垢面之相。他叹了口气，对着镜子说，之所以突然心慌，是因为天寒地冻，不敢出门。否则，整个终南山尽可着他去探索，菜地也可耕种起来，哪会有闲工夫琢磨自己呢。他坐下，打开手机里下载的美剧。看上几集，揉揉疲劳的双眼，一抬头，窗棂处那一小方天空变得暗淡。好歹把一天混过去了。

这天沈磊睡午觉，迷迷糊糊中被外面的说话声吵醒。外面的声音拿腔作调："众所周知，终南山自古以来就是隐居圣地。时光流逝，到了今天，这种隐居文化不但没有消退，反而更加发达。多少城市白领，高学历精英，被终南山这个涤荡心灵的圣地所召唤，宁可放下名利，千里迢迢来到这里。"

沈磊被吵得不耐烦，起身趿了拖鞋推开门，耀眼的阳光和外面人的手机镜头一起迎了过来，他下意识地一挡脸。这是个二十多岁的女孩子，她举着手机对着沈磊拍，声音变得亢奋："老铁们，霞姐正在为你播报。看看，这就是我们寻访到的第三位隐士。他的山居最高，位于海拔 1600 米处。"

沈磊反应过来，下意识把柴门砰的一声关上。女孩继续聒噪："虽然惊鸿一瞥，大家是不是也看到了他的脸？颜值很高有没有？隐士中的男神有没有？据消息灵通人士介绍，该隐士是一位来自北京的公务员，名牌大学研究生。因为婚姻失败，来到终南山疗愈伤口，闭关禅修。据本人说，在这里……"

门突然又开了，女孩猝不及防，吓了一大跳。沈磊一把抢过她的手机，怒道："你干嘛拍我？我允许你拍了吗？"

女孩道："别生气，我是咱们县里主播孵化小组派来宣传隐居文化的，事先和村里打过招呼了。咱是正规军，不是随便什么民间的游击队，放心吧。"

沈磊不耐烦："我不管你是谁。你侵犯我隐私了，视频给我删了。"

他操作着手机，女孩趁其不备，突然抢前一步，夺过手机，拔腿就跑。沈磊怒，追了上去。女孩一边跑一边道："我告诉你，你要不配合，小雪他爸可不能把房租给你。这山上的房马上村里就要统一管理了，你不识相点，现在就得走。"

沈磊站定，傻眼，只觉得这世间再无比这更荒谬的事情了。他怒喊："这是董智勇叫你来拍我的，对吗？"

女孩见他服软了，也站定，笑道："全县但凡在终南山脚下的村，但凡和终南山沾边儿的，都是一盘大棋，统一调度。明白了吧？您放心，视频我们会做后期处理。脸部马赛克，声音变形，这都懂。”

她转身轻盈地往山下走，一边回头道：“男神，所有隐士数您住得最高，爬上来可累死我了。一口水也不给喝，真不够意思。”

沈磊坐到小院的石头上，直愣愣地盯着远方的山。他都逃到终南山了，怎么还是躲不开人味儿呢？

沈磊下山，来到小超市。老柯没在，小雪在。他们很久没见面了，小雪在里屋做题，一扭头看见他，惊喜得脸都涨红了。她出来泡茶，请他坐。沈磊说起被拍的事，小雪说，现在来旅游的人越来越多，县里特别重视这块资源，打算管起来。沈磊道，也是，终南山空气好，是个避世养性之地。

小雪说，我家的房爱租给谁给谁。我爸听我的，村里不能把你怎么样，你踏实住吧。

沈磊不知道说什么好，点点头，离开，去董智勇家找他。他不在，董父说他在村委上班呢。沈磊又匆匆来到村委。走进那个气派的三层小楼的院子，进了楼，沈磊四处张望寻找，看到会议室一堆人在开会，烟雾缭绕中，董智勇正在发言，还是那晚慷慨激昂的口吻。沈磊不想让他们发现他，身形一闪，靠在角落的墙里，断断续续听到几个名词：“主播下乡……电商直播服务站……一体两翼……短视频引爆……引流变现……”

突然沈磊听到了和自己有关的内容：“北京公务员，名校研究生，男神颜值，爱情受伤，这些关键词加上隐居，在网络上是能引发新闻热潮的。以这类隐士为代表，定期炒作，同步发展我村民宿品牌。提高民宿、旅游、特产资源附加值，三者有机打通，构成涟漪效应……”

沈磊不能再忍，走过去，径直推开门。众人不意有外人闯入，都愣了。

沈磊指着董智勇：“小董，你拿我做文章，经我同意了吗？”

董智勇赶紧起身过来，连哄带劝，试图把他劝离会议室。但沈磊坚决不走，吼道：“你现在就给我保证，把拍我的那个视频删了，绝对不发。否则我告你侵犯隐私权。”

董智勇沉默，看着会议室的人。某个看上去像领导的人说话了，口气沉稳温和：“我向你保证不发那个视频，放心吧。”

沈磊掏出手机，道：“你对着我手机说。”

董智勇生气："沈哥，这是村长。"

村长举手阻止他，对着沈磊手机道："我保证不发当天拍的那个视频。"

沈磊松了一口气，收起手机，狠狠瞪了一眼董智勇，扭头离开。一出门，看到小雪在外面紧张地看着他。见他没事，小雪也松了口气。

两人走出村委小院，小雪道："沈大哥，你以后别那么冲动。你那样冲进去，要是挨打了怎么办？"

沈磊知道她是怕自己不安全才跟过来，心里感激，面上虎着："不关你事，赶紧回去学习。"

小雪又问："不过沈大哥，你打算住到什么时候？"

沈磊回答不上来。他做好下山的准备了吗？最难熬的冬天都熬一半了，租期还有四个月，存款尚余一万多。但这些都不是他离开或者不离开的根据。

小雪小声道："如果你没钱，房租不用交，我做主。你……想待多久就待多久。"

沈磊止步，看着她。小雪的眼神略有闪躲，最终坚定地迎了上来。

第十九章
个人十年经济发展计划

向上生长工作室开业一个月了，一单业务也没有。李晓悦一开始去办公室守着，想着如果有客户来拜访，得有人接待。守了一周，老那说不用去了，就在家待着吧，座机电话转到手机上也是一样的。李晓悦就在家待着了。长日漫漫，无心睡眠，她的心又开始痒痒，打算出去旅游了。但一想到刚创业，要与老那共甘苦，也不好意思提，只好找汉服社的姐妹，在市里随便玩一玩。

最近汉服社掀起了DIY汉服的热潮。原因是有新加入的姐妹是学服装设计的，有天大家聚餐，她鼓动大家手工缝制汉服，说网上就有教程，实操时遇到任何困难，都可以来问她。大家兴奋起来，相约要各自做一身汉服，齐聚大观园，拍一张“红楼梦众美再现图”。这个说我要扮成林黛玉，那个说宝钗非我莫属，那个又说那我来贾宝玉得了。大家越说越高兴，叽叽喳喳，笑闹成一团。

说干就干，李晓悦立刻上网，一查，果然网上的汉服自制教程相当详细。而上网淘汉服布料，更让她彻底沦陷。网络上卖汉服布料的店成千上万，什么材质都有：厚的，薄的，轻的，软的，烫金的，暗哑的；棉的，麻的，雪纺的，织锦缎，丝绸提花龙纹缎面，祥云暗纹纱，闪光绉纱……只叫她眼花缭乱心花怒放，恨不得每样都买来试试。她买了台两百多块钱的电动缝纫机，买了块棉布和雪纺布，看着教程，开始学做汉服。她埋头画呀画，剪呀剪，吭哧吭哧，拿着缝纫机笨拙地缝合着，满地满身布料碎屑和线头，一边在大群里直播着自己做“汉服”的样子，一边点评着其他人的作品，兴致勃勃。

不过进展并不顺。缝纫机不好用，针头总是跑偏，搞得李晓悦满头大汗。缝到一半，针断了。李晓悦上网查，帖子里过来人教训，电动缝纫机不能买太便宜的。李晓悦一咬牙，换了一台一千多块钱的，又把缝废的布全扔了，上网再采购了一批。她每天全神贯注，电动缝纫机咔嗒咔嗒响着，不亦乐乎。

这天李晓悦在客厅忙着，连着上了三天班的那隽摇摇晃晃推门进来，脸色灰败，头发油得打绺。李晓悦赶紧起身，说你回来了，一边把沙发上的布料往角上一推，空出位置来给那隽。他一屁股坐下，靠在垫子上，喉咙里发出沉重的叹息。

前阵子，公司推出的某个软件出现了严重漏洞，可能会导致不少商家的服务器被入侵，同时关键安全密钥被破解。那隽带着同事开始马不停蹄地加班。不知为什么，这次的工作非常不顺利。他们测试了不同的解决方案，都无法修复那个漏洞，大家都非常焦虑。这个工作就是这样，你根本无法和领导说“我们解决不了，不如先放一放，让客户继续用，说不定哪一天有灵感了，就会有突破”。每一款被广泛应用的软件背后都是一个庞大的系统，它罢工，就会导致多米诺骨牌效应，牵连面极广，后果极为严重。

工作迟迟没有进展，上头的催命电话越来越频繁，话越说越重，部门总监的脸色一小时比一小时难看。那隽的惊恐症发作得越来越频繁，不幸的是，他越来越找不到机会去地下停车场休息了。有一次他刚在车里躺下，手机就响了，总监找他。铃声让那隽更加恐惧了，他手颤抖得厉害，一边喘着气，一边去拿手机。拿到的时候却改变主意了，直接挂掉，他实在接不了这个电话。他把手机扣在胸前，静待那股惊恐的潮汐渐渐退去。

回到办公室后，那隽来到总监室。总监脸色很难看，问为什么挂掉他的电话？有非常要紧的事情找他。手机响三秒必须接，这是公司规定，你负责技术核心研发的不知道？那隽没好气地说他在上厕所，最近便秘得厉害。这话半真半假，他的确落下便秘的毛病。这次因为连续三天都睡在公司，他已经三天没拉出屎来了。

总监说我观察你，发现你最近一天要去十来趟厕所，这说不过去吧？公司设立厕所电子屏，就是为了让大家自觉一点，不要在厕所磨洋工。单次时间控制住了，不等于次数可以随便。

那隽脑子里嗡的一声炸了，常年加班，加上身体不适，他的忍耐力已经到了极点了。他暴跳起来，大吼道："你是不是变态啊？员工上厕所你也要观察？你他妈的观察什么不好，观察我上厕所？你的性癖也太重口了吧？"

总监傻了，大家听到他居然敢这样，都转过头来看。

总监深吸了口气道："出去。"

那隽转身走了出去，把总监门狠狠地一甩，发出"砰"的一声巨响。工位上的同事们面面相觑。

吵了一架，那隽却因祸得福。总监也许意识到不能这样逼大家，跟上头争取了一天时间，让他们回家休息，换换脑子，也许就能找到灵感。那隽这才得了空回了家。

李晓悦催着他赶紧去洗澡，好好睡一觉。那隽看着满地的碎布，无比烦躁。刚想发作，又克制自己，拍拍沙发，让李晓悦把电脑拿过来坐下，说有话想和她谈谈。李晓悦依言行事，他打开电脑，调出一个 PPT，名字叫"那隽李晓悦十年经济发展计划"，第一 PART 叫"A 计划"。

李晓悦扑哧一声笑了出来。

那隽道："笑什么？这是非常严肃的事情。"

他指着方案，娓娓道来。A 计划是光荣伟大正确的计划，在这个计划里，那隽一直在这家公司干着，在三十六岁时转型技术管理，一步一步走到高层，拿到了更多的期权——搞不好是五千万。一直干到四十二三岁后，他退出公司，拿着丰厚的积蓄，以及此前投资得来的盈利，干点自己喜欢的事情，在半退休的状态里享受人生。

李晓悦呢，她将找到正规的大公司上班，用制度把浑身的懒散习气打磨掉，像淬炼钢铁一样，锻造出她坚硬的灵魂。然后，她在三十三岁之前生完第一胎，出了月子后赶紧上班。那隽母亲加金牌保姆的组合，将会把育儿及家务打理得井井有条。如果那隽母亲届时因要看老那的一双儿女，抽不开身，次选方案就是那隽的父亲加保姆。虽然老头看孩子差点意思，只是看着外人干活的意思，避免重复嫂子沈琳因为育儿而与职场脱节的命运。

李晓悦要争取将自己的核心优势——灵动的创意以及出色的文笔，发挥得淋漓尽致，在公司拥有不可替代的位置。以确保即使到了三十五岁，也不会被清理掉。同时利用这优势，一步一步走到管理岗位，最次也要当上部门领导。

干到四十岁左右，李晓悦可以生二胎。体谅她的工作强度，四十岁前不要生二胎，不要露出人生的软肋让公司拿捏。四十岁后，如果公司还愿意继续用她，那就用。不用的话，就回家当个自由职业者。一边做点自己喜欢的事，一边与老公孩子享受人生。

李晓悦看到这里，困惑不已："我在和你哥创业呢。你怎么忘了这个事了？"

那隽道："不是我看不起我哥，你们这个创业成不了，你这半年纯属浪费时间。"

李晓悦不服气："已经有好几个客户有意向了，也谈过一些小的单子。"

那隽嗤之以鼻："那天我听你打电话，有个单子总价才五千，给人铺红毯，赚个差价对吧？而且还要开发票，你们这五千还剩多少？"

李晓悦不说话，的确是开了发票之后根本剩不了几个钱，甚至可能倒贴。所以老那回绝了。

那隽讽刺道："你这样一个连加班都不想加的人，还想创业？创业那得拿出比上班十倍的努力，头拱地，都不一定成功。你妄想在家守株待兔，接接单子，就能舒舒服服过一生？趁早死心吧。"

李晓悦不服气地撇撇嘴，却没反驳。他的话，句句在理。

那隽道："你再看 B 计划。"

李晓悦继续往下翻，看到了 B 计划。B 计划是曲折坎坷却也努力进取的计划。在这个计划里，那隽三十五岁之前就被辞退，期权打了半折。再找工作也非常不顺利，不是公司太小，就是薪资太低。三十八岁左右，他已经找不到像样的工作了。但他并不放弃，降维打击各类屌丝公司，不放过任何一个能挣到块儿八毛的机会。最后，他靠前半生挣下的钱，与老婆孩子一起，过着温饱有余却殷实不足的日子。在京城他最终沦为面目模糊的路人甲，电视剧里用以衬托主角们的那些来回走动的人肉背景。国际学校、百万豪车、国外旅游头等舱一掷千金都与他无缘，只有置办下的那套大平层提醒着他曾与成功仅一步之遥。

李晓悦在大公司上班到三十五岁后，被当成过期商品扫地出门。为此她要在这之前就布局，挖掘自身潜力。比如喜欢汉服，那么从现在开始就经营抖音号，找准自己定位，精心策划每期视频。经过三到五年的经营，把自己培养成汉服界的网红。哪怕是小网红，也能接接广告，收入不比上班差。又或者，鉴于她容貌姣好，口齿伶俐，也可以考虑走母婴博主路线，讲一讲怎么养娃。当然，如果想开店，也可以。比如她喜欢烘焙，那么赶紧去学西点，争取失业后可以开店。

总之，爱好不能光是爱好，它得能变现。

李晓悦看完，没有说话，好像被震撼了。那隽见她陷入沉思，趁机游说，并提醒自己不要流露出爹味，毕竟她最讨厌他这样。他自言自语，仿佛他的说辞只是一种感叹，并非要说服她。

“这个世界，留给我们这种穷孩子的机会并不多。不是我过分焦虑，你看看周围的人，我哥我嫂子，沈磊。他们为什么失败？就是因为在该拼搏的时候选择了安逸。有的时候，安逸不是光指身体上的舒服，还有头脑的放弃思考。我非常不赞成活在当下这个说法，因为时代是流动的，一直往前。你活在当下，就是原地踏步。你一抬头，看到所有人都跑到前面，只有你一个人被远远地抛下时，后悔已经来不及了。你去问问我哥我嫂子，问问沈磊，后悔不？年轻的时候没有步步为营，规划好未来，就活该在享受的年纪去吃苦。这是前车之鉴，我们一定要吸取教训啊。吃得苦中苦，方为人上人。”

那隽说得自己都眼泪汪汪了，他是真的对这三个人的遭遇有切肤之痛，因为离他太近了。危险太近了！他救不了别人，但李晓悦是他最爱的女人，他不能眼睁睁地看着她浪费人生。

李晓悦慢慢开口："可是'吃得苦中苦，方为人上人'这句话我不赞成啊。"

那隽的热情冷了下去："你难道真的要在路边替别人鼓掌？"

李晓悦冷笑一声："我不会替任何人鼓掌，因为我根本就看不见你们，别自我感觉太好。吃那么多苦，已经精神扭曲了，连人都不是，怎么会成为人上人呢？我也不想把谁踩在脚下，成为人上人。"

那隽想好好解释，但李晓悦那股子劲儿叫他恼火，口气不由冲了起来："人活在世界上，不可能一点苦都不吃。"他忍不住有训诫的口吻，这不是他的错。

李晓悦的倔脾气上来了："我就可以一点苦都不吃，我妈生我下来是让我来享福的，不是让我来吃苦的。我就不爱吃苦，苦有什么好吃的？你爱吃苦？"

那隽昂然道："当我在为自己的未来拼搏时，那种在高压的刺激下聪明才智被榨出来的感觉，我不觉得叫苦。做人不能那么短视，那么任性。"

李晓悦嘲讽道："是吗？当你累得都聋了，当你惊恐症发作瑟瑟发抖却不敢让任何人发现只能自己屁滚尿流爬到车里休息，当你在公司紧张到连屎也拉不出来的时候，你也不觉得苦？"

这话太刻薄了。

那隽吼道："我是一个穷人，我没有权利自由和放松。这就是我的命，这也是你的命。你睁开眼睛看看，从前还是香饽饽的银行业，去年全球裁员八万人。报社一家家关门，公务员合同已经五年一签。满大街都是找不到工作的人，连大厂现在都增长乏力。说不定我明天就失业了，你就一点危机感也没有？你是不是不上网，不知道什么叫内卷？"

李晓悦道："你看，连你自己都承认，说不定明天就失业了，你那个十年计划有个屁用啊？那隽，我不做半年以上的计划，没用。这些年我跟你说了很多次，你为什么就不信？"

那隽声音放低，揉着额头，他实在太疲倦了："你的意思是要这样脚踩西瓜皮，滑到哪儿算哪儿？车到山前必有路？车到山前它就活生生没有路。"

李晓悦道："就说你看不上的你哥嫂吧。嫂子，昨天已经考完月嫂证，人公司马上就能给安排一个月薪八千的工作。你哥，这不是努力在拓展业务吗？人家沈磊，在终南山上租了房，游山玩水，好得不得了。怎么就没有路？那隽，你的路是自古华山一条路，但不是所有人都要走你指定的路，你垄断不了人生的最终解释权。"

那隽摇摇头，李晓悦眼里看到的都是一个月挣八千的沈琳和当流浪汉的沈磊。他现在突然明白她和沈磊是一类人，他们为了避免失败，从来不开始奋斗。没有能力得到更多，只好假装对名利不感兴趣。人家都是力争上游，他们都力争下游，一直在争取堕落的权利。然后不停地去找同样失败的例子，去看符合他们心意的理论。一听到别人说名利不值得，钱这玩意儿一点也不好，他们就引为同道，觉得"吾道不孤"。太可笑了，太可耻了！

"晓悦，不要听弱者说话。一万个弱者捆在一起，也不如一个强者对社会的贡献大，知道吗？"

李晓悦道："马云也说过对钱不感兴趣。"

那隽被气笑了，李晓悦也笑了。多么滑稽的话。

那隽长叹一声，头歪在一旁，像是累得连支撑头颅的力气都没有了。李晓悦见他体力不支，想起他一直带累坚持加班，心软了。她把语调放缓，虽然仍带着委屈和酸楚："我真的求你，别把自己绷太紧了。你为了得到安全感，源源不断地制造不安全感，其实生活真没有你想象的那么恐怖。你只不过是眼睛一直盯着别人，总是在比较，才这么焦虑。你要的不是过得好，而是过得比别人更好，其实根本就没有人在意你，人人都只关心自己。你放松下来，不行我陪你去看医生，好不好？"

那隽眼睛直勾勾地盯着李晓悦搭在椅背上的半成品汉服抹胸。多么拙劣，做工粗陋，不伦不类。李晓悦曾向他抱怨，一套像样一点的汉服居然要上千块钱，她越来越玩不起了。有钱就可以避免忍受这种低劣，大大方方买它三五套精致的汉服，想怎么玩怎么玩，为什么她这么没出息呢？

"你逃避压力逃避得病态，我觉得你才该看医生。不信你去问问，正常三十几岁的人，谁会天天做这些玩意儿，到处嘻嘻哈哈没心没肺地拍照，游山玩水，吃喝玩乐？"

李晓悦坦率："我承认，我是懒，但我不承认那是病态。那隽，我学历一般，能力也不出众。我就是个普通人，想要挤进成功的列车里，要过得非常辛苦，我不愿意。何况这列车已经满员，我根本就挤不上去。你们去加速，我慢慢步行，不可以吗？而且，无论是坐车，还是走路，人这一辈子走到头，就是个死。我就愿意这样慢慢走，欣赏风景，为什么你总是想控制我呢？"

那隽摇摇头道："我坐车，你步行，这还怎么结婚呢？"

他终于说到这一点了。几个月来，两人都在回避这个问题，就是什么时候去领证。房装修完好一阵子，味儿也晾得差不多了，没人提何时搬进去。李晓悦尽量不去想这些事，她从父母死的那一刻就知道，人生总是有缺憾。大平层是很好很好的，和那隽恋爱三年，要断也且得伤筋动骨一阵。但如果这份婚姻要她交出自由来换，她就要好好考虑一下了。

也许那隽也知道她心里所想，所以才借由这个十年经济计划来试探她。她忽然悟到了，那隽因为挣得比她多，就以老板自居，否定她的生活方式，否定她所有的决定，要她将来打好"老婆"这份工。而同居这几个月，就是试用期。

该来的总要来，李晓悦心中划过一阵锐利的痛。还没开口，就这么难过，但她不是一个没有勇气的人："我考虑过了，我们俩不适合结婚，可能婚姻不适合我。而实际上，你的生活方式我也很不满意。所以我想清楚了，如果你愿意改变，比如减少你的工作量，我愿意和你同居。请你听清楚，仅仅是同居。如果你不愿意，我们就分手吧。"

那隽眼睛本来一直盯着那件抹胸，这时收回来，无神地盯着她，好像根本没听懂她在说什么。李晓悦看着他的模样，一阵不舍，但同时又一阵愤怒。这半天的交谈中，他竟然是在对自己下最后通牒？他只是他自己生活的主宰，为什么傲慢到像也同时拥有她生活的话语权一样？谁给他的幻觉？

她也傲慢起来："你想清楚，这周之内给我答案。房租上周我交了一个季度的，所以你不能赶我走，不然你就得退我钱。顺便说一下，我们俩在一起，我没有占过你多少便宜，请放下你对所有人的戒备心。"

她起身，不紧不慢地把沙发上的小块布抹胸装进塑料袋里，扎紧袋子，把它放到包里，把桌子上的电动缝纫机收起来，把碎布屑和线头掸到地上，再去厨房拿来扫帚，把地上清理干净，最后她背上包，走向门口。

那隽回过神来问："你要去哪里？"

李晓悦道："我跟朋友们约好了去圆明园滑冰，然后吃饭。"

那隽无力："我刚回来，你就又要出去……"

半个月内，他只在家两天，所以他要她一直配合他的时间吗？李晓悦用力把门一甩，砰的一声，给出了凶猛的回答。

那隽颓然倒在沙发上，渐渐身子蜷缩成一团，抱着头，昏昏睡去。

圆明园的风很硬，疾速滑行的冰刀激起阵阵冰屑。李晓悦没有想象中的高兴。可能天气太冷，风刮得她头痛。夕阳昏黄，让她心情低落。今天来了八个人，大家玩得鼻头红红，哈着白汽，一直到太阳快落山才尽兴出园，跑到西苑吃火锅。等着上菜的时候，姐妹们把各自做的半成品汉服拿出来秀，点评着，气氛很热烈。李晓悦笑着，有点走神，那隽的话这半天一直在脑海里回荡。她暗暗盘点了下，汉服社三十个成员，她年纪算比较大的。大家普遍都有工作，稳不稳定的不说，至少都在上班，只有她目前无业。

李晓悦恨自己和那隽相处太久，被他传染了一点点焦虑。或者她心中存了一点希望，希望自己是错的，好有理由回头和那隽在一起。她还是舍不得他。

她问起大家对未来的打算，一半女孩说还是要结婚生子，同时拼事业；一半说随遇而安。有个女孩笑道，你最理想了，结婚对象有钱又帅，还爱你，有那么大的房子住，等着当太太。我们就前途渺茫喽。有钱的丑，帅的没钱，又帅又有钱的只在偶像剧里，要么就是你的男朋友。

原来在大家的眼里，自己最大的加分项是那隽？没有那隽为她的人生加持，她就什么都不是。

李晓悦说要和那隽分手了："如果我和他分手，没有钱，没有男人，没有房，没有工作。是不是未来就一片惨淡？"

众人安静。半晌有人说："看你自己怎么想。你觉得惨淡，就是惨淡。你觉得有希望，那就有希望。但是你会这么问，证明你心里也不坚定。"

李晓悦想象了一下什么都没有的自己，和老那创业失败后，她继续在各类小公司间辗转，到了三十七八岁，她再也找不到白领的工作了。只好去打最底层的工作，比如蛋糕店的服务员。不对，服务员一般都要求年轻。比如她就留意到常来的这家火锅店，一半以上的服务员都换成了年轻男孩，甚至连男性都涌入了传统的女性服务业，如果打不了这种工，未来还有什么职业留给四十岁后的自己？对了，月嫂。李晓悦心里稍感安慰，琢磨着最近要和沈琳好好聊一聊。

接着，李晓悦又给自己找了最后一条退路，就是回老家。父母给她在县城留了套六十平的小房，目前她租出去了。县城租不上价，一年也就几千块钱。如果在北京混不下去，她带着半生微薄积蓄，回县城，能不能用退休金度过下半生呢？那个连大商场和电影院都没有、满大街只有德克士和麦肯基的地方，能安放自己北漂半辈子的心吗？

李晓悦皱了皱眉头，又想象了一下那隽为她规划的人生：首先进入大公司，努力拼到骨干和管理岗位。她不是没有机会去大公司，有几个相好的前同事在不错的公司当领导，可以问问他们。可旋即她又忆起当年为何离开大公司，她曾经在一家 4A 公司待过一年，当媒介，收入高，福利好，领导也很赏识她。但是一个项目接一个项目，加班太疯狂了。她浑身长满湿疹，反复发作，久治不愈，医生说就是精神太紧张所致。有一次连续加班半个月，大家晚上十点下班，快到家的时候，领导给李晓悦打了个电话，让她折回去加班。李晓悦终于崩溃了，勃然大怒，电话里直接辞职。第二天去公司走离职流程时同事跟李晓悦说，所有人都接到回去的电话了。她在路边哭了十分钟，但还是回去了。所有人平时聊天都在叫苦，但只有李晓悦真的辞职了。同事的口气不知道是奚落还是敬佩。

李晓悦回忆到这里，那曾经令她痛苦万分的湿疹仿佛又布满后背，颗颗灼灼刺痛。一股愤懑直蹿心头，她果断掐断想象。加班，滚您的蛋！如果她因此失业，无怨无悔。中年人没有年轻人扛造，廉价劳动力，人口红利，第一个发明这些说法的人就该拉出去枪毙。人就是人，不应该扛造，不应该廉价，更不是什么红利。扛造的都是牲口，牲口都不能往死里用，都得留点喘息的时间，喂把吃的呢。一群混账王八蛋玩意儿，公然违反劳动法，却不以为耻反以为荣地大谈奋斗，简直滑天下之大稽。

接下来的日子里，李晓悦与那隽没有再深谈。那隽又回到公司加班，那个软件的漏洞终于被彻底修复了。最关键的解决方案不是那隽提出的，是新来不久的一个程序员。那隽心里酸溜溜的，却也只能认。

这天，李晓悦和老那在一个活动现场干活儿。他们的工作室终于开张了，帮老那朋友的母亲承办六十九大寿的寿宴。算下来，利润有八千块钱，而且不用开票。两人都非常高兴，虽然算不得什么正经的公关活动，不过想一想，承办寿宴，和承办年会，甚至承办快消品路演，又有什么区别呢?

两人正在寿宴现场忙碌着，李晓悦手机响了，一看是个不认识的手机号。她以为是广告骚扰，就按掉。一会儿那电话又打进来了，现场吵吵闹闹，她接通，那头说话有点听不清，问她是不是叫李晓悦，他是那隽公司的人力，那隽出事了，让她马上来公司一趟。李晓悦吓了一大跳，问出什么事。对方说一言难尽，电话讲不清，还是赶紧来吧。

挂了电话后李晓悦跟老那说，老那也觉得事态严重，让她赶紧走，现场有搭建公司的人和他一起盯着就行。李晓悦匆匆打了个车往那隽公司赶去。

到了才知道，原来那隽在公司上厕所，由于坐满了十五分钟没有及时出来，电子屏的提醒闹钟突然铃声大作。他脑子嗡地一声断了电，眼前瞬间漆黑一片，倒在地上抽搐，久久出不来。外面洗手池的人听得扑通一声，又见他没出来，觉得不对劲，赶紧叫人破门而入，才把他救出来。

李晓悦赶到人力总监办公室的时候，那隽正坐在沙发上，抱着垫子。虽然脸色仍不太好，不过李晓悦知道他最痛苦的时候已经过去了。人力总监和颜悦色，要李晓悦带他去检查。

那隽道："徐总，我身体没有大问题，只不过是最近消化有点不好，上厕所的时间久了一点而已。你看我现在不就什么事也没有了？"他站起身，做作地转了个圈。

人力总监笑了笑："我觉得你最好还是休息一阵。"

李晓悦要带那隽走，他仍坚持说自己没事。

人力总监为难道："那隽，我实在不想把话说得太直接……我们查了一下监控，昨天你去了三趟地下停车场，每次在你的车里待了至少十五分钟。"

那隽顿时脸色惨白。

人力总监同情道："身体才是第一位的，工作是为了生活，而不是生活为了工作。你近来工作状态一直不好，考评已经有两次不合格。"

那隽的脸色又转成死灰色。

"我想和你的健康有很大关系。还是回去好好休息吧。"

李晓悦开着车把那隽带去医院检查，诊断是惊恐症和抑郁症都加重了。李晓悦开了药，开着车回家。一路那隽沉默，李晓悦心里也不好受，他这个病很明显不再适合这份高压的工作。他做了 A 计划 B 计划，但没有想到还有 C 计划，那就是他的身体在三十二岁这一年，就扛不住造了。

医生开了半个月的病假，那隽去请假。部门总监面露难色，那隽这一年，出车祸请了半个月假，这回又请半个月假，直接拖累整个部门的加班时间排名。如果他不生病，那么上次出车祸还可以理解为他是太着急回来加班所致，是令人赞许的行为。但加上这次，车祸这个事就可疑起来了。也许他的健康状况已到了很糟糕的地步，才会在慌乱中撞车。

部门总监与人力总监在会议室嘀咕了好一阵子，勉强批了假。那隽说自己可以只请一周的假，总监说算了吧，还是彻底养好了再回来，真要在公司有个什么三长两短，大家都不合适。这话又让那隽如当头一棒，但总监没有心情体察他一脸任人宰割的无助，总监自己也正暗无天日呢。他难道没有长期加班，没有偏头痛、失眠、肾虚盗汗等一堆毛病？大牲口级别的骨干使不上劲了，手头的活儿又多，说不定下一个惊恐症发作的就是他。

老那忙完活儿，赶过来看那隽。安静下来的那隽没有爹味，让老那找到了当哥哥的感觉。他努力安慰着弟弟，是他的真心话。这一遭失业又创业的历程让老那恍若隔世为人，看许多事情都和从前不一样了。然而那些语重心长的话听在那隽耳朵里，只是更难过。他刚和李晓悦说过，不要听弱者说话。现在连哥哥这个弱者也能来当他的人生导师，证明大势已去。

那隽在家睡了两天，却没有缓过来的迹象。第三天他一个人坐在阳台发呆，李晓悦自从去公司把他接回来之后，就停止了和他冷战。她买菜、做饭、洗衣服，精心照顾着他的起居饮食。可他沉默寡言。她知道他有多难过。

晚上，那隽靠在床头，忽然流下了眼泪，李晓悦也伤心。安慰开导他的话她说过那么多了，可是进不到他的心里，能怎么办？他起床，动作略带神经质，打开保险柜，拿出一个塑料袋，回到床上，把里面的东西全倒出来。那是大平层的房产证，三张银行卡，四个小小的木盒子。打开木盒子，原来是银行的金条，用透明塑料膜封着，黄澄澄，沉甸甸。他当牲口换来的全部家当，都摊在被面上了。

那隽说："晓悦，如果我有什么三长两短，这些都是你的。"

李晓悦眼泪都掉下来了，她擦掉眼泪，把东西装回袋里，笑道："我不要，你给你爸妈，给你哥。"

那隽握着她的手："我们明天就回我老家登记。"

李晓悦心里作难，她不想和那隽结婚。如果她是个坏女人，大可以趁他亮出真心时捞取好处。一般人有了真心，就有了破绽。

那隽黯然松开手，他看出她真的不想结婚。他佩服她有原则，正因为她有原则，所以他爱她。又正因为她有原则，所以他恨她。两人一夜没睡好，天亮时，李晓悦突然想到一个主意。

她对那隽说："我们去终南山玩吧，也许离开北京一阵子，对你的病情有利呢？"

那隽睁着满是血丝的眼睛看着她。

第二十章
在前同事家当月嫂

沈琳穿着粉色月嫂服，站在第一个雇主家大平层的客厅里，与穿着睡衣的雇主面面相觑。

当初公司说是一个姓丁的男士选中了她，他老婆三胎刚出生五天。这家人比较挑剔，公司前两个派过去的月嫂都只干了两天就被辞掉了。她哪里想到会这么巧，丁先生的老婆就是白寒宁？

白寒宁刚出院，伤口还在作疼，正半躺在沙发上，她是为了面试月嫂才强撑着坐在这里的。她婆婆坐在另一头，挑剔地上下打量着沈琳。气氛有点尴尬。白寒宁婆婆并不知道两人认识，问白寒宁道：“怎么着？满意吗？”白寒宁脸色不好看，不知是疼的，还是为难，一直没说话。

一般来说，如果是公司派活儿，月嫂不方便对雇主挑三拣四。雇主要是相中你，你基本就只能接单了。何况这是沈琳的第一单，第一单就退缩，容易让公司留下坏印象。沈琳此刻心中暗暗祈祷，白寒宁最好是相不中她。何必呢？虽说两人在公司的过节已过去了六年，而且上次见面时貌似也无异样。但这种关系，她如何放心把最最娇嫩的新生儿放到她手里，她又如何俯得下身段来伺候她?

白寒宁忍着痛，刚想说话，这时她五岁的大女儿和三岁的二女儿不知因为什么打起来了。两人跑过来，仰着小脸，叽叽喳喳，急切地证明着自己的无辜，对方的可恶，要妈妈主持公道。白寒宁有气无力地要她们别闹，婆婆一边安抚，一边请沈琳稍微回避下，沈琳依言走到厨房。

白寒宁婆婆对白寒宁道，她请大师提前算过了，沈琳的面相、属相、生辰八字都和丁家非常合，所以她才让沈琳来面试。这女人是月嫂培训班刚毕业的，这是缺陷。但她各项考核都是第一名，稍微弥补了一下。而且她生过二胎，二娃才一岁多，想必经验会比较丰富。最主要的是，最近佳家母婴提交过来的月嫂资料都不尽如人意。白寒宁要三十五岁以上，五十岁以下，学历高中以上，沈琳是最适合的。

白寒宁还没说话，婴儿在卧室哭了起来。白寒宁刚想抬腿，但二女儿缠住她，哭闹着，鼻涕泡都吹出来了。大女儿瞅准时机，推了二女儿一把。二女儿趔趄了一下，上前伸手抓了一下大女儿的脸，挠出个血印来，两人尖锐的哭声简直要划破白寒宁的耳膜。白寒宁也特别想放声加入这号哭的盛宴，三胎她并不想生，她都这么大年纪了，身体也不是太好。再往前倒一下，二胎她都不想生。可是三个娃，铁证如山，如山般沉重，压得她快要窒息了。她暴躁地大吼了声："都给我闭嘴。"

两个女儿止住哭闹。白寒宁推开卧室门，见沈琳已经在这里了，背对着门，臂弯里躺着她的儿子。孩子已经睡着了，沈琳一边轻晃着他，一边哼着曲子。曲调温柔婉转，抚慰人心。

沈琳本是不想干的，可是听到婴儿稚嫩的哭声，心头一软。她断奶的时间才过去半年，哺乳的记忆还残留在乳房上，这时双乳居然渐渐发胀。她本能地走进卧室，外面吵翻天，小婴儿闭着眼啼哭，无助地舞动着小手小脚，像破土而出的小嫩芽。沈琳轻轻抱起他，闻到奶娃娃特有的味道，心都快融化了，很想亲亲他嫩嫩的小脸蛋。不过在月嫂教程里，这是不允许的，所以她只是象征性地啵了一下，轻轻晃着他，嘴里哼着曲子。这根本不需要训练，所有的母亲都会。

在白寒宁的眼里，此刻这个粉色的背影看上去与整件事很相宜。沈琳转身，看到她进来，用气声说关上门。白寒宁关上门，沈琳仍一边轻晃着孩子，一边踱着步，小声说："寒宁，你要是对我不满意，那没什么说的，我一会儿就走。"

"那天你说自己是去找保姆的，其实是去月嫂培训？"白寒宁微挑嘴角。

沈琳尴尬地笑了笑，把睡着了的婴儿放回床上。两人走出门，沈琳还没说话，白寒宁婆婆对白寒宁以不容置疑的口吻说："她挺合适的，就是她了。"

老人转身进了自己屋，这回轮到白寒宁尴尬了。她看着沈琳，两人突然笑了。尴尬没有了，生出了些亲切。她固然撒谎了，她也没有表面看上去的光鲜。

白寒宁道："算了，你留下吧，我也觉得你挺合适的。"

白寒宁回屋休息，沈琳去给她做下午点心：木瓜牛奶。做各类小点也是沈琳的拿手好戏，当初在月嫂培训中心学这些手艺时，沈琳发现自己天生就是个保姆的好材料，做这些东西打心眼儿里兴致勃勃。沈琳自嘲，原来她骨子里就有伺候人的天分，又一想，家庭主妇可不就是大保姆吗？而且是没有钱的保姆。如今出来当月嫂，既能挣钱，又不讨厌这些事儿，不是一举两得？

沈琳把木瓜牛奶给白寒宁端过去，白寒宁起身，牵动着剖腹的伤口，蹙了下眉。她头两胎是顺产，第三胎剖宫产，此时肚子上还粘着纱布。沈琳要她别太用力，她可以喂给她。白寒宁靠在床头，沈琳一口一口喂着她，两人一边聊着天。

沈琳道："跟你说实话吧，寒宁，我是走投无路了。这个岁数也找不到什么像样的工作，不认命也没办法。好在我也愿意吃苦，你们这些雇主也愿意给我机会。算是生活给我留了条路，不然我真的要投河了。"

沈琳说这些话时，并不觉得酸楚。她这个虚荣的伪贵妇一夜之间就学会求人了，切换得这么丝滑，全拜老那振聋发聩的那句"你吃我的喝我的"。示弱多么管用啊，一个看上去养尊处优的女人突然示起弱来，会更管用，因为人们相信她真的走投无路，否则不会愿意把如此不堪的一面露出来。就比如上次求胡海莉帮助，她慨然答应录用自己。再说一个月的培训，这些心理建设已经反反复复做过了。不出来找饭辙，她和孩子吃什么喝什么？酸楚抵什么用？自尊心又价值几何？她能拿着左手的酸楚，右手的自尊心，上超市换米面油盐吗？

白寒宁审视着她，一口一口喝下木瓜牛奶，说："我很佩服你，沈琳，我就做不到你这样。"

沈琳笑道："那是因为你有选择，而我别无选择。"

白寒宁叹了口气，摇摇头，却没有多说什么。木瓜牛奶味道很好，浓郁香醇又不腻。沈琳掏出手机，念着写在备忘录里的一道道菜名，那是为她设计的一周的月子餐，每一道听上去都很美味。从这碗木瓜牛奶上判断，那些菜也不会徒有美味的名字。白寒宁记起，在公司的时候，沈琳就曾带过自己卤的凤爪和牛腱子肉给大家吃过，吃过的人都啧啧称赞她好手艺。

这个女人真能干，工作利索，家务也干得好。只不过，这么能干的女人，还是要沦落到在四十岁这一年来当月嫂，白寒宁此时不由又庆幸自己处境不算差。她嘱咐沈琳卤点卤货，猪蹄、凤爪、猪耳朵什么的，看着卤，她特别想吃当年沈琳给她吃过的卤货。说着拿出张超市的购物卡给沈琳，说里面有五百块钱，没有密码，随便刷。沈琳拿了卡，说你好好睡，就等着起床后吃吧。白寒宁长叹一声，如牛棚的老牛终于到了休息时间一样，缓慢地俯下身子，滑入被中。想象着一锅香糯Q弹的卤货，昏昏沉沉中咽了咽口水。

起床时天已黑，白寒宁走出卧室去吃晚饭。可桌上并没有她所盼望的一大锅卤货，只有猪蹄汤。她看着沈琳，沈琳为难地笑。婆婆道："我不让她做。月子里不能吃太咸，你本来就下不了奶，再吃那些重口的，你儿子只能纯奶粉喂养了。"

白寒宁看着一锅白汪汪的猪蹄汤，一阵恶心。生完孩子之后的五天，她顿顿汤，不是鱼汤，就是猪蹄汤，而且汤淡出鸟来，现在一闻到这味儿就反胃。她脸色难看："不吃咸的我也下不了奶，这阵子吃这些东西吃得我都快吐了。喂奶粉就喂奶粉吧，现在配方奶粉营养都非常均衡。"

婆婆打断："再均衡能有母乳好？你是个母亲，为孩子克服点困难算什么？"

婆媳对峙，空气中有种敌意在慢慢具象，成形。沈琳不知所措，她在自己家是绝对的女主人，老那母亲虽然偶有怨言，或者脸色难看一下，但从来不会与她正面冲突。沈琳生二胎时，婆婆做的饭全部依着沈琳的口味来，她想吃啥，只需要一说，婆婆就会去买。做得不好，沈琳也领情，或者自己做。

而白寒宁很明显被婆婆拿得死死的，连吃喝都做不了主。沈琳记得月嫂培训时说过，万一遇到雇主家庭成员之间发生矛盾，最好的办法就是明哲保身，一声不吭，能迅速躲开为上策。她身子微微往后倾，想一点一点蹭去厨房，但白寒宁叫住她："沈琳，我想吃你做的卤货，现在就去给我买回来做，多放干辣椒花椒和老抽。"

白寒宁挑衅地看着婆婆。沈琳脚一抬，婆婆冷声唤："沈琳你给我站住。"

沈琳暗暗叫苦："寒宁，阿姨，要不你俩好好商量一下。"

她话音未落，白寒宁端起那一大盆猪蹄汤，走到厨房，哗地一下全倒到水池里。这才是当年那个在公司和她吵架的泼妇白寒宁。沈琳心里是站白寒宁的，活到四十二岁了，想吃什么都没有自由，这太不可思议了。

婆婆对白寒宁怒目而视，白寒宁把盆"咣当"一声扔到水池里，以示回应。这时门开，白寒宁丈夫丁松涛下班回来了。沈琳注意到，婆媳的气势在这一瞬间微妙地变了，白寒宁那副张牙舞爪的气势没了，变得委屈而心虚。而婆婆则腰板挺直，目光更加凌厉。

丁松涛发现气氛不对，皱眉问怎么回事。婆婆道："你老婆想吃辣的，咸的。母乳下不来，你儿子不见长。但你看看她，一点也不着急。女人嘴馋是会坏大事的。"

丁松涛松着领带，把包扔到沙发上，一屁股坐下，道："就这几天，你忍耐一下吧。"

白寒宁声音带着哭腔："我忍不了了。你让她走吧，有月嫂就够了。"

丁松涛上下打量着沈琳，那眼神让她说不出的难受。他看着又老又枯瘦，眼神带点闪烁不定的阴鸷。他是一家期货公司的小股东，那些算计、钩心斗角、日进斗金的狂喜和一夜暴跌的痛苦，不可能水过无痕，总会留下点什么。天长日久，就让他有了这样一副面容。

他没说话，双手双脚摊成个大字，把头往后一仰，闭上眼睛，累坏了的顶梁柱模样。婆婆得了默许，情绪更加高涨："白寒宁，你记住，儿子不是你一个人的。我们老丁家这个小孙子，我必须管到底。"

沈琳睡在白寒宁卧室，就在她床边支了个小床，照顾她和孩子。十二点了，白寒宁仍无睡意，躺在床上，眼睛睁得大大的。沈琳知道她难过，但安慰又怕她难堪，只好保持沉默。白寒宁有大奔坐，有四室两厅的大平层住，但在家庭中的地位如此卑微，得失难说。她想起她曾经高昂着下巴说"祝你打工打到死，老娘回家享福了"，不由唏嘘，给老板打工终究还是要强过给老公打工。

白寒宁忽然说："这王八蛋骗我生三胎，说生完住一个月十万的月子中心。生完了之后告诉我公司经营困难，他没钱了。反正都三胎了，经验丰富，找个月嫂加他母亲就够了。重男轻女的王八蛋，怀孕四个月就带我去影楼查性别。没人性的畜生。"

白寒宁有点鼻音，窸窸窣窣，去抽床头的纸巾擦泪。

沈琳自打进了这个家门，一刻不得休息，刚刚上岗的紧张又加重了这份疲惫，此刻困得眼睛都睁不开了。这番话实在叫她不知道怎么接，但雇主说话又不能不理，于是她叹了口气，以示接碴儿。

白寒宁道："沈琳，你当年班上得好好的，突然回家当全职主妇，是不是为了二胎追儿子？"

这话让沈琳一下子清醒了。她绝对不是为了拼儿子才生二胎，可是不少人知道她二胎是个儿子之后，都露出意味深长的表情，让她反感。她非常害怕这样的话传到女儿耳朵里，就像小时候弟弟出生后，村里人都在开她的玩笑，说父母不要你了，你弟弟才是老沈家的根。这些话曾让童年的她一度生活在黑暗中，甚至恨起父母和弟弟来。直到父母身体力行地证明，他们确实一碗水端平，她才渐渐抚平这个心理创痛。

沈琳道："绝对不是。"

白寒宁笑了一声："就是凑巧的？我才不信呢。"

沈琳生气，心想明明你自己重男轻女，才会配合老公去测性别，为了不让这份心虚太过，于是拉别人一起背锅，这心思也太恶劣了吧？

她道："当然是凑巧。"

白寒宁道："我不信。"

"那要这么说，天底下二胎是儿子的都验过性别？"

白寒宁哼了一声："我觉得是，只不过大家不说破罢了。"

沈琳口气尽量保持平静："如果你三胎测出来是个女儿，真的打掉？"

白寒宁道："那当然不会。"

沈琳道："那你怎么就觉得别人一定会打掉女儿追儿子呢？"

这话问住白寒宁了，她很不高兴，翻了个身不说话。沈琳忆起月嫂培训时，老师说，尽量不要和雇主发生口角，有点后悔。但她又想，白寒宁方才的话踩到她的底线了，决不能不反驳。现在是什么时代了？雇主和保姆之间是相互尊重的关系，不见得掏钱的人就可以随便践踏服务人员的尊严。

凌晨两点，沈琳被婴儿的啼哭声吵醒了。她困得眼睛都睁不开，还是强撑着坐起身，把孩子抱起来给白寒宁。白寒宁迷迷糊糊撩开衣服，沈琳把孩子放到她的身侧。她的奶实在太少了，吸着费劲，婴儿气急败坏地吐掉乳头，仰面大哭。这时白寒宁婆婆突然推开门，走过来，像关心，又像监视。

沈琳道："阿姨，您去睡吧，这里有我就够了。"

婆婆扬起手止住她，眼睛一直盯着白寒宁。眼看孩子哭得满脸通红，白寒宁侧卧又牵动着伤口，一脸痛苦，沈琳于心不忍，说："阿姨，母乳可能比奶粉好一点，但也要看当妈的实际情况。如果她身体受不了，奶又下不来，就算了。"

婆婆冷笑一声道："我们请你来当月嫂，其中非常重要的一条就是让你来给孩子他妈开奶。你不努力替她下奶，反而怂恿她喂奶粉，不就是图省事？"

沈琳委屈道："开奶最关键的是头几天，您想一想我第五天才来，这之前的工作我也没有机会做呀。再说了，真要图省事，母乳喂养我们才省事呢，您说是不是呀？"

婆婆恼怒，却又无法反驳。

沈琳又道："孩子哭得这么厉害，我建议她先别喂了，让孩子缓一缓。不然万一呛奶了，会有得肺炎的危险。"

这话打动了婆婆，她脸色缓和了一些。沈琳察言观色："那我去泡奶？"

婆媳都没开口，仿佛不开口，给婴儿喂奶粉的决定就不是她们做的。沈琳赶紧去泡奶，拿了满满一瓶奶进来，把孩子抱过来坐到椅子上。孩子嘴刚碰到奶嘴，就一口叼住，迫不及待地咕咚咕咚喝起来。沈琳几乎可以听到婆媳心中的长叹，白寒宁是如释重负，婆婆则是万般失望。

这一瓶子奶下去，就宣告白寒宁的母乳喂养正式结束了。婆婆摇摇头："出院第一天医生就交代了，要多让孩子吸一吸奶。你就是怕痛，怕累，不坚持。第一天没开个好头，以后就坏事了。你是妈妈，为什么这么自私，光想到你自己？"

她走了，白寒宁仰躺成自暴自弃的姿势，盯着天花板，一声不吭。这一夜，孩子吃了三次奶，沈琳再没有叫白寒宁。白寒宁终于睡了个稍长一点的觉，然而沈琳却遭了大罪。

当初在月嫂中心时老师就说，要对起夜喂奶有思想准备，那是月嫂生涯中最令人胆寒的环节。传说中有一种酷刑，就是在人最疲惫的时候突然在他耳边大声播放音乐，或者用强光照射他。几天几夜不间断，这个人最后将会精神崩溃甚至发疯。起夜哺乳也差不多，你总是要在困得摇摇欲坠的时候被婴儿尖利的哭声吵醒，强撑着起床喂奶。要不为什么有的产妇会有产后抑郁症？所谓产后抑郁症，实际就是"产后育婴支持不足"，被起夜喂奶这样的"酷刑"拷打过后，如果白天不能休息，而是要用其他劳累来继续烦扰产妇，她不抑郁才怪呢。

沈琳一儿一女都是母乳喂养，孩子一哭，抱过来往怀里一塞，十五分钟吃饱，他们就乖乖睡去。第二天婆婆还会把孩子接过去，让沈琳补觉。因此沈琳低估了起夜喂奶的辛苦，前两次她还强忍着，但第三次，她撑不住了，困得脑袋昏沉沉的，眼皮直打架。早晨七点，孩子又醒了，白寒宁比她先被啼哭声吵醒。她睁开眼睛后，发现孩子已经在白寒宁怀里，赶紧起床，说不好意思，自己睡得太实了。

白寒宁倒没责怪她。沈琳去泡奶，哈欠连天，迷迷糊糊间被开水烫了一下，痛得一个机灵，赶紧打开水龙头冲水，这一下让她清醒不少。这个家还雇了保姆，负责做家务，沈琳只需要专心伺候白寒宁和婴儿即可。她给孩子喂完奶，已经八点了，吃了早饭，她还要帮白寒宁洗澡，给她的剖宫产伤口换药。刚要靠在沙发上休息一会儿，十点，孩子醒了，又要喂奶、拍嗝、哄睡觉。沈琳抱着孩子，困得头直往下垂，喂完奶刚松了一口气，一想还没给白寒宁做月子餐呢，只得拖着疲惫的步子到厨房做饭。

既然孩子已经喝上奶粉了，白寒宁便要沈琳不要再给她做汤汤水水，而是做她爱吃的菜，香的，辣的。沈琳踌躇道："你婆婆会不会有意见？再说，你的伤口还没好。"

白寒宁面无表情道："你是我的月嫂，还是我婆婆的月嫂？"

沈琳只好利用冰箱里现有的食材，给她炒了个农家小炒肉。白寒宁没出厨房，站在灶台把一盘青椒和五花肉就着白米饭全吃了，连蒜片都没放过。吃完道，这是她今年吃的最香的一顿饭。她打着饱嗝走了，婆婆走进来，闻着空气中呛辣的味道，恶狠狠地瞪着沈琳。沈琳低着头灰溜溜地走了。

吃完饭，沈琳终于可以睡上一会儿午觉了。才睡了不到一个小时，孩子又醒了。听着他的哭声，沈琳有种万念俱灰的绝望。她摇摇晃晃起身，去泡奶，喂奶，接着做婴儿抚触，给他洗澡、护理脐带。她干着这些活，一边努力睁开眼睛。她的眼球胀痛酸涩，眼前的视线模糊，有一瞬时感觉天旋地转。她闭闭眼，晃晃脑袋，再睁开眼，可情况并没有好转。她心跳加快，腋窝和后背出了汗，腰酸得快站不住了。她把孩子的衣服穿好，放到白寒宁身边，让他们母子亲近一会儿，再把孩子换下来的衣服收拾好，放到浴室的专用盆里。做完这些，她已经像跑到马拉松终点一样，快要瘫倒在地上了。可是等她走回卧室时，白寒宁说孩子拉屎了。

沈琳这样干了三天，第四天，她食欲不振，嘴里发苦，又要强打精神，不能耷拉着脸给雇主看。掐指一算，平均一天也就睡四个小时。这份工作是拿命在换钱啊，都在说月嫂工资高，这样的工作强度，琐碎程度，一个月拿两万也不算多，何况绝大多数月嫂拿不了两万。沈琳因为是新手，只能拿到八千，又因为是公司介绍的活儿，要交提成一千。原来人居然可以廉价到这种程度。

这晚起夜，抱着孩子喝奶时沈琳困得直犯恶心，腰椎阵阵刺痛。大床上，白寒宁打着香甜的呼噜，一个正常的人就该在凌晨两点睡成这样。她就是在燃烧生命，给白寒宁续命啊。

这辈子到底哪里做错了，才要在四十岁这一年如此狼狈？是了，在大家都在996地挤着地铁加着班的日子里，她睡到自然醒，喝咖啡，刷韩剧，睡午觉，现在报应来了。人间的苦是定量的，你最后总要吃完它们，不是这时吃，就是那时吃……沈琳很想哭，反正夜深人静，无声地流一会儿泪，也不会有人笑话。此时不哭，更待何时？她想着，但眼泪流不下来，再仔细一回味，是她自己咬着牙，硬顶着那股酸胀，在它变成液体之前，把它活生生从眼窝和鼻腔里逼回去，咽到肚子里。愿赌服输，这是走进月嫂培训中心那一刻时就立下的誓言。无论哪里做错，一个四十岁的中年人还有很多日子要活，哭管什么用？黑暗里沈琳的胸中千军万马咆哮，最终归为万籁寂静。

孩子喝饱了，沉沉睡去。沈琳把他放回小床，拿着奶瓶去厨房。路过客厅时，见这里亮着台灯。凌晨两点了，丁松涛还没睡。白寒宁生完孩子之后他一直睡在另一个卧室，此刻他正独坐喝酒。沈琳正犹豫要不要打招呼，他已抬头看着她，道："给我拿个你做的小菜来。"

沈琳来了一周，厨艺受到了全家的欢迎，什么腌萝卜块、卤货、素什锦之类的小菜尤得欢心。婆婆也因为这一点，对她和颜悦色多了。沈琳给他拿了她做的小菜，他拍拍沙发道："过来坐会儿吧。"

沈琳不好拒绝，坐到了沙发一角。丁松涛举着红酒杯问她喝不喝，她笑着摇摇头。在雇主家不喝酒，这也是行规。

丁松涛自斟自饮："听说你是白寒宁的前同事？"沈琳点点头。

他得殚精竭虑到什么程度，才会这样凌晨两点喝酒呢？这么大的房子，满屋昂贵的家具，开百万豪车，还能养得起三个孩子，证明他是非常富有的人。可富有至此，又怎么会掏不起十万块钱的月子中心费呢？沈琳一时不知道怎么判断他。

丁松涛歪着头看着她："为什么干这个？"

沈琳坦然："四十岁，找不到工作了。"

他道："你没有老公吗？"

这话有点无礼，她还是回答："不能让他一个人养家啊。"

他若有所思，点了点头，赞道："你很勇敢。"

他握住她的手，掌心微妙地摩擦了一下。沈琳原以为已经坐得拉开距离了，可是他身子一探，还是轻易够着了她。她吓了一跳，赶紧站起来，匆匆道："您也累了，早点休息吧。"她转身，快步离开客厅。

沈琳太累了，不会由于琢磨此事而睡不着。然而第二天一早，她赫然发现丁松涛没有像往常一样去上班，还是穿着睡衣坐在客厅，只不过刷着手机，乍一看还以为他整夜没睡呢。见她来了，他抬头冲她一笑，笑容看在她眼里，说不出的厚颜无耻。她心里厌恶，扭头走向厨房。怎么回事？他把自己当老爷，把她当丫鬟，要来一场恶俗的剧情？

沈琳哀叹，自己的运气太好了，第一份工作就集齐了产妇没有母乳、夹在婆媳矛盾中间当受气包和遭遇男主人性骚扰三个月嫂最怕的大礼包。

她琢磨着这个事怎么办。起夜喂奶是月嫂题中应有之义，当受气包嘛，忍一忍也就过去了。但性骚扰不一样，不拒绝不知道事态会不会严重下去，拒绝得太直接恐怕撕破脸。

第二十一章 万般无下品，挣钱第一名

干了半个月之后，沈琳请了一天假回家。婆婆一个人带着子轩在客厅玩，两人看到她后惊喜不已，儿子飞奔过来大喊妈妈。半个月不见，他又长大了一些。沈琳叭叭亲着儿子，婆婆眼圈红了，说沈琳瘦了很多，一看就知道当月嫂很辛苦。

沈琳挑下午回家，就是想为全家做一顿饭。晚上老那接了女儿卓越，一推门就闻到了熟悉的味道。卓越抽着鼻子，大叫："我妈回来了。"她直奔厨房，见沈琳果然在，高兴得一把抱住她，又哭又笑，害得沈琳也跟着飙泪。

灯下，全家聚在餐桌前。满桌都是沈琳的拿手好菜，卤货、蒸鱼、西芹炒牛柳、蒜蓉粉丝扇贝，还有一道小吃河北肉糕。卓越吃得两眼放光，叫道："我希望妈妈永远在家。"子轩挥舞着他的专用塑料小勺，也跟着大喊妈妈。

老那喝着酒，一家人团聚原是高兴的事，却让他心里不好受。有担当的男人，难道不是能以一己之力撑起一个家，让年迈的父母安心养老，老婆孩子衣食无忧么？可是他四十多岁了，一事无成，前途渺茫，还要让老婆出去当月嫂养家，实在丢脸。沈琳脸色黯淡，黑眼圈明显，整个神态就是长期熬夜人的模样，再带着笑，眉宇间也心事重重，不能完全放松，和那隽有点像。老那心痛地回忆起从前的沈琳，脸色滋润，穿着那件软滑的紫色睡衣坐在沙发上喝咖啡，带了点富态的慵懒性感。知道自己有坚实后盾的女人，才能有那样笃定的神态。从前的日子，像流水般一去不复返了，这都是他的错。

老那一直在复盘人生，到底哪一环出了差错。有时他后悔得捶胸顿足，比如他年轻时可以更勤奋好学一点，更有远见卓识从而为人生安排好退路；有时他愤怒得握紧拳头，为莫名其妙地替王总的小三儿还了一百万货款。他想和那个什么狗屁正大阳光美容联系，要求他们把他的法人代表变更过来，可那个许意超在工商局留的手机号是个空号。想向法院起诉公司侵权，又费时费力，连人都找不到。他只好愤愤作罢，但这件事就如智齿隔三岔五发炎般令他难过。

沈琳知道老那心里难过，越是开心的时刻，越是会勾起他对往昔富足的回忆。他的工作室开张两个来月，只接到几个不能称之为项目的小单子。比如给某家具店开业铺个红毯做个海报，给某个熟人的长辈承办个寿宴，给某个小网红发几篇稿子之类的，连房租都挣不到。李晓悦陪着生病的那隽在家休养，也无心跑业务。

沈琳想着大家的遭遇，包括沈磊，心止不住地往下沉。难道她的气场太差，所以周围聚焦的全是倒霉的人，连那隽这样的天之骄子，居然也一夜之间跌到谷底。又或者，是这个时代不行，绝大部分人都在走下坡路。比如丁松涛，从前传说他怎么怎么成千上百万地挣，如今还不是深夜在客厅喝闷酒，显出颓态来？

晚上，夫妻搂在一起，躺在床上，享受着久违的安宁与亲密。沈琳长期缺觉，喝了点酒，睡意浓浓，却舍不得合眼。老那说起正在跑的几个单子，长吁短叹，情绪非常低落。沈琳因为被丁松涛骚扰，心神不宁，本想在丈夫这里找点精神支持，见状放弃了这个念头，转而鼓励他，万事开头难，再说工作室开张两个月也并不是颗粒无收，这不还挣了一万多块钱吗？合下来一个月也挣了六七千呢。她一天睡不到四个小时，干一个月，也就挣这个钱。可见还是得做生意，光卖体力是挣不到钱的，公关工作室大有前途。

老那听完，一句话也没说，只是紧紧地搂着她。她以为安慰奏效了，殊不知是她那句“一天睡不到四个小时”叫他悲痛得差点号啕大哭出来。他把脸躲开不叫她看见，因为他哭了，这件事太严重了。搂在一起相看泪眼的深夜，有过一次就够了。太多，可能他真的就爬不起来了。

第二天早起，老那送卓越上学，同时上工作室处理事务。沈琳坐在沙发上喝着咖啡机现打出来的咖啡，惬意得直叹气。窗台上的那几盆泡泡果汁玫瑰盛放如初，她走后，婆婆一直帮她精心照料着它们。只是，她的生活再也回不到曾经的悠游自在了。

沈琳正怅然，母亲突然打来微信电话。她看着手机，一下愣了。她这段时间仍没断和父母一周一个视频电话的习惯，弟弟已经脱离正常生活秩序了，她不能再让父母操心。月嫂培训时她挑中午吃饭时间，脱了月嫂服，在佳家母婴的会议室给父母打，假装自己仍在当白领，是会议之余打的电话。在白寒宁家时她特地挑外出买菜的周末时间，假装是给家里买菜，营造一种日常祥和的气氛。每次她都能平安糊弄过去，但为什么父母突然会主动打来电话？一般都是她给家里打。

万幸今天正好在家，沈琳定了定神，接通电话，摄像头那端是母亲忧心忡忡的脸。

“琳儿你在哪儿？”母亲道。

沈琳欢快地转着摄像头：“我在家里啊妈，你看这是你外孙子，这是你亲家母。”

正在陪孙子玩玩具的婆婆冲着镜头招了招手。

“听说你叫公司给辞了，现在在当月嫂？”母亲道。

晴天霹雳！沈琳结结巴巴道：“哪有……没有。你听谁乱嚼舌头？”

“志国兄弟俩，还说那伟也失业了。”

沈琳非常生气，提高音量：“什么失业？我老公开公司创业。”

父亲的脸从旁边探了进来：“所以你真的在当月嫂？”

再抵赖也没用，沈志成两兄弟肯定在老家什么话都说了。沈琳沉默。

“我们下午的高铁到北京。”父亲说。

沈琳叹道：“爸，妈，我下午就要回雇主家了。你们来可以，看看卓越，看看子轩，但你们见不着我。”

母亲无声地哭了。沈琳非常恼火：“是，我在当月嫂。让你们觉得丢脸，我很抱歉。但是妈，我不偷不抢，靠自己的劳动挣钱养家，有什么见不得人的？那么多人在从事服务行业呢，难道他们都很卑贱吗？”

父亲的声音愤怒：“万般皆下品，唯有读书高。你是大学生，怎么能干这种低等的粗活儿？”

哈哈，沈琳笑了，笑容无奈又困惑：“爸，我那天才知道，沈志国沈志成两兄弟的包工队，平均每年可以挣七十八万。我要到这个岁数才知道，我们空有一张大学文凭，其实就是废纸。我们到底哪里来的底气，去看不起人家蓝领呢？万般无下品，是唯有挣钱高。”

老两口在那头默默流泪。他们倾其所有，培养了一儿一女上大学，如今儿女落到了这个结局，实在让他们想不明白。读书总归是没错的，那错在哪里了呢？

沈琳难得的这半天好心情，全被父母毁了。她尤其痛恨他们流露出来的那种天塌了的仓皇感。天塌了！这样的仓皇她在自己和老那的脸上都看到过，看过一次就够了，不用再看一次。

下午，沈琳回到白寒宁家，婆媳俩都一脸盼来救兵的如释重负。一会儿，父亲来电，说已经到北京了，要来看她，不过分打扰，看一眼就走。沈琳非常烦恼，却又拗不过，只好告诉他们白寒宁家的地址。一个小时后，父母出现在门外，沈琳匆匆出门，母亲见她穿着粉色的月嫂服，眼泪又流出来了。她和老伴奋斗一生，拼命托举儿女往上爬，可他们一个两个全掉下来了。这身衣服，坐实了老两口人生的失败。儿女就是父母命运的外显，赤裸裸的证据。沈琳不耐烦，要她不要哭，这样在雇主家门外哭哭啼啼成何体统。父亲要她辞掉这份工作，又怒气冲冲，说要去问责女婿，为什么连老婆都养不活，要叫她来当保姆。

沈琳看着夕阳下衰老而伤心的父母，只觉得灰心丧气，真想返回屋里立刻跟白寒宁辞职，她正缺这样一个借口呢。一转念又怨恨他们不懂事，自己来当月嫂，已经够难过了，为什么他们就不会加油鼓劲儿，开导自己不要自卑？

这时，白寒宁推开门，扬声道："沈琳，孩子拉了，快回来吧。"

沈琳忙回道："哎，这就来。"

她一扭头，看着父母。他们明白了，女儿真的当了月嫂。而她也明白了，她不可能辞职。她风雨飘摇的家，需要这份微薄的月薪。

沈琳给孩子洗了屁股，换了纸尿裤，这时手机微信响了，是父亲发来的："闺女，记住，顶不住的话，你还有河北老家。你一家四口人，一层楼都住不完。我这些年弄这个楼，就防着哪天你和你弟弟出点什么事儿了，能接住你们。你不用怕别人说三道四，咱家屋那么大，关上门，想干啥干啥。"

沈琳眼泪大颗大颗滴落在孩子白胖的小腿儿上，孩子一缩腿，黑眼珠好奇地看着她。她拿纸巾把他腿上的泪水吸干，回了句："好。"

有了沈琳的精心照顾，白寒宁渐渐从产后的疼痛与虚弱中康复过来，而她令人讨厌的天性也同步苏醒了。

比如一开始白寒宁对沈琳的手艺赞不绝口，最近却开始挑剔起来，明明说下午点心要吃酒酿元宵，沈琳做了，她又突然说不想吃了，想改吃银耳莲子汤。沈琳依言做了，热腾腾端上桌，她却又说时间太晚，吃了怕晚饭吃不下，倒了吧，说完漠然走开。沈琳的手僵在桌上，想了三秒钟，既然你不心疼，我又何必生气？于是心平气和，把汤倒掉。

这家比较讲吃，每餐桌上都有鲍鱼、鲜虾、排骨、鳜鱼、三文鱼、牛排之类的好几种硬菜。沈琳本也好吃，加上体力消耗大，吃起饭来非常香。可她很快发现，只要连着夹两筷子好菜，白寒宁就会看她一眼。夹几次，白寒宁又斜了她一眼。几次下来之后沈琳心里恼火，连七十岁的白寒宁婆婆都不会在吃上面与她计较，白寒宁为何这么刻薄呢？

还有比如大家一起吃饭，突然婴儿哭了，沈琳放下碗给孩子喂完奶，哄他睡着了，回来一看，所有人都吃完饭了，桌上只剩残羹冷炙。这也没什么，沈琳拿起碗，浇点汤汁，匆匆扒了两口饭，孩子又哭了，原来是尿了。沈琳放下碗，又给孩子换纸尿裤。换完后他精神了，不想睡。这时白寒宁本可以把孩子抱过去，让沈琳吃完饭，但她靠在沙发上刷着手机，一声不吭。保姆见沈琳饭都吃得不安生，不忍心地说我替你抱一会儿吧，没想到白寒宁冷冷地说一声各司其职，保姆只好缩回手。沈琳哄了孩子四十分钟，手痛脖子硬，腰都挺不直，白寒宁也没说要替一下手。

有时候白寒宁突然对沈琳很热情，会送给她一些自己淘汰下来的东西。比如有一次送沈琳八百多一小瓶的兰蔻小黑瓶，沈琳不想收，白寒宁硬塞到她手里，沈琳只好道了谢，收下了。白寒宁又冷不丁来一句你别嫌弃啊，不是满瓶，但是你没用过这种好东西，试一试总归是好的。沈琳忍不住，说我的确没用过兰蔻，我之前用海蓝之谜。白寒宁一脸“你真能装蒜”的嘲讽，让沈琳差点把小黑瓶摔到地上。当然，这只能是她的想象，实际中的她已经为自己脱口而出的这句话后悔了：为什么一定要把雇主比下去呢？你比她厉害，为什么会来给她当月嫂呢？

沈琳已经看清白寒宁与丁松涛的关系了。丁松涛每天很晚才回来，即使偶尔在家，他与白寒宁也几乎不交流，连视线都很少有交汇。要不是生三胎，这对形同路人的夫妻早就离婚了。丁松涛不是白寒宁生孩子才与她分居，很有可能他们早就分居了。这孩子怎么怀上的，都可疑。白寒宁就是在丈夫面前太没有存在感了，才会在月嫂和保姆面前摆威风。只是，感情破裂成这样，夫妻又为何非要去拼个三胎？实在费解。而且，他们都四十多岁了，拼命要追生个儿子，但儿子生下来后，白寒宁看上去对他并没有多少感情。丁松涛也几乎从来不抱他，甚至也不像别的父亲那样，再晚回来，也要悄悄踱到婴儿床边，凝视他的脸蛋，目光深情而满足。这儿子就像不存在一样。

连婆婆也很少抱孩子，她手臂没力气，说怕摔着孩子。可一般的奶奶不是喜欢逗弄孩子，亲亲孩子的脸吗？不过有一次婆婆亲了一口婴儿，白寒宁立刻说婴儿抵抗力低，请你以后不要亲他，避免传染病，连我自己都不亲他呢。婆婆大怒，和白寒宁吵了一架，以后果真对孩子冷淡多了，赌气一般。这个家里，两个吵闹的女儿是唯一的生气，这最最金贵的儿子仿佛只是权柄的象征，只为了传宗接代而存在。他们只爱抽象的儿子、孙子，爱不了这鲜嫩嫩活生生具体的婴儿。

这个家庭的气氛如此冰冷，所以白寒宁偶尔又会流露无助，让沈琳怜悯她。比如久久地靠在床头愣神，或者坐在阳台默默流泪，一两个小时都不说一句话。有一次她在厕所坐了一个多小时没出来，沈琳还以为她晕倒在里面，紧张地敲门叫着。好一阵子，里面传来她带着哭腔的声音："你走开，让我一个人安静一会儿。"

沈琳判断白寒宁有轻微的产后抑郁症。这样的岁数，生了三胎，与社会脱节那么多年，没有经济能力，只能看老公和婆婆的脸色，不抑郁才怪呢。

白寒宁有天对沈琳说："你有没有一种感觉，四十岁以后的日子，是一种加速下坠的状态。我有点晕，想抓住点什么，可是一直一直往下坠。有种接近终点那个黑洞的味道，我想那是死亡的吸引力吧。"

她凄婉地朝沈琳一笑，沈琳心软成一摊泥，差点把她揽到怀里，好好安慰一下。当然她不可能这样做，只是温言安慰白寒宁，你可能是刚生完孩子，激素还没有恢复正常，导致心情起伏波动，别瞎想。她也知道白寒宁懂这些科学道理，白寒宁名牌大学本科生，曾经也是能干的职场人，什么不懂呢？

白寒宁摇摇头，根本不接受安慰，或者说她只是需要一个倾听者："我怕有什么真相我没看透，等看透时已经无力回天了，你知道这种感受吗？"

这话直击沈琳的心，她也时常这么想，那真相是什么呢？谁能回答？这一刻，冰冷刻薄的白寒宁变得温暖可亲，并且透着深刻。沈琳下决心以后对她好一点，也许她们可以成为交心的朋友呢？

沈琳正感动，白寒宁抽了张纸擦了擦鼻涕，然后把纸递给沈琳，意思是让她扔掉，语气突然变得严厉而高傲："昨天的木瓜牛奶太甜了，希望你从今天起记住，放糖之前要问一下我。"

沈琳愕然，心冷了下去，但她精准控制着自己的表情，没有一丝失措："好的。"

白寒宁就是这样矛盾，让沈琳对她喜欢不起来。又或者，白寒宁也意识到，让前同事现月嫂窥见自己最柔软的一面，非常危险。人们往往不珍惜这样的柔软，而只是想趁机捞点什么，所以她故意要用这样的方式提醒沈琳：既然你走入我这么私密的空间，见识了我所有的不堪，我就要在另一方面找补，以提醒你，尊卑有序，主仆有别。我过得再不如意，也比你高一头。

这天半夜，沈琳一手抱着哇哇哭的孩子，一手去泡奶。丁松涛走入厨房拿酒，见状抱怨说白寒宁这个母亲当得太差劲了，怎么也得起来抱孩子，好让月嫂专心泡奶啊，不然万一烫着孩子怎么办？他一边说着，一边向沈琳怀中的孩子伸出手，说来，爸爸抱抱你。这是沈琳印象中他第一次抱孩子，还在感觉意外时，丁松涛靠近她，一只手已经从她的双乳中插下去，另一只手热烘烘地叠上沈琳托着孩子身子的手。沈琳一惊，身子赶紧往后一错。丁松涛像没事人一样，嘴里啧啧有声，哄着孩子。沈琳机械地泡完奶，一转身，发现丁松涛正贪馋地看着她，不知在背后看了她多久了。沈琳匆匆把孩子接过来，低着头回到卧室，胸口那被擦过的一条灼灼发热，那双贪馋的眼睛粘在背上似的，叫她又惊又怕。看着白寒宁酣睡的身影，她稍感宽慰。有白寒宁在，丁松涛应该不至于闯进来继续骚扰吧？

沈琳毕竟是四十岁的中年女人，不是初出茅庐的小姑娘。对于被丁松涛性骚扰这件事，她怒多于羞。她与白寒宁的合约只有一个月，双方约定先试一个月，如果合作愉快，届时再续。现在才干了二十天，如果就这样翻脸，她的第一份工作就算没有善终，是很大的遗憾。何况摸一下手、蹭一下乳房这种事死无对证，真嚷嚷出来，说不定丁松涛反而要说她诬陷。而白寒宁帮着老公倒打一耙也是百分百的，背后夫妻再怎么撕，对外他们可是利益共同体。

沈琳决定先不撕破脸，对丁松涛多加警惕就是。然而她发现，她的沉默令丁松涛益发猖狂起来。有天晚上，沈琳好不容易抽出时间洗澡。推开浴室门时，却发现丁松涛站在外面的水池边刷牙。她吓了一大跳。丁松涛的卧室明明也有浴室和洗手间，他却特地跑到这边来上，而且还挑她洗澡的时候。

丁松涛满口牙膏白沫，看着镜子里的沈琳。脱去月嫂服的她没有职业身份带来的疏离感，显得亲切，长发用毛巾裹起来，贴身的淡粉秋衣裤勾勒出身上曼妙的起伏。她比白寒宁小两岁，但看上去像小五岁也不止，既有活力，又散发着中年女性熟透了的韵味。白寒宁严禁家里请的月嫂在三十五岁以下，就是为了防他。她却不懂，女人嘛，年轻有年轻的好，老的也有老的妙处。老女人不会大惊小怪。

或者说，只要不是妻子，女人就会立刻变得妙不可言。

丁松涛上前一步，沈琳往后退一步。

丁松涛道："我拿点纸。"

他向沈琳俯来，手伸向挂在旁边的纸卷。沈琳侧身一让，丁松涛的手臂不经意地又蹭过她的乳房。他已经被撩得受不了了，假装站立不定，整个人向沈琳扑去。沈琳惊叫了一声，此时白寒宁恰巧推门进来，见状怔了。丁松涛一迟疑，沈琳趁机匆匆离开。

坐在白寒宁卧室的小床上，沈琳擦着头发，紧张地想着对策。一会儿白寒宁走进卧室，上了床，靠在床头喘着粗气，很明显她刚才对丁松涛动了怒。然而这不意味着她同情沈琳，她对沈琳道："为什么这么晚洗澡？你不知道丁松涛很晚才回来吗？为什么不错过他的时间？"

这真是欲加之罪，何患无辞。沈琳苦笑道："我一天从早忙到晚，根本没时间。我——"

白寒宁轻蔑打断："我付你钱了，你忙是应该的，不用在我这里邀功。我只是告诉你，你一个月嫂，应该注意和男主人保持距离。不要在雇主的家庭中制造矛盾。"

如果说从前沈琳还对白寒宁雇用自己感激不已，对丁家母子那样对她抱打不平，那么此刻这种感情已荡然无存，取而代之的是深深的愤怒。

沈琳强忍着，刚要起身走出卧室，白寒宁厉声问："你干嘛去？"

沈琳道："我去浴室吹头发，刚才你老公在，我不方便。"

白寒宁呵斥："不许去，谁知道他还会不会再回来？就这么睡吧。"

沈琳瞪着白寒宁，怪不得当年她们会在公司吵翻，原来她果然就是不喜欢这个女人。两人气场就是不合，她曾努力过，然而还是无法克服骨子里的厌恶。她就不该努力，今日的下场就是在惩罚她往错的方向努力。

沈琳躺下，怒火在心中蔓延。这个地方是一秒钟也不能再待下去了，然而就这么翻脸，接下来的工钱挣不到不说，白寒宁一定会在给公司的月嫂评价中打低分，而这会严重影响自己接下来在这个行业的发展。岂有此理？她吃了那么多苦，不应该得到这样的结果。

第二天，沈琳在客厅遇到了丁松涛，视线相对之际，她趁人不备，冲他嫣然一笑。丁松涛愣了一下，随即自得地笑了。世间之事，难逃俗套，而他是多么喜欢这些俗套。俗套是被世人反复验证过，既有效又便捷，才会反复被用，成为俗套的。

晚上，沈琳在厨房给白寒宁做点心，丁松涛走进厨房倒红酒，身子又不经意地往沈琳那边凑过去。沈琳往旁边一错，开口道：“丁先生，你为什么要这样呢？”

丁松涛道：“怎么了？”

沈琳道：“那天晚上，你在客厅，突然摸我的手；上周五，你在这里，说要抱抱孩子，手从我的胸口插下去；昨天晚上，我在洗澡，出来之后，你又故意在我身上蹭来蹭去的。你这样，我很难不产生一些想法。”

丁松涛靠在灶台，摇着红酒，喝了一口，饶有兴致地撩了一下沈琳扎起来的马尾。这女人真是越品越有味道，她略带娇嗔地说“想法”，简直就是欲拒还迎，“你有什么想法？”

“我觉得你在骚扰我。”沈琳笑眯眯，尽量把话说得委婉，声音放得温和。

丁松涛一拍她的屁股，弹性十足。能和家中风韵犹存的月嫂有一些这样的时刻，真是人生一大乐也。他声音放低，相信这样会让声线变得喑哑因而显得性感：“那你喜欢吗？”

“谁会喜欢性骚扰呢？”沈琳笑得妩媚。丁松涛受到鼓励，把杯中的酒一饮而尽。沈琳身形一扭，走出厨房。丁松涛看着她的背影，心痒难耐，只是家中耳目众多，他要怎么样才能把那件她不喜欢的事情进行得更深入呢？

沈琳走进卧室，强抑制住怦怦跳的心，对靠在床头的白寒宁说：“你老公一直在对我进行性骚扰，我不想干了。现在我就想走，结账吧，必须结清一个月的。”

白寒宁不意沈琳突然一反平时的温和，变得这么强势，愣了，上下打量着沈琳，道：“你凭什么说我老公性骚扰你？”

沈琳道：“昨晚你不是看见了吗？”

白寒宁冷笑道：“我认为你在勾引他。”

沈琳倒吸一口凉气，本来还想不撕破脸，和平解决此事呢。她尖刻道：“你老公獐头鼠目，贼眉鼠眼，你以为人人都像你这样能看得上他？”

白寒宁被她这样猛烈的攻击惊到了，反应过来之后脸涨得通红，使尽浑身力气骂道：“你一个老女人，全身上下唯一愿意让我请你的理由就是老，足够老。我同情你到了这个年纪还要靠出卖劳动力挣钱，才赏赐你一条生路。像你这样的，无貌无才，到底有什么值得我老公骚扰的？”

沈琳一扬手，播放手机里方才的录音。刚才她提前把手机放在灶台面上，用抹布盖上，录下她与丁松涛的全程对话。录音非常清晰，白寒宁瞪着眼睛，靠在床头一动不动听完。

沈琳凌厉道：“我警告你，我已经把这段录音发到QQ邮箱，设为定时发送。我有任何不测，邮件就会自动发给我老公和公司，他们会替我报警。你现在马上给我结账，少一分钱，我立刻撕破脸。光脚不怕穿鞋的，大不了我不干月嫂了。”

白寒宁浑身发抖，喘息着，连靠在床头都无法坐稳。沈琳这一连串的操作雷霆霹雳，炸蒙了她。她终于回忆起当年她被沈琳开除时两人在会议室对骂的场面。是的，这个女人不是什么善茬，她怎么就忘了呢？

沈琳开始收拾行李。她的手掌心已经出汗了，与人激烈冲突极耗心力，何况现在已撕破脸，这个地方就是龙潭虎穴。万一丁家人不怕她的威胁，她被打一顿甚至有生命危险，也不是没有可能。白寒宁下床，走出卧室。沈琳浑身都绷紧了，眼睛紧张地四处巡视，想抄点什么顺手的东西，万一丁家人对她不利，她好自卫。台灯？椅子？梳妆台上瓶瓶罐罐的化妆品？还是那台加湿器……她的眼睛看到了婴儿床，孩子在床上冲她笑，咿咿呀呀地挥舞着小手小脚。她看出来了，他想让她抱。她瞬间眼圈发红，那股饱胀的惊慌杀气如气球被刺破般，一泄无余。相处二十多天，她已经和这孩子产生感情了。这很没必要，但她没有办法。生在这样一个扭曲的家庭，且生下来就背负着奇怪的传宗接代的包袱，这孩子长大了也不会快乐的。何止父母和奶奶不爱他？他的两个姐姐也非常排斥他。也许她们早已感觉到有了这个弟弟，她们在父母心目中只是边缘角色，提前成了泼出去的水。

孩子没等到她抱，嘤嘤哭了起来。沈琳抱起孩子，哄着他。一会儿，沈琳听到两口子在客厅惊天动地的争吵。白寒宁歇斯底里地大吼：“你是泰迪吗，见女人就发情？你到底想把这个家毁到什么程度？”

丁松涛吼道：“她说什么你都信啊？一个老女人给我使仙人跳，就是想讹点钱。你不信我，只信外人？”

婆婆也被吵醒，加入了争吵中，大喊着要白寒宁闭嘴。

沈琳哄着孩子，他咯咯笑着。和外面喧嚣的戾气比，眼前这张脸多么温柔啊。一会儿白寒宁婆婆铁青着脸走进来，对沈琳说："手机交出来。"

沈琳播放录音，婆婆听着，丁松涛两口子也走了进来。

丁松涛气急败坏地要去抢手机，沈琳手指着孩子："你就不怕我摔一跤磕着你家香火？"

婆婆大叫不要，丁松涛同时止步。

沈琳把孩子放到床上，道："邮箱我设的是一个小时以后发送，现在马上给我结账。"

白寒宁道："给我八千块钱。"她手机里一分钱也没有，她每花一分钱，都要向老公要。

丁松涛点着手机，白寒宁很快把钱转给沈琳。沈琳拉着行箱走出卧室，路过他们时，他们各自往后退一步，毫无必要的一大步。沈琳往外走，他们在后面跟着，徒劳地，却又不甘心。

沈琳临出门前回头道："知道给公司的服务表怎么打分吧？你们要有一点让我不满意，立刻鱼死网破！"她一扬手机，恶狠狠地一笑。

丁家三人站在客厅，呆若木鸡。

沈琳拉着行李箱走在午夜十二点的北京街头。她本想叫老那开车来接自己，又一想，决定不折腾他了，另外也是怕他知道事情经过后，一时冲动，冲进丁家交涉。她宁可回家添油加醋地把自己的智勇双全描述一番，让这件事从头到尾只有胜利，而无那些煎熬及痛苦。她叫了滴滴，等在路边。幸好是初春，风仍冷冽，但棱角已柔和下来，这使这件事的惨烈程度减轻了不少。

车来了，沈琳上车。车里暖气很足，她感到温暖而安全，心情平复了许多，因紧张而僵硬的身体放松了下来。她打开手机，看着到账的八千块钱，嘴角开心地挑了起来。太好了，她又能挣钱了。一个养家糊口的顶梁柱，什么事情都顶得住。这样被雇主性骚扰，羞辱，午夜离职，只是好的开始。

第二十二章 无用之用，彻底无用

那隽和李晓悦抵达终南山村子里的民宿时，沈磊已等在前台。三人没想到居然会在这里见面，既亲切，又新奇，都笑得有点羞涩。

那隽想象中，一个蹲在山上土屋里苟活的流浪汉不知有副怎么样潦倒的模样。孰料沈磊小平头，胡子刮净，黑毛衣黑仔裤深蓝色薄羽绒服都干干净净，气色很好。没想到流浪这件事，的确可以理解为修身养性。

李晓悦原来定了一家有名气的民宿。在网上预定之前，沈磊说帮他们实地考察一下，最后建议他们换了一家价格便宜，但风景一样美的，并提前等在这里，迎接他们到来。三人登记完毕，沈磊带他们在村里转了一圈，最后找了一家小馆子吃饭，看上去他对整个村子熟门熟路。他帮着点了秦岭的特色山野菜，三人等着上菜，聊着。沈磊知道姐姐姐夫都失业，又都各自找到事情做，也觉得感慨。一眨眼自己在这大山里待了快一年，这一年里世界天翻地覆。比如一贯惜时如金的那隽，居然会放下工作，用整整十天的假期来到终南山旅游。

上了菜，大家吃着。那隽客观评论道，其实这终南山和密云怀柔之类的京郊，又有什么区别呢？一样农家乐，一样走地鸡野兔，野菜炒柴鸡蛋。沈磊笑道，光在这村子里待着，的确和任何一个山里的农村没有区别，特别的景致要爬到高山才能领略到。那隽又点评道，如果要爬到高处，那京郊随便一座山，也有着令人惊叹的景致。关键是要远离人。人，才是景致中最大的败笔。

这说到点子上了，沈磊赞其深刻。

那隽道："所以你为什么不到密云或者怀柔，延庆也可以啊。跑得这么远，我嫂子可担心你了。"

沈磊道："难道你就没有感觉在这里精神很放松吗？物理距离拉开，心理空间才会大。"

那隽环视了这小馆子一眼，叹了一口气，如今的他可能把物理距离拉到月球也不能放松了。来之前他把当年的期权合同下载到手机里，又上网查各种和他类似遭遇的事例，反复研究，如果自己主动离职，可以保留多少股。如果坐等公司裁他，他又可以保留多少股。他推演各种可能，在各种百分比之间计算、权衡。身体休息了，脑子还在喋喋不休，一趟五个多小时的高铁把他给累坏了。最后李晓悦不得不把他的手机没收。

李晓悦对沈磊道："要不是因为学不会放松，他也不会来这里。"

李晓悦在微信里已经告诉沈磊那隽得了惊恐症，才特地休年假。此刻沈磊同情地看着那隽，他有着熬夜的人特有的暗沉皮肤，才三十三岁，头上已隐约可见有几丝白发，高大的身材微微佝偻。心远地自偏，身体已远，心还在红尘中打滚，又怎么放松得起来？

李晓悦打开手机，把网上一段自媒体大号发的视频给沈磊看。那是关于沈磊山居的一段内容，视频里出现了土屋外观、院子里的桌椅、屋后的菜园、水池等。最后一个镜头是屋子紧闭的木门的特写，镜头推到黑黑的门缝里，像是只眼睛向内偷窥而无所得。配音说沈磊是北京的公务员，名校研究生，因为爱情破裂，心碎了，来到终南山隐居。据村民说他颜值很高，被称为隐士男神。但保护个人隐私，尊重隐士的心愿，就不让本人亮相了，云云。

沈磊看呆，随即又想起当天村长的保证，恍然大悟。村长说的是"保证不发当天拍的那个视频”，可没说后面不会再去拍。可视频里的确没有提及他的名字，也没有露出他的脸，所以他也没什么可交涉的。

李晓悦嘻嘻笑道：“我上网随便一搜，就搜到了这个视频。我一看，就觉得是在说你，果然没错。”

沈磊苦笑。

李晓悦饶有兴味地看着他，道：“人才是景致中最大的败笔，说得没错。这帮俗人愣是要把好好一个修行的圣地搞成影视基地。”

沈磊道：“也许我才是这景致中最大的败笔。因为我们这帮人来了，终南山的静与美才被糟蹋了。”

李晓悦换了个话题：“那上面的景色真的有这么美吗？”

沈磊道：“改天你上去看看不就得了？我用山泉水泡茶给你们喝。”

李晓悦期待地看着那隽：“我们都到终南山了，不上山住，岂不是对不起我们这一路奔波？”

那隽道：“别胡闹，山上冷着呢，而且人家沈磊也不一定有地方让咱们住。”

李晓悦踊跃道：“买两个睡袋不就行了？去嘛去嘛，就当我们来露营了，还不用扎帐篷，多省事啊。”

沈磊笑着，看着撒娇的李晓悦，他倒是挺愿意他们上山：“这里收快递挺方便，下了单，两天就到。”

李晓悦兴奋地看着那隽，那隽无法，她立刻打开手机，开始搜索电商平台上睡袋的相关店家。

两天以后，睡袋送到。沈磊下山来，帮他们把行李寄存到老柯家。三人带着睡袋和简单的衣物，爬了一个多小时，才到沈磊的山居。那隽很久没有健身了，体能下滑，李晓悦也从未爬过这么高的山，两人都爬得气喘吁吁，只有沈磊脚步轻快，如履平地。越往上爬，李晓悦觉得空气越冷冽清新。到达的时候已是黄昏，即将落山的太阳竭尽余力射下万道金光，半边天空被染得通红，远远的群鸟在此背景下飞过，幻化为点点符号。它们飞过之后，太阳已往山那边沉，一层薄薄的雾气随着暮色缓缓升起，不动声色地将群山一点点吞没。一轮细细的弯月在西边淡淡悬着。

李晓悦站在小院眺望着整座大山。其实这样的景色在平地也能看到，但在这高处看，便会有遗世独立的广漠感，令人感叹天地之大，个体之渺小。沈磊看着她安静的背影，知道她也像当初刚来的自己一样，被这样壮丽的景色震慑住了。

李晓悦回头看着他，道："我好像梦里来过这里。"

沈磊走到她身边，并肩而立，道："如果你起得来的话，早晨的云海才叫美呢。"

李晓悦道："我定个闹钟，几点？"

沈磊看她不像开玩笑："五点半。"

天黑，沈磊取出一支蜡烛，点燃它，在木桌上的一只缺了角的瓷碗里滴下几滴烛泪，再将蜡烛粘上去。三人在烛光下吃沈磊用大灶焖出来的饭，还有沈磊亲手炒的几个小菜，土豆烧干豆角、凉拌木耳、鸡蛋汤。那隽吃着，一边觉得不可思议："你真的就这样在这里过了十个月？"

沈磊道："是。"

那隽叹："何苦？"

沈磊笑："并不觉得苦。"

那隽道："孤独怎么办？"

沈磊回忆着自己的确曾有过孤独到在虚空中出幻觉的情景，他本想承认，本想告诉那隽，觉得孤独了，就到山下的村子里去找人聊天，何况就所经历过的此地的夏秋两季而言，他不孤独，这大山里花草虫树果种类繁多，热闹得很。而且走着走着，他总能在大山深处发现修行的人，这种遥遥的情感呼应突如其来，让他非常感动。但沈磊捕捉到那隽口气中的怜悯，那隽把他当异类，当病态，当失败者。沈磊现在无法交流的人很多：说话太快且得意于自己口才的人、炫耀才学与见识的人、咄咄欲望从话里喷薄而出的人、把他当成失败者的人。

沈磊笑了笑，没回答。李晓悦及时插话，赞饭菜美味。沈磊说你们吃的这些东西，要么是我自己种的，要么是我上山采的，纯纯的绿色食品。李晓悦惊呼说你还会种菜？沈磊道，当然会，屋后有个小菜园。你们来得晚，明天带你看。

深夜，三人坐在如豆的烛光中，一时无话。门敞着，夜浓得化不开，那隽觉得自己像被抛在史前某个山洞里，心里并不觉得安宁，只觉得茫然和惶恐。太黑了，太静了。人类进化了数百万年，不就是极力要从这样纯粹的黑和静里逃出来吗？为什么又要逃回去呢？他看着沈磊，沈磊坐在小木头凳子上，双手抱膝，凝视着黑夜，表情很安详。有再重的心结，十个月也该解开了。沈磊迄今为止还不下山，只能说明他果然是废柴，一个没有工作、没有社会关系、没有任何物质条件傍身的人，当然与这黑与静很相宜。下了山，进入万丈红尘，灯光太刺眼，他很快会因无所遁形而无地自容的。那隽庆幸夜色遮住了他的怜悯。

此时，沈磊的手机突然响了。那隽吓得一个激灵，抱住头，蜷起身体。沈磊已经很久没有接到别人的电话了，因为他平时关机，再说亲友们也都知道隐居在终南山的他不接电话，这两天是因为李晓悦两人来了，才开着机的，所以他一时没反应过来。李晓悦赶紧让沈磊接电话，说那隽现在听不得一切突如其来的响声，尤其是电子设备的。

沈磊接了电话，是老那打来微信电话。原来那隽的母亲知道儿子身体不太好，来终南山休假了，心里担忧，就打来电话问问情况。沈磊把摄像头转到那隽和李晓悦那边，李晓悦欢笑着招手，那隽强打精神，老那聊了几句，把电话给了母亲。母亲倒没有哭哭啼啼，问了几句，要那隽好好休息，拜托李晓悦好好照顾他。

这话让李晓悦心情沉重，社会已经把那隽托付给她了，人人都认定她会和那隽结婚，迟或早，宜早不宜迟。那隽现在这情况，人人又都认定她会好好照顾他。他们没有再去碰分手那个话题，她是走一天算一天的人，不会给自己设一个哪天必须离开他的期限。那隽每晚睡觉时把她搂得紧紧的，她觉得他可怜，又不忍心。她尽心尽力地照顾他，这证明她对他的爱还有余额，先用着吧。

“您放心吧阿姨，我会照顾好他。”李晓悦应承着。手机信号时断时续，那头挂掉了电话。九点，那隽觉得困了，在这黑咕隆咚的地方，没有任何娱乐，看个网页也要缓冲半天，不睡觉做什么呢？那隽滑入羽绒睡袋，头刚沾到枕头三秒，就昏昏睡去。

沈磊李晓悦仍静坐。沈磊是早已习惯寂寞，李晓悦则是舍不得睡。除了这里，上哪儿找这样纯粹的黑和静？碗里的蜡烛快燃尽，烛光摇曳，沈磊刚要起身去再续一根蜡烛，李晓悦轻声道："不用再点了。"

沈磊依言坐回椅子上。烛芯噼噼啪啪燃尽，最终熄灭。屋里陷入黑暗中，静得能听清呼吸声。李晓悦觉得黑暗中的自己是透明的，与夜融为一体。两人各坐在一把椅子上，无人说话，却不觉得尴尬，有种奇妙的默契在黑暗中流动。

早晨六点，沈磊醒了，那隽还在呼呼大睡，另一个睡袋却是空的。沈磊起床，在厨房的土灶里烧起柴火，开始煮粥。把粥煮上后，他推门一看，群山万木竟然挂上了雾凇。初春的树枝刚刚吐出点点嫩苞，枝条本来单薄嶙峋，但在雾凇的点缀下化身玉树琼花，漫山遍野晶莹剔透。远处的山顶，壮美的云海翻卷飘忽，雾气浓浓地向这边飘来。

满树银花的苹果树下，站着穿着汉服的李晓悦。她的长发低低挽着，里面一袭白色的汉服襦裙，外面披一件红色的斗篷，周身萦绕着雾气，如画中不沾染俗世烟尘的仙子活了过来。她忽而侧身扭颈，忽而伸开双臂转圈，嘴里哼着不知道什么曲子，自得其乐。

这一幕如梦似幻，沈磊看傻了，他的脸在雾气中奇怪地热了起来。李晓悦留意到有人，一扭头见是沈磊，微有点羞赧，笑着打了个招呼。沈磊走到她身边，问她刚才干嘛呢。李晓悦说这个地方太棒了，感觉好像走进了《西游记》里的仙境一样，刚才正想象自己走在天宫里呢。

沈磊遥遥一指山顶，说那上面才美呢，雾把一切实景都遮住："我从小到大，反复做一个梦，梦见我爬到一座山的最高处，就是那幅景象，人在云里，世界在山脚下，说不出的缥缈。可能我命中注定和终南山有缘。"

李晓悦一脸神往，说不然咱们现在就去吧。沈磊忙阻止她，说爬到上面要一个多小时，把那隽扔这里不好。而且上面非常冷，她这一身根本就穿不了。李晓悦这才作罢，原地转了个圈，道："怎么样，这衣服好看吧？"

她的眼眸黑亮清澈，巴掌大的小脸带着猫科动物的狡黠灵动。沈磊有一万句真诚的赞美，却只是装作夸张的样子，说了句："没想到这居然是我可以免费看的。"

李晓悦笑得前仰后合，她把斗篷脱下来，又转了一圈，告诉沈磊这是她亲手做的汉服。说完打着哆嗦说太冷啦，又把斗篷披上。沈磊的脸又热了一下。怎么会有这么奇怪的女人？他认识她很久了，两人也说过话，但他的脑海里，她从未以一个“女人”的概念出现过，她只是“姐姐的小叔子的女朋友”。

李晓悦说：“我们汉服社的姐妹们约好了，每个人做一身汉服，到大观园去再现红楼梦。她们都说我长得像林黛玉，所以我就做了林妹妹的衣服。第一次做，有点粗糙，所以我特别聪明，买了件斗篷遮起来，反正林妹妹体弱多病，需要保暖。”

说完她跺着脚大笑，沈磊跟着笑了起来。她的确有着和林黛玉一样的美丽面容，却没有她的哀愁和病娇，显很爽朗阳光。

沈磊道：“我看你这性格，感觉这个林妹妹不会葬花，倒像是会倒拔垂杨柳。你离我的苹果树远一点。”

李晓悦笑得惊天动地。笑了一阵后，她说：“你真把我们这帮人看透了，我们汉服社有个姐们儿，说‘老娘端庄优雅’，要扮薛宝钗。我觉得她这个宝姐姐不会吃冷香丸，只会智取生辰纲。”

沈磊道：“大观园 108 将啊，好家伙！你们去什么大观园，应该上水泊梁山。”

李晓悦笑得眼泪都出来了，说你可太搞笑啦。沈磊没想到自己原来可以这么幽默。李晓悦渐渐止笑，打量着沈磊，说给那隽带了一身男装汉服，要不要给你试一下。沈磊说好啊。李晓悦回屋取来一件天青色的袍子，沈磊说这衣服像睡衣，李晓悦嗔道什么睡衣，这叫大袖衫。沈磊脱下外套，单穿着毛衣，披上大袖衫。他本就长得儒雅清俊，这汉服与他非常相宜。李晓悦欣赏着，满眼的赞美。沈磊被她看得有点不意思，刚要脱下，她让他别动，掏出手机，咔嚓咔嚓地拍着，跟着又让他给自己拍，说要给汉服社的姐妹们看看。她们知道自己跑到终南山来，都羡慕得不得了。两人寻找不同的地方，摆着各种各样的姿势，拍得不亦乐乎。直到雾气渐渐散去才回屋。

那隽仍在呼呼大睡，李晓悦轻手轻脚坐到他身边的椅子上，看着他的睡容，他已经很久没有这样酣畅淋漓地睡眠了。沈磊到厨房，见粥已熟，柴火已成熄炭，正好给粥保温，一切刚刚好。他心中有种种旖旎在欢唱，方才的笑容依恋在嘴角，走到卧室门，却见李晓悦正托腮温柔地看着那隽。那些旖旎立刻哑然，沈磊悄悄地退了出去。

沈磊在菜园用锄头培着土，拔拾着去年冬天残留的枯萎秧条。村里的菜园小菜苗已经陆续出土了，这里温度比山下低四五度，他还没开始播种。李晓悦走到他对面的一块大石头上，看着他忙活。他的汉服没脱下，宽袍大袖的，居然也没影响他干活儿。看着他这样子，李晓悦一再地恍惚，觉得自己真的穿越到了古代。

李晓悦道："你知道我为什么喜欢汉服吗？'从前的日色变得慢，车、马、邮件都慢。'"

沈磊道："'大家诚诚恳恳，说一句，是一句'。木心。"

李晓悦道："没错。现在的日子什么都快，走路也快，说话也快，发展也特别快。更高，更快，更强。我总觉得我跟不上，那隽说我是废柴。"

沈磊笑了笑："不用那么快。"

李晓悦道："慢慢来，才会快。"

沈磊道："慢慢来，也可以真的就是慢，并不打算快。"

李晓悦手无意识地拔着身旁的草，道："打算种什么？"

沈磊道："大白菜、甘蓝、花椰菜、茼蒿、生菜、香菜，好多呢。去年买的菜籽还剩不少，等天气再暖一点我就种下去。"

他抬头擦着汗，比画着："你信吗？我种出来的南瓜脸盆那么大。耐心一点，等到霜降以后，一敲邦邦硬，那时候就是最甜的，清蒸或者煮粥都好吃。南瓜子儿被我晒干之后炒熟，全给嗑了。"

他一笑，露出两排白牙。李晓悦想象他用这一排白牙，在黑夜中一颗颗毕毕剥剥地嗑着南瓜籽，觉得很生动。

"霜降一过，这些老掉的南瓜藤还会结瓜。那些瓜长不大，小小的就可以摘回来，炒着吃又鲜又嫩，比西葫芦还好吃。"他描述得她咽了一下口水。

他手遥遥一指，说那里有一片桃林。如果他们再待半个月，就可以看到盛开的桃花，到时想怎么凹"黛玉葬花"的造型都可以。李晓悦悠然神往，一转念却叹，那隽愿意在此地停留多久不好说。

沈磊干累了，放下锄头，坐到她身边的另一块大石头上休息。李晓悦耳畔听到有隐隐的流水声，沈磊拨开她身边的草丛，现出一条细细的水道。他说这就是屋旁小水池的水源，从最高的山顶上流下，号称最高端的依云矿泉水也无非这个品质吧？

李晓悦掬了一捧水，让透明的水从指缝中流泻，问："你会一直在这里住下去吗？"

沈磊道："我也不知道。"

李晓悦道："你的那件事，过去了吗？"

沈磊一怔，看着她。

其实是沈磊的这件事在李晓悦的心里一直没过去。现在很少有男人会为感情伤筋动骨到这个程度，她感动到现在。

他沉默，望着远方的云，许久道："怎么算过去呢？"

李晓悦道："就是不再伤心。"

沈磊道："这件事我反思了很久。"

她想，他果然爱惨了那个女人。

他停下，摇了摇头，展颜道："反思的结论是我没错。"

来终南山这一遭，也许他们都觉得他是不是脱胎换骨了。不，他没有改变，甚至也谈不上进步。他只是坚定了，谢美蓝是他曾有的小小的对这世界的不坚定。他只需要知道自己没错就好了，至于别人是不是对的，已不在他考虑的范围内。他承认自己极端自私且顽固，谢美蓝的确非常了解他。

雾气完全散去，阳光灿烂。举目远眺，眼前一片清朗，与方才的缥缈比又是另一番景象。雾凇开始融化，地上湿漉漉的。李晓悦起身，拿起锄头锄着，叫沈磊给自己拍照。沈磊上下左右，或蹲仰或俯身，给她拍了许多照片。又突然来了灵感，叫她把锄头扛在肩上，说这才是"黛玉葬花"。看着这把粗笨的带着泥的大锄头，李晓悦笑得扛不住，拄着它大喊"我不行了"。忽看到水渠旁有一簇早春的紫花地丁，小小的紫花从绿叶中探出。她抓住锄头走过去，说要来个现场葬花，沈磊慌忙阻止，说"饶了它们吧"。

两人正笑闹，旁边有个人叫了声："沈磊。"是董智勇，他脖子上挂着台单反，额头微微冒汗。他问干嘛呢，沈磊说把菜园弄一弄。董智勇看着李晓悦，意味深长地“哦”了一声。沈磊忙说亲戚和女朋友上山休假，此刻他正在屋里睡觉，这是他的女朋友，不要误会。董智勇短促地哦了一声，说自己上山拍点清晨终南山的素材，放到县旅游局的官网上宣传。接着赞两人的服装和这环境很相宜，简直是古人穿越到现代。

“这个姑娘你太美了，我能给你拍张照片吗？”董智勇道。

沈磊心中不愿意，李晓悦却大大方方地说可以，跟着摆了造型任董智勇拍。她这些年玩汉服，被人拍惯了。甚至可以说，被拍、被赞美也是她穿汉服的动力之一。

董智勇看着单反里的照片，大加赞美李晓悦颜值堪比明星，又谦卑地问这照片可不可以放到官网上，这是宣传隐居文化、做大终南山 IP 最好的素材。

“可以，放吧。”李晓悦豪爽道。

董智勇非常高兴，绕到土屋正面，又拍了不少照片，啧啧称赞老柯的房位置好。沈磊警告他不得再提北京公务员之类的狗屁。董智勇再三保证，并得意地说：“哥，你看我们那个视频，是不是就处理得非常科学？一点也没看出来那是在说你吧？我干了好几年互联网推广，这点常识还是有的。”

董智勇走了，李晓悦、沈磊往屋里走，门突然吱呀一声拉开了，那隽头发乱糟糟的，打着哈欠走了出来。李晓悦道：“你醒啦？这一觉睡得香吧？”

那隽含糊地笑：“睡蒙了。”

他打量着沈磊，沈磊把汉服脱下来递给他，道：“借穿了一上午。”

那隽没接，李晓悦接过来，递给他：“穿上我给你拍照？”

那隽又打了个哈欠，宠溺却又不当回事地笑了笑：“一天天，尽整这小孩子的玩意儿。”

他转身回屋，瘫倒在木躺椅上。李晓悦讨了个没趣，撇了撇嘴。沈磊把早餐端过来，三人吃着粥，那隽说睡得浑身骨头疼，做了一夜的梦，累坏了。沈磊说不如吃完早饭后去爬山，散散心，也当锻炼身体。翻过这座山，对面山有一条溪。现在春暖花开，溪边景致很好，没准儿还可以抓到鱼。小溪里有手指长的小鱼，拿面糊一裹，油炸了吃，鲜香酥脆。李晓悦拍手叫好，问怎么抓鱼，沈磊从门后拿出一个网兜。李晓悦眼睛发亮，催那隽快点吃。那隽苦笑，说自己好像来到了幼儿园。

吃完饭，沈磊带上网兜，李晓悦提着桶，三人上路。穿过树林，越过小木桥，沿着羊肠小路不知走了多久，那隽汗流浃背，暗暗不耐烦。他在河南农村长大，眼前的山景对他而言并没有什么稀罕的。杂草、杂林、古藤虬结，千篇一律起伏的山峦，嶙峋的沟沟坎坎，山土沁到旅游鞋的鞋面上，每拍一次，鞋面就脏一重。顶好的风景也不过是两旁树木合围，中间一条石板小道青苔遍生。他好不容易逃离这样的环境，为什么要自讨苦吃？

沈磊、李晓悦却兴致勃勃。沈磊一会儿指着石头缝里的小嫩苗说那是当归和黄芪苗，挖出来炖鸡可香了；一会儿指着山坡上那贴地长的一丛丛绿，说是芥菜，包饺子一绝；一会儿又站定，手遥遥指向某处，说上回在那里的树丛里捡了一窝野鸡蛋，炒着吃很香，罪过啊罪过。李晓悦不停地发出大惊小怪的声音。

那隽想着心事，只觉得两人聒噪得很。忽然沈磊、李晓悦两人站定，不约而同地发出“哇”的一声，那隽随着他们的手指的方向看去，只见山坡上有个窝棚，一个穿着灰色道士服的人盘腿坐着，旁边居然停着一辆黑色的旧电驴。

李晓悦又发出惊天动地的大笑，一边笑一边小声说：“昔日张果老倒骑毛驴，今朝终南山隐士骑电驴，没毛病。”

沈磊道：“说来你可能不信，我有一辆一模一样的电驴，新旧程度都一样。我怀疑我前妻是不是把它挂闲鱼上，被这个道士给买了。”

李晓悦笑得捂着肚子，大喊不行了，拉着那隽说快给我揉肚子。那隽给她揉着，眼睛盯着前方的一块石头愣神，很明显心思不知道飞到哪里去了。三人继续往前走，终于见到了小溪。这小溪遍布鹅卵石，有些深一点的水窝里可以看到小鱼游来游去。水清澈见底，倒映着蓝天、白云，还有小鱼游弋的影子。此时已是正午，天热了起来，两人脱了鞋和外套，放在石头上，下水开始捞鱼。那隽坐在石块上，看着两人玩。沈磊叫他下水，他摇摇头道：“你们玩吧。”

两人兴致勃勃地捞着鱼，那隽的心事没想出个最优解，掏出手机，发现信号很足。他刷着朋友圈，见大家不是在上班，就是在开会，一派忙碌奔前程模样。部门新招来的那个男孩，朋友圈是昨晚加班到凌晨三点的一张照片，照片是对面写字楼的几星灯火，配文是“加班的我不孤独，就不知道和我遥相呼应的人是谁……”

那隽摁掉手机。加班是一种福气，但他已经被剥夺这种福气了。风从面前拂过，树叶轻晃，流水潺潺，云缓慢移动，使天地间无声的运转清晰可见，这安静让他浑身紧绷。他每在这里耽误一分钟，就会被人更远地抛在后面。这样的时光，应该挥洒智慧和汗水，博取功名利禄，而不是来什么傻透了的终南山，在这里像个弱智一样捞着傻透了的小鱼，这种事小学三年级以后就不应该再干了。

李晓悦提了桶过来，要他看桶里的鱼有多少。那隽敷衍地一探头，说真不少啊。沈磊把一只几近透明的小虾放在窝起的掌心，另一只手窝起来，两手对拍了几下，再张开手一看，那虾已弯起腰，变红。沈磊捏起虾须，对着李晓悦嘿嘿一笑，扔进嘴里嚼了两下，咽下肚子。

李晓悦惊道：“有虾？这样能吃？”

沈磊嘻嘻笑道：“最好别这样吃，抓来油炸安全一点。”

李晓悦大喊我也要抓，沈磊告诉她挨着岸边草丛的水里有小虾，不过像你这样大声嚷嚷，它们全吓跑了。李晓悦放慢动作，举着网兜蹑手蹑脚地朝岸边蹚去。

那隽想，沈磊在这终南山住了十个月，如果他在悟道也行，就是说，虽然没在工作，但通过一段时间的沉淀和思考过后，看待万事万物更通透，从而在下一段人生中可以更有智慧地获得成功。无用之用，方为大用。就像他，短暂脱离职场，是为了思考下一步该怎么走。休息不能是纯休息，总要产出点什么智慧结晶，才算高质量的休息，不是吗？

但沈磊看上去并不是这样的。无用之用，彻底无用。他好像并没有从前半生的失败中得出点什么经验教训，而是活得更加蝇营狗苟了，从头到尾谈的就是吃，吃，吃。开垦菜园也是为了吃，进山探索也是为了吃，各种吃。一个人退化的标志，就是每天琢磨吃的。就像嫂子沈琳一样，在家待着，每天琢磨着怎么给家人花样翻新做好吃的，厨艺是很高，又有什么意义？当然，对家人有意义，但对她自己呢？一个人，不到社会上去产生各种关系，只在家庭这一方小天地里自得其乐，这当然算失败者。而沈磊连个家庭也没有，索性每天忙忙碌碌就是为能得到各种廉价的食材糊他自己这张嘴，简直失败得令人发指。

那隽心中有了决断，扬声道："我们走吧，下山。"

两人正高兴呢，一听愣了。

那隽道："关于公司的事儿，我请了律师，他给我发了微信，有些事儿他得和我视频谈。山上信号太差了，耽误事儿。"

李晓悦道："咱们的东西还在山上呢。"

那隽道："东西不要了，我实在爬不动了。回村再买就好。"

李晓悦不知所措，看着沈磊。沈磊说听那隽的，主要是他来休假，不是吗？李晓悦恋恋不舍，她还做着多住几天的打算呢：这小鱼儿要拿油香香地炸了；沈磊刚才向她描述灶灰焖地瓜，形容得她直咽口水；明天一早她还要起来在雾气里扮仙女；后天一早她要爬到山顶，去那更加神秘莫测的雾境中走一遭……但看那隽的神情，她知道不宜再坚持。

那隽、李晓悦下了山，取了行李，重新找了家民宿，草草住下。说草草，因为李晓悦看出那隽根本没心思在这里待着，而她的计划被狙击，也失去了兴致。两人默默无言地待到晚上，李晓悦这才记起，那一桶小鱼还在房间里呢。她提着鱼，问民宿老板能不能给炸了，给加工费，他说可以。晚饭两人到了餐厅，民宿老板端出一大盘金黄的炸小鱼，每一条都因裹了面糊炸而比原来的大一圈。那隽吃了一条，说腥，刺儿多，就不再吃了。李晓悦一条一条，全给吃了。

那隽似笑非笑："有那么好吃吗？"李晓悦一声不吭。

夜，那隽在房间和律师通电话。电话打了很久，许多术语让空气烦躁起来。李晓悦走出房间，在村里散步。即使在人间，即使开发已渐成气候，这里的夜也较城里安静。走着走着，她往山顶看去，那里漆黑一片，什么也看不见。

第二十三章 突出的腰椎间盘拒绝对生活伏低做小

沈琳干了二十五天，拿了一个月的工资，结束了与白寒宁的合约。佳家母婴公司的人并不感到惊讶，只是冲她竖起大拇指，跟着把白寒宁填的服务打分表给沈琳看，那上面每一项都是最高分。沈琳表情平静，她是幼崽嗷嗷待哺的母兽出来觅食，众所周知，别惹母兽。

沈琳在家睡了三天，第四天，公司又给她安排了个客户，问她行不行。沈琳立刻说可以，虽然她还没彻底休息过来，腰椎仍在隐隐作痛。但生活不就是这样吗？她的身体还没有习惯新的生活，让它痛去。痛着痛着，就不痛了。沈琳看过一个文章，说长跑的人一开始膝盖疼，是因为长期不运动，突然运动，导致关节劳损，但慢慢身体适应了，就不疼了。沈琳训斥着腰椎，要它识相点，赶紧适应劳损。腰椎不就是拿来劳损的？

老那最近在和李晓悦谈一个大单子，给一家半公半私的企业办一个晚会性质的发布会。所谓大单子，金额也无非五十万。但这可是创业之后的第一个十万以上的单子呀，老那和李晓悦激动得傻笑了半天。

这种活儿为什么能到老那手里呢？其实是层层转包来的。老那有个开文化公司的朋友陆总，他有个拐弯抹角的亲戚在这家企业上班，负责发布会一事。因为这家企业合同走流程的时间极长，但活儿又特别着急，所以工作环节要倒置，先干活儿，后走合同，很多专门接活动的公司一听都摇头。亲戚无奈，便找了陆总的公司，拍了胸脯，说有他在，合同一定会签，款一定会付。国企又跑不掉，国企最稳当。公司经营一直不景气的陆总想，虽然他没搞过晚会和发布会，但有朋友搞过呀。于是一咬牙，应承下了这个活儿。

陆总找过来时，经营一直不景气的老那想，虽然自己没搞过晚会和发布会，但李晓悦搞过呀。拜丰富的跳槽经历所赐，她待过的文化公司五花八门，其中就有一家公司专门做晚会。于是一咬牙，应承下了这个活儿。

干活儿不是问题，但走合同时，看到了付款流程，老那心里犯嘀咕了。陆总要他放心，不需要乙方垫款，前期风险自己来担，只是百分之二十的尾款能不能让老那和他一起担着，等企业结了账后，他再跟老那结。老那算了算，整个单子下来之后利润刚好百分之二十。万一拿不到就是白忙活儿，但万一拿到了，从此就开拓了一种新的合作模式，别人吃肉，他喝点汤，喝久了也是能胖起来的。而如果什么事情都不做，干待着，恐怕很快就饿死了。王总在创业的时候，要是不冒险，也不会有后来的每一天集团。他跟着王总那么多年，亲眼见他无数次浑身绷紧，两眼死死盯着任何一点机会，使劲浑身力气蹿出去，咬住不放。那样生猛无畏的打法，才配有那样的亿万身家。何况陆总是认识了很多年的哥们儿，这一点信任还是有的。老那思来想去，大笔一挥，签了合同。

老那、李晓悦和陆总一起，以陆总公司的部门负责人身份去企业提案。方案非常顺利，领导很满意。陆总和老那签了合同，老那开始干活儿。二十万预付款陆总很快打过来，老那悬着的心放下了。李晓悦开始寻找灯光音响舞美和视觉系统设计的各路供应商。

但等到该付第二笔款时，老那并没有如期收到钱。他有点着急了，第二笔二十万，陆总不给，万一有任何闪失，他就完蛋了。老那催陆总，陆总软言道歉，说公司现金流突然断了，账上现在没钱，请他无论如何，先把这个钱垫上，他晚半个月准会付账。跟着陆总把公司的账户截图给他看，果然上面只剩两万块钱。陆总在微信上发了个哭脸，说自己也被其他甲方拖款拖得很惨。伟哥人仗义，有口皆碑，这一关一定要一起度过。

老那生气，没钱做什么生意？可他说不出太狠的话，陆总听出他的支吾，反而火了，说兄弟一场，连半个月的账期也给不了吗？就真的这么不相信人吗？这世道人心怎么了？再说了，现如今做生意，哪家乙方一点款也不用垫？老那被吼得反而怀疑起自己的人品来了。陆总话又软下来，夸他人品好，一贯豪爽，断不至于让大家为难。老那咬咬牙，掏自己的钱付了，心中暗暗祈祷陆总能准时付款。

项目照常推进，两人在“向上生长”办公室忙忙碌碌，打电话，收设计稿，与各路人马对接。李晓悦干着活儿，有点心不在焉。休息时老那和她谈起终南山之旅。李晓悦说沈磊看上去挺好的，虽然那小土屋破破烂烂，也没有电，但他居然把生活安排得井井有条。老那对小舅子遁世一事向来嗤之以鼻，道：“躲吧，我看他能躲到什么时候。人哪得躲得过自己的命运？你该这世间的义务，一分都少不了。”

李晓悦、那隽从终南山上下来，在民宿住了一天，就没滋没味地坐上了回北京的高铁。回到出租屋，假期还剩好多天，那隽每天泡在网上研究各种资料，有的是如何打离职官司的，有的是如何治愈惊恐症的，但更多的是求职信息。

有一天那隽对李晓悦说，他打算以强大的意志力死磕惊恐症，要她配合他，不时在他耳边突然播放电话铃声，以令他渐渐适应突如其来的电子设备声音。李晓悦啼笑皆非，想起他假装撞车以躲过突发性耳聋一事。那隽要她停止嘲笑他，赶紧配合。

李晓悦照做，一开始那隽的确会惊恐，颤抖，抱头倒下。不过他发作的时间越来越短，程度也越来越浅，终于可以达到手机或者闹钟铃声响时，他只是轻微一激灵而没有其他的反应。

李晓悦道：“你这根本不准。你休假这些日子，好吃好喝好睡，又没有工作压力，当然这病不会发作。你回到那种高压高强度的环境里试试看？”

那隽坚定道：“我总要上、中、下策全部都试一下。”

他的上策就是惊恐症好了，他还能胜任这份工作。中策就是在单位转岗，下策就是离开公司。他已经与律师研究过了，无论是他主动离职，还是被动被辞，他都只能带走一小部分期权。虽然也有几百万，到底恶狠狠地缩了水，不甘心。

最差的结果，就是降维打击，通过猎头找中小公司。但他得了惊恐症一事，猎头肯定会通过个人背景调查得知。所以短期内肯定也找不到稍微像样一点的工作。这个短期，短则三五个月，长则一年，他是万万不能接受的。故，无论如何，当务之急是要把身体养好。

在家里让李晓悦测试过后，那隽又打算努力健身。见他穿着运动衣准备上健身房，李晓悦冷冷指出，心急吃不了热豆腐，他的身体之所以罢工，就是因为他逼它太过。精神可以996、007，但肉体不干呀。忘了上次是为什么得了急性耳聋了吗？那隽叹了口气，坐回沙发，心中如油煎般痛苦而无计可施。

李晓悦看着他，只觉得他像在一团缥缥缈缈的雾中，越来越陌生，越来越遥远，越来越不可理喻。她本来要上工作室，但他这团团转的模样实在叫她无比厌烦。她坐下，口气不再和缓，带着困惑的恼火："即使公司辞你，也有一笔补偿金，加两年后可以兑现的期权，那是很大的一笔钱。你就是休息一年半载又能如何？为什么总是要把自己逼得那么紧呢？"

她指着外面道："你有没有注意到天气暖和了，小区的草绿了，早樱和迎春花开了，玉兰也打骨朵了？留点时间给自己，去赏花，喝茶，看书，放过自己好不好？"

那隽一手托着额头，遮住了脸。草绿了，花开了，阳光投到手指尖上，指缝里漏下光影，只会让他意识到时间又流逝了，而他一无所成。他做不了任何不产生意义的事情，一切的无所事事，除了叫他产生罪恶感之外，没有任何益处。他用另一只手挥了挥，示意她赶紧走，不要再聒噪。

李晓悦临走时回头，见那隽歪在沙发一角，勾着头。第一次，这样的姿势没有引发她的怜爱，而是嫌恶。那种欲把每一秒钟都拿来卖钱而不得的焦灼，有什么被理解的必要呢？

除了最后那一段，李晓悦都和老那说了。老那说这小子除了工作，生活中只有这些亲友，与同学们来往也少，所以他唯一能交流的就是亲友。但他太聪明，太眼高于顶，优越感太强，所以他听不进去任何人的意见，包括父母和他这个做哥哥的。弟弟注定只能在自己制造的旋涡中一路旋转，哪天能挣脱就看他造化了。

老那觉得奇怪，他的原生家庭虽然贫穷，但父母也让他们吃饱穿暖，上了大学。从小到大父母也对他们百般疼爱，并不要求他们出人头地回报家庭，每每叮嘱的都是“你们要注意身体，钱不重要”。为什么那隽却活得像是从哪个战乱、饥寒交迫的国度死里逃生出来的，像后面有抓捕的藏獒追咬一样惊恐万状从不停歇？老那和父母都不是这样的性格，到底哪一环出错了？想来想去，只好归结为命。

老那最后总结：“还不如像沈磊呢，虽然没出息，至少没心没肺，无欲无求，自己不遭罪。”

这是这么久以来他第一次对沈磊有正面评价。李晓悦心弦一跳，想和他更多地谈论沈磊。沈磊的菜园，一条条垄垦得笔直；厨房一排罐头瓶站得整整齐齐，分别装着各色杂粮、腌咸菜、自制的炒核桃；一捆捆干菜扎起来，放在塑料袋里，叠在破旧的木柜子里；小茶桌的桌面是一整块木头做的，刷得灰白，现出木质的一条条粗大的纹理，放在上面的粗陶缸里的陕青茶香醇回甘。她没有见过任何一个男人，这样认真地过日子。李晓悦的话很多，一句也没说出口。

沈琳的第二个雇主是个年轻的妈妈，没有公婆在中间掺和，当丈夫的也温良忠厚，沈琳松了一口气。但是，这个年轻产妇一滴奶也没有，她又一次遇到了魔鬼式考验。

没奶的产妇非常焦虑，只要婴儿醒着，她就让婴儿吸她的乳房。婴儿累得半死，一口奶也吸不出来，哇哇大哭，当妈的跟着哭。当爸的把孩子抱走，产妇要沈琳帮她开奶。沈琳用按摩油，足足替她按摩了两天，又变着花样给她做下奶的食物。按摩的被按的都累到快撞墙，但那双饱满的乳房依然冥顽不灵，婴儿饥火中烧的哭声没有唤醒它一丁点儿良心。

两天下来，产妇的乳房被按摩得发红肿痛，她终于忍受不了这样的折磨，含泪说算了，喝奶粉吧。沈琳如释重负，事实上她的体力也已经到了极限了，整个后背如压着一块大石板那样僵硬疼痛，腰一阵阵地钝痛，连带着左腿麻麻地隐痛。

午休时沈琳脱下鞋，发现脚面已经肿了，脚趾头动弹不得。她自怜自艾去够脚趾头，想好好按摩一下，却发现腰弯不下去，稍一动就有一阵放射性的刺痛扩向臀部和左腿大腿根部。她长叹了口气，放弃安慰无辜的脚，在保姆间的小床上躺下。她能午休多久，全看婴儿和产妇何时醒，必须抓紧点滴时间休息。

沈琳的午觉睡得不踏实。她当月嫂后，那卓越非常不高兴，每晚都跟她视频，带着哭腔说想她，你就不能找个上班的工作吗？我们才是你的小孩呀，为什么你要去带别人的小孩……这样的话总被婆婆打断，跟着呵斥。每次挂断电话，沈琳都非常难过，偶尔也动过是不是换一份可以准点上下班工作的念头。可思考了千万遍，人生每一条路都向她封死了，这念头又化为长长的叹息。

还有弟弟。弟弟在终南山已经待了快一年了，待几个月她能理解为放空头脑，修身养性，再待下去，什么时候是个头呢？难道真的要一直流浪下去？父母已经由先前的静观，再度变为焦虑了。再不回来，恐怕父母就要找到终南山去了……

沈琳被婴儿的啼哭声吵醒，她一个激灵，迅速坐起身来，刚要下地，突然感觉腰疼得坐不住。她强忍着伸下一条腿，脚却使不上劲儿，整个人摔倒在地上。这家男主人赶紧走过来，把她扶起来，沈琳却连坐在床上也做不到，只能躺着。

救护车把沈琳送到了医院，诊断是腰椎间盘突出，要卧床一周。沈琳第二份月嫂的单子，黄了。

沈琳被担架抬进门，开始在家休养，这可把一双儿女乐坏了。那卓越每天放学第一件事就是飞奔到卧室，抱着沈琳的脸使劲地亲，嘟囔着妈妈我爱你，妈妈你好好在家待着吧。那子轩也在床上爬来爬去，嘴里嚷着爱妈妈，爱妈妈。婆婆怕他踩到沈琳，把他抱下床。姐弟搂在一起，又笑又跳。沈琳也笑了，笑着笑着就落泪了。婆婆知道她心里难过，把孩子们带走，关上卧室门，沈琳在床上呜呜地哭。

这腰就是养好了，她也不能再从事月嫂的工作了。她不能长时间站立，不能一个姿势僵着很久，不能熬夜。总之，她需要正常作息，像个人一样的。

她愿意吃苦，愿意拼命，哪怕当个蓝领她也在所不辞，但身体不给她这个机会。她挣的钱，刚刚好把月嫂的培训费回了本。这一趟，她徒劳无功。

沈琳号啕大哭，哭为什么从来没有善待过自己的身体。在家当主妇时，她练过瑜伽、跳舞、长跑。专业的运动衣有好几套，跑鞋一双上千，但全部三天打鱼两天晒网，那些东西都在凹了造型、拍了照片、发了朋友圈之后，被她扔到角落里。她的借口是家务事太多，每天起床喝完咖啡开始搞卫生，然后去超市采买。回家睡个午觉，醒来就三点多了，喝个下午茶醒醒神。歪在沙发上刷手机时，有时一闪念，也觉得该去跑跑步，精神动了一半，身体却迟迟起不来。要不看完抖音这段搞笑视频吧，要不晚上去吧。看完一个又一个视频，拿着手机的胳膊酸麻得都抬不起来，索性躺在沙发上眯一会儿，一睁眼六点了，该做晚饭了。

晚上？晚上是她最忙碌的时候，做饭，收拾厨房，弄弄孩子，已经九十点钟了，哪有时间锻炼？难道不该洗洗澡，看两集韩剧吗？上新的韩剧那么多。她还爱喝酒！这样的生活，很充实，哪里有错？

老那这两天在忙那个晚会，每天很晚才进门。他忙碌起来，沈琳心里稍感安慰。躺下时，老那也会温言开导沈琳，一家人在一起，总会有办法的。沈琳心里凄凉，一家人现在只剩拿三千块钱退休金的婆婆有稳定收入，丈夫的这个创业还不知道怎么样呢。看他这样奔波，在虚空中四处抓取，就像魔术师无中生有一般，也许能抓取到一些糊口的钱吧？

到了还房贷的时间，短信发来了扣款通知。沈琳的腰慢慢好了，可以不用人喂饭擦脸，自己能一点一点挪到洗手间刷牙了。她在心中盘算了一下，做出了一个决定。

这天，老那和李晓悦终于把那个晚会做完了，活动很顺利。领导眉开眼笑地离场，陆总和老那如释重负，却又互视苦笑。领导当然是开心了，一分钱没花，连合同都没走，两家公司就傻不拉几地垫了几十万，屁颠屁颠，加班加点把活儿漂亮地完成了。陆总的亲戚要他们别着急，国企流程慢是慢，早晚走下来。合同流程已走到部门经理，马上就到副总那个环节了。不过副总回家探亲，下周回来。老那和陆总顶着黑眼圈赔笑着，不着急不着急。

晚上，老那回家，沈琳把电脑推给他看，那上面是她找了一天的租房资料，全是燕郊的。房型都是两居室，也有 Loft，价格普遍在两千左右。

老那不明白她要干嘛。

沈琳道："咱家的房我在链家上看了，能租一万一左右。我们到燕郊租一个两千块钱的两居室，这样差价就可以还房贷，压力小一点。"

老那的眼眶微微外扩，被这样的提议震惊了。为什么是燕郊？沈琳说沈志国、沈志成昨天来看她，顺便说两人已经全款在燕郊各买了一套一百平的二手房，准备给孩子们将来在北京发展用。两人的儿子今年都十八岁，打算在县职高混完学历就来北京跟着父亲干装修。沈琳恭喜他们，又愁自己家庭经济紧张，想着是不是能把自住房租出来，去租个便宜的房，用差价补贴生活。沈志国告诉她，燕郊房租便宜，他们之前一直在那里租房，熟门熟路，如果她想置换到那里住，他们可以帮忙。

老那眼睛看着被子上丝线绣出来的莲花，百感交集。他奋斗了半生才住在东边这繁华的地带，住上这一百平的三居室。这蓬松轻盈的被芯儿是灰鹅绒被，柔滑的被面儿是丝绸的，全套下来八千多。年轻的时候，他们曾经这样的富足。又因太过写意，笃定余生的日子将会永远流金溢彩且会越来越辉煌而潇洒挥霍。他哪曾想四十岁之后的每一天，只能一路下滑，居然要灰溜溜住到燕郊。北京顽固的拒一线之隔的燕郊于门外，就是要树立某种正确的标准，以公然表示，燕郊不过是北京生活的山寨版。加油努力，你迟早能过上正版的生活，就像刚毕业的女孩买 A 货，三十岁的时候她们就可以把正品收入囊中，而她们也一定会去买正品。它属于沈志成、沈志国这样的蓝领，断不能属于他们这样的中产阶层。

沈琳手指头在手机上的计算器不停摁着。现在两人都没有收入，存款只剩四十万。她身体不好，两个孩子还小，难道真的要靠老那母亲的三千块钱退休金喝粥吗？别以为现在春暖花开，看在她眼里却好比刚刚立冬，未来就好比一九，二九，三九……一天天地冷下去，直到大雪封门，天寒地冻。他们要做好过冬准备，不能开源，就得节流。

沈琳啪啪算着账，嘴里飞快地说着。老那嗫嚅着插嘴，说自己还取了二十万给姓陆的垫款，但又立刻嘟囔道，他会还的。沈琳停下算账的手，绝望一笑。穷人不知道怎么的，总是会摊上倒霉事儿。好像穷是一种气息，会引来各路牛鬼蛇神。自从夫妻双双失业之后，沈琳看待事情一直很悲观。

在她心目中，那二十万已经打水漂了。她莫名想起白寒宁说过的那段话："四十岁以后的日子是一种加速下坠的状态，一直一直往下坠。"毁灭吧，累了！她不知道生活还要考验她到什么时候，也许身无分文要带着全家老少上街讨饭的日子不远了。

老那知道她的沉默很不妙，赶紧转移话题："搬到那里后，闺女上学怎么办？"

沈琳道："我算过了，如果我们租到沈志成他们那个小区，离卓越学校有三十二公里。早上六点出发走京通快速，七点之前就能把她送到学校。副驾驶座放平，她在车上还能睡一觉。到了地儿，你俩在附近吃个早饭。然后你该干嘛干嘛，一点不耽误。"

她顿了顿，道："工作室等这个季度结束之后，不要再租了。你根本没必要有办公室，或者到燕郊租一个小开间，一千块钱就够了。"

老那说："晓悦过来不方便。"

沈琳提高音量："李晓悦在哪里办公不行？现在都微信沟通，有活儿了就在电脑上干，她没有电脑吗？"

老那叹了口气。

沈琳又说："宝马也卖了吧。四十万就四十万，去换一辆几万块钱的二手车，宝来、捷达、雪铁龙，能代步就好。剩下的钱足够我们撑两年，我就不信两年时间我们找不到出路。"

老那抬头，眼神中有哀求。他知道这宝马一直让沈琳耿耿于怀，他也知道他错了，但他还是想争取一下。这辆车代表了他北漂的高光时候，是他仅存的一点荣耀，甚至可以说是撑着他每日奔波的底气。他好面子了半生，头可断，血可流，饭都可以不吃，可以搬到燕郊，但必须有一辆好车。或者说就因为搬到燕郊，更需要一辆好车。

沈琳见他这样，气得暴跳起来，拿手捶他，带着哭腔骂他赔钱货，一直在各种莫名其妙地赔钱。先是那个替王总小三儿还了一百万，接着又是这个姓陆的二十万。可见上天就是认为他前半生不配拿那么高的工资，要一点一点收回去。他是个大骗子，骗她生了二胎，骗着全家跟着他一起吃苦……老那心里不服气，又担心老婆动作太大，再扭着腰椎，不敢躲得太过，直直挺着，受着老婆的打骂。

沈琳其实也是作势打，声势大，力道小。闹过一阵后，老那见她情绪渐渐平复，道："老婆，看一下我这一单是不是顺利回款再做决定吧。我没资源，没后台，连办公室也没有，再没辆好车撑撑场面，这生意跟谁做呢？"

老那的口气诚恳却坚持。沈琳知道他这个人，平时好说话，让着她，但一旦打定的主意很难轻易更改，不由心灰意冷，叹了口气，同意了。

两人初步商定，环视着这个家。想着这些年来像鸟儿衔枝一样，一点一点精心布置下它，如今却要舍它而去，让给不知道未来的哪个人住，都心如刀割。

沈琳动作很快，在链家上选了几个房，沈志国替她实地看了，拍来照片，老那又过去看了看，选定了和沈志国同小区的一个七十平的两居室。交了租金后，选了个日子搬家。本以为要跟婆婆解释半天，婆婆只是说了句这样打算很对。见两人情绪低落，倒批评他们半天，人活着，就得能屈能伸，遇到困难咬牙扛过去，要相信好日子一定会回来。两口子听着，差点哭出来声。不过婆婆最后一句话又令他们破涕为笑："这房至少值八百万。有多少人能置下八百万的家底？所以你们怕什么？"

"八百万家底"这个说法冲淡了老那、沈琳收拾行李的凄凉，搬家公司大包小包往楼下搬东西的忙乱狼狈，以及看到邻居惊诧询问眼神时的尴尬。那隽和李晓悦过来帮忙搬家，临来前李晓悦警告那隽，来帮忙就不要添堵，最好闭嘴干活儿，没人想听你那些人生的大道理。那隽苦笑，说自己真的有那么不识趣吗？

"有。"李晓悦说。

那隽道："其实我现在也没什么资格训我哥哥我嫂子了。"

李晓悦哼了一声："但你还是会想，我有套大平层，有存款，有期权。我是名校研究生，我有上市公司的从业经历，过人的技术，找工作分分钟。所以我还是完胜我哥哥我嫂子。"

"我的确是这么想的，你不愧是我老婆。"那隽笑了。他恢复得差不多了，连搬家公司的车喇叭突然响了，搬家民工的手机突然大声唱起土摇，也没能吓到他，他的自信一天天涨了起来。他已经回公司上班了，但部门老总不再让他进项目。那隽因为已做好最坏打算，故也无所谓，反而落得清闲。

他与公司都在暗搓搓较劲，双方都在权衡，到底怎么样才能最大限度维护自己的利益。

沈志国两兄弟很仗义，帮沈琳找了房，又赶过来帮着搬家。这房住了十二年，一收拾起来才发现与它羁绊那么深。无论怎么收拾，一些小零碎仍源源不断地涌出来：去鼓浪屿旅游时买的小陶人儿，巴巴地带回来，放在书橱最顶端落灰；厨房壁柜角落里塞着的半包牙买加咖啡豆，沈琳嫌它味道怪，又舍不得扔，信手塞进角落里，要等到它过期时再扔，这样就不会有负罪感。这是家庭主妇过日子的秘诀。衣柜里挂着的淡蓝色捕梦网，当年韩剧《继承者》风靡一时，剧里的捕梦网成了网络爆款，沈琳跟风买了，很快忘了它……一个家少了这些鸡零狗碎，就不生动了，把它移植到新家去，可以迅速冲淡迁徙后的陌生感。大家帮着把各色小零碎放进各种塑料袋里，再一个个提下楼，放进后备厢。

这时李晓悦一抬头，见沈琳两手分别提着两个大袋子，里面是她的那些果汁泡泡玫瑰。老那劝她不要了，那边阳台小，放不下。沈琳原本也赞成，临走时巡视了一圈，还是忍不住找了袋子，把它们都放进去。宝马车是他最后的荣耀，这玫瑰花同样是她余音袅袅的眷恋。那样晶莹闪亮的橙色丝质花瓣，淡淡的蜜香，象征着她曾拥有过的美好的日子。她要把它们带到出租屋里去，再买的花，怎么能一样？

李晓悦见她走路有点艰难，赶紧迎上去，埋怨道：“嫂子，不是叫你不要提重物吗？小心又把腰给扭着了。”

沈琳停下，立在原地，李晓悦快步走到她身边，接过袋子。沈琳却没有跟上来。

“腰又不行了。”沈琳颤声道，手撑着腰，满脸痛苦之色。

老那带着一家老少先到了出租屋安顿下来，李晓悦和救护车一起，把沈琳送到医院，诊断是腰椎间盘突出又犯了。救护车把沈琳拉到燕郊，用担架把她抬到出租屋。听着护工把自己抬上楼时粗重的喘息声，沈琳在心里默念着：“我们有八百万家底，我们一点儿也不惨。”

躺在担架上，沈琳笑了。

第二十四章 身体不好才是最大的中年危机

他们租的房只有七十平，装修也差强人意，瓷砖地板有点发黑，浴室门推拉起来吱吱扭扭，摇摇欲坠。不过从窗外望出去，小区高楼林立，灯火璀璨，和北京任何一个小区没有区别。

搬来的家当把小小的房挤得满满当当，果汁泡泡玫瑰只能放在阳台的地上。婆婆和那卓越睡一张床，沈琳两口子带着儿子一个卧室。卓越放了学，被那隽接到这里，她站在客厅，环视了一圈，久久不说话。在原来的家，她有自己独立的卧室。李晓悦正拆着袋子，把零碎东西一样样拿出来，一边偷偷观察小姑娘的脸色，只待她一开口嫌弃，立刻说服她。

卓越问道："我妈呢？"

李晓悦说你妈在屋里躺着呢，她的腰病又犯了。卓越跑进卧室，看到沈琳躺在床上。她跪在床边，抱住沈琳的脸亲了亲。李晓悦跟了进来，见这一幕，心里酸了一下。

卓越说："我妈在哪儿，哪儿就最好。"

沈琳眼圈一红。卓越又问我奶奶我弟弟呢？李晓悦说他们在隔壁，你奶奶哄弟弟喝奶睡觉呢，你弟弟中午没睡午觉，这会儿补觉。卓越走出去，推开隔壁的门，见奶奶抱着弟弟，哄着他睡觉，她悄悄地带上门，对李晓悦欣慰地笑了。

沈志国叫了外卖，叫小卖部抬了一箱燕京啤酒上楼，三下五除二，砰砰砰开了好几瓶，推给大家，开始热热闹闹地吃饭。沈琳在卧室，由婆婆把饭送进去喂她。她吃着，听着外面聊得热闹，心里一阵好受。前阵子她讨厌沈志国兄弟俩在老家把她的窘境四处宣扬，现在有他们在这里忙前忙后，又感觉很温暖。

大家喝着酒，话渐渐密了起来。沈志国说你们读书人，日子过得太顺利，要是吃点我们工人的苦，就会发现，眼前的困难都不算什么。有一年我给人家贴瓷砖，从脚手架上摔下来，好险没摔成残疾，躺了三个月。工头还跑了，一分钱补偿也没有。沈志国把手亮给老那看，它关节粗大，皮肤被石灰涂料水泥泡得粗黑开裂，无数细密的伤痕。

沈志成指着外卖餐盒道："其实是你们拉不下面子来，不然北京到处都是工作机会。比如送外卖，咱们村好几家在北京送外卖，一个月挣上万块钱的有的是。还有开快递点的，开水果店的，人家一年都挣好几十万呢。"

沈志国道："现在危险的活儿我们都不干了，要有楼房贴砖的活儿，我就找一对东北夫妻干。他们俩专干这个活儿，我那天算了算，两口子一年挣三十万没问题。你要真低得下来头，遍地都是钱。"

沈志成接茬道，那隽的房，他请的卫浴安装师傅，两个马桶200，两套洗手盆200，两套推拉门300，还有什么花洒毛巾架之类的玩意儿，加在一起200，另外拉货和搬运还要算一个费用。你就算吧，他一天能挣多少钱。

他冲那隽笑，那隽扯扯嘴角以示回应。他造了什么孽，要听半文盲跟他谈怎么挣钱？不过李晓悦已经警告他，少在亲友面前流露优越感。他现在很听她的话，所以表现得很得体。

李晓悦插话说，这些手艺活儿的确挣钱，她有天请人来修推拉门的滑轨，半小时不到，花了一百五。就算那人一天修三个门好了，一个月轻松上万，还自由。沈志成又说，没手艺，愿意吃苦也行。就咱们小区菜市场门口摊煎饼的大妈，一个煎饼六到八块钱，一天至少卖一百个，成本最多一块五。她天天出摊，你就算吧，她一年能挣多少钱。他压低嗓音道，其实我都不理解琳儿为什么要去当月嫂，门口支个摊儿卖煎饼，不比看人脸色受气强？

屋里的沈琳竖着耳朵，专注地听着。

沈志成已微醺："那伟，说句不怕得罪你们的话。早些年，我挺崇拜你们读书人的。但这些年，我看开了，人不一定要考大学。考个清华北大之类的嘛还行，考个普通大学，读个不咸不淡的专业，四年出来两眼一抹黑，啥也不会。在公司干点万金油似的工作，一到三十五岁失业了干瞪眼，满大街找工作跟流浪狗似的，还不如去学一门手艺呢。"

老那苦笑，活到四十来岁，谁肚子里没有一些大道理要讲给别人听？现在轮到两个初中毕业的亲戚来教训他了，是他活该。

沈志国手舞足蹈，一锤定音，中国根本不需要这么多大学生，需要的是像他们这样的技术工人。人家蓝领在国外可吃香了，他就是太爱国了，如果想移民，保准比老那夫妻和那隽两口子要容易，信不信？李晓悦说我信，老那好脾气地笑。沈志国拉着老那的手，说妹夫你别怕，万一你工作室做不成，跟哥学学装修，水电安装，养家糊口没问题。他醉醺醺指着这屋，你住燕郊，我也住燕郊，北京不要我们，大家都是无产阶级兄弟。又指着那隽说，你别以为你在大公司上班，其实也是无产阶级。我早听说了，你都得抑郁症啦。他哈哈大笑，李晓悦憋着不笑，老那摇头笑叹，那隽笑不出来。

大家直到晚上十点半才散去。老那上了床，搂着沈琳，两人没说话。要说漂泊，两人在北京没有户口，其实一直是漂的状态。但有了房，又有稳定工作，有了温馨的家庭，两人渐渐忘了，原来自己是不属于北京的，全赖工作把他们和北京联结起来。这次搬家又提醒了他们，没有工作，又没有户口，为什么一定要待在北京呢？两人早就合计过了，没有户口，一双儿女未来读书还是成问题。要么及早到天津买房，把户口落到天津，像他们绝大多数的北漂朋友那样；要么趁早回到原籍，跟上当地的教学计划，好准备高考。老那曾有过雄心壮志，幻想期权如果兑现，可以送孩子们读国际学校，如今不过是泡影。

他们这样的家庭最尴尬，既没能力将孩子送国际学校，又不甘心送孩子回老家高考。去天津落户，夫妻必有一个要放弃自己的生活过去陪读。这么看来，孩子竟是北漂路上最大的陷阱。而老那夫妻，亲手给自己挖了两口陷阱，并且喜滋滋。

老那说："不然，我们……"他迟疑着，因为他要说的那个话连自己也不同意。

沈琳等着他。

"不然把房卖了，去石家庄或者郑州吧。"这是两人户口所在地的省城。老那在手机上查着两地的房价，两地二手房均价都在一万二三左右。买套一百平的三居，余下的钱理财，一年的收入也足以覆盖家庭开支了。他们为什么一定要在这里过山寨版的北京生活？那八百万不能是浮在空中的美丽泡影，它完全可以坐实成牢牢抓在手中的富足。

老那接着查，又沮丧起来，两地都需要当地两年社保。原来他所以为的降维打击，不过是自作多情，省城也并没有敞开双臂欢迎他们这些游子。沈琳道，都要两年社保，干啥不提前去天津？天津房也就两万来块钱，去省城做什么？身边又不是没人早晚坐京津城际高铁通勤。真舍不得北京，就在天津高铁附近买房呗。老那说都可以。他烦躁起来，撸了一下头发。老子就是恨透了北京，走吧，离开吧。

沈琳一直没说话，她的腰不能动，只能直挺挺地躺着，眼睛看着天花板。这屋的装修有些年头了，天花板的墙灰浮了，现出斑驳脱落的前兆。像不像他们溃败的中年？她现在看什么都觉得隐含寓意，她希望能看到指出一条生路的寓意，结果看到的都只是提出问题，没有答案。

沈琳说："连沈志国和沈志成都要给后代围着北京买房，我们在北京有房，倒要卖掉？就这样逃跑了，让卓越和子轩将来重新来一遍？"

老那道："他们将来未必愿意在北京，不一定非要在北京才叫成功。"

沈琳道："上海？广州？深圳？杭州？你告诉我他们会去哪里？哪里的房价低、落户容易，幸福唾手可得？"

身边也有朋友把北京的房卖掉，去了大理定居，他们从来没有问过这样值不值。看着朋友圈里，大理的生活的确幸福，洱海清透，阳光灿烂，天空湛蓝，花儿朵朵浓烈怒放。但朋友圈向来报喜不报忧。日日看海，再好的海也腻了。再说了，跑到大理的朋友是个丁克，根本不在一个次元。

老那嘟囔："未必要在一线城市。你家那四层楼，我看就挺好，田园风情。我家也可以，我爸装修那三层楼，现在都在落灰，不浪费吗？"

沈琳冷笑："你自己闯北京，精彩过了，倒要儿女回农村种菜？"

离开或者留下都是沉重的话题，他们没有再谈。有些事不用着急找到答案，再拖一拖，也许答案就水落石出了。

人的适应能力是很强的，一周过后，一家人很快适应了燕郊的生活。沈琳的腰好了，可以四处溜达了，她闲下来就到小区四周去逛。其实呢，现在各地的建设都差不多，一样的小区绿化人车分流，一样的大悦城、永旺、京客隆、奥特莱斯、沃尔玛，一样的吃完了火锅看电影。只要没有特别的需求，在哪里生活区别并不大。

然而沈琳的心并不安宁。燕郊的开支再低，这样坐吃山空，他们可怜的存款就像泡在水里的肥皂，每日瘦一圈，很快就会消失不见。她茫然在街上逛着，想找到点什么出路，甚至像当初的李晓悦一样，连蛋糕店招服务员的启事也看。然而她很快就明白，她干不了这些事儿，第一人家不招中年女人，第二她的腰根本受不了这样长时间的忙碌。她需要一份能自由支配时间的工作，以便立坐躺卧，自在随心。

沈琳逛来逛去，逛回到小区附近的室内菜市场，入口处果然有个煎饼果子摊。五十岁模样的摊主大姐摊饼手势极为娴熟，令人目不暇接。只见她端起盛面糊的盆，往推车上的铁鏊子上一倒，右手的竹刮子轻巧一旋，薄薄的面糊迅速变色成饼。单手抓起鸡蛋，在推车沿一磕，五指一错，蛋清蛋黄落在饼皮上，竹刮子又轻巧一旋，把它们均匀涂开，很快被烘熟。又拿铁铲子一翻，煎熟另一面，刷上酱，洒上香葱香菜，加块薄脆或是切成薄片的香肠，用饼将它们裹起来，用铁铲三下五除二戳成几段，叠起来，做完这一套不过一分来钟。加薄脆和香肠八块钱，只加薄脆六块钱。沈琳花了六块钱，用塑料袋热热地捏在手里，吃了一口，香酥软嫩，也算可口。

沈琳吃着，在菜市场里逛着，心中模糊地想，难道自己也去买个煎饼小车，学卖煎饼吗？这生意要长期在户外站着，也未见得自己能行。此时正值下班时间，来买菜的人不少。有个卖凉菜的小车生意很好，沈琳买了点凉拌腐竹芹菜和腌萝卜。转了转，看到另一边有个小窗口卖久久鸭的，又买了点鸭头和锁骨。因孩子不能吃辣，老那也不爱吃辣的，故她做的卤货几乎从来不放辣，这回买点给自己解解馋。

提着菜往家走时，沈琳蓦然站定，一个念头如一道闪电一般击中她：为什么不租个小推车卖卤货呢？自己做小生意，时间可以自由支配。她热血沸腾，转身又回到市场仔细转了一圈。是的，整个市场有卖凉菜，有久久鸭，也有卖炸丸子、炸小鱼儿之类熟食的小摊，但就是没有专门的卤肉摊。

沈琳打听到菜市场管理办公室的地址，上门问了问，果然可以进场卖熟食。没有现成的摊位了，自己得买个小车，要去办个食品卫生许可证，这办起来很简单。工商执照不用，因为菜市场本身有销售熟食的经营项目。进场费一个月一千五，按月交。沈琳回家上网查了查，一些二手交易网就有卖熟食的小货柜车卖，一千块钱以内就可以买到。

也就是说，花三千块钱左右，沈琳就可以尝试全新的挣钱门道。她对自己的卤货非常有信心，这么多年来，吃过的没有不夸的。这些年她从未想过，这原来也可以是一门技艺。人生多么奇妙，她做得一手好菜，原出于兴趣，也是出于对家人的爱。做一桌好吃的菜，看到亲人喝酒吃菜，畅快地聊天，是她最大的幸福，没想到也提供了人生下半场的一种可能。

沈琳回家和老那及婆婆商量，婆婆支持，老那反对。支持的理由是总要试一试，不能在家坐以待币。待不来币的，只能待来毙。而且采买原材料、制作的过程中，婆婆都可以打下手。婆媳合作，天衣无缝，这些年她们就是这样打配合的。反对的理由是不至于走投无路到这种地步。

不至于，真的不至于。老那反复说，他没有别的理由，只是又一次被震惊，心又沉到谷底。从失业开始，人生一路下滑，但滑到这个程度，是他万万没有想到的。

他受过大学教育的老婆，曾经的人力总监，CBD 写字楼里穿职业套装高跟鞋喷香水的白领，曾经戴着大钻戒披着软滑丝绸睡衣歪在皮沙发上喝现磨咖啡听爵士乐的全职主妇，竟然要沦落到要推个小车卖熟食，这太凄凉了。她做的卤货好吃，那是生活的一种情趣。特地做了一车卤货去卖，以此养家糊口，那就是对他这个丈夫彻底的否定了。

老那痛切地感受到，就是因为他不再能够提供安全感给到全家老少，她们才如坐针毡惶惶不可终日。他更痛苦地承认，自己的意见完全没有作用。失业到现在，沈琳好歹不挣不赔，而他连注册公司租办公室带垫款在内，已经赔进去二十多万了。陆总的活儿做完一周了，那家国企的流程迟迟走不下来，而姓陆的装聋作哑，竟是要等到拿到全部的钱，才要给他结清二期款及尾款的三十万了，之前拍着胸脯说的"不会让你垫款"的话就跟放屁一样。老那对一直白忙活的李晓悦过意不去，打了五千块钱给她，她又给退了回来，说回了款再说。老那心里感激，越发对陆总有意见。有天他催陆总结账，说你不是说二期款半个月之内就会给我吗？这都二十多天了。陆总有气无力地跟他说自己在医院看病，心脏不好，跟着拍了一张在医院候诊的照片。看着陆总的黑眼圈紫嘴唇，老那再也说不出一句话来了。陆总这两年公司经营一直不好，老婆全职在家带六岁的儿子，大家处境差不多。

沈琳问老那，只不过是面上要尊重一下。他不至于不至于的，在她看来，很至于。说干就干，先申请食品卫生许可证，然后买小货柜车，交市场的摊位费。十五天之后，食品卫生许可证下来了。沈志国两兄弟非常赞许表妹的勤奋务实，一起帮着到超市采买各种她要的肉食原料，又跑前跑后帮着擦车，到打印社定制不干胶。"沈琳卤货，干净美味"八个红字贴到货柜车上，车玻璃擦得明净，车里的不锈钢面板擦得锃亮，看着很像那么回事。"沈琳"两个字是沈琳要求的，要做就做得干脆一点。四个字贴到玻璃上，有种置之死地而后生的气魄。

第一天，下午三点半，两兄弟帮着沈琳把车推到市场，沈琳把卤完的油亮喷香的猪耳朵、猪蹄、鸡爪、卤蛋等往面板上的托盘里放。一开始她非常紧张，害羞得张不开口，两兄弟陪着她站着，扯开嗓子大喊现卤的肉，好吃实惠，先尝后买。半小时后，有人过来，用牙签扎了块放在小铁盘里让顾客试吃的猪耳朵丝儿，尝了尝，说切半斤猪耳朵吧。沈琳激动得手发抖，赶紧用铁镊子夹了猪耳朵，细细地切了，拌了自己调的酱汁。两兄弟鼓励沈琳，这是个好兆头，你的生意大有希望。

老那在不远处的菜摊前溜达，假装买菜。他好奇老婆到底能不能行，又担心她的腰撑不住，又觉得丢脸，所以一直在菜市场远远地观望。

沈志国见状撇嘴道："男子汉大丈夫，还不如一个女人脚踏实地。靠自己双手挣钱有什么丢人的？"

沈志成道："是啊，我这妹夫，大钱挣不来，小钱不想挣。"

沈志国道："琳儿，人越来越多，你得学着点怎么招揽顾客。人就一个肚子，吃得了久久鸭，就吃不了你的卤肉。你这么辛苦做的，难道要倒了吗？"

沈琳犹豫着，脸涨得通红。

沈志国哼道："我看，你还是没被逼到绝路。"

沈琳被激得喊了一嗓子："卖卤肉啦，现卤现卖，先尝后买。"

喊完她大吃一惊，连耳根子都红了，捂着嘴笑了。两兄弟也笑了，冲她竖起大拇指。

不远处的老那被老婆突如其来的吆喝声也搞得面红耳赤，他四处张望，希望没有熟人认出他来。燕郊当然没有熟人，他只是太好面子了。这一声吆喝，像是能冲出燕郊，冲向北京城，宣告那伟养不起老婆，要让她摆摊。他赶紧低下头，手无意识地在菜摊上挑来挑去。二十多岁的女摊主不耐烦地道："大爷，您在我儿挑半天啦，那黄瓜拿起放下四五回了。不买没事，别掐呀。"

老那一愣："你叫我什么？"

女摊主以为他装傻，板着脸道："行行行，您挑吧，别掐就成。"

老那分明听到她喊他大爷。菜市场出口有个理发店，他走到店里一照镜子，里面的人胡子拉碴，头发已经长长，像刺猬的刺一样四处支棱着，他忘了去理，两鬓星星点点的白发越发醒目。眼角鱼尾纹长长，一脸的沧桑。这副模样被误认为是老年人，也不过分。

失业这大半年，老那心力交瘁，无心打理自己，竟然有了这么落魄苍老的面容，也许相由心生。他百感交集，看一眼菜市场里面的卤货小车，耷拉着头回家。

晚上七点半，沈琳提着切肉的工具回家，小车存在市场。除了几只凤爪没卖掉，其他的全部卖光。婆婆叹她辛苦，赶紧给热饭，沈琳拿着计算器啪啪啪地按，抬头兴奋地说净挣两百三十块钱。婆媳非常高兴，卓越蹦跳着说妈妈挣钱喽，妈妈挣钱喽，子轩在一旁蹦着，跟着喊挣钱挣钱。只有老那一声不吭，他也高兴，却觉得窝囊。沈琳知道他的心情，安慰说我负责挣生活费，你负责把工作室打理好。半年不开张，开张吃半年嘛。

沈琳卖了一周卤货，挣了两千来块钱，口碑渐渐传出，生意越来越好。老那成日在外奔波，希望能匹配上老婆的努力，与她齐头并进。这天晚上老那没有回家吃饭，说有事，卓越是沈志成帮着接回来的。十点了，老那还没回家，沈琳担心起来了，又打了个电话，老那声音非常低落，说在楼下小馆子喝酒。沈琳找到他，见桌边已摆了一堆空酒瓶。老那已喝得酩酊大醉，眼圈红肿，很明显哭过。

这一两年来，沈琳已被打击惯了。再大的风浪袭来，她摇晃几下，总是能站稳，但她从来没见过丈夫这样。她止住老那倒酒的手，惊慌道："怎么了？"

老那说："老陆猝死了。"他的眼泪顺着脸庞流下来。

这阵子，陆总拖欠的二十万在老那心中沉甸甸的，已超过二十万应有的价值，升格为对他智商上的侮辱，人生的否定。正当他打算用强硬的手段，甚至起诉，哪怕失去这个朋友，也要把这二十万要回来时，却传来陆总猝死的消息。陆总这些年来为生意四处奔波，积劳成疾，终于在加班的晚上倒在了公司的总经理办公室。有员工找他，敲门无人应答，觉得不妙推门进去时，尸体已经凉了。

葬礼上，陆总六岁儿子一身黑色的小西服，庄重英挺。一夜之间长大懂事令他紧紧抿着嘴，不让悲伤喷薄而出，越这样克制越令人觉得凄惨。陆总父母已经悲伤过度，进了医院。陆总老婆脸色惨白，哭得快要昏厥，还要孩子照顾她。她全职在家带孩子，老公创业这些年，根本没有挣下什么钱，公账上的钱连结清员工的工资都不够。员工体恤她，也不要工资，安慰了几句，各自散去。几个哥们儿相对无言，欠钱的被欠的都默不作声。欠钱的琢磨着是不是要还点钱给可怜的孤儿寡母，以安抚自己的良心；而被欠的只能死掉讨钱的心思。那位在国企任职的亲戚对她和老那道了半天歉，说那笔发布会的账已经批下来了，不过要走六道手续，目前签字就差领导一个人的了。国企就是慢，但国企最稳当，钱肯定不会没。

沈琳唏嘘不已："老公，那笔钱要不回来就算了。咱们现在这样，日子也能过，你也不用太自责。"

老那抬起泪眼，他伤感的何止是钱？中年以后，身边陆续传来亲友死亡的消息。春风得意的时候，他只觉得唏嘘。但眼下这种境况，每传来一道死亡的消息，他都觉得好像自己也死了一次，尤其这种曾共事的工作伙伴。死亡太近了，太近了，张牙舞爪，一步步向他逼来，再也无法假装它是遥远的不相干的谈资。那天他收到了新闻推送，是北京近 10 年居民死亡情况调查报告。新闻写着，40 岁到 59 岁组，死亡人数 10 年上升 24 倍。其中，男性 40 岁到 49 岁组死亡率 10 年间增长了 73%，女性增长了 15%。多么吓人的数据，多么痛的领悟。还以为生命就是一本厚厚的存折，任由自己肆意挥霍。没想到某天打开，发现余额是可怜的个位数，很快就要耗尽了。

沈琳道："我这次腰损伤，倒让我有了新的感触。什么是最大的中年危机？不是失业，不是没钱，是没有健康。没有钱可以重新挣，没有健康就没有一切。所以虽然卤货生意挺好的，但我下了个决心，再也不会为了挣钱而牺牲健康。老公，你也要这样想。"

她一指桌上林立的啤酒瓶："因为陆总死了，你喝了十瓶啤酒。也许就因为这一次酗酒，你可能少活了十天。"

老那含泪一笑，沈琳也笑了，又接着说："咱俩说定了，无论什么样的情况下，都要把身体健康放在第一位，好吗？"

第二十五章 下山，下山

荷兰豆爬出长长的藤蔓，紫红色花轻俏可爱；南瓜秧昨天只爬过两条垄，今天已越到水渠边。水池上漂着几星桃花，那是自屋旁的桃林飞来的。桃花已谢了大半，花瓣飘零，林下的草地上落英缤纷。又是一年春将尽。

沈磊站在桃树下，想象李晓悦荷着那把粗笨的锄头在这里凹“葬花”的造型，怅然若失地笑了。他们走后，他和她没有在微信上说过一句话。不知道该说什么，有的话太远，有的话又太近，他掌握不好分寸。连她的朋友圈，从前会点赞的内容，现在他伸出手指头来，又缩了回去。

可能是想太多吧，沈磊有时想。有时又想，这样复杂的关系，想多一点没坏处。

这天老柯突然叫他下山，说有事要商量。到了之后，老柯居然把他带到村委会，董智勇和几个村里的干部在会议室等着。董智勇问起租约，沈磊的租约还有一个月到期。

董智勇道：“不然你看这样，如果你不想租了，这个月也可以结束，钱老柯会退给你。”沈磊一愣。

老柯道："你在这里也住了快一年了，你妈不想你吗？"

沈磊道："我父母不管我。"

老柯期期艾艾："其实你离家太久吧，也不好，还是应该回去。"

沈磊试探道："老柯，我如果还想再租一年，你是不是不打算租给我了？"

老柯结结巴巴："明年就涨价了。"

沈磊问："涨多少？"

老柯看着董智勇，董智勇道："主要是村里想统一安排。"

董智勇说，村里打算把山上零散的房收归到集体名下，统一装修管理，打造成连锁高端民宿。其中老柯的房是重中之重，因为它的位置太好了，居高临下，有小院儿，有菜园，挨着水，旁边的桃林也规整。董智勇自从在山上邂逅了李晓悦之后，突然又来了灵感，打算把老柯的房推平重建，做成本村民宿的头部内容，请本县网红主播霞姐穿上汉服住在此地，打造古今穿越的梦幻场景。霞姐一边直播引流，一边打理民宿。游客来了，可以在这里体验田园风情，更可以穿上汉服拍照。想住的也可以，一晚上收费三千。床位不多，只设五个，饥饿营销。如今遍布全国著名景点的那些高端民宿，就是这么干的。这样会引来一大批游客来爬山，他们来了，不得住宿吗？不得吃喝顺便买点特产吗？以点带面，直接带动周边的经济。

董智勇的方案一上报，立刻获批。施工队蓄势待发，但沈磊成了绕不过去的障碍。其实不是沈磊，是小雪。小雪警告父亲，沈大哥想住多久就住多久，谁敢赶他走，她跟谁没完。董智勇一听没辙，只好来说服沈磊。

沈磊恼火："租约到期不租给我，我没话说。现在只剩一个月，你们忍一忍不行吗？"

董智勇说村里着急想把这个事做完，是要赶端午节。终南山是一座传统文化底蕴深厚的名山，端午大家吃粽子，穿汉服，思念古人，行古礼，在那一天宣布民宿开业，这是最好的噱头。董智勇喋喋不休，IP、饥饿营销、引流、噱头等各种术语从他快速翻动的嘴唇里飘出来，沈磊头又开始疼了。董智勇提到李晓悦，口气不无依恋："你那天那位女性朋友，太漂亮了，活生生仙女下凡。可不可以和她商量一下，如果她愿意来我们民宿驻站，价格好商量。”

沈磊不耐烦打断道：“人家在北京好好的，为什么要来这里？还有啊，租约到期之前我不走，你想赶我走就来试试。”

沈磊回到山上，无比烦躁。该走了，是该下山了。但不该这样下山，该是他前思后想，把一切都想明白了，自愿下山，而不是这样灰溜溜地被赶走，性质不一样。不一样，就会导致他新生活的打开方式不对。

天黑了，沈磊在昏暗的屋里又问自己，他们不让租，换一个地方就是了。这个村没有空房，别的村总会有。终南山上的破土屋，也不至于一房难求。他不想换地方，恰恰是因为没想好，到底还要不要继续待下去。

继续待下去吗？沈磊环视着这屋，想了半天没想出个头绪来，最后他跟自己说，既然没想好，就不下山。他倒在床上，很快睡着了。

第二天，沈磊摘着成熟的荷兰豆。看着郁郁葱葱的菜园，一阵不舍。如果要走，这些东西怎么办？他想起那隽说的，如果要隐居，也可以到京郊、密云、怀柔，现在也有不少城里人跑到京郊租个小院子住下。问题是他想要继续这样的生活吗？遁世是他人生的插曲，还是余生的主旋律？他有钱过这样的生活吗？他的银行卡里只剩一万块钱了。

沈磊正想着，忽听一阵轰隆隆的声音自下方传来。抬头一看，一辆挖掘机正往这边开来，老柯、董智勇带着几个民工跟在后面。开到近前，司机跳下车，董智勇展开一张图纸，和司机说着话，在纸上指指点点。

沈磊走过去问道：“干嘛呢？”

董智勇道：“这间民宿规划占地五百平，现在老柯的房才一百平，太小了。你不搬走没事，我们先把基础工作做起来。这边挖开，那边该平整的平整。”

他见沈磊瞪大眼睛，忙又解释道：“你住你的，不影响。租约到期之前，肯定不会赶你走，要有契约精神嘛。”

沈磊气道：“你这儿日夜施工，我怎么住？”

董智勇皱眉：“你这就不讲道理了，我们施工是得到县里批准的，合法合规。你住你的，我挖我的。总不能为了你一个人，停下我县经济发展的脚步吧？”

这一套说辞天衣无缝，道理大得吓死人，沈磊哑口无言，只能转身离开。挖掘机的铲斗开始上下挥舞，一棵棵杂木被刨出。沈磊眼看大铲斗离他的菜园只有半步之遥，非常揪心，那些荷兰豆、生菜、香菜、南瓜秧在狰狞的铲斗下多么柔弱。董智勇看着他的表情，知道他在担心什么，喊道：“放心吧，菜园我会留着的。你种菜的手艺太好啦，我们捡个现成的。”

沈磊不想在屋里待着，上山转悠到天黑才回来。此时屋的周围已经架起了工地施工专用的镝灯，在大山的黑暗中生生挖出一块雪亮，无数飞虫奋不顾身地冲向那些灯。菜园周围一大片地已经被开膛破肚，一片狼藉。更多的设备和原料被运了上来，打桩机、水泥搅拌机、水泥……晚上十二点，施工仍没有要停下来的意思，吵得上了床的沈磊忍无可忍，跳下床跑到现场去问工人，你们是机器人吗，二十四小时不用休息？工头不耐烦地说我们两班倒，用你操什么心？

沈磊回屋，躺在床上运气。屋里现在不用点灯，靠着从门缝里漏进来的工地上镝灯的余光都能看得清楚。一直到凌晨三点，沈磊实在撑不住了，才昏昏沉沉地睡去。

早晨五点半，沈磊被施工的嘈杂声吵醒。他披了衣服，走到院子里。眼前的云海翻滚着、旋绕着，变幻不定，缥缥缈缈向他奔涌而来。多么美的大山，本该只有鸟鸣清脆，山风微微。可是现在什么都听不见了，只有雾气中那极度不和谐的轰隆隆，呛啷，哐当，砰砰砰，如群魔入侵了这仙境。

董智勇和老柯中午上山，路过土屋时，见木门锁着。董智勇扒开门缝往里瞧，没能窥见全貌，又绕到屋后，趴在木窗上看了半天，回头对老柯笑道：“沈磊走了。”老柯不信，趴过去一看，果然床上的铺盖卷起来了，原先挂着的几件衣服和毛巾都不见了，地上的拖鞋也没有了。董智勇心中一阵轻蔑，恁个瓜怂，口气那么横，还不是半天就顶不住，灰溜溜跑了？老柯微叹了口气，这两脚书柜不经打，就这样走了，也没打个招呼。小雪那女子要是知道了，估计得伤心一阵子。

沈磊下了山，拦了个车到县城，坐大巴到西安。他从来没有到过西安，既然要走了，总得来看看。大巴两小时就到了西安最繁华的街市，原来他离红尘这么近。摩天大楼，商场，星巴克，电影院。人来人往，外国背包客随处可见。一股庞大的喧嚣气息扑面而来，令久居山上的沈磊感到强烈不适。站在天桥上，他一时茫然，不知该去向何处。想了半天，打了个车，直奔古城墙。

坐在古城墙上，右边就是林立的现代化高楼，左边却是古意盎然的建筑。古今相映，浓浓的穿越感。几个月前李晓悦曾穿着汉服站在这里，不知她当时的心情是什么样的，是否也如自己这般恍惚？沈磊拍了张照片，发到了朋友圈。

李晓悦正在向上生长办公室，和老那收拾着东西。办公室租期到了，老那跟李晓悦抱歉道，半年了，业务一直没有起色。当初你也说了，和我试半年了，也别耽误你，该找工作找工作吧。我这边有业务，你兼着做，当副业就可以了。

李晓悦见他情绪不高，道："哥，创业没有那么容易的，要坚持。其实咱们这半年也不能说没有收获，如果陆总的款到齐了，工作室这半年至少挣了十五万，比打工强多了，而这还只是开始。"

老那道："我知道，创业一开始都是千难万难。只不过，有人有底气有资本扛，我没有，输不起。"

他环视了一下这小开间，半年来，这地方偶尔也提供他无尽遐想，许多成功人士的创业故事会在某些时刻纷涌沓来，令他热血沸腾。也许，自己慢慢做，总能做起来吧？可是现在，连一个月五千块钱的办公室他都租不起了，这遐想连个依托也没有了。

他曾找过姜山一趟，想试探下姜山到底还创不创业。如果创业，也许他还可以从姜山那得到一些业务。结果姜山居然还在乖乖上着班，牢骚满腹，干劲十足。两人吃中午饭，姜山又说不干了。老那看出，只要秦玲玲不辞他，他永远不会走。四十岁的姜山，根本无处可去。

李晓悦回那隽的出租屋，公交车上她刷着手机，刷到沈磊那一条，她愣了。沈磊下山了？是来城里玩一趟，随后还要回终南山，还是永远不回去了？如果不回山上，他会去哪里？她心跳加快，点了个赞。沈磊很快回了个笑脸。她有一堆问题要问他，可是在那条朋友圈下问，那隽看得到。私信聊，又觉得不妥。

去终南山之前，她可以坦然地与沈磊聊微信。为何见了一面以后，再也不能这样想对他说什么就说什么呢了？那一天一夜，把某件事情的性质永远地改变了，而她不确定他是否也同样这么认为。

从终南山回来后，那24小时的每个细节都反复在李晓悦的脑中出现。分明沈磊每句话、眼神、笑容、动作都很正常，为什么越想越觉得意味深长？他们从前见面的次数不多，她对他印象很好，瘦高个儿，书生气，周身散发着安静淡定的气息，时刻微笑地看着身边的妻子，眼神中带着欣赏和爱恋。某些时刻她非常羡慕他的妻子，得到这样一个爱自己的优秀伴侣，人生该多幸福。也许那些时刻，就隐藏了她不自知的念头，那隽在世俗眼里，也是条件不逊于沈磊甚至更好的伴侣呢。那些点头微笑的寒暄，原来隐藏了石破天惊的可能。

那隽终于与公司达成了一致：他主动离职，带走三分之二期权，补偿金非常优厚。休假的这一段时间，他反复权衡，斗争，咨询律师，目前这一结果已经是旷古未有之划算，公司没有亏待他。普天下那么多人在换工作，他得到了这么好的补偿，为什么要难过？资本曾经青面獠牙，可为了避免劳资纠纷，把隐患掐灭在萌芽状态，它也可以温情脉脉。那隽对公司生出深深的感激——不，他从来没有恨过资本。他从头到尾都对它爱慕之极，五体投地。

离职手续办妥，人生告一段落。身体调养得也差不多了，那隽开始找工作。他见了几个猎头，坦诚告知自己前一段时间的确身体有过不适，但现在已经痊愈了。他出示医生的最新诊断加以证实，猎头们于是积极为他物色新工作，他面试了几家，选中了一家由业内知名资本集团投资的创业公司，工资比上一家少了三分之一，但期权更丰厚，职位是技术总监，约定半个月后入职。

面试完，那隽走出新公司所在的写字楼。这写字楼只离原公司不到一千米，他仍在秩序里，一切没有变，甚至由于这段时间他养好了身体，心理磨砺得更加成熟，局势变得更好了。他脚步带着弹性，轻快而坚定，如重新蓄完电的电池般动力十足。

李晓悦一路琢磨着，坐过了五站地。她下了车，决定走着回去，好把心中那些忽悲忽喜、阴晴不定、想哭又想笑的情绪梳理一下。走到半道那隽来电，说自己在外面忙，晚上让她去他原公司楼下的那家西餐厅吃饭，有好消息要告诉她。

晚上，李晓悦如约前往。那隽神情喜气洋洋，像是乌云被驱散，天空现出澄澈的蓝，他已经很久没有这样的表情了。李晓悦想，如果他一直这样而不是眉头紧锁神情抑郁，也许她对他爱的余额还能用得久一点。

她问那隽为什么这么开心，那隽笑而不答，只让她点菜。她没有心情，胡乱点了点简单的菜。那隽叫过服务生，点了昂贵的牛排，黄油焗玫瑰龙虾、松露烘蛋，要了红酒。李晓悦见他这么隆重，警惕起来。

菜上齐，那隽举杯对李晓悦道："第一个好消息，我昨天去复诊，医生说我完全康复了。"

李晓悦心里一松，感到由衷的喜悦。他这个病一直沉沉地压在她的心头，除了关心外，还有别的一层原因。如今他痊愈，这真是好消息。她倒了一杯酒，举起来诚恳道："太好了，我为你开心。"

她豪爽地一仰头，把满满一杯酒全喝了。那隽微笑地看着她，随后也把酒一口喝光，又给自己和她倒了半杯，举杯道："第二个好消息，我找到工作了，半个月后去上班，条件我很满意。"

李晓悦更开心了，举杯和他碰了一下，双双一饮而尽。两人相视而笑，都有点激动，同时感觉到对方欲言又止的激动，敏锐捕捉到空气中有种情绪在酝酿。两杯酒，只是为了把这情绪推向高潮的前戏。但不知为什么，彼此又都没有开口说什么，只是低头默默吃菜。菜一道比一道硬，把该倾诉的情绪一次一次推后，积蓄了更多的期待与紧张。两人终于吃到再也咽不下一口菜，红酒也只剩瓶底一层，酒精在血管里燃烧着，是时候了。

李晓悦说："那隽，我有话要跟你说。"

那隽咽了一口酒，道："我也有话跟你说。"

李晓悦道："你先说。"

那隽道："你先说，女士优先。"

李晓悦道："我们分手吧。"她终于可以毫无道义负担地说出这句话了。

那隽的笑容还在脸上，眼神依旧爱恋地看着她。李晓悦以为他没听清，因为她那句话的确很小声，她又重复了一遍。那隽右手从桌上伸到桌面，摊开，掌心是一个小小的红盒子。他打开它，里面是一枚大大的钻戒，在灯下熠熠生辉。

那隽道："我们结婚吧。"

李晓悦惶恐，他没有听到她的话吗？他的突发性耳聋又犯了吗？

她提高声音："我说我们分手。"

那隽道："我说我们结婚。"

五个小时前，他跑到珠宝店买了这个六万块钱的戒指，满怀自暴自弃的宠溺想，他不再逼李晓悦奋斗了。没错，不求上进对他来说无异于杀人放火，但如果罪犯是李晓悦，他愿意犯窝藏罪。一个家，的确不需要两个人都上进。他负责挣钱，她负责貌美如花，这是幸福的搭配。李晓悦跟他说了那么多次分手，那只是她在闹小孩子脾气，嘴硬心软。他生病这些日子，她那么着急，那么用心地照顾他，这就是证据。过往那些年两人也闹过分手，最后不还是在一起？他们俩，就是打不散拆不开的天生一对。

李晓悦觉得太荒谬了，她啼笑皆非地看着他，表情渐渐严肃起来。那隽的笑容变得有点凄凉，她为什么总是跟他提分手？为什么他永远得不到她全部的认可？

李晓悦道："我不是跟你开玩笑，这一次我真的要分手，我们不合适。"

那枚戒指仍固执地亮着："你跟沈磊更不合适。"

李晓悦非常敏感："为什么提一个不相干的人？"

那隽的嘴角挑起一丝讥讽："你根本不是为了我才跑到终南山去的，你就是为了见沈磊，对吧？回来后我才琢磨过味儿来。"

李晓悦恼羞成怒："你胡说八道些什么？我和你在一起不开心，你让我紧张。这才是我要和你分手的理由，与他人无关。"

那隽冷笑道："和我在一起紧张，是因为我总是告诉你人生的真相，我毫不留情戳破皇帝的新装。而沈磊却给你喂带糖的毒药，带你在快乐中上天堂。李晓悦，你有眼无珠。"

李晓悦遭受这样的攻击，反而冷静下来，道："我们在一起，至少提了不下十次分手，你为什么不正视我们之间的问题，非要把责任推到别人身上？”

那隽充耳不闻，笑容掺了点怜悯：“你认为沈磊满足了你浪漫的幻想，你觉得他代表了你最爱的生活方式，率性，无所顾忌，兴之所至爱咋咋地，天王老子也管不了你。又因为他是爱情失败而跑去流浪的，你觉得他特别重情义，又增加了一份感动。其实这全部都是你为他加的滤镜。一个重情义的人，不会让父母和姐姐操碎了心流尽了眼泪，不会说走就走，留下烂摊子让同事为难。你和他都一样的幼稚，可你是我爱的女人，我会接着你这份幼稚，等着你慢慢长大，迟早有一天你会明白‘责任’这两个字的分量。你和沈磊在一起，只会是一场灾难。”

李晓悦针锋相对：“你说你爱我，其实你并不爱我，你只是爱我的不爱钱，不算计你，你觉得我经济实惠。你所有的一切，都是出于利益最大化考量。就像你明明不喜欢自己的工作，你讨厌得发疯，可是你为了钱，骗自己说喜欢。我和你在一起特别焦虑特别压抑，我感受不到你的心，你知道这种感觉吗？”

那隽道：“钱在哪里，爱在哪里。我愿意把房本加上你的名，愿意把钱交给你管，看你花我的钱我觉得高兴，这就证明我爱你。你说我明明不喜欢自己的工作。”

他放下戒指盒，摊开双臂，愤愤不平：“普天下，谁在过自己喜欢的生活？喜欢两个字又怎么定义？随心所欲太昂贵，我随心所欲了，我的老婆、我的后代、我的父母就会付出代价。生命不仅仅属于自己，还属于所有那些爱着我的和我爱着的人们。我牺牲自己，让你们随心，我来买单，这就是我爱你们的方式。”

尽管已经不爱他了，这番话还是锥心刺骨，让她对他万般怜惜。爱的表达为何如此沉重？爱本来应该是轻松写意的不是吗？

她轻声道：“当你觉得非常悲壮时，其实和你在一起的人也不会快乐。不要为任何人牺牲，为自己活一次吧。”

她的眼泪流了下来，却语气坚定：“我们分手吧，我不爱你了。”

那隽回到家，李晓悦已经搬走了，她的东西全部消失了。看来就在晚饭前，她已经收拾好了行李，也不知道搬到哪里去了。那隽坐在沙发上发呆，半晌他打开手机，问李晓悦去哪儿了。她回说住在一家青旅，在找到房之前她会在那里先过渡。

她就是这样一个人，过得跟个吉卜赛人一样，所以做得出这样的举动。平常女人所讨厌的颠沛流离，在她看来根本不是个事儿。所以女人们趋之若鹜的钱和房，她也不看在眼里。这真是个悖论，爱钱的他，爱的就是她的不爱钱。但因为她不爱钱，她一股脑地把爱钱的他连钱一起扔了。好残忍，好冷血，好无厘头的女人！

那隽打开沈磊的朋友圈，仅一个月可见的设置里，他只看到沈磊发的在西安古城墙的那一张照片。上面李晓悦点了个赞，沈磊回了个笑脸。两个符号，勾勒出背后阔大的想象空间。这个空间里，沈磊和李晓悦双双穿着汉服，相视而笑，站在木门前，恰巧被刚起床的他撞见的那一幕，成为最触目惊心的镜头。

那隽不知不觉把手机攥紧了。

第二十六章 生活在继续

沈家村的主路上，这天走来一个年轻男子，背着个大行李包。再怎么风尘仆仆，也看得出他是个读书人。沈家村的人仔细辨认，认出那是沈磊。一时间大家奔走相告，传说中因为离婚出去当乞丐的曾经的天之骄子回村啦。什么当乞丐？有人笑着斥道，明明觉得这个词很带劲，看别人幸灾乐祸的模样，又抱打不平。别乱嚼舌根，人家是去流浪。流浪不就是乞丐？不是流浪，是隐居。你看他那模样像乞丐吗？好端端地跑去什么终南山隐居，我看这人精神多少有点问题……他们议论着，沈磊从小到大在村庄里独一份的斯文安静，此刻回忆起来，便多了几分可疑。

父老乡亲议论着，沈磊神情淡定，一步一步向家走去。大巴停在镇上，他想反正也不远，镇上打车比较麻烦，索性走回去得了。他曾经从泰山走到终南山，如今这几公里路算什么？至于被村里人围观指点，他根本不在乎。从前他都不在乎，现在他大彻大悟，更不会在乎了。他向认识的人点头，既不过分热情矫饰，也不冷淡高傲以驳回他们探究的眼神。

大伯最先看见沈磊，飞奔过来，到跟前上下打量着他，捶着他的肩膀，激动道：“沈磊，大侄子啊，你怎么回事啊？”

沈磊道：“我没怎么回事啊，就是回来看看我爸我妈。他们呢？”

大伯一指隔壁楼门口的蔬菜大棚，大叫着沈磊父亲的名字：“家庆，沈家庆，你儿子回来啦。”

沈磊走进蔬菜大棚，父亲母亲已闻讯赶出来，撞了个正着。母亲搂着沈磊大哭了起来，父亲和大伯在一旁跟着抹泪。大家坐下细谈，沈磊把自己在终南山的日子大致描述一遍。三个长辈听着，觉得此事虽然离奇，倒也不算什么理解不了的事情。沈志国兄弟回村之后，把沈磊的事情添油加醋说了一番，大家想象他不定怎么个惨法，没想到经他一说，终南山上的生活还挺写意。这不，沈磊的好面色就是证据。

父亲问接下来的打算，沈磊说没打算，所以回家待几天，好好想一想。父亲小心翼翼，如果你不想在北京了，想回家发展也可以。咱们这儿也年年招公务员——他意识到公务员三个字对儿子是个刺伤，赶紧说，考教师编也可以。沈磊笑笑。他这个被除名的前公务员，余生想再考任何公职，都不可能了。估计去上市的大企业打工，也会有点障碍。父亲如果知道了，会不会非常伤心？

沈磊躺在二楼卧室的床上，望向窗外。关上大门，只看这一角，这里和终南山有点像，青山起伏，非常安静，村道旁柳树成排，暮春的柳条儿青青，抚慰心灵。但是，他还是喜欢北京，虽然北京给了他那么大的打击，可他不到三十二岁，未来还有无限的想象空间。而且北京足够大，容得下各种各样的生活方式，连躺尸也是在北京躺得舒心。父老乡亲们的指点虽不能引起他内心的波澜，但太吵了，吵得他躺不好。更何况，他也不想一直躺尸下去。他只想做废人而已，可不想做死人。

回趟家，是对自己流浪一年多的告别，某种意义上来说，也是对父母无言的道歉。他曾经以为流浪是对父母的报复，如今深觉想法幼稚。生活已经翻页了，他现在不恨任何人，包括谢美蓝。如今想起这个名字，他只觉得那是曾经认识过的一个熟人，心中毫无波动，无悲无喜，甚至觉得有点无趣。恨也是需要感情的，他对她不再感兴趣了，这就是最大的进步。他的心腾得干干净净，才好往里装新的东西。

他也不觉得逃离北京的日子是蹉跎从而悔恨。凡走过，必留下痕迹，没有流浪和隐居，他也修不来今日宁静的心境。不错，从前他心境也一直宁和，但那是未经检验过的。如今检验过了，他证实，他就是能以这样的心境度过余生而无憾。他从头到尾，都是对的。

陆总的死对老那打击非常大。仿佛是收到某种暗示，暗示一切挣扎努力都毫无意义，老那彻底颓了，放弃继续找客户，每天早晨送完女儿后他径直回家，睡个回笼觉，醒来后已近中午。母亲和沈琳在厨房忙碌，用大锅烧热水，焯猪蹄、鸡爪、翅尖等肉食，拍蒜切姜洗葱打葱结，做着卤制前的准备工作，繁杂劳累。世人慌慌张张，不过图碎银几两。老那从前是看不上这碎银的，偏偏沈琳这碎银几两，可护老少平安，这让他倍加惆怅。惆怅使他颓废，以至于不能够进厨房帮忙，自顾自歪在沙发上看电视。吃完婆媳做的饭之后，他又回屋睡中午觉。晚饭他几乎一粒米不吃，一瓶又一瓶地喝啤酒，喝得醉醺醺，倒头便睡。

孩子的学习他也不管，从前他也不管，现在有时间了，也不知道从何管起。有一天他突然想管，却管出一场大吵来。

事情是这样的：他们搬到燕郊后，卓越在原小区报的芭蕾舞蹈班只能停了。安顿下来以后，沈琳又想在这里找个舞蹈班接着上，但卓越说不想学芭蕾了，因为压腿太疼了。沈琳顺着她的意思，说不学就不学了。有一天，吃完晚饭后卓越做着作业，听着窗外传来小区广场舞的音乐，眼睛奕奕发亮，屁股在凳子上扭来扭去，叫道："奶奶，我们一会儿去跳舞吧，还不知道燕郊的广场舞水平怎么样呢。"

婆婆还没说话，老那突然从沙发上暴跳起来，大吼道："你个混账东西，花钱叫你学跳舞，你说你吃不了苦，乱七八糟随便跳的倒挺上心，没出息的玩意儿。"

他从来没有对孩子发过这么大的脾气，卓越吓得大哭。沈琳刚收摊回来，正在厨房收拾，还没来得及跑出去骂他，只见婆婆扬手打了儿子一下，骂道："你疯了吗？对孩子撒什么气？"

老那吼道："就是你惯坏了她，你看看她，有一样学精的吗？扶不起的阿斗，废物点心一个。"

婆婆瞪着眼睛骂："她爹就是废物点心一个，一摊烂泥，倒要她成龙成凤了？好意思吗？"

自己老妈，最懂他的痛点在哪里。老那吼了两句，消了气，心虚了起来。卓越得了助力，越发理直气壮，扯着嗓子放声号，哭声快把屋顶掀翻了。儿子本来在墙角玩小火车，见姐姐哭得这么厉害，吓了一大跳，莫名其妙地也跟着号了起来。老那火又大了，刚想再吼，见沈琳站在厨房瞪着他，不由颓然倒在沙发上，偃旗息鼓。

沈琳心有不满，却不想说老那。她知道他意志垮了，只不过是借题发挥，迁怒于女儿而已。男人就是这样，他们号称坚强，但韧性极差，一次重大的打击之后，他们往往要调整很久才能缓过劲儿来。从前他养了她五年，在她找不到满意工作时他总是说别着急，不想去就别去。现在她养他一阵子也是应该，她不是那种无担当的人。

婆婆把儿子的自暴自弃看在眼里，非常着急，待儿媳妇去摆摊之后，她在儿子耳畔唠叨，你看看人家沈琳，从前也是白领、小领导，大写字楼里上班的，她怎么就能拉得下来脸去摆摊？你是个爷们儿，不能比她还不如吧？赶紧给我振作起来。

老那手中的遥控器按个不停，漫不经心地选着台。被说急了，有气无力地回："你也想让我拉下来脸去摆摊？我卖什么？"

婆婆怒道："你能卖什么就卖什么，想卖什么卖什么。工作室要没生意，趁早关了，死了心，去跟沈志成学学装修。实在不行，你去送外卖开滴滴。人生还有好几十年要过呢，儿女还这么小，真就打算在家瘫着让老婆养了？而且听说没有？你们这代人要延迟退休，你猴年马月能领到退休金都说不好。老了你怎么办？"

老那冷笑一声。让他去送外卖开滴滴？或者跟着沈志成手底下的一帮民工去铲墙皮、和水泥、贴瓷砖、勾缝？不如让他去死好了。他心中对沈琳怨气满满，明明可以把房卖了，逃离北京，到外地过舒服的日子，却要在这里生不如死地撑着。

今天有雨，买菜的人少。下午六点，市场的顾客已寥寥无几，沈琳的卤货还剩一半。做小生意就是这样，货卖空，心情就舒畅；货滞销，心里就焦虑。好在沈琳经过一段时间的锤炼，心理承受力已经比较强了。卖不掉就自己吃，吃不完就扔掉再做新的，谁不在悲与喜、失落与振奋的交替中讨生活？

这时她接到父母的电话，知道沈磊终于下山并且回到老家，她高兴极了，眼泪都快掉下来了。沈磊接过电话，问她在干嘛。

“我在摆摊。”沈琳说，随即把摄像头转到卤货小车上。沈磊感到非常意外，又笑赞：“姐，我觉得你的生意能成，你做的卤货就从来没有失过手。”

沈琳劝沈磊回北京。无论如何，他总归是要回来的。沈磊说过几天就回去，又聊了几句，挂了电话。

沈琳收了手机，长出一口气，这个电话让她的坏心情一扫而空。看，生活兜兜转转，天无绝人之路。原以为自己身体不好，天就塌了，结果慢慢不也养好了吗？自己做生意，小车前摆把凳子，有顾客来再起身服务，比给人当月嫂自在多了。

原以为失去经济来源，全家要喝西北风，结果现在每月能挣七八千块钱，维持家庭运转足矣。

原以为弟弟一去不复返，从此自暴自弃，结果他还不是重返人间了？

慢慢来，有点耐心，生活会给答案的。

沈琳心中燃起豪情，大声吆喝：“新鲜卤货，干净美味，先尝后买。”

七点，沈琳收摊，推着小车准备回家。其实小车原本是可以放在菜市场过夜，市场的人说锁上就行，这车又不值钱，不会特地有人偷。第一天收摊时她很听话，把车停市场，第二天提着卤货来出摊时却发现，车上的不干胶被人抠掉了，面板上被人撒了泥，玻璃上也抹了泥，特别脏，害得她清理了半天。她跟管市场的人反映过，他含糊地说可能是小孩子捣蛋，她却觉得卖凉拌菜、久久鸭或者是卖炸物的摊贩嫌疑更大。作为一个新来者，她的生意太好了。人就一个肚子，吃得了卤货，吃其他东西的余地就小了。她收到他们投射过来的嫉妒憎恶的眼神好几次了。

沈琳走出市场，一直阴云密布的天空忽然电闪雷鸣，眼看小雨要变暴雨。沈琳赶紧推着车往小区的方向跑，跑了几步，刮起了大风，她的连帽雨衣帽子被吹落。风越刮越大，小车被吹得摇摇欲倒。她拼命把着车把，努力不让小车被风雨刮倒。

下午，老那提前去接孩子放学。车开出燕郊，进入京通快速路，开到了繁华的CBD地区。其实去接孩子不走这条路，不过老那出来得早，心情烦闷，便一路开到这里散散心。就在一年前，集团还在这里的五星级酒店柏悦开年会。他的部门操办了这次年会，铺了红毯，要每个人都盛装出席，男的西装革履，女的曼妙礼服，像明星一样走红毯。一道一道大餐端上桌，杯觥交错，谈笑风生。抽奖活动引发一波波高潮，头奖是一只五万块钱的金猪，被姜山抽到了。他抽到了三等奖，最新款的苹果手机。许多人抽到了安慰奖：一千块钱的红包……钱好像会源源不断生出来，好日子好像会这样永远地持续下去。王总满面春风，完全看不出半点遁世归隐之心。秦玲玲和他不时交头接耳，为台上的节目或者某位员工的发言或激动或大笑，看上去十足恩爱夫妻，也看不出王总居然背地里给小三儿开了个公司。

雨淅淅沥沥，天空阴郁，又没到开路灯的时候，整个CBD显得黯淡昏沉，失去了软红十丈的光鲜亮丽。最近老那看到某条行业新闻，每一天集团今年营业额同比减少了百分之五十，裁员四分之一，被多家供货商追讨货款，前景不妙。这里面固然有疫情导致的大环境不景气，难道就没有本身企业气数已尽的原因？

老那心中不胜伤感。过去了，都过去了，幸福和成功都属于过去，未来只剩下绝望和失败。他的余生将蜗在燕郊那套破旧的两居室内，靠啤酒和电视剧打发。

六点半，老那把女儿接回家。七点，天色渐暗，雨突然大了起来。婆婆看着瓢泼大雨，不安道："你去接你老婆回来吧，雨太大了。"

老那道："她不会等雨小了再回来吗？"

婆婆道："七点市场关门，我怕她万一走到半道正好赶上雨大了起来，她一个人推不动车。你就不担心她的腰伤再犯吗？"

老那一动不动。婆婆突然冲过来，狠狠打了他的背一下，老那吃痛，叫了一声。

婆婆怒喝道："丢死人了你！你爸要在这里，也得和我一起揍你。快给我走。"

儿子在沙上蹦跳着，欢呼道：“揍爸爸，揍爸爸。”

在客厅一角写作业的卓越大声道：“爸，你快去接我妈。不然我可就去了。”

一家子联合起来对付他！他无可奈何起身，穿上雨衣，夹上伞，嘟囔了一句：“活受罪。”也不知道在说谁。

出了楼门，大风裹胁着雨扑来，老那差点没站稳。他抹了把雨，骂骂咧咧地向市场方向走去。路上几乎没什么人，小区到菜市场，不过十五分钟的路程，但每走一步都很艰难。老那被雨打得眼睛睁不开，眼见这雨越下越大，简直像世界末日一样，他有点害怕，拐到路边的公厕避雨。

站到公厕的公共洗手池边，老那抹着脸上的雨水，这里已经有一个人在躲雨。那人说：“看，前面那个女的，她的车是不是陷进水坑里出不来了？”

老那顺着他说的方向看，天已完全暗下来了，借着路灯和周遭店铺的灯光，他看到沈琳正挣扎在如瀑的雨中，试图把贴着红字“沈琳卤货，干净美味”的三轮车往前推，但车轮可能真的陷进坑里了，纹丝不动。大雨如颗颗小石子，在风中怒吼着砸向沈琳，要把她粉碎并埋葬。她弓着背，显得那样弱小绝望。老那眼眶热了起来，跟着勃然大怒，冲进雨里，吼道：“你是不是傻？就不知道先避雨吗？”

沈琳一路和风雨较劲，眼看已走了一半路了，车突然陷进水坑里不动。暴雨把她打得眼睛涩疼，根本睁不开，心中只有一个念头：我要把车推回家。正无助之际，突见丈夫出现，大喜过望。老那冲到她身边，一把拉着她，刚要扭头往公厕所跑，后面开来了一辆车，叭叭按着喇叭。车里的人对着他们比画，意思是让他们赶紧把车推走，否则堵在路中间阻碍交通。

没办法，老那和沈琳回身推小车。两夫妻齐声喊一二三，暴雨淹没了声音，但两人默契地配合上这个节奏，一使劲，车轮爬出水坑。沈琳的腰病很明显又犯了，走路一瘸一拐，一手按着腰。但有了老那助阵，这沉如千斤的小车立刻变得轻盈多了。两人把车推回小区楼下，沈琳刚想去锁车，老那大叫着还锁什么车呀，拉着她跑进电梯厅。一进去，沈琳七魂方回了六魄，长出了一口气。看着她发白的嘴唇，紧贴着脸的湿漉漉的头发，老那庆幸自己可以借着雨水的名义大肆流眼泪。

他怒道："那辆破车有那么重要吗？是不是摆摊摆得都降智了？你是不是亲口说过，要永远把身体健康放第一位？"

任是夏天，在雨中泡了半天，沈琳也冻得发抖，牙齿咯咯响，强笑着："我忘了……我太傻了……老公，你来接我，你对我太好了……"

老那把她搂进怀里，紧紧地箍住她。

老那终于决定把车卖掉，但去4S店寄售，时间太长，不知道什么时候能卖出去，卖给二手车网，压价太厉害又不划算。如果能找到买主直接交易，再好不过了。他给沈志成打电话，说你在燕郊住了那么多年，人脉比我广，知不知道有谁要买二手好车的？我想把宝马车卖了。

沈志成让老那到他公司商谈。公司？老那疑惑。沈志成说他上周刚注册了个装修公司，办公地点就在隔壁的商住楼盘。老那找上门，见办公室是个五十来平的Loft，进门的前台墙壁上几个金字"爱嘉装修"。办公室很新，还没有员工。沈志成从挂着"总经理办公室"铭牌的屋里走出来，满面春风，带着老那参观了楼上楼下。在会议室坐下，沈志成说："我拿我的旧车跟你换吧，正好想换辆宝马。"

沈志成说自己就喜欢好车，可惜买不起，所以一直买二手车过过瘾。买了之后才发现，二手车最实惠。一辆新车自卖出去那天起就快速地贬值，哪怕没开多少公里也一样。老那的车他知根知底，买他的车最放心。老那问他多少钱要，沈志成算着，他买的那辆二手国产低配奔驰开了八万公里，车龄六年，说起来是旧车，其实正处于性能最优的时候，各部件磨合得正好。他花了十二万买的，开了一年，除了车头左侧有点蹭掉漆，右车门有点划痕，其他的没毛病。卖给老那八万，不过分吧？老那的车开了一年了，行情一般折旧在15%~20%……沈志成嘴里快速算着，手中拿着手机计算器，啪啪啪，屏幕上跳出一个数目，递给老那看：他该付给老那三十万。

老那说："成交。"

老那要回去拟合同，沈志成说不用，拿出张A4纸，粗糙开裂的手紧捏着笔，写了几条约定：所售车辆手续齐全，真实有效，交易前无纠济纠纷、交通违章、事故及刑事责任。自签字交易之日起后的该车所有纠纷与原车主无关，等等。

沈志成的字歪歪扭扭，而所列条款却又严谨周全。是啊，没有这份见识，怎么可能开公司？从前，他以为他们是懵懂、粗俗的半文盲，挣扎在社会的最底层，干着白领们所不屑的体力活儿，永远要仰望自己这些体面人，这真是天大的误会。

沈志成写完，老那读过，没有问题，复印一份，各自签字，约好日子去过户。都是京牌，过户手续简单。三天之后，车过户。还没出车管所，沈志成已把三十万打到老那的银行卡里。

老那开着沈志成的二手奔驰，沈志成开着他的宝马回到了燕郊。到得小区楼下，沈志成停好车，表情微有歉疚，好像平白无故夺走了老那的爱车一样。老那却发现这一路他没有想象中的难过，到账的三十万抵消了一部分失落。

沈志成对老那道："妹夫，如果愿意的话，可以上我公司看看，搞不好有你能干的活儿。"

一年前刚刚失业的时候，老那是多么渴望能听到这样的话。而今这句话却来自一个自己曾经轻视的人，这简直让他不知道该如何排布表情了。见老那张着嘴没出声，沈志成以为他还沉浸在失业的失落中，拍拍他的肩膀，语重心长道："我活了大半辈子，有过很多次快撑不下去的时候，可是都挺过来了。你记住，天无绝人之路，不要担心。"老那给出了个比哭还难看的笑。

回到家，老那赫然发现沈磊来了，一家子正围坐在客厅聊天。今天周六，女儿不用上学，搂着沈磊大叫舅舅，沈琳满脸喜色。沈磊笑着叫了声姐夫，看在他们那么高兴的分上，老那按住了想对他冷嘲热讽的念头。

大家叙着离情，说着今后的打算。沈磊回京后，暂时住在一家青旅，在找到房之前过渡几天，同时在投简历找工作。沈琳问找什么工作，沈磊也迷茫："咨询公司之类的吧，不过我被单位除名，大一点的公司估计没戏了，人家要做背景调查的。"

沈琳说起这件事就气不打一处来，沈磊不告而别之后，她去找过他们科长，苦苦哀求说能不能帮他代办离职手续，结果被拒绝了，回答是不符合规定。规定是死的，人是活的，可见沈磊让他们有多失望。他这个"被单位除名"的污点将背一辈子："沈磊，我把话放在这里，你余生都会对这件事后悔万分。你根本不知道自己失去什么。”

沈磊心想，谁能把谁的未来说死呢？不过他不想起争执，这一年来欠姐姐太多。沈琳说今天不出摊了，晚上把大家都叫来，吃顿饭，给沈磊接风洗尘。沈志成兄弟都来，李晓悦、那隽两口子也叫来。正好有一阵子没聚了。沈琳说着，立刻就给沈志成打电话。

沈磊含糊笑道：“不用这么兴师动众吧？”

沈琳说：“必须的。你不知道，沈志成哥俩儿回老家把你说得简直——离死就差一口气了。我得让他们看看，我弟弟好好地回来了，他只是去外地散了散心。”

老那给那隽打电话，说沈磊回来了，沈琳张罗着给他接风洗尘，要他带着李晓悦一块儿来。

“没问题。”那隽道。

晚上，小区的餐馆，大家陆续到齐。那隽和李晓悦最后到。推开包厢门走进来的一瞬间，李晓悦看到沈磊，脸色唰地变了，脚步迟滞了一下。两人各自快速地移开眼睛。原本他们是不想避开的，避开得这样急，任谁也会觉得不正常，可又承受不了对方的眼神。那隽泰然自若，唤道：“李晓悦，进来呀，坐。”

李晓悦顿了一下，走进来，坐到那隽身边。那是沈琳特地给他们俩留的位置，正好坐到了沈磊与那隽中间。

沈磊微笑道：“晓悦，你好啊，有些日子没见了。”

李晓悦勉强道：“沈磊你好。”

那隽饶有兴致地看着两人。他们说着话，眼神却闪烁不定，不太敢直接对视，表情很不自然。李晓悦感觉到那隽的审视，沉住气，反被动为主动道：“你怎么也没说沈磊回来了呢？”

那隽扬眉道：“怕你不敢来呀。”

众人正说笑着，听这话大有深意，不由愣了，互视。沈氏兄弟一听又有八卦，眼睛一亮。李晓悦心中暗暗叫苦，那隽以不想让哥嫂和母亲知道两人分手为由，让她一起来吃饭。李晓悦平素与老那夫妻关系那么好，也常在一起吃饭，想想来一趟也没什么大不了，一口应承，没想到这竟是鸿门宴。沈琳、老那隐约觉得不妙，难道三人在终南山发生过什么？

席间一片安静，那卓越、那子轩姐弟两人凑着头用ipad看动画片，剧情带出乒乓的声响，更衬出这安静的尴尬。幸好服务员及时推门上菜，打破这尴尬，菜一道道上，啤酒一瓶瓶打开，一杯杯斟满，喝空，气氛渐渐活跃了起来，大家暂时把刚才那个疑点放过去。

沈志成兄弟俩问着沈磊在山上的日子，沈磊不得不把说过很多遍的话又大致说了一遍。看着他们若有所失的眼神，沈磊知道他们心里的想法：原来他流浪隐居的日子也没有那么穷困潦倒。沈志成这些人倒不是心地险恶，而是有着人本能高估和低估他人的劣根性。如实接受事情本来的朴素面目，这样不够过瘾。路人们最热衷的事情，就是在平淡生活中寻找戏剧性。如果没有，他们不介意亲自编。

盘问完沈磊，他们又问那隽、李晓悦新房住得怎么样？装修的质量可还行？沈志成热情地挨个分发着新公司的名片，要大家给介绍活儿，尤其那隽，多介绍几个富人朋友，装修一个大平层，顶装修三套两居室啦。说着说着，话题自然引向了李晓悦、那隽什么时候结婚。装修完好几个月了，味儿也该晾完了，索性婚礼和乔迁新居双喜合一，赶紧办了吧。气氛把两人挤到了墙角，李晓悦后背都出汗了，非常懊恼自己被骗来吃这顿饭。那隽只是一杯接一杯喝着酒，带着淡淡的笑，似乎并不在意大家的逼婚。也是，负心的是李晓悦，他担心什么？说不定他正是想悠悠之口，逼她给他一个交代。

婆婆一直忙着给那子轩喂饭，没有留意到席间气氛的微妙，随口问道："卷卷，你爸问什么时候和晓悦回老家领证？"

那隽干了一杯啤酒，放下杯子道："问李晓悦啊，我随时可以。"

所有人齐刷刷看着李晓悦，殷切的目光带出逼迫感。李晓悦在窘迫中生出怒气，同时还有一种释然，他以为集合所有人的力量，就能胁迫她，这真是天大的误会。他对她误会至此，可见分手是对的。

李晓悦仰脖把一杯酒全喝了，放下杯子道："我们已经分手了。"

举座震惊，沈磊目光炯炯地看着她。

李晓悦回望着他，这是今晚他们第一次公然地目光接触："很抱歉沈磊，今晚是你的主场，我抢戏了。"她笑了笑，拿起包起身走了。

婆婆要那隽赶紧追过去，那隽闷头喝酒，一声不吭。沈琳打圆场说年轻人闹点别扭，分分合合很正常。别在气头上硬杠，等过几天气消了，再去调和，说不定效果会更好，要婆婆别担心。

“你们俩到底发生什么事了嘛？”婆婆根本没把沈琳说的话听进去，着急地问道。

那隽道：“这就要问沈磊了。”

大家又一愣，沈磊表情平静，道：“不好意思，我真的不知道。”

那隽喝道：“终南山一天一夜，你和李晓悦嘀嘀咕咕眉来眼去说个没完没了，敢说你们俩之间没有发生点什么？”

沈磊愕然：“你们俩远道而来，是我的客人。我热情招待，给你们做饭，带你们爬山，这也有错？再说到发生点什么，全程你都在场，能发生什么？”

那隽怒视着沈磊。他的确没有看到两人有什么逾矩之举，只是嗅到了一种气息。他无比相信自己的直觉，直觉先于事情发生之前告诉他，沈磊、李晓悦之间必将天崩地裂，天雷勾地火。而最最可恨的是他们不落痕迹，这使所有指控沦为诬陷。

沈琳不安道：“那隽，你们之间是不是有什么误会？”

那隽道：“不是误会，回来之后李晓悦就跟我提分手，而他在李晓悦去了之后也回到了北京，怎么就这么巧？”

沈磊喝了一口酒：“那隽，一个人想离开另一个人，原因绝不在外部，是你们俩之间出了问题。如果你不认识到这一点，以后无论和谁在一起，都不会幸福。”

那隽气疯了，他要沦落到听一个废柴讲人生大道理？他吼道：“好，那你敢不敢发誓，这辈子永远不会和李晓悦在一起，否则天打五雷轰死全家。”

婆婆喝道：“卷卷。”

沈琳非常不高兴，心想你失恋了，怎么还要拉着我姓沈的全家躺枪？但见那隽脸红脖子粗，眼睛都红了，瞪着沈磊，却又害怕事态扩大，暗暗期待沈磊发个誓，把他糊弄过去得了。

沈磊见众人都看着他，这个可笑的誓竟是不得不发。他想起那隽在终南山那居高临下的轻视，黑暗中对他的怜悯神情，不由起了逆反心理。他热情招待那隽，怎么在那隽看来是他这个失败者在仰望和跪舔成功人士吗？他早就讨厌那隽半死不活中满满的优越感了，更早一点，他讨厌那隽这种浑身物欲的奋斗狂，他和他的前妻都是一类僵尸。

沈磊道："我就不发这个誓，你又能把我怎么样？怎么李晓悦和你谈过恋爱，就生是你的人，死是你的鬼，被你垄断了她余生的恋爱解释权了？你他妈的以为你是谁呀？"

举座皆惊，他们从未见过沈磊爆粗口。沈磊心里冷笑，他们如果看到自己曾经怒骂科长、拳打路杰的一幕，就会对自己多尊敬一些。他斯文面对世界，并不代表他软弱可欺。这个可恶的世界，为什么总是给脸不要脸呢？

那隽喝完杯中最后一口酒，站起身，一拳挥向了沈磊。沈磊早有防备，往后一躲，却连人带椅子倒地。沈琳大惊，去拉那隽，却被他一挥手，带得踉踉跄跄，差点摔倒。沈磊起身，一拳回敬在那隽脸上。两个孩子吓得哇哇哭，沈琳大喊着，要婆婆赶紧把孩子先带回家。两人摔倒在地上，滚来滚去，沈志成两兄弟加上老那才勉强把他们分开。起身以后，两人都鼻青脸肿气喘吁吁。这时有人敲门，是警察，服务员居然报警了。沈志国赶紧敬烟，寒暄，说没事没事，喝多了，为了抢买单打起来了。

警察问："调解还是去所里？"

沈琳连忙道："不用调解，不用去所里。我们都是自己人，没事没事。"

警察看惯了这种小场面，瞪着两个人，训了一顿，走了。大家讪讪地各自散去。沈琳看着沈氏兄弟，心里叫苦。此时九点，最晚不超过十二点，沈家村全村人就都能知道这桩小舅子和小叔子抢女朋友的奇闻，明天父母又要在电话里捶胸顿足了。

沈琳要带沈磊去医院检查，沈磊却轻描淡写说没事，皮肉伤而已。反倒是那隽要小心了，他曾经一拳把谢美蓝的奸夫路杰打晕。那隽身体刚刚养好，希望他不会半夜在床上口吐白沫抽搐起来。沈磊肿着眼睛，嘴唇破了一块，还在渗着血。他擦着血，咧嘴一笑，带出沈琳从没见过的几分狰狞，说没想到此生居然有两次为了女人打架的机会，从前他最讨厌这种事了。

沈磊叫了车，两人站在路边等车，沈磊问她知不知道李晓悦和那隽分手，沈琳说不知道，他们本来都快结婚了："他们的事不赖你，但我还是想知道，你和李晓悦是不是真的好上了？”

“没有，什么都没发生。”沈磊道。

沈琳释然，她相信弟弟的为人。她生气道：“我回去要让老那好好教训一下那隽，太欺负人了，凭什么捕风捉影啊？”

沈磊道：“但是她分手了，我非常高兴。”

沈琳愣了，刚想再盘问下去，他叫的车来了。沈磊上了车，车往前开，他摇下车窗，向沈琳摇手，一边大喊：“我太高兴了。”

沈琳意识到了点什么，撑不住也笑了。沈磊被爱情伤透了心，又被另一份爱的希望给治愈了，或许这才是他下山的理由。不管如何，只要她的弟弟幸福起来，她才不管小叔子怎么想呢。爱情大战中守不住地盘，能怪谁呢？

第二十七章
老兵不死，并且没有凋零

晚上睡觉的时候，老那把一张银行卡放到沈琳面前，说和沈志成换了车，回来了三十万。老那给的动作很轻巧，带了点歉疚，又带了点悲壮。

老那跟她商量未来。陆总拖欠的三十万击溃了他继续做工作室的心，而且李晓悦已经在开始投简历找工作了。虽然她说这边有活儿她可以兼着干，可时间上怎么可能配合得好？她既上了班，自然是要以正经工作为主。没有李晓悦做伴，老那的底气更加不足，他不想再折腾了。

接下来他打算试一试开滴滴，他已经提交申请了，就等通过了以后去面试。他是辆油车，平均每公里六毛左右，成本高。夜间不堵车，跑夜间单性价比高一点。但他是新手，拿不到夜间服务卡。必须注册一年以上的，还要完成一千单，投诉率不能高于百分之一，才能跑夜单。所以他先跑白天，每天把女儿送到学校之后，他就开始接单。跑一天，把女儿接回家后，先吃点东西垫垫肚子，再去跑。十一点之后就不让跑了，他就收工。

他唠叨着，样样细节都考虑周到，看上去竟是谋划许久了。失业以来，老那的体重以肉眼可见的速度缩水下去。找不到工作的彷徨，给工作室找业务的焦灼，沈琳报月嫂培训班，沈琳离家一个月当月嫂……每一件事都像一把大铁锤一样抡在他头上，要把他前半生滋润的油水榨出来。他一月比一月瘦，不只是体重减轻，还失了水分，像被遗忘在角落的苹果逐渐抽巴。沈琳看着丈夫两鬓增多的白发，即使不笑，眼角的鱼尾纹都放射出细长的一簇，心里充满了想哭的欲望，却笑着应和着他的话。丈夫打起精神去干从前避之不及的蓝领的活儿，这是事情坏到了极点，也是好的开始。

老那见沈琳神情恍惚，明显心不在焉，停下话头，看着她。她只比自己小两岁，这阵子卖卤货也是忙忙碌碌，但奇怪的是她一点也不像迅速老下去的自己。不当月嫂后她的睡眠和饮食都正常了，擦脸油从 LA MER 换成了一瓶一百块钱的欧珀莱，皮肤仍然饱满有光泽。女人如水，水是世界上最柔韧而又最强大的。她是他的妻子，他的战友，他的导师，他的精神支柱。是她在雨中不屈的身姿消解了他与世界的僵持，彻底粉碎了他的虚荣心。他应该郑重地再次道歉，为从前吼过的那句“你吃我的喝我的”。但他只是轻轻揽她入怀，她是强大的，能包容他曾有的卑劣。他的感激，她该能领会，不必再多言。

沈琳说：“老公，不要怕。我们俩在一起，困难总是能渡过的。”

老那说：“老婆，我不怕，你也不要怕。”

这天，李晓悦请夫妻俩吃饭，为自己惹出来的事端道歉，也让他们代她向那隽母亲道歉，老人一直视她为准儿媳妇。老那其实根本不怪她，那隽和她这些年分分合合，进一步结婚，退一步分手，都很正常。只是为什么那个人是沈磊？

李晓悦道：“我根本没和沈磊发生任何事，我现在也没有和他在一起。”

沈琳道：“那你喜欢他吗？”

李晓悦沉默了。

老那生气道：“所以我弟弟根本没有冤枉你。”

李晓悦道：“哥，你看，我喜欢沈磊，并不代表沈磊必然喜欢我。那隽说得好像我们俩已经勾搭成奸了似的，这不是冤枉是什么？”

沈琳道：“我弟弟喜欢你。”

李晓悦睫毛抖了一下，垂下眼神，掩饰着自己的惊喜。她的直觉告诉她沈磊喜欢她，但从他亲姐口中说出，简直比他自己说还要动听，有他人背书，这份喜欢更具分量。

“你们俩都三十多岁了，都互相有意思，就赶紧表白吧，等什么？”

李晓悦羞涩道：“他也没联系我呀。”

沈琳思索着：“可能他想找好了工作和住的地方，安顿好自己再和你说。你要知道，他第一次婚姻就是因为经济能力差失败的，这多少给他留下了阴影。”沈磊现在浑身上下只剩几千块钱，住在青旅，还没找到工作，这样的境况，如何张得开口求爱？

李晓悦怅然道：“我根本不在乎他有没有钱，我要是在乎，也不会和那隽分手了。”沈磊的脾气可能会比那隽难搞，喜欢上这样一个人，也许自讨苦吃。

老那敲敲桌子：“小叔子媳妇儿变成了弟媳妇儿，沈琳你以后还见不见我弟弟了？”

沈琳道：“不见我也无所谓。”

老那瞪着沈琳，沈琳反瞪了回去。老那换了话题，问李晓悦找工作的情况。李晓悦投了好几个月简历了，一直没有找到合适的。这是第一次，他们俩在李晓悦脸上看到为工作发愁的表情。二十多岁时投简历，总有三五份工作可挑。现在她过三十一岁了，发现原来并不是遍地都是工作。那些公司不知道为什么，好像暗中约好了，特地跳过她的简历。

沈琳惊恐道：“难道职场死线又提前了吗？”

她略一思索又道：“以我曾干过多年人力岗位的经验，我觉得是因为你大龄未婚未育。”

李晓悦讪讽道：“我已婚已育，就好找工作了吗？已婚已育的三十多岁女人，在大家眼里就是职场废柴预备役。”

沈琳承认她说的有一定道理。

老那问：“那你都这样了，还坚持找不加班的工作吗？”

李晓悦道：“鲁迅说过，自由固不是钱所能买到的，但能够为钱而卖掉。我不会当这样的奴隶。”

李晓悦一说到加班这种话题，就气不打一处来，恨不得把所有狠心的资本家们揪出来打一顿。话有点冲，饭桌上一时沉默。沈琳想，这帮年轻人，动不动就提鲁迅，可鲁迅并不能为他们对社会的愤懑背书。空有满腹倔强，没有挣钱的双翼，如何能够翱翔在自由的天际?

半晌沈琳道："晓悦，你和我弟弟都是一类人，活在个人的小世界里，对现实鄙夷不理。有些话不好听，但我还想说，不要一直任性下去，要未雨绸缪。看看我们俩，就是前车之鉴。对社会，该低头的就得低头，否则未来你会过得狼狈不堪。鲁迅还说过，娜拉出走之后怎样？没钱，又怎么可能有自由？"

李晓悦笑容愤恨，沈琳知道这不是冲自己："难道要像那隽那样加班到死才对？"

沈琳说："我也不知道为什么，突然之间职场压榨员工到了这么残酷的程度。但如果时光倒转，三十四岁那年我绝对不会辞职，不会生二胎，也不会拒绝加班。晓悦，你想象的去蛋糕店当服务员、当月嫂，这样的出路，并没有，我都试过了。如果在失业和无止境的加班两者中选择，我选择后者。因为事实上别无选择，毕竟人不能靠光合作用活着。"

沈琳知道自己像个讨人嫌的大妈，可是，沈磊无欲无求，李晓悦散漫，两人在一起，是无比的合拍，还是下坠得更快呢？难道要双双归隐终南山，当一对餐夜风饮朝露、枕松涛眠孤月的神仙眷侣吗？她尽量把话说得慢、诚恳，尽量把和老那这一年多来的惨痛，能让李晓悦悉数感知。

李晓悦说："你看，我只是想要一份工作，交得起一个单间的房租，吃得起普通水准的三餐，看得起周末的电影，买得起商场大减价的衣服，偶尔去旅游坐得起高铁二等座，住得起青旅。买不买房生不生孩子都可以不考虑，为什么就这么难呢？为什么这个世界非要逼人成功，去打破脑袋争抢呢？少一点、慢一点不行吗？我想长跑，慢慢跑，为什么非得逼着我百米冲刺呢？"这回她不再愤恨了，是困惑。

夫妻无言，为什么突然世间就没有了中间状态，要么干待着，要么直接干到死？这个问题他们也回答不了。

吃完饭，李晓悦叫车，老那让她打他的车。李晓悦很意外，却又高兴："恭喜你找到了自由职业。"

老那苦笑道："这算什么职业？先解燃眉之急罢了。"

老那把李晓悦送到她租房的地方，下车时李晓悦说："替我跟那隽说声对不起吧。"

她现在对他只剩内疚，那也足够痛的了。

这天是周末，老那带着母亲来看弟弟的新家。其实是担心他，身体不好又失恋，一般人怎么能顶得住这样的打击？母亲忧心得睡不着。

二百平方米的大平层里，该有的家具家电都有了，所以并不显得空荡荡。那隽神色如常，并没有特地消瘦下去，母子放心不少。三人在客厅又长又厚实的牛皮沙发上坐下，一坐下，便深深地陷进去，母亲吓了一跳。她不习惯太软的沙发。那隽说这是李晓悦挑的款，她个懒蛋，能躺着绝不坐着。他劝母亲放松，就是要陷进去才舒服。母亲还是坐到了边儿上，两腿小心翼翼地悬着。这就是老一辈儿的人，她们永远学不会放松。

那隽看着母亲由于帮着沈琳在厨房洗煮切炒而变得益发粗糙干裂的手，想起和李晓悦恩爱时脑子里想都没想过她，心里愧疚。人只有在落单的时候，才会记起亲情的可贵。他要她住下，好好享受一下豪宅。母亲说算了，你哥家根本离不开我，不然叫你爸来住吧。那隽忙说打住，我可不想在屋里闻我爸的烟味儿。兄弟俩的父亲嫌在北京抽烟处处受人管，根本不想来。

那隽问起老那最近的生计，老那告诉他正在开滴滴，开了一周，净挣一千。那隽心中有种"果然被我猜到"的惊恐和自得，全中国失业的中年男子首选的活计，第一是送外卖，第二就是开滴滴。滴滴美团是什么垃圾回收站不成？

"滴滴司机都淤啦，所以你根本挣不到钱。外卖员据说竞争也白热化了，每单的派送费降了又降。这就是中国人的集体无意识，一窝蜂，扎堆，永远不敢另辟蹊径。"

老那不耐烦，弟弟又开始教训人了，可见他病彻底好了。老那难道不犯愁吗？从早转悠到晚，他愣是接不到单。他是新人啊，记录一片空白，当然难。

老那打断："你倒说说，有什么不一样的蹊径留给四十多岁的男人？"那隽道："那得你自己想啊，反正我总能找到办法。"

老那冷笑一声，道："话别说得太早，等你四十岁的。"

那隽不以为然，四十岁他也没在怕的。他永远做好十年以后的规划，人生每一环紧紧相扣，每一分钟都不会浪费。

老那道："让咱妈给你厨房开个光，做顿饭吧。"

那隽道："今天不行，我一会儿要去相亲。"

真是个冷酷无情的家伙，他和母亲开了六十公里来看他，居然连顿饭都不想和他们吃："你还是人吗？你刚失恋。"

那隽耸耸肩，法律规定刚失恋的人不可以相亲吗？何况，从一段感情中走出来最好的方式是得到另一段感情。看看沈磊，修行了一年，可修行出个屁来？李晓悦媚眼一抛，分分钟治好了他爱情失败的伤，收拾好行李滚下终南山，一头扎进俗世。

那隽已经在李晓悦身上浪费了太多时间，以后这样的错误他不会再犯了。他是相亲网站的VIP，有的是大把大把的女人供他挑。这个不行就再换一个呗，就像解决程序BUG一样，迟早有一天BUG是会被解决。

哥哥和母亲走了，那隽走进衣帽间，开始打扮自己。他打开衣柜挑衣服，挑来挑去，总搭配不到点子上。这不能怪他，衣服都是李晓悦帮他挑选的，从前他怎么搭配都是李晓悦告诉他的。他一时茫然，站在原地发呆。衣柜的样式也是她定的，事实上这屋子里李晓悦的影子无处不在。他曾经多么宠她，特地叮嘱她，可以打一个长长的大立柜，专门用来挂她的那些汉服。此刻大立柜就在衣帽间一角，白白地浪费。那么高，用来挂什么都不合适。她曾经有过当这个豪宅女主人的机会，可惜她自己放过了。看着吧，他要马上结交一个优雅美丽的精英女友来让她后悔。

那隽咬着牙，抵抗着由于记忆突然翻涌而带出的空虚和疼痛。太过痛苦，以至于那症状像惊恐症复发：汗一层层冒出来，心跳加快，呼吸急促。分手以后他一直没有去反刍伤痛，他的精神胜利了，可是身体不听话，现在它开始报复了。他的身体一直不太听话，以后怎生想个法子惩罚一下它才好……

那隽身子往下溜，靠在衣柜，大口大口喘着气。十五分钟后痛苦渐渐退潮，他慢慢站起来，又恢复了平静。他照照镜子，看不出半点异样，他满意地笑了。

老那出了那隽小区时接了一单，乘客正好要去燕郊。老那心中喜悦满满，为这一趟没白跑。下一秒钟又嘲笑自己，四十多岁的男人，居然会为了一百多块钱情绪跟着起伏。回到小区楼下，刚停好车，老那手机短信响了。母亲见他摆弄半天手机后，坐在驾驶座上有点困惑。

“又怎么了？”母亲着急地追问。这些日子总没好消息，她吓怕了。

“刚刚我的公司账户里进了三十万，陆总老婆给的。”

老那给陆总老婆打电话，她在电话里一再道歉，为陆总曾经拖欠合同款。老那反倒过意不去，说你要处理的事情那么多，这个不着急。她说都处理完了，老陆生前欠的每一分钱她都还清了。因为她把北京的房卖了，还完欠账后，就会带着孩子回到湖北老家生活。

回家老那和沈琳一说，两口子和婆婆不胜唏嘘。沈琳算账，现在他们有八十万存款，卖卤货和老那开滴滴的收入足以维持日常生活，好像可以稍微松口气了。所以她有个想法，市场卖久久鸭的人回老家了，店面转让，她想把它盘下来，有个固定的店面，生意就更像样了。再畅想下去，她也许可以雇个帮手，产量再多一点，品种再丰富一点，不止卤货，糟货也可以试一试。不单店面卖，也可给周边餐馆供货以及网上销售。胆子再大一点，甚至可以去注册个品牌，老干妈、周黑鸭、久久鸭、绝味等，都是从街边的个体户干起的，她又有什么不可以？毕竟只有四十来岁，人生还有大把的时间可以奋斗。

老那听着老婆的构想，只觉得万般佩服，前阵子被打击的经营工作室的信心又一点一点被点燃。说来惭愧，他号称营销从业人员，其实从来没有帮老婆包装策划过她的卤货。从前他也带她做的卤货给姜山等同事吃过，大家赞不绝口，但自己从未上心想过，这也可以是一条生财之道。

老那说：“我支持你，想干就干。不过我只有一个要求。”

“什么要求？”

“不要累着自己。”

沈磊在青旅住了一个多月，工作迟迟没有找到。不是没人约面试，不过那些工作都不理想。也不是薪水低，是工作强度太大了。在一家咨询公司上班的同学曾把他的简历引荐给公司人力，面试结果很理想，马上就能入职。临去之前沈磊又犹豫了，他在朋友圈经常看到同学加班，早九晚十，周末也经常加班，他接受不了这样的工作节奏。这天他和同学约着喝咖啡，同学知道他的想法后笑他不切实际，你不想加班，就基本找不到高薪的工作。

“我可以接受普通薪资啊，只是不想那么累。”

同学哈哈两声：“据我所知，普通薪资的工作，加班也极为普遍，现在许多公司都在推行大小周。”

沈磊不解问道：“什么叫大小周？”

“指这个星期只休一天，下个星期休两天，如此循环。”

沈磊目瞪口呆：“这不是严重违反劳动法吗？”

同尝耸耸肩，一脸认命的潇洒，接着换了个话题，吞吞吐吐地说：“告诉你个事，我刚才在谢美蓝同学的朋友圈看到了，谢美蓝再婚了，在国贸大酒店举行婚礼。据说已经怀孕五个月了，婚纱都遮不住肚子呢。”

沈磊说：“哦。”他一时不知说什么，要说心中一点儿没起波澜，不可能，但也没有多大的不快。谢美蓝当然会有一个很好的结局，以他的视角，谢美蓝背信弃义；以谢美蓝的视角，她可是拨乱反正弃暗投明，这有什么可说的呢？沈磊看着同学的神情，知道对方说这话的目的是想看到他失措的表情。同学是好人，为自己介绍工作，但不妨碍他无意识的恶意。就是这些微妙的时刻让人们畏惧人世间。

回到青旅，沈磊在客厅与同住在这里的旅客下棋，对方是个三十多岁的澳洲男人，已经去过全球三十个国家了，理想是在每个去过的国家的首都都生活一阵子。没钱了他就回国挣钱，在各国旅游的时候也会想一些办法挣钱，比如当兼职英语老师。

下棋沈磊输了。输这个词之前他不怕的，此刻却有点沮丧。两人聊着天，沈磊问：“你准备旅游到什么时候？”

对方道：“我也不知道，目前不想停下来。”

沈磊问：“你父母不干涉吗？”

对方道：“我父母现在正开着一辆三手的房车在尼加拉瓜旅游。”

沈磊哦了一声。他返京一个月，父母三天一个电话，问他找到工作没有，目前生活得怎么样，缺不缺钱？缺钱就直说，想回老家也别觉得不好意思。说得他无比烦躁。

沈磊问澳洲男人："你说人为什么活着呢？"

他道："我不知道别人，我是为了体验而活着。"

沈磊怅然，他也想秉承这样的理念活着，事实上也无任何人能干涉得了他，问题是他不够纯粹，也纯粹不起来。比如说他身上就剩三千块钱了，不去工作怎么办？难道真的让父母寄钱来？又或者去打短工？青旅旁边的餐馆就在招服务员，真的去吗？这不是疯了吗……也许他不懂什么叫"活着"。

正思绪纷繁之际，手机亮了，是李晓悦发来的微信。沈磊一阵惊喜，又有点迟疑。

李晓悦问："你在哪里？"

沈磊答："我在朝阳区一家青旅。"

李晓悦打来微信电话，沈磊接了。看着视频里彼此的脸，两人一时说不出话来，只是傻笑。一会儿李晓悦说："明天上午我要和汉服社的姐妹们去大观园，你来吗？"

沈磊道："一百零八将聚齐了吗？"

李晓悦开怀大笑："终于齐了，不容易啊，这个要加班，那个要出差的。所以明天将是空前绝后的盛况，电视台都要来拍呢。"

沈磊道："我必须去见证。"

李晓悦笑得很甜蜜："明天上午十点，大观园见。"

沈磊的沮丧一扫而空。是的，他身上只剩三千块钱了，目前正失业。但是，管他呢。

老那今天生意很差，其实他每天的生意都很差。看上去，开滴滴不是什么好的出路，连搪塞一下生活都搪塞不过去。他早早收工，去市场找沈琳。沈琳已经把那个十平方米的店铺租下来了，正在请沈志成的人给装修。天色暗了下来，市场的人渐少，灯亮了起来。她忙忙碌碌地指挥着工人该怎么弄，干劲儿十足。老那佩服她，又羡慕。他当个蓝领是被迫的，学不来老婆发自内心对这种命运的接纳。

此时手机来电，是个陌生电话。老那按掉，它又不屈不挠地打来。老那只好接了，那头说："老那，我是睿智。"

老那惊得手机差点掉了，他看着手机，不敢置信。

那头喂喂叫着："这是我新手机号，我加你微信，你通过一下。"

沈琳注意到他的异样，随口说："谁呀？"

老那说："王睿智。"

沈琳也惊了。老那定了定神，通过王睿智的微信好友申请。王睿智立刻打来视频电话，那头他还是秃头模样，不过隐约可见头皮一层青青的发茬。

老那说："觉空师傅。"

王睿智说："什么觉空，我睿智啊。"

老那一时不知道该怎么称呼他了，只好含糊道："哥，你怎么想起给我打电话了？"

王睿智道："我还俗啦，现在在上海，你看。"

他把手机摄像头一换，镜头里是一间餐厅，窗外高楼林立，如琼楼玉宇，灯火璀璨，霓虹闪烁。

王睿智道："这里是金茂酒店顶楼的餐厅，我和小美待会儿在这里和投资人吃饭。"

小美？就是他的女朋友许意美？这么公开地出入，不怕秦玲玲发现吗？老那非常诧异。

王睿智说，这一年多来，他在庙里修行，本来已决定把所有事情放下了，因为他把所爱的人余生都安排得妥妥当当，清清楚楚。结果秦玲玲这个贱人搞乱了他所有计划，把他留给父母和儿子的钱全部倒腾到她娘家去了。王睿智父母过得穷困潦倒，半个月前他父亲脑溢血死了，他母亲给他打电话，但因为他手机停机了，她联系不上他。秦玲玲这个狠毒的女人，明明知道他在哪个庙，也不说来通知一声。母亲给远亲王会计打电话，王会计找到许意美，许意美来庙里找他，他才知道这么多变故。他决心还俗，出山，回来以后才发现公司快被秦氏兄妹搞垮了。

"现在我终于明白了，幸福不在佛经里，在尘世里。当下即永恒，父母子女过得好，你爱的人自在了，你方得永恒。知道这个想法对我来说有多重要吗？它简直——"

王睿智激动地挥舞着双臂，最终在镜头里定格成紧握的拳头：“简直让我重生了。现在我想通了，我要跟秦玲玲打离婚官司，把属于我的东西夺回来，从头创业。老兵不死，并且没有凋零！”

他又重生了，他几世为人，到底哪一世才是真的？老那哑然。

王睿智道：“老那，来上海和我一起创业吧。这边有几个投资人对我非常感兴趣。小美和她哥前期也做不了不少工作，基础很好——”

老那气不打一处来，打断他：“你这个小美，莫名其妙让我垫了一百万货款，什么时候还？”

镜头那边探出一张女人的面孔，比秦玲玲年轻和美丽，一脸笑盈盈的歉意，声音带着叫男人无法拒绝的娇柔：“伟哥，我是许意美啊。不好意思，前段时间我哥北京的公司有些事情没处理好。你放心，这一百万我肯定会给的。睿智一直在念叨你，说创业必须带着你。有你在，他非常踏实。来吧，来上海，我们一起。”

镜头里又换成王睿智的脸：“老那，来吧，我在上海等你。一百万算什么？”

老那生气：“不算什么，你倒是给啊？你给完我，我就去上海。”

王睿智不满道：“这么多年，我亏待过你没有？”

老那语塞，的确没有。

王睿智瞪眼：“所以你来嘛。融到了钱，一百万分分钟给你，现在我一时半会儿拿不出这笔钱嘛。”

王总又能去哪里融资？新闻里说了，这两年创业环境非常不好，北上广这三个创业公司聚集的地区，创业公司的关闭数量也最多。哪个冤大头会给已经四十七岁的王总投资呢？可他言之凿凿，也不像是空穴来风。去不去上海呢？

晚上，夫妻商量此事。老那说不去一定拿不到钱，去了说不定能拿回来钱。他之前暗暗地有个计划，打算明年努力在天津买个房，让女儿落户，将来好在那里高考。王睿智的钱如果还回来，他们手里的存款就够天津买房的首付了。至于北京的房，京沪恒久远，一套永流传，留给孩子们。最后夫妻决定，去一趟，探探虚实，也没有什么损失。

第二天早上，沈琳开车先把女儿送到学校，然后送老那去坐高铁。起得早，一上车卓越躺在放平的副座上，戴上眼罩，很快就睡着了。一路沈琳不时看呼呼大睡的女儿一眼，那卓越一点也不卓越，文理双不修，干啥啥不行，干饭第一名，身无长技，快乐而肤浅。那也是她最爱的女儿。不卓越就不卓越吧。

开着开着，车突然抖了一下，沈琳咦了一声。老那心悬了起来，这车开了八万公里了，雨刷的胶条发涩，左轮偶尔有异响，发动机偶尔也运转得不够顺畅，说不清是什么原因造成的。沈琳平时不开这车，还没习惯。老那盼着车不再出现任何异样，否则老婆就会怪他是个冤大头，被沈志成诓了。

沈琳屏息等待，还好，车继续往前飞奔，一切如常。老那松了口气，这车是有小毛病，但并不影响使用。就像中年人一样，身体总有这样那样的问题，可不妨碍往前奔跑。

送完女儿，沈琳送老那去坐地铁。早上堵，地铁更有保障。车开到地铁附近，沈琳本来让老那下车走到地铁边上就好，却不知怎么的绕了道。老那不解，道："我走过去就好。"

沈琳开着车，含笑道："我送你走到地铁，反正时间还早，我回去也没什么事。"

沈琳把车停到写字楼地下车库，和老那一起出了楼，走向地铁。早高峰，地铁外照例排着长长的队伍。这就是北京，它把简单的生活搞得非常复杂。明明停车场就在对面，不到二十米，你要开出三公里去才能掉头。明明地铁入口就在一百米处，你要排在被摆成"回"字形的铁栅栏里，在人龙后头一点点往前蹭。抵达事物的本质之前，总有重重叠叠的矫饰，你要无比的耐心。老那汇入人龙，沈琳站在铁栅栏外，跟着他一只脚一只脚往前挪。

快到入口时，老那叮嘱："我去看看情况，很快就回来。你别太辛苦，有的事情可以留下来，等我回来一起做。"

沈琳看着丈夫，他永远失去了英俊倜傥的容貌和气质，变成了人海中最常见的小老头，沧桑，微微佝偻，一脸疲惫又忍耐。

她说："我知道了。你去看看情况，钱要不回来就算了，不要跟人起冲突，平安才是最重要的。"

隔着铁栅栏，老那伸出手臂，把她的上身紧紧搂进怀里。只不过五个多小时的高铁路程，两人竟如生离死别般难分难舍。旁边走过许多行色匆匆的上班族，走进地铁口，脚步快到无心抬头看他们一眼。他们就是这么普通的一对中年夫妻，千千万万人中最不起眼的那一类人。

老那松开沈琳，眼睛中已微有晶莹泪花，笑了笑，转身走进地铁口。黑洞洞的地铁口张着大嘴把他们一口吞下，渐渐消化。没人知道地铁那端将有什么样的命运等待着自己，不过总要去试，只要心怀希望，结果总不会太差。沈琳转身，迎着灿烂的太阳，走向写字楼的停车场，把车开出来，汇入车水马龙中。